너의 거울이 되어 줄게

"밖을 보는 자는 꿈을 꾸고, 안을 보는 자는 깨어난다."

- 칼 융

다우

머리말

오늘도 스스로를 지켜 가고 있는 당신에게

감정은 마음이 우리 자신에게 보내는 신호라고 합니다. 외로움을 예로 든다면, 그건 마음이 우리에게 이런 메시지를 전하고 있는 걸지도 모릅니다:

"있지, 현재 방식으로는 다른 사람들과 진실한 관계를 맺는 게 어려워 보여. 한번 새로운 방식을 찾아보는 게 어때?"

하지만 그 누가 우리한테 가르쳐 준 적 있던가요? 마음이 건네는 말에 귀 기울이는 법을. 그렇습니다. 우리 사회는 타인의 감정을 이해하는 일은 강조하면서, 정작 자신의 감정을 알아채고 살피는 일에는 소홀하기만 합니다. 그래서인지 때로 우리는 자기 마음도 이해하지 못한 채, 알 수 없는 감정에 이끌려 이리저리 표류합니다. 누군가는 그걸 '방황'이라 부르고, 누군가는 그걸 '공황'이라 부르면서 말입니다.

그렇다면 왜 자기 감정을 헤아리고 마음의 소리에 귀 기울이는 일이 중요할까요? 어쩌면 그건 '모든 것들에도 불구하고 자신을 지켜 나가기 위해서'일지도 모릅니다. 우리가 우리 자신답게 살기 위해 무엇이 필요한지 우리 마음이 가장 잘 알고 있습니다. 그런데도 마음이 우리를 어디로 이끄는지 모르고 무시한다면, 기어코 자신을 잃어버릴 수밖에 없습니다. 그렇게 '나'라는 중심 없이 세상을 살아가는 것만큼 두렵고 위태로운 일은 없을 것입니다.

저 역시 저를 잃어버렸고, 힘겹게 되찾아 나갔습니다. 이 책은 바로 그 여정을 담은 이야기입니다. 여정은 학창 시절부터 줄곧 저를 집요하게 괴롭힌 '공허'에서 비롯됩니다. 그토록 꿈꾸던 명문 학교에 다니면서도 가슴속 공허가 채워지지 않아 저는 어쩔 줄 몰랐습니다. 더구나 그 공허함이 남들에게 온전히 이해받거나 소통할 수 없는 것이라는 사실에 눈뜨면서, 나도 모르게 마음의 문을 닫고 스스로를 소외시켰습니다. 끝이 보이지 않던 어둠 속에서도 심리치료사 브레넌 씨를 비롯해 더없이 진실하고 인간적인 사람들을 만나, 우여곡절 끝에 저를 되찾아 이렇게 세상 밖으로 나왔습니다. 그 과정을 책 속에 이렇게 표현했고, 그건 곧 책의 제목이 되었습니다.

> **그런 나를 브레넌 씨는 늘 한결같이 대해 주었다. 온정과 이해심 넘치는 눈으로 바라보았다. 겉으로 내보인 내 못난 모습의 이면에 가리어진 아름답고 선한 존엄한 인간의 모습을 변함없이 비추어 주었다. 자비심으로 가득한 흔들림 없는 진실한 거울이 되어 주었다.** (319쪽)

이 책은 심리치료 에세이인 동시에 한 편의 성장소설로 읽어 주었으면 합니다. 주인공은 참어른, 참스승들을 만나 닫혀 있던 마음의 문을 열고, 타인과, 세상과, 그리고 자기 자신과 진정성 있게 대면하고 소통할 용기를 얻습니다. 동시에 끝없는 방황 속에서도 자신을 놓지 않는 치열한 자기탐색을 거쳐, 그토록 끔찍했던 내면의 공허가 실은 "세상을 어떻게 대할 것인가"라는 질문의 답으로 인도해 주는 귀중한 표지라는 걸 깨닫습니다. 그렇습니다. 마음은 우리에게 생존을 위해 필요한 신호도 보내지만, 내면의 성장을 위해 가야 할 길을 제시해 주기도 합니다. 다만, 마음이 이끄는 길로 나아가는 일은 때로 절실한 용기와 진실한 사람들의 응원과 도움 없이는 불가능하게만 느껴집니다.

그런 의미에서 제가 이 책에 바라는 것은 단 하나, 독자 여러분께 작은 용기가 되어 주는 것입니다. 그건 자신의 내면을 마주하고 헤쳐 나갈 용기이자, 타인에게 도움을 구할 용기, 나아가 누군가에게 힘이 되어 줄 용기입니다. 우리는 지금 저렴한 미움이 난무하는 '미움받을 용기'의 시대를 살고 있지만, 앞으로 그것을 뛰어넘고 '미움을 이해할 용기'의 시대로 나아가게 될 것입니다. 자신을 향한 미움이든 타인과 세상을 향한 미움이든, 그 실체를 이해하면 미움마저 연민과 자비로 승화시킬 수 있게 됩니다. 그러기 위해 우리에게 필요한 것은 바로 용기, 한 사람에게서 다른 사람에게로 불어넣어지는 숨과 같은 용기일지도 모릅니다.

차례

#1 설렘보다 깊은 어둠

드디어 뭔가 달라지지 않을까?
브라운이라는 전혀 낯선 세상에서라면,
지독한 공허에서 탈출해 새 출발 할 수 있지 않을까?

어느덧 우리는 스무 살을 맞았다. 한 달 뒤면 모두 미국행 비행기에 몸을 실을 예정이었다. 고국 품을 벗어나 타지 생활이라니, 이제 우리도 어른이 된 걸까. 문득 젊음이 아스팔트 위를 스멀거리는 아지랑이처럼 느껴졌다.

— 버클리 선배들 진짜 좋은 거 같아! 너무 편하게 해 줘서 내가 첫 술자리에서 노래까지 했잖아.

혜린이가 커피잔을 내려놓으며 싱긋 웃었다.

— 그야 네가 워낙 붙임성이 좋으니까!

곁에 앉은 은서가 팥빙수로 숟가락을 가져가다 말고, 큼직한 미소로 맞장구쳤다.

— 들고 싶은 동아리도 너무 많아! 선배들도 다 자기 동아리에 오라는 거 있지?

— 아, 좋겠다! 듀크는 한국인 별로 없어서 정보 얻기가 쉽지 않은데. 더구나 완전 시골이라 그런지 다들 소로리티 하나 봐. 나도 해야겠지?

은서의 초조한 목소리에도 설렘이 묻어 있었다.

— 어머, 야, 재밌겠다, 소로리티! 그거 여학생들 사교클럽 말하는 거지? 영화에서 봤는데, 그 있잖아, 《금발이 너무해》.

조용히 친구들의 말에 귀 기울이던 나도 고개를 끄덕였다. 다 좋았다. 간만에 보는 친구들의 유쾌한 목소리. 햇살이 은은히 들이치는 탁 트인 실내. 벽을 휘감고 도는 리히텐슈타인 그림체의 그라피티까지. 단지…

속이 텅 비어 있었다. 텅 빈 그곳을 싸늘히 식은 어둠과 적막만 맴돌았다. 볕이 들지 않는 쇠창살 뒤에 갇혀 친구들의 말소리를 듣고 있는 기분이었다.

— 정근아, 브라운도 좋을 거 아냐. 학교 자랑 좀 해 봐!

혜린이가 얼굴을 돌려 내게 물었다. 마땅한 대답이 떠오르지 않았다.

— 어, 뭐, 그냥 좀 막막해서… 별로 대학 생각은 안 하고 있어.

내 모습이 안쓰러워 보였는지 은서까지 걱정스러운 표정으로 물었다.

— 뭐? 야, 네가 브라운에 얼마나 가고 싶어 했는데! 기억 안 나?

둘은 불과 몇 달 전 내 모습을 친절히 상기시켜 주었다. 그러나 나는 알고 있었다. 전혀 새로운 손님이 아니었던 이 감정의 실체를.

고등학교 2학년 때였다. 학교 축제가 한창 무르익은 밤, 주위 시선을 피해 착 가라앉은 발걸음으로 층계를 올랐다. 학생 출입이 금지된 12층 기숙사 옥상에 올라 멍하니 난간 너머를 내려다보았다. 그곳에는 웬 검은 숲이 아찔하도록 커다란 입을 벌리고 있었다. 계속 쳐다보면 그대로 그 입에 빨려 들어갈 것 같았다.

그 입과 꼭 닮은 감정이었다.

바로 그 공허였다.

• • ● • •

공허…

그건 고등학교 시절 난데없이 나를 찾아온 청춘의 열병이었다. 겉으로는 남들처럼 똑같이 공부하고, 어울리고, 동아리며 봉사며 과외 활동을 했지만, 속은 늘 텅 비어 있었다. 텅 빈 그곳에 언제부터인가 허무주의가 무성하게 가지를 뻗고 아득하기만 한 질문들을 꽃피웠다.

이 모든 게 다 무슨 의미지? 당장 내가 속이 텅 빈 껍데기만 같은데, 그 무엇도 그 누구도 나를 채워 줄 수 없는데? 대체 왜, 무슨 까닭에 이렇게 돌덩이가 가슴을 짓누르는 것처럼 숨 막혀야 하지?

답을 구하려 발버둥쳐 봤지만, 다 헛수고였다. 선생님, 친구들, 교과서, 엄마, 어디에도 답은 없었다. 답이 묘연할수록 가슴속에 들어찬 구덩이는 더욱더 묵직해졌다. 그건 실패와 절망을 먹고 자라는 구덩이였다.

그날 밤도 옥상을 내려와 층계참에 걸터앉아 물끄러미 구덩이를 들여다보았다. 얼마나 그러고 있었을까. 구덩이도 나를 들여다보더니 씩 웃었다.

다 부질없는 짓이야. 넌 영영 내게서 못 벗어나. 누구도 널 이해하지 못하고, 아무도 널 못 도와줘.

견잡을 수 없이 눈물이 솟구쳤다. 그 저주가 평생 나를 옭아맬 운명임을 직감한 나는 온몸이 후들거려 가만히 있기조차 힘들었다. 텅 빈 귓가에 예전에 들은 시답잖은 소리들이 라디오 잡음처럼 맴돌았다.

시간이 지나면 나아질 거야.

너도 철학 공부 한번 해 보는 게 어때?

네가 아직 먹고살 걱정 안 해도 돼서 그래.

두 손에 얼굴을 묻고 한참을 흐느꼈다. 눈물이 그치자 온몸이 한기로 으슬으슬했다. 멀리서 웃음소리와 말소리가 뒤섞여 아스라하게 들려왔다. 그때 언뜻 깨달았다.

이 세상에 나는 철저히 혼자다. 아니, 나만이 아니다. 괴로움 속에 인간은 누구든 철저히 혼자다. 어둠 속에서 아무리 몸부림쳐도 보이지 않는 것처럼, 인간은 어떤 괴로움도 타인에게 온전히 소통할 수도, 이해받을 수도 없다. 인간에게 지워진 존재의 무게는 스스로 감당해야 하는 혼자만의 몫이다.

어쩌면 인간 존재는 그 자체로 공허다.

누구와도 연결되지 못한 채 안에서부터 붕괴되는 허상이다.

그날부로 청춘의 열병을 숙명처럼 끌어안았다. 물론 그런다고 가슴을 짓누르는 공허가 덜하지는 않았다. 다만 체념에 기대 더 이상 무의미한 투쟁을 멈추었을 뿐이다. 이제 희망도 실망도 없는 하루하루를 마리오네트같이 텅 빈 형상으로 살아 내면 되었다. 그뿐이었다.

그러던 어느 날, 눈을 떠 보니 고등학교 3학년 졸업반이었다. 이제 내가 짊어진 공허의 무게를 한동안 잊고 지낼 길이 열릴 참이었으니, 바로 대학 입시였다.

고3 졸업반. 학교에 심상치 않은 분위기가 감돌기 시작했다. 친구들에게도 부모님으로부터 걸려 오는 전화가 점점 잦아졌다.

SAT 또 안 봐도 되겠니? 선생님이 AP는 몇 개쯤 보는 게 좋다고 하시니? 올해 세계적으로 경쟁이 치열할 거라는데, 더 챙길 거 없니?

진학상담실에서 보내온 이메일은 이메일대로 친절한 독촉이 들끓었다.

대학 조사해라! 커버 레터 써라! 에세이 주제도 미리미리 생각해 놔라!

그야말로 정신없었다. 그러나 이 모든 광경은 내게 더없는 신선함이었다. 그동안 줄곧 똑같은 번민, 똑같은 회색조로 일상을 덧칠해 왔다. 어쩌면 드디어 인간다움을, 살아 있음을 온전히 만끽할 수 있는 기회였다.

그동안 참 웃기는 짬뽕같이 살아왔다. 고등학생 주제에 대학 입시는 뒷전이고, 틈만 나면 존재와 공허 따위로 흥청망청 고민했다. 부모님도 교육철학이 자유방임주의인지라 알아서 잘하겠거니 하고 나를 기숙학교에 던져 놓다시피 했다. 다행히 중학생 때 들여 놓은 공부 습관과 타고난 지적 호기심 때문에 손에서 공부를 놓지는 않았다.

그런데 웬걸, 대학 입시는 그야말로 신세계였다. '이 좋은 걸 왜 나만 몰랐지?!' 싶을 정도였다. 같은 학교, 같은 공간이어도 졸업반은 전혀 다른 공기를 마시는 듯했다. 샴페인 거품처럼 톡 쏘는 긴장감이 찌릿찌릿 녹아든 공기였다. 그 초조함, 그 치열함, 그 간절함, 전부 중학교 3학년 민사고(민족사관고등학교) 입시 관문을 거칠 때 이후로 한 번도 느껴 본 적 없었다.

주저 없이 게임판에 뛰어들었다. 으레 '전쟁터'에 비유되는 대학 입시건만, 내게는 오히려 게임판에 가까웠다. 전쟁처럼 무찔러야 할 적이 있는 것도, 그저 승리하면 장땡인 무법천지도 아니었다. 일정한 규칙으로 이루어진 틀이 있고, 그 틀 안에서 최선을 다하면 그만인 게임이었다.

스테이지1 : 조기 전형으로 지원할 대학을 선택하라!

대학 입시 게임, 그 첫 번째 스테이지를 공략하는 건 그렇게 어렵지 않았다. '역시 민사고!'라는 감탄이 나올 만큼, 학교가 나서서 길을 터준 덕분이었다. 국제반 입시 베테랑 선생님들과 면담을 나누고, 졸업생 선배들에게 스카이프로 모교 소개를 듣고, 친히 우리 학교에 행차한 입학사정관들이 여는 입시설명회에 참석했다. 그러다 어느 순간, 확신했다.

브라운이다!

멋있어 보이는 대학들이 많았지만, 오직 브라운만이 내 마음을 잡아끄는 강렬한 무언가가 있었다. 개성파와 자유로운 영혼을 환영한다는 개방적이고 다채로운 학교 분위기. 이미 거기서 게임은 끝나 있었다. 거기다 아이비리그로 손꼽히는 명문인데도 우리나라에서는 인지도가 낮다는 것도 왠지 마음에 들었다.

— 브라운? 맞아. 걔네는 너 같은 괴짜를 좋아할 거야.

에세이 지도교사 겸 멘토인 바움가드너 선생님도 특유의 무표정과 시니컬한 말투로 내 선택을 축복해 주었다.

그래. 브라운, 너로 정했다!

시작이 반이었을까. 첫 번째 스테이지를 깨고 나니, 나머지도 술술 풀렸다. 해외 진학 상담실장 이순진 선생님이 내 색깔이 브라운에 적격이라고 평해, 좋은 진학상담사 추천서는 따 놓은 당상이었다. 정치사회 담당 김성우 선생님과 생물학과 조진호 선생님 두 분이 흔쾌히 내 부탁에 응해 추천서를 써 주시기로 했다.

이들의 응원에 힘입어 남은 대(對) 브라운 원정 준비도 착착 진행했다. 워낙 글쓰기를 좋아해 자기소개서, 공통 지원서, 대학별 보충 원서를 쓰는 일은 식은 죽 먹기였다. 뭔가에 사로잡힌 듯 쓰고 또 쓰고, 지우고 다시 쓰고를 반복한 끝에 마감을 한참 앞두고 전부 뚝딱 해치웠다. 시간이 남아 친구들 에세이와 원서 작업을 기꺼이 도와주다 보니 하루하루가 금방 갔다.

누가 보면, 나는 고3 입시생이라고는 믿기지 않을 여유의 소유자였다. 누가 알았을까? 그건 여유가 아니라 존재의 무게를 잊을 수 있는 유일한 길에 필사적으로 매달린 광기였음을.

늦가을 어느 새벽, 면학실 칸막이 책상에서 밤을 꼬박 새우고 떨리는 손으로 결과를 확인했다.

합격이다!

허탈한 눈물이 찔끔 나왔다. 행운의 여신이 내 손을 잡아 주었다. 무사히 게임을 클리어하고, 이렇게 엔딩을 맞았다.

온몸에 전율이 쫘악 퍼졌다. 감미로운 사탕이 녹아 혈관을 타고 온몸을 빙글빙글 도는 느낌이었다. 정신이 아득했다. 이전과 전혀 다른 종류의 아득함이었다. 모든 잡념이 오래전 꿈처럼 보일 듯 말 듯 아스라하게 가물거렸다.

가슴에 들어찬 구덩이는 온데간데없었고, 그 자리에 대신 희망이 꿈틀거렸다.

이제 내게 너무 좁아져 버린 이 동네를 벗어나면, 드디어 뭔가 달라지지 않을까? 브라운이라는 전혀 낯선 세상에서라면, 지독한 공허에서 탈출해 새 출발 할 수 있지 않을까?

아, 그렇게 믿고 싶었다.

#2 Why So Serious?

여기 아무도 날 몰라. 나도 여기 아무도 몰라.
생각이 거기에 미치자 난데없이 아드레날린이 솟구쳤다.
지금 이 순간, 나는 영혼의 감옥에서 탈출한 육신이다.
한없이, 원 없이, 자유롭다.

중학교 3학년 때였다. 마지막 책장을 넘기고 나서도 한동안 해리포터 시리즈가 준 여운에서 빠져나오지 못하고 있었다. 급기야 대치동 한 특목고 입시 학원의 교실 뒤편에 앉아 숨죽여 주문을 외우고 말았다.

— 아바다 케다브라!

오른손에 움켜쥔 기다란 깃펜이 허공에 호리병 모양 폐곡선을 그리며 절도 있게 대각선 건너편 준우의 심장을 겨눴다. 얼떨결에 살인 저주에 맞은 그가 왼손으로 가슴을 부여잡고 나지막이 신음하더니, 끝내 비명횡사했다. 퍼뜩 낌새를 맡은 주위 아이들이 불붙은 폭죽처럼 킥킥 큭큭 웃어 댔다.

순간, 예고도 없이 무장 해제 마법이 날아들었다.

— 엑스펠리아르무스!

저만치 앞 대식이가 볼펜을 내 쪽으로 뻗으며 의기양양한 미소로 소곤소곤 외친 걸 알아챘을 땐, 이미 너무 늦어 버렸다. 지팡이가 순식간에 뱀처럼 손아귀를 빠져나가고 말았으니까.

그때 우리는 논술 수업 중이었다. 저녁 식사 직후라 나른한 데다 어질어질한 철학 개념들이 난무하는 탓에 영 집중이 힘들었다. 다들 지칠 무렵, 어쩐지 장난기가 발동한 내가 본의 아니게 교실 절반을 걷잡을 수 없는 마법의 불길에 몰아넣었다. 다행히 사태는 곧 진정되었지만, 그날부로 나는 학원 선생님들의 블랙리스트에 이름을 올리고 말았다.

아무렴 어때? 블랙리스트고 뭐고, 우리들의 풋풋한 장난이 추억의 책장 한편을 흐뭇하게 장식한다면, 그것으로 족한데!

그랬던 장난꾸러기는 어디 가고….

대학 진학을 앞두고 짐을 정리하던 날이었다. 추억이 밴 물건들을 만지작거리며 과거의 상념에 젖어 들었다. 귓가에는 아이슬란드 록 밴드 시규어 로스(Sigur Ros)가 빚는 향수 어린 선율이 물결치고 있었다.

어쩌다 이 지경이 됐을까? 청춘의 열병에 걸려 세상의 짐을 다 짊어진 인간이 돼 버렸을까?

순간, 귓속에 울리는 노랫소리가 기괴하게 일그러졌다. 불에 덴 듯 황급히 노래를 꺼 버렸다.

눈앞에 고등학교 시절 내 모습이 어른거렸다. 틈만 나면 두툼한 헤드폰 귀덮개를 눌러 쓰고 음악을 듣던 모습. 음악은 내게 허락된 유일한 마약이었다. 텅 빈 고통을 실어 나르는 감각신경을 조금이나마 마비시켰고, 고통을 알아주지 않는 세상을 잠시나마 차단시켰다.

지금도 마찬가지였다. 우울해서 MP3에 손이 가는지, MP3를 틀어놓아서 우울해지는지 아리송할 지경이었다. 어느 쪽이든 한 가지 사실은 분명했다. 이제는 우리가 헤어져야 할 시간이었다.

어디선가 들은 미국 격언이 떠올랐다. Fake it till you make it! '안 되면 될 때까지'의 심리 버전이랄까.

그랬다. 그토록 바란 대로 이 지독한 공허에서 벗어나 새 출발 하려면, 낡은 습관을 버리고 마음가짐을 새로 해야 했다. 그 첫 번째 단계가 바로 감상에 찌든 플레이 리스트를 폐기 처분하는 일이었다. 곧장 MP3에 들어가 내 둘도 없는 소울메이트를 눈 딱 감고 지워 버렸다. 나도 모르게 깊은 한숨이 나왔다. 새까맣던 미래에 틈이 생겨 한 줄기 빛이 기어드는 기분이었다.

다음 단계는 자기최면이었다. 벽에 걸린 거울을 마주하고 조커 뺨치게 웃었다.

인생 별거 없어. Why so serious? 넌 태생이 개구쟁이야. 원래 가벼운 놈이라고. 이제 본모습을 되찾을 때야. 브라운에서라면 할 수 있어!

• • ● • •

신입생 오리엔테이션은 2주에 걸쳐 진행되었다. 나는 친구들을 국적 불문 두루 사귀겠다고 마음 먹은 터라 매번 다른 무리들과 어울리며 동에 번쩍 서에 번쩍 했다. 한국인 선배들에게 넉살 좋게 들러붙어 공짜 밥을 얻어먹고, 또래들 술자리에 끼어 부어라 마셔라 하고, 동양풍의 오찬에서 만난 외국인 아이들과 파티장을 찾아 밤거리를 쏘다녔다.

파티라고 해서 무슨 거창한 자리가 아니었다. 미국 대학 파티는 그야말로 사람들+술+음악이었다. 이 삼박자가 갖추어지면, 이제 입에 침이 마르도록 떠들 준비가 되었다는 뜻이었다.

내 눈에 비친 미국인들은 어나더레벨이었다. 파티에 모이면 먹이를 달라고 조르는 아기 새들처럼 끝도 없이 재잘거렸다. 친구든 초면이든 상관없었다. 한 손에 술잔을 들고 어깨가 슬쩍 맞닿게 다가와 "좋은 시간 보내고 있어?" 하고 점잖게 말을 붙이거나, 빈 맥주병을 뒤집어 바닥에 털며 "오마이갓! 벌써 술이 다 떨어졌다니 믿을 수 없어!" 하며 뜬금없이 쳐다보기도 했다. 수다가 뼈에 새겨진 족속일까 궁금할 정도였다.

물론 나야 완전 땡큐였다.

모든 게 낯선 이곳, 나는 완벽한 자기최면에 빠져 시종일관 웃음기 가득한 얼굴을 하고 있었다. 다만, 순간순간 미처 다 억누르지 못한 불안이 뱃속 깊은 곳 태아처럼 꿈틀하는 게 느껴질 때가 있었다. 그건 여러 얼굴을 한 불안이었다. 애써 외면하고 있는 가슴속 구덩이가 언제 어떻게 나를 집어삼킬지 모른다는 불안. 병든 닭 같은 과거 내 모습이 어쩌다 튀어나와 누군가에게 들킬지 모른다는 불안. 어쩌면 여기서 마음 맞는 사람들을 영영 찾지 못할지도 모른다는 불안.

하지만 우리 수다쟁이 친구들과 어울려 한바탕 떠들고 있으면, 그런 걱정은 기우였다. 거기에 독한 술이 들어가고 시끄러운 음악까지 얹어진다? 게임 끝이었다. 몽롱한 취기와 소음이 뒤범벅된 사이로는 제아무리 대단한 불안이라도 비집고 나올 틈이 없었다. 만에 하나 틈이 생길라치면, 일부러 더 텐션을 높여 실없는 농담을 날리고 허튼소리를 지껄였다. 웃는 가면을 쓴 텅 빈 피에로라 해도 좋았다.

얼마 후, 예상치 못한 곳에서 새로운 해방의 경지를 발견했다. 바로 미국 대학의 흔한 댄스파티였다. 물론 나는 이때까지 생전 클럽 한 번 안 가 본 숙맥이었다. 춤의 ㅊ자도 몰랐다. 그러나 단 하룻밤의 경험은 내 안에 잠자는 상상도 못 한 댄스 본능을 일깨우기 충분했다.

어느 날 저녁, 폰스 아치 건물 지하에서 펑크funk 나이트라는 학교 주최 댄스파티가 열렸다. 호기심에 친구 하나를 꼬셔 구경 삼아 나왔다. 따스한 살굿빛 조명에 주홍, 연두, 보라의 형형색색 광선이 너울거리며 덧입혀져 북극광처럼 실내를 흠씬 물들이고 있었다.

그런데 웬걸, 친구가 피곤하다며 금세 가 버렸다. 홀로 덩그러니 남아 뻘쭘해진 나는 다급히 낯익은 얼굴을 물색했다. 마침 며칠 전 학교 주최 아이스크림 파티에서 인사를 나눈 네덜란드 아이가 눈에 띄었다. 곧바로 여유로운 '본모습'을 되찾고 스스럼없이 다가가 알은체를 했다. 그녀도 반갑게 맞아 주었다. 이내 우리는 한쪽 구석에 나란히 서서 코앞에서 엉덩이가 떨어지도록 몸을 흔드는 무리를 물끄러미 바라보았다.

어느새 그녀도 덜컥 무리에 합류해 버렸다. 카랑카랑하게 물결치는 전자음악 비트에 기꺼이 고개와 허리와 손발을 내맡겼다. 나보고도 건너오라 손짓하지만, 아아… 나는 몸도 마음도 마네킹보다도 덜 풀려 있는 것을! 도저히 발이 떨어지지 않아 그저 어색한 미소로 고개를 저을 수밖에 없었다.

얼마 후, 그녀 역시 떠났다. 낯선 군중 속에 나만 남겨졌다. 그제야 비로소 나를 감고 있던 자의식의 사슬이 마술처럼 사라져 있었다. 때가 왔다는 야릇한 충동이 온몸을 찌릿찌릿 달궜다.

여기 아무도 날 몰라. 나도 여기 아무도 몰라.

생각이 거기에 미치자 난데없이 아드레날린이 솟구쳤다. 온몸이 물로 빚은 듯 가벼웠다. 사방에서 대형 스피커가 쏘아 대는 전자음악의 시원한 굉음이 마침 완전한 고독으로 칼칼하던 가슴을 축였다.

지금 이 순간, 나는 영혼의 감옥에서 탈출한 육신이다.

한없이, 원 없이, 자유롭다.

• • ● • •

영원할 것 같던 오리엔테이션 주가 눈 깜짝할 새 지났다. 본격적인 학기의 시작이었다.

첫 수업이 있던 날 아침, 형언하기 힘든 불길함이 나를 엄습했다. 지금껏 억누른 불안이 한꺼번에 머리를 들고 일어나는 느낌이었다. 친구를 따라 강의실에 들어갔지만, 머릿속이 새하얘 눈보라 속처럼 앞이 보이지 않았다. 교수님 말씀이 눈덩이에 휩쓸려 그대로 허공에 흩어졌다.

그동안 신들린 광대 연기에 몰입한 나머지, 학생으로 돌아가는 법을 잊어버린 걸까?

어렴풋이 자문했지만, 알 길이 없었다. 마음을 잠식한 새하얀 광기를 표현할 길도, 어디 털어놓을 데도 없었다. 물론 주위 또래들은 나와 달리 멀쩡하기 짝이 없었다. 아니, 멀쩡하다 못해 행복해 보였다. 그것도 24시간 365일.

저렇게 보이려면, 나는 웃는 가면을 눌러쓰고 술기운과 음악의 힘을 빌려 혼신을 다해 연기해야 했는데. 저 위대한 일을 그들은 숨 쉬는 양 쉽게 하고 있었다. 그런 그들에게 갈수록 이질감이 들었다. 소화되지 않은 이질감은 마음속에 퇴적되어 차츰 경멸로 변질되었다.

얼마나 생각 없이 살면 저렇게 마냥 즐겁지? 저 감수성이라곤 없는 인간들.

문득 주위를 둘러보니 혼자였다. 내가 그들을 멀리했는지, 그들이 나를 멀리했는지 알 수 없었다. 분명한 건, 오로지 싸늘한 어둠과 적막만이 나를 에워쌌다는 것. 그리고 그것이 서서히 빈속에 스며들었다는 것이었다. 그간의 자기기만은 그렇게 막을 내렸다.

달라진 건 아무것도 없었다. 가슴속 구덩이가 히죽 비웃는 소리가 들렸다.

봐, 내가 뭐랬어?

진실은 내가 텅 빈 껍데기라는 것이었다. 누구에게도 이해받지 못할 공허를 품고 사는 껍데기였다. 이제 내게 너무 작아져 버린 가면을 벗어 내려놓았다.

적막한 밤, 기숙사 방에 누워 오랜만에 헤드폰을 꺼냈다. MP3의 먼지 쌓인 구석을 들추어냈다. 텅 빈 천장을 바라보며 시규어 로스의 곡 Vaka를 들었다. 죽음을 맞이하는 순간, 천국에서 들려올 것 같은 선율이었다.

그대 나지막이 한숨 쉬네 오늘밤
그대 정말 혼자네
그대 정말
그대 정말 가라앉아 있네
그대 정말 혼자네

깊은 어둠의 시작이었다. 이제 찰나가 되어 버린 설렘보다 한없이 깊기만 한 어둠이었다. 수업도 듣는지 마는지, 밥도 먹는지 마는지, 정처 없이 홀로 어둠을 헤매었다. 곁에는 아무도 없었다. 고등학교 시절 그토록 친했던 친구들은 저마다 새 보금자리를 일구느라 정신없는지, 도통 연락이 없었다. 어디에도 나를 찾는 손길이 없었다.

나는 가라앉다 못해 굳어 갔다. 눈빛과 목소리와 텅 빈 가슴까지. 손톱과 수염과 머리칼은 하염없이 야금야금 자라는데, 무심하게 그걸 지켜볼 뿐이었다. 하루는 오랜만에 저녁을 함께하는 선배가 보글거리는 김치찌개를 앞에 두고 염려의 눈길을 보냈다.

— 우울하다고 그렇게 될 대로 되라는 식으로 있으면, 너한테 다가오려던 사람들까지 널 어려워할 수 있잖아. 그러니 머리도 좀 정리하고. 가려서 눈도 안 보인다야.

그가 옳았을까.

아니.

이미 나는 사방이 포위된 패잔병 심정이었다. 주위에는 내게 포화를 겨누는 무리들이 들끓었다. 포화의 이름은 '상대적 박탈감'.

강의실에 들어서면, 교수님이 입을 열기 전까지 다들 어김없이 옆사람 뒷사람 할 것 없이 왕왕 떠들었다. 교정의 잔디밭과 교내 식당 역시 마찬가지였다. 삼삼오오 모여 내게는 신기루만 같은 웃음꽃을 그득그득 피워 댔다. 꽃밭 어딘가에 얼핏 선배의 모습도 보였다.

내 속내를 아는지 모르는지, 그가 병든 닭을 앞에 두고 부드럽게 떠들었다. 그가 하는 말들이 김치찌개 끓는 거품보다 더 부질없게 느껴졌다. 힘없이 손을 들어 한술을 떴다. 빈속에 뜨거움 한 모금이 눈물처럼 흘러들었다.

어둠과 적막에 잠식된 내 세계. 결코 대학 생활을 갓 시작한 청년의 모습이 아니었다. 이런 나를 이해하고 포용해 줄 사람이 나타날 리 만무했다. 나만 영영 혼자라는 생각이 서늘히 식어 버린 손처럼 심장을 감쌌다.

그렇게 타지에서 보낸 첫 학기를 마쳤다. 영혼 없는 눈빛으로 성적표를 받아 보았다.

시 작문 I : 통과

초급 현대무용 I : 통과

의학의 생명공학기술 : 낙제

기초화학 : C

누군가 소름 끼치도록 비웃었다. 그게 구덩이인지 나인지 알 수 없었다.

까마득히 오래전 기억이 났다. 나는 한의학을 과학적으로 연구하고 조명하겠다는 포부를 안고 대학 문을 두드렸다. 코미디였다. 포부는커녕 아무것도 품지 못하는 주제에. 마녀의 저주받은 도끼에 심장이 도려내진 양철 나무꾼 주제에.

겨울방학을 맞아 집으로 돌아가는 짐을 꾸렸다.

내 안의 폐허에 쓸쓸한 바람만 웅웅대고 있었다.

#3 일생일대의 제안

나 자신에 대해 진정으로 알고 싶다.
내 의식에 도사리는 이 텅 빈 어둠을, 그 실체를 파헤치고 싶다.

그래, 이대로 주저앉을 수 없어. 무슨 방법이 있을 거야.

2학기를 맞이하는 내 각오는 공양미 300석으로 눈뜨겠다는 심 봉사만큼 처절하면서 결연했다. 주위에 수소문한 끝에 코헨 학장님이라는 분을 소개받았다. 정신적인 문제로 방황하는 학생들을 잘 이해하고 이끌어 준다나. 이메일로 약속을 잡았다.

때가 되어 떨리는 마음으로 사무실을 찾았다. 대기실에서 비서로 보이는 여자가 잠시 기다리라고 안내했다. 자리에 앉자 금세 잡념에 빠졌다.

내가 이런 데까지 왔구나. 도움을 구걸한답시고. 인간에 대한 불신으로 똘똘 뭉친 내가. 인간이 그저 미운 내가.

비린내 같은 풍경이 눈앞에 그려졌다. 교정의 잔디밭에서, 교내 식당에서, 강의실에서, 나만 빼놓고 모두 희희낙락 잘도 떠들었다.

저들 앞에 난 얼마나 초라한가. 얼마나 외톨인가. 세상에는 진정으로 날 이해해 줄 사람도, 진심으로 날 위해 줄 사람도 없다.

끼익 문이 열리는 동시에 내 영어 이름이 들렸다.

— JK?

학장님 모습은 사진에서 본 그대로였다. 황금빛 벼를 닮은 풍성한 금발에, 그리스 신화에 나오는 곡물의 여신 데메테르를 연상시키는 우아함이 깃든 몸짓. 내가 따라 들어가 자리에 앉자 그녀가 따스하게 말을 건넸다.

— 그래, 이메일을 읽어서 대충은 알겠는데, 그래도 네가 어떤 상황인지 다시 말로 설명해 줄래?

오랜 사이처럼 친근한 태도에 나는 마음의 벽을 둘러쳤다는 사실조차 잊은 채 조곤조곤 답했다. 고등학생 때부터 익숙해진 마음속 어둠과, 아마도 그 원인이라 짐작되는 예민한 감수성. 이곳 사람들과 쉽게 어울리지 못해 깊어지는 외로움과, 외로움을 영영 떨쳐 내지 못하리라는 절망까지. 그동안 속에 곪아 가고 있던 마음의 병을 웬일로 숨김없이 꺼내 보였다.

— 흐음… 정말 힘들겠구나. 근데 고등학생 때부터 어려움이 있었다고 했는데, 그땐 혹시 어떻게 극복했어?

불과 일 년 전, 그러나 아득한 옛날처럼 느껴지는 민사고 시절이 떠올랐다. 이층 침대 세 구가 아웅다웅 복닥거리는 기숙사 방. 운동장이 훤히 내다보여 구름이 이따금 놀다 가는 옹골진 나무 벤치. 그곳에서 수많은 시간을 내 안의 어둠과 마주했다.

이 어둠은 누구와도 나눌 수 없어. 나 혼자 짊어져야 할 내 존재의 무게야. 어쩌면 앞으로 영원히.

그런 나를 비웃듯, 사실 내 곁에는 늘 누군가 있어 주었다. 친구들, 선생님들, 그리고 이따금 수화기 너머로 나를 응원하는 엄마.

넌 혼자가 아냐. 단지 혼자라는 착각에 빠져 있을 뿐.

그들이 있었기에 휘청거려도 무너지지는 않은 채 고등학교 3년을 무사히 완주할 수 있었다. 하지만 여기서는 아니었다. 엄마를 제외하고 내게 힘이 되어 준 이들 모두 연기처럼 사라지고 없었다. 혼자일 대로 혼자였다.

이제 믿고 기댈 사람은 없어. 믿고 기댈 사람이 필요한 내 나약함까지 전부 나 혼자만의 몫이야. 어쩌면 앞으로 영원히.

독백을 마친 내가 무거운 숨을 몰아쉬었다.

— 흐음… 정말 힘들겠구나.

코헨 학장님의 얼굴에 따듯한 빛줄기가 어른거렸다. 이에 힘입어 여태 꾹꾹 눌러 온 불만인지 원망인지까지 토해 냈다.

— 실은, 미국 문화가 저랑 좀 안 맞는 거 같아요. 다들 노는 것만 관심 있고, 진지한 모습은 전혀 보이질 않으니까요. 한 주가 시작할 때마다 매번 '주말에 잘 놀았어?' 하고 묻는 것도 그렇고, '잘 지내?' 하는 형식적인 안부 인사에는 일제히 약속이라도 한 것처럼, '완전 잘 지내지!' 하고 답하는 거 있잖아요. 진짜 항상 잘 지내는지 그냥 그런 척하는지 알 수 없어서 답답해하다가 포기했어요, 이제.

정말 그랬다. 이 인간들은 감수성이라고는 죄다 시장 바닥에 내다 팔았는지, 시종일관 유쾌, 상쾌, 통쾌였다. 수업 시간에 교수가 TTS(Text to Speech) 봇처럼 교과서를 읽으면서 강의를 때운다는 일이나, 주말만 되면 기숙사 룸메이트가 비어퐁(Beer pong) 대회를 열어 방을 난장판으로 만든다는 일도, 이들은 그저 술자리 안줏거리 삼아 떠들고 웃어넘겼다. 정말이지 악마에게 영혼을 팔아 낙천주의를 선물받았나 싶을 정도였다.

나는 아니었다. 오리엔테이션 때처럼 가면을 쓰지 않는 다음에야 아무렇지 않게 웃고 떠들 성격이 안 되었다. 여기는 이런 내가 설 자리가 없어 보였다.

— 대학 준비하면서 브라운이 가장 행복한 대학 1위로 꼽혔다는 기사를 본 적 있어요.

착잡한 목소리로 말을 이었다.

— 여기 학생들이 행복하다고 제가 와서 행복해지는 게 아닌데, 착각했나 봐요.

씁쓸한 웃음을 흘렸다. 그녀가 공감의 표시로 짧게 신음하고 말을 받았다.

— 흐음, 내 생각에 너도 분명 행복해지는 길을 찾을 수 있을 거야. 너처럼 어린 나이에 벌써 이런 고민을 시작했다는 게 그 증거야. 누구나 자기를 힘들게 하는 문제가 있기 마련인데, 모두가 너처럼 용기를 내서 그걸 마주하는 건 아니거든.

깊은 한숨이 나왔다. 막막함과 슬픔, 고마움이 뒤섞인 한숨이었다. 처음 보는 내게, 자기 인생과 아무래도 상관없는 내게, 친절과 온정을 베푸는 그녀였다.

그러나 우리의 아름다운 교감도 잠시, 잠자코 있던 인간에 대한 불신이 슬며시 고개를 쳐들었다.

아니, 이게 다 무슨 소용이야! 날 위해 준답시고 얘기를 들어 주지만, 딱 거기까지야. 이 사무실을 벗어나 바깥세상으로 나가면, 모든 게 그대로야. 가슴속 구덩이가 날 짓누르든 말든, 내가 숨 막혀 죽든 말든, 이 사람이라고 뭔 신경 쓰겠냐고!

새로 한숨이 나왔다. 절망뿐인 한숨이었다. 순간, 따르릉 전화가 울렸다.

— 응, 알았어. 잠깐만 기다리라고 해.

그녀의 시선이 다시 나를 향했다.

— 미안하지만, 다음 학생을 봐야 할 거 같아. 오늘 만남은 여기까지로 하자. 하지만 얘기를 충분히 다 못 들은 거 같으니까, 편할 때 다시 찾아와. 오늘 같은 자유 면담 시간에도 괜찮고, 아니면 따로 이메일로 약속을 잡아도 되고.

들은 둥 만 둥 고개를 끄덕이며 일어섰다. 시간을 내 주어 감사하다는 짤막한 인사 뒤로 도망치듯 물러갔다.

도로 고독에 침잠하는 나날이었다. '아무에게 아무것도 바라지 말자.' 지치지도 않고 내게 주문을 걸었다. 주문이 먹혔는지, 기대할 일도 실망할 일도 생기지 않았다. 한결 가라앉은 상태로 공부나 했다. 그나마 프랑스어와 미적분 공부에 재미를 붙여, 마음이 텅 빈 채로 책을 보고 있으면 시간이 훌쩍훌쩍 갔다.

그러던 어느 날, 코헨 학장님에게 이메일이 왔다.

— 저번에 만난 뒤로 영 소식이 없네. 잘 지내는지 어떤지 알고 싶어서.

내 반응은 대략 이랬다.

의문: 이 사람은 나 같은 놈에게 왜 이런 관심을 가져 주는 걸까?

정답: 그게 그녀의 일이기 때문. 너 같은 불쌍한 것들에게 '옜다' 하고 관심을 던져 주는 일.

내가 그것밖에, 누군가의 일거리밖에 안 된다는 사실에 피가 식도록 몸서리쳐졌다.

자, 답장을 쓰자.

— 그냥 똑같죠. 나아지는 건 없고, 나아질 것도 없어요. 그런데 전 학장님이 왜 절 신경 써 주시는지 모르겠어요. 그게 학장님 일이어서라면 전 괜찮아요. 전 진심으로 절 신경 써 줄 사람들을 찾고 있거든요. 물론 그런 사람들이 나타나리라 기대하진 않지만요.

쌀쌀맞기 짝이 없는 대답이었다. 동시에 내 심정을 여지없이 대변하는 대답이었다.

세상은 날 버렸어. 날 위해 줄 사람은 어디에도 없어.

그렇게 나는 속이 시커멓게 내려앉은 인간이 되어 있었다. 곧이어 답신이 왔다.

— 네가 뭔가로 인해 기분 상한 거 같은데, 그게 뭔지 솔직히 잘 모르겠어. 혹시 만나서 말해 줄 수 있을까?

집요한 여자다.

나도 모르는 새 꾹 걸어 잠근 마음의 빗장이 스륵 풀려 있었다. 그리고 그녀의 사무실 앞에 다시 한번 서 있었다.

— 넌 내가 널 신경 쓰고 도와주려는 게 학장으로서 내 할 일이어서라고 하는데, 그래, 다 맞는 말이야.

그녀의 얼굴에 고대 신전에 감돌 법한 엄숙함이 서려 있었다.

— 근데 네가 알아야 할 게, 내가 진심으로 네가 네 고민을 해결하고 행복해졌으면 하는 건, 내 업무도 아니고 돈 준다고 할 일도 아니야.

— …

말문이 막혔다. 얼떨결에 자세를 고쳐 앉고 두 손을 모았다. 그녀가 아랑곳 않고 차분히 말을 이어 나갔다.

— 하지만 난 학장이고 네 개인 심리치료사가 아니라서 네 고민을 일일이 들어 주고 도와줄 순 없어. 그런 의미에서,

그녀가 의미심장한 한 박자를 쉬었다. 내 목구멍에서 꼴깍 소리가 났다.

— 난 네가 심리치료를 받아 보는 게 어떨까 싶어.

심리치료…?

그녀가 "나 실은 할리우드 배우야."라고 황당 고백이라도 한 듯, 웃을락 말락 하는 표정이 된 내가 애써 참을성 있게 말이 끝나기를 기다렸다.

— 겨우 한 번밖에 안 만났지만, 너한테 그런 인상을 받았어. 자기 자신에 대해 진정으로 알고 싶다는 목마름 같은 게 있다는.

목마름이라… 어째 이분은 나보다 날 더 잘 보는 것 같다. 그렇게 말하니까 정말 그런 것 같다. 나 자신에 대해 진정으로 알고 싶다. 내 의식에 도사리는 이 텅 빈 어둠을, 그 실체를 파헤치고 싶다.

알았다고 하고 가방을 챙겨 일어서려다, 퍼뜩 정신이 들었다.

— 아, 깜빡할 뻔했는데, 죄송하다고 말씀드리고 싶어요. 이메일에 제가 무례했던 거요.

— 아니야, 이해해. 사과 안 해도 돼. 솔직하게 나와 줘서 오히려 고마워.

코헨 학장님…

정말이지 이해할 수 없는 분이었다.

#4 네가 뭔데

그러니까, 완벽하게 네 마음에 들고 네가 원하는 대로 시간을 보내야만
친구라고 느낀다는 거네?
헛, 촌철살인이었다. 극강의 엑스레이가 두개골을 뚫고 지나간 듯
눈이 번쩍 뜨였다. 심리치료사란 이런 것일까?

장소는 학교 심리상담소. 어렵게 잡은 상담, 일주일씩이나 기다려 입성했다. 입성이라기에는 쬐금 조촐한 사무실이었지만. 그 비좁은 공간에서 족히 일흔은 돼 보일 법한 남자가 나를 멀뚱멀뚱 쳐다보고 있었다. 그가 프리드먼 씨였다.

이 사람이 지금 머리에 피도 안 마른 나를 이해하고 공감해 줄 거라고?

불쑥 거부감이 일었지만, 애써 침착하게 요점만 간단히 내 문제를 읊었다.

— 우울하고 공허하고 외롭고 무엇보다 마음이 통하는 사람이 없어요. 사람들이 싫어요. 피상적이고 감수성도 없는 그들과 어울리기도 싫고요.

우리의 상담사는 그런 건 아무래도 좋은지, 기본에 충실하기만 했다.

— 밥은 잘 챙겨 먹니? 불면증이나 뭐, 자는 데 어려움은? 그래도 고

민을 나눌 만한 사람은 있고?

내가 심술궂은 고양이 얼굴로 앉아 있어도 그는 눈 하나 깜짝하지 않았다. 그저 교과서에 나올 법한 체크리스트나 프로페셔널하게 체크하고 넘어갔다.

— 학교 공부는 그런대로 하고 있니?

뜨끔했다. 열심히 사는 다른 애들을 보고 있노라면 어김없이 찾아드는 자괴감, 자책감, 자멸감 3종 세트. 열심히 사는 다른 애들을 보고 있는 것도 아닌데, 이렇게 다시 가슴에 한아름 선물받았다.

— 겨우 조금요. 머릿속이 복잡해서 책을 손에 들기가 힘들어요.

기본성애자 상담사는 다시금 기본을 강조하며 강조하는 이유를 또 강조했다.

— 상관없는 것 같지만, 자기 할 일을 잘 못하거나 생활이 흐트러지면, 외롭거나 우울한 기분도 더 심해지기 마련이야. 그래서 집중이 잘 안 되더라도 계속 노력하는 게 중요해. 머리를 비우는 호흡법 같은 거 혹시 아니?

고개를 마구 흔들었다. 머리가 아니라 이 자리를 비워 주고 싶었다.

지금 공부가 문제가 아냐, 이 양반아. 뼛속까지 곪아 가는 마음의 병이 있다고. 그것 좀 어떻게 해 달라고 큰맘 먹고 찾아온 거라고!

시간 땡. 날개 돋친 걸음걸이로 사무실을 빠져나왔다. 내 실망도 저 인간에게는 과분했다. 어차피 처음부터 반신반의했다. 저들은 학교 소속이 아닌가. 학교의 관심은 보나 마나 내가 말썽 안 일으키고 학생의 본분인 공부나 충실히 하는 것뿐이었다. 학교와 한 몸인 저들이라고 다를 리 없었다.

학교에게는 미안한 말이지만, 잠시 내 본분에 제동을 좀 걸어야겠어.

당장 공허의 구덩이에 빨려 들어가지 않는 게 급선무니까. 머리를 비우는 호흡법 따위를 배우는 게 아니라!

며칠 뒤, 코헨 학장님을 만났다. 내가 머글들이 하는 마술 쇼를 처음 구경하고 온 마법사 아이처럼, 시시껄렁한 심리치료 첫 경험을 신나게 일러바쳤다.

— 잘 맞는 사람을 찾는 게 그렇게 중요하대. 학교 근처에 괜찮은 심리치료사 한 분 있다고 들었는데, 한번 찾아가 볼래?

톰 리.

학장님이 종잇조각에 손수 이름을 적어 주셨다. 그길로 학교 심리상담소를 벗어나 '제대로 된' 심리치료사를 찾아갔다.

톰 리 씨 치료소는 브라운대 교정에서 몇 구획 안 되는 곳에 있었다. 그래도 워낙 길치인지라 스마트폰 지도에 고개를 집어넣다시피 걸었다. 얼마 안 가 고개를 드니, 웬 고풍스런 근세 유럽 저택같이 보이는 건물이 우뚝 솟아 있었다. 괜히 아는 얼굴과 마주칠까 두려워, 힐긋 주위를 살피고 안으로 도망치듯 들어갔다.

실내에는 자줏빛 양탄자가 덮인 어둑어둑한 복도가 나왔다. 왼편으로 난 문은 대기실로 보이는 방으로 이어졌다. 잘 찾아왔나 도통 알 길이 없어 초보 세일즈맨처럼 쭈뼛쭈뼛 기웃거리다 말고, 다시 복도로 나왔다.

— 안녕하세요?

살짝 목소리를 높여 소심하게나마 적막을 다그쳤다. 몇 분이 흘렀을까. 휴대폰을 꺼내 시간을 확인하려는 찰나, 대기실에서 말쑥한 차림을 한 신사가 불쑥 고개를 내밀었다. 복스럽고도 날렵한 황소개구리 같은 인상에, 세월의 굴곡이 있었음 직한 꼿꼿한 주름. 얼굴은 틀림없이 한국인인데, 눈빛은 아메리카 대륙의 카리스마가 배어 있었다.

그가 바로 톰. 힘 있게 악수를 청하며 나를 맞아 주었다. 다만, "어서 와." 하고 그가 입을 채 떼기도 전에 가슴속은 이미 기대와 체념이 뒤섞여 어지럽게 일렁이고 있었다.

낯선 두 이방인이 같은 시간 같은 공간을 공유할 때, 정해진 수순처럼 모종의 탐색전이 벌어진다. 우리도 그랬다. 나는 분명 한국인처럼 생겼는데 분위기가 사뭇 생경한 이 사람의 정체가 궁금했다.

— 혹시 한국인이세요?

그가 예상했다는 듯 미묘한 미소로 고개를 가로저었다. 미국에서 나고 자란 데다, 한국어도 못한다네?

순간, 측은지심 비스름하게 마음이 짠했다.

그래도 뿌리는 한민족일 텐데… 이 아저씨는 자기 뿌리에 관심도 없나?

그가 자기 뿌리는 아무래도 상관없다는 듯 심리치료사의 능숙한 손놀림으로 나를 잡념의 늪에서 낚아채 올렸다.

— 그래, 무슨 일로 찾아왔는지 얘기해 줄래?

나는 심호흡을 하고, 몇 번이나 우려먹었는지 모를 자초지종을 털어놓았다. 공허 어쩌구 감수성 저쩌구. 이번에는 특별히 학교 심리상담소를 찾아가 보았지만 노답이었다는 말을 새롭게 추가했다.

— 그렇지. 아마 거기선 네 문제를 심도 있게 분석하고 이해하는 일에 초점을 두진 않을 거야. 거길 찾는 학생들이 그게 필요한지 그쪽 상담사들도 바로 알 길이 없고.

오호, 그가 점수를 땄다. 내 경험을 공감하고 정리해 주는 스타일이 효자손 저리 가라 하게 시원했다.

— 그렇게 말씀해 주시니 다행이네요. 저만 이상하게 생각한 줄 알았어요.

그가 부리부리한 눈을 끔벅이며 고개를 끄덕였다. 무슨 엑스레이가 달린 눈으로 머릿속을 들여다보는 느낌이었다.

— 그래, 네가 종종 친구가 없다고 느낀다 했는데, 왜 그렇게 생각하는데?

그의 질문에 잠시 생각에 잠겼다. 흠… 사실 오랫동안 고민해 왔음에도 아직 답을 내지 못한 질문이었다. 친구가 없는 것과 친구가 없다고 느끼는 것. 둘은 엄연히 다른 상황임에 틀림없지만, 마음속에서 그 차이가 지워진 지 한참이었다.

분명 친구는 늘 있었다. 어쩌다 한 번씩 연락해, 아니면 우연히 길 가다 만나, 같이 밥을 먹든 공부를 하든 함께 시간을 보내는 사람들이 있었다. 그런데 이따금 가슴속 구덩이에 휑한 바람이 불어닥칠 때면, 어김없이 이런 생각이 사무쳤다.

난 진정으로 마음 나눌 친구라곤 없는 버림받은 인간이야.

아마도 문제는 그들과 같이 있는 시간이 어쩌다 한 번뿐이라는 점과 함께 시간을 보낸다고 꼭 마음이 통하는 사이가 아니라는 점이었다. 그래서 그들에게 마음 깊숙이 '친구'라고 이름 붙이기 꺼려졌다. 나만의 기벽이었을까.

— 그러니까, 완벽하게 네 마음에 들고 네가 원하는 대로 시간을 보내야만 친구라고 느낀다는 거네?

헛, 촌철살인이었다. 극강의 엑스레이가 두개골을 뚫고 지나간 듯, 눈이 번쩍 뜨였다. 신기하고도 허탈해 한 토막 웃음이 나왔다. 그런데 왜일까. 그가 정곡을 찔렀다는 걸 쉽사리 인정하기 싫었다.

모 아니면 도라는 극단적 양자택일 식 사고방식. 고등학생 때도 몇 번 비슷한 지적을 들었다. 그래서 뭐? 그게 특별히 잘못되었나? 내가 생겨 먹은 방식일 뿐이었다. 내가 타고난 감수성으로 정립한 인간관일 뿐이었다. 문제는 내가 아니라 저들이었다. 저들이어야 했다.

— 제 생각에 문제는 제가 친구를 어떻게 규정하냐보다, 피상적인 인간관계만 찾는 여기 사람들 스타일이 저랑 얼마나 안 맞냐예요. 걔네들은 마음이 통하고 말고보다 같이 어울려 놀기 좋으면 장땡이니까요.

톰은 피상적이라는 평가가 과연 유효한지 의문을 제기했다. 아무렴, 헛수고였다. 내가 이곳 아이들을 주시하는 관점은 이미 그 정도 도전에는 끄떡도 없게 굳어져 있었다. 곧이어 약속된 50분이 끝났다.

첫날은 그런대로 흡족했다. 심리치료에 일자무식인 내가 보기에도 톰은 예리한 통찰과 질문으로 대화를 잘 이끌어 나갔다. 그와 말을 주고받다 보면, 나도 모르는 새 내 불행의 진실에 몇 발짝이나마 가까워지는 느낌이었다.

그러니 이상한 일이었다. 두 번째 만남, 세 번째 만남에 이르기까지, 속에 까닭 모를 불만이 산불처럼 번졌다. 잊을 만하면 튀어나오는 인간에 대한 불신이었을까. 그가 나를 도와주기를 자청하는 꼴이 영 눈꼴사나웠다.

네가 뭔데?

우리의 의견이 상충하는 지점마다 짜증이 용접 불꽃처럼 튀었다. 50분 치료 시간이 종말하는 지점마다 불꽃은 유난스레 터졌다.

오늘도 허탕이야. 과연 이 인간은 날 제대로 이해나 하고 떠드는 걸까? 아니, 내가 감수성이 예민해서 저들과 못 어울리는 걸, 왜 마음의 문을 닫아서 그렇다는 듯이 말하지? 나에 대해 뭘 안다고?

처음 여기 발을 들였을 때가 기억났다. 그때 가슴속에 체념과 기대가 딱 절반씩 균형을 맞추고 있었다. 몇 차례 만남 만에 완전히 뒤바뀐 판도였다. 체념의, 아니, 체념과 좌절과 분개의 압승. 결정타는 그의 분위기였다.

차가움이라기보다는 따스함의 부재. 섬세함이 빠진 매끈한 목소리. 정중하지만 그래서 형식적이고 사무적으로 느껴지는 태도. 그는 심리치료사가 아니라 차라리 비즈니스 컨설턴트에 더 가까워 보였다.

심리치료사라는 게 원래 이런 걸까? 세련된 프로페셔널리즘만 있지, 소박해도 진실한 인간미가 없잖아. 딱 코헨 학장님 같은 그런 인간미가. 그러고 보니, 톰이야말로 돈 받고 날 신경 써 주겠다는 사람 아냐? 어휴, 바랄 걸 바라야지.

• • ● • •

— 아니 톰, 지금 내 문제는 하나도 나아진 게 없고, 당신은 나한테 아무 도움도 안 되고 있어요!

끝내 가슴속 불구덩이가 치료실 전체를 집어삼켰다. 매정한 시곗바늘은 언제나처럼 당장에라도 나를 쫓아낼 태세였다.

아니, 오늘 나는 제 발로 걸어 나간다. 빈속에 어리석은 희망이 역시나 짓밟혔다는 쓰라린 패배감만 안고.

톰이 예의 그 정중한 컨설턴트 같은 눈빛으로 유감을 표했다.

— 넌 상담 시간이 끝날 무렵만 되면 짜증을 내고 불만을 터뜨리는 거 같아. 혹시 왜 그런지 알겠니?

또 또 웃기지도 않는 소리. 그럼 와서 자리에 앉자마자 계속 불평불만만 늘어놓으리? 내가 내 돈 주고 여기까지 와서 그딴 미친 짓을 한다고? 아니, 혹시나 도움 될까 해서 얘기 좀 해 보다가, 역시나니까 짜증나서 이러는 거잖아!

으슥한 밤 초승달을 둘러싼 구름들. 톰의 표정에 담긴 이마의 잔주름들이 그런 느낌이었다. 그 표정에 부인할 수 없는 진심이 들어 있었음을 훗날에야 짐작할 수 있었다.

그러나 이미 좌절감에 눈먼 나였다. 미처 보지 못한 진심을 뒤로한 채 차갑게 가방을 챙겨 일어섰다.

"잘 있어요" 하고.

어쩌면 상사의 면전에다 사직서를 내던지고 지긋지긋한 직장을 뛰쳐나오는 사원의 얼굴에 번질 법한 묘한 회심의 미소를 띠고.

#5 인연

— 안녕, JK 맞지?
편한 양복 차림에 30대 후반쯤으로 보이는 이 아저씨,
어딘지 묘한 구석이 있었다.

브라운대 교정을 벗어나 언덕 내리막길을 시원하게 질주했다. 헬멧을 쓰지 않아 아찔한 감이 있었지만, 이 몸은 초등학교 4학년 이래로 한 번도 자전거를 타다 자빠진 적 없는 베테랑이 아닌가?

프로비던스 강을 가로지르는 돌다리 앞에서 핸들을 왼쪽으로 꺾었다. 그대로 노스메인 대로를 따라 계속 페달을 밟았다. 풋풋한 가을바람을 가르며 어렴풋이 배어나는 한여름 열기를 맡았다. 셔츠 소맷자락이 깃발처럼 펄럭이는 소리가 귓가에 청량했다.

저만치에 야트막한 대리석 계단 위로 리즈디 대* 미술품 상점이 솟아 있었다. 페달을 몇 번 더 밟자 강변 울타리에 늘씬한 도로주행용 자전거들이 다닥다닥 매달려 있는 정겨운 풍경이 펼쳐졌다. 곧이어 다다

---

* 로드아일랜드 스쿨 오브 디자인(RISD, Rhode Island School of Design)의 약칭.

른 상아색 벽돌집. 입구의 길쭉한 직사각형 현판이 내가 길을 잘 찾아왔음을 알려 주었다.

2층 윌리엄 브레넌 정신분석가

문을 열자마자 좁다란 계단이 나를 반겼다. 계단에는 카푸치노의 그윽한 담갈빛을 머금은 융단이 덮여 있었다. 사뿐사뿐 올라가니 로즈메리 향기 그윽한 복도가 나왔다.

아아, 벌써 반년 전 일이었다. 아득한 기억이 알싸한 고추 내음처럼 얼굴을 간지럽혔다. 심리치료사 톰과의 첫 만남부터 좌절감을 주체 못해 얼마 안 가 때려치운 일까지. 그 짧았던 시간이 막장 드라마의 한 장면같이 눈앞에 스쳤다.

와, 어떻게 그렇게 싸가지 없었지? 조만간 찾아가서 사과라도 해야겠다….

이내 기억을 뒤로하고 성큼 걸음을 옮겼다. 설렘 반 긴장 반으로 복도 끝에 이르자 오른편에 우두커니 문이 있었다. 손잡이를 조심스레 돌리니 드디어 브레넌 씨 치료소 대기실이었다.

2학년 1학기. 지난 학기에 비해 한층 마음이 가라앉은 상태였다. 몇 차례의 시도가 번번이 좌절된 끝에 심리치료에 가진 희망은 일단 접어 두고 어찌어찌 학업을 마무리했다. 그런데 이상하게 2학년으로 올라오면서 다시 한번 기대를 걸어 보고 싶어졌다.

정확히 말하면, 쓸데없는 기대일랑 내려놓고, 심리치료가 뭐 하는 놈인지나 한번 보자는 마음이었다. 그때는 내가 너무 성급했다. 단 몇 차례 만남만으로 요술 같은 변화가 찾아오기를 기대했으니까.

코헨 학장님도 그러지 않았던가. 심리치료가 하루아침에 이루어지는 게 아닐 거라고. 좋은 치료사를 만나 인내심을 갖고 마음을 열고 만남을 가지다 보면, 틀림없이 변화가 생길 거라고.

그래, 이번만큼은 진득하게 버텨 보자. 가슴에 참을 인(忍) 자 수백 번을 새겨서라도. 그래서 심리치료가 어떻게 이루어지고 무얼 이루어 내는지 한번 끝장을 보자.

그길로 새 학기가 시작하자마자 학교 심리상담소를 찾았다. 미리 약속을 잡고 소장인 존 박사님을 만나 상의 끝에 심리치료사 한 분을 추천받았다. 프로비던스에 수년간 거주하면서 많은 브라운 학생들을 보아 왔고, 섬세하고 인간적인 면모가 돋보인다는 브레넌 씨였다.

널찍한 창문으로 푸근한 햇살이 한 아름 쏟아져 들어오는 이곳. 바로 브레넌 씨 치료소 대기실이었다.

창 밑에는 굵다란 녹색 잎사귀를 대담하게 뻗은 이름 모를 식물이 한자리 차지하고 있었다. 한가운데 야트막한 나무 탁자 위로 삐뚤빼뚤 쌓여 있는 《뉴요커》, 《우먼》, 《멘즈헬스》 등 각종 잡지들도 눈에 띄었다. 벽에는 각기 다른 형태와 색상의 도형들이 겹겹이 포개진 추상화가 걸려 있었다.

아, 이 묘한 느낌이란! 데자뷔랄까, 처음 와 보는 곳인데도 이곳 사물 하나하나가 '그럼 기억하고말고!' 하는 정다운 눈빛을 보내는 것 같았다.

곧이어 문이 열렸다. 미소를 한가득 머금은 키다리 신사가 나긋이 고갯짓했다.

— 안녕, JK 맞지?

고개를 끄덕이며 그를 따라 안으로 들어갔다. 가방을 벗어 바닥에 내려두고 준비한 A4 용지를 꺼냈다. 사람 좋은 미소를 띤 채 나를 지켜보는 브레넌 씨에게 무표정으로 종이를 건넸다.

약속 시간이 오기 전까지 고민한 부분이었다. 지긋지긋한 내 사연을 또 입 아프게 떠들어야 하나…. 그러다 내놓은 해답이 펜과 종이였다. 글이 나 대신 넋두리를 늘어놓게 한다? 내가 생각해도 기발한 발상이었다.

자리로 돌아와 소파 안쪽에 몸을 집어넣었다. 푹신한 가죽이 주는 서늘한 감촉에 부르르 몸이 떨렸다. 브레넌 씨의 시선이 한 많은 종이에 머무는 동안, 호기심에 주위를 휘 둘러보았다.

가장 먼저 눈에 들어온 건, 그의 소파 밑 하만카돈(harman/kardon) 스피커였다. 위성 안테나 두 대가 딸린 외계 우주선처럼 생긴 스피커였는데, 마침 나도 똑같은 기종이 기숙사 방에 있어 묘하게 반가웠다.

고개를 돌리자 오른쪽 모퉁이에 생뚱맞게 놓인 침대가 보였다. 연둣빛 매트리스만 덜렁 올려놓은 침대였다. 예전에 어디선가 봤던 심리치료 장면이 생각났다.

다음으로 소파 너머로 눈길이 향했다. 오른쪽 벽에 붙어 있는 책상 위에는 심리학 서적들이 돌탑처럼 가파르게 쌓여 있었다. 맨 꼭대기에 무지막지한 볼드체로 FREUD라고 적힌 책등이 내게 프로이트를 아냐고 고함치는 듯했다.

다 읽었나 보았다. 브레넌 씨의 온화한 눈빛이 정성스레 달인 차 향처럼 은은히 내게 닿았다.

— 흠… 글 잘 읽었어, 고마워.

그것도 잠시, 언뜻 장난기 어린 눈망울이 반짝였다.

— 음, 전화로 약속 잡으면서 혹시 목소리만 듣고 내 모습이 어떨지 상상해 봤어?

나무토막처럼 굳어 있던 내 얼굴에 슬그머니 금이 갔다. 그 틈 사이로 피식 웃음이 삐져나왔다. 편한 양복 차림에 30대 후반쯤으로 보이는 이 아저씨, 어딘지 묘한 구석이 있었다.

나도 툭 던졌다.

— 목소리만으론 좀 더 젊은 분일 줄 알았어요.

좀 더 젊지 않았던 그가 빙그레 미소 지었다.

— 그래서 실망했어?

속으로 '아니, 뭐 이런 걸 물어보지?' 하면서도, 쩔쩔매는 모습을 보이기 싫어 태연하게 응수했다.

— 아뇨. 어차피 나이가 좀 있는 사람이랑 얘기가 잘 통하는 거 같거든요. 뭐 너무 많으면 모르겠지만.

오늘 무슨 경사라도 났나. 훈훈한 미소가 그의 눈가를 떠나지 않았다.

— 난 전화상으로는 네가 목소리에 별로 감정이 안 담겨 있어서 자기표현을 잘 안 하는 사람일 줄 알았어. 근데 막상 만나 보니까 쉽지 않을 텐데도 네 얘기를 솔직하게 들려줘서 좀 놀랐어. 그래서 고마워.

단 한 차례의 만남. 그것만으로 브레넌 씨에게 묘한 재주가 있다는 걸 눈치챌 수 있었다. 잘못 들으면 오해하고 기분 상할 말도 따스함과 진실함이라는 양념을 버무려 들음직하게 내놓는 재주였다. 그는 말 한마디에 상대를 울게도 웃게도 만드는 힘이 있다는 걸 아는 사람 같았다.

슬며시 침묵이 내려앉았다. 그가 여전히 미소를 머금은 채 부드러이 고개를 끄덕끄덕했다. 그런데 뭔가 이상했다. 따뜻한데 불편한 느낌이랄까? 마치 한겨울 마당에 피워 놓은 모닥불에 너무 가까이 손을 대고 쬐고 있는 느낌이었다. 모닥불이 그의 미소인지 우리의 침묵이었는지 알 수 없었다.

— 제 얘기는 종이에 쓴 게 다예요. 더 할 말이 딱히 없어요.

갑자기 모닥불을 꺼뜨리고 싶었는지, 내가 개뼈다귀 같은 말을 던졌다. 그가 미소 무늬를 새긴 듯한 얼굴로 고갯짓하더니, 짧게 숨을 들이쉬고 말을 받았다.

— 그건 그런데… 앞으로 더 할 얘기가 생길지도 모르지.

힐금 시계를 올려다보니 벌써 마무리 지을 시간이었다. 무례를 무릅쓰고 단도직입적으로 물었다.

— 심리치료를 통해 저한테 뭘 해 줄 수 있어요?

그가 차를 달이듯 잠시 시간을 들였다. 그윽한 눈빛으로 내 눈을 들여다보며 입을 열었다.

— 네가 사람들과 덜 어려움을 갖고 관계를 맺을 수 있게 도와줄게.

그 인자한 얼굴로 '나 지금 네 말 하나하나에 온 주의를 기울여 듣고 있어.'라고 말하는 듯 미간을 살짝 찌푸린 진지한 표정이었을까? 아니면, 내 말이 끝나면 잠시 뜸을 들이고 '그건 그런데…' 하고 운을 떼고는 슬그머니 다른 관점을 제시해 준 신중한 말투였을까? 그것도 아니면 내게서 1회 비용인 15달러를 받아드는 손끝에서 전달된 섬세한 떨림이었을까?

까닭 모를 믿음이 갔다. 이 사람과 함께라면 드디어 뭔가 달라지리라. 거역할 수 없는 확신이 가슴 저 밑바닥에서부터 엄숙한 신탁처럼 전해졌다.

그렇게 해서 심리치료사 브레넌 씨와 철부지 대학생 JK의 질긴 인연이 그날부로 시작되었다.

#6 신흥종교(?) 심리치료학에 입문하다

헤이든 교수님. 심리치료학이 신흥종교라면 그는 나의 신성한 교주,
나는 그의 열렬한 신도가 될 운명이었다.
무언가 압도적이고 불가사의한 존재를 범접한 듯
타오른 전율이 한동안 가실 줄 몰랐다.

디아블로 2, 크레이지 아케이드, 스타크래프트…

이제 추억이 되어 버린 게임들. 초등학생 때는 뭐가 그리 재밌었는지 폐인처럼 빠져 살았다. 부모님 몰래 PC방에 가 컵라면으로 끼니를 때우며 자정이 다 되도록 게임만 했다.

쿵쿵 널뛰기하는 심장을 안고 다다른 집. 쥐 죽은 듯 무거운 적막. 마루에서 아버지가 양반다리를 하고 기다렸다. 눈길도 주지 않고 물었다.

— 어디 갔다 왔어?

꼴깍 침을 삼키고, 말꼬리를 흐렸다.

— 친구 집….

— 다시 한번 묻는다. 어디 갔다 왔어?

경직된 음성이 시한폭탄처럼 살벌했다. 뚝 뗀 시치미가 제 발로 돌아왔는지, 어린 마음에 이실직고했다. 준비된 회초리가 종아리로 날아들

었다. 어머니는 곁에서 측은지심으로 입술이 굳었다.

아아, 딱한 나의 초딩 시절이여!

그랬던 게임광이 개과천선하여 2년 만에 영어광으로 컴백했다.

학교를 파하고 집에 가는 길. 책가방에서 앙증맞은 영어 단어장을 꺼내 자전거 핸들 사이에 걸쳤다. 그대로 출발이었다. 몇 년 전 TV 프로그램 《매직키드 마수리》에서 본 마법 주문이라도 따라 하듯 열심히 웅얼거렸다. 그러다 어느 날, 사회 선생님께 그 모습을 딱 걸렸다.

— 너도 참 징하다야.

거기서 끝이 아니었다. 밤에는 잠들면서 머리맡에 둔 워크맨을 들었다. 특히 애지중지한 녀석은 해리포터 시리즈를 원어로 낭독해 주는 테이프였다. 연륜이 묻어나는 낭랑한 남자 목소리가 일품이었다.

자나 깨나 틈만 나면 영어 공부했다. 누가 시켜서가 아니었다. 새로운 영어 표현을 배우고 써먹는 건, 뭐랄까, 땅속 깊숙이 잠들어 있던 고대 문명을 조금씩 발굴해 내는 일만큼 짜릿하면서 근사했다.

돌이켜 보면, 그때도 나는 틀림없이 공허와 투쟁하고 있었다. 의식하지 못했을 뿐, 텅 빈 마음을 채우려 무언가에 매달린 게 분명했다. 초등학생 때는 컴퓨터 게임, 중학생 때는 영어 공부에 집착했던 것처럼, 고등학생과 대학생 때는 인간관계에 집착했는지도 몰랐다. 그것도 완전무결한 이해와 교감의 인간관계에.

그러나 게임과 영어가 엄연한 실체였던 것과 달리, 내가 목말라한 인간관계는 완벽한 허상이었다. 나조차 깊이를 가늠할 수 없는 내 안의 공허, 그걸 이해하고 포용해 줄 사람이라…. 차라리 고도를 기다리는 편이 더 현실성 있어 보였다.

그러던 중 맞이한 대학교 2학년. 드디어 내 삶을 송두리째 바꿔 줄 운명적인 만남이 시작되었으니, 상대는 이름하여 심리치료학이었다.

• • ● • •

화요일 오전 9시. 200명은 족히 들어앉을 법한 강당이 꽉 차다 못해 계단까지 바글바글했다. 대망의 이상심리학 첫 수업이었다. 브라운에서 전설의 레전드로 손꼽히는 헤이든 교수님이 오늘의 주인공이었다.

강의실에 들어선 교수님은 장승처럼 호리한 몸매에 근엄한 얼굴을 하고 있었다. 그렇다고 권위적이라기보다 외려 아이같이 소박하고 순수한 인상이었다. 그가 마이크에 숨을 불어넣자 왁자지껄한 강당이 순식간에 썰물처럼 가라앉았다. 살짝 격앙된 목소리가 곧바로 이야기를 시작했다.

— 자, 한 남자의 사연이다. 집에 자주 못 들어오는 직장 때문에 아내가 불만이다. 고분고분 직장을 옮기지만, 영 사이가 나아질 줄 모른다. 결국 이혼만이 답이다. 긴긴 양육권 다툼이 벌어진다. 끝내 소송에 이겨 딸과 함께 지내게 된다. 그런데 그녀와도 영 사이가 껄끄럽다. 자존감이 떨어지고 짜증만 올라온다. 한숨 짓는 나날이 이어진다.

급기야 정신과 의사를 찾아간다. 임상우울증과 불안장애 진단을 받는다. 놀랄 일도 아니다. 프로작과 바리움이라고, 임상시험을 통과하고 대중에게 검증받은 똑 부러진 놈들로 약물치료에 돌입한다. 한 알 한 알 희망인지 요행인지 삼킨다. 여전히 딸은 말수가 없다. 그래도 다시 일도 나갈 만하고 그런대로 상황이 호전되는 모양이다.

그런데 그것도 잠시, 슬슬 약발이 떨어진다. 한 알 한 알 습관을 삼키지만, 이미 불행의 원점으로 되돌아가는 기차에 올라탄 이후다. 희망마저 모조리 삼켜 버려 더 삼킬 게 없는 나날이다. 그러던 중, 남자는 지인의 소개로 한 심리치료사를 만난다. 그가 장기간에 걸친 심층 심리치료에 내딛은 첫발이다.

헤이든 교수님이 여기서 멈추었다.

— 심리적인 문제를 접근하는 방식은 크게 두 가지로 볼 수 있다.

숨을 고르고 설명을 시작했다.

— 방식 1: 표면증상학. 남자가 처음 찾은 정신과 의사의 진단 사례에서 볼 수 있듯 표면 증세에 초점을 두는 방식이다. 임상우울증, 불안장애 같은 명확한 심리장애 진단을 내리고, 진단에 따라 적합한 약물을 복용하는 치료법이 뒤따른다. 코르티솔처럼 스트레스나 다른 감정을 조절하는 호르몬 분비에 이상이 생겨 심리 증세가 나타난다고 보고, 약물을 통해 호르몬 수치를 정상화하여 증세를 완화시킨다는 논리다.

방식 2: 심층 심리치료학. 개인이 겪는 불행을 이해하고 도와주기 위해 표면 증세가 아니라 그 기저에 깔린 그 사람 고유의 사고방식과 감정 처리 방식을 파악하는 일을 우선시한다. 그 방식들 속에서 불행을 지속시키는 요인에 대한 답을 찾아 그 사람이 보다 이상적인 방식으로 자기 생각과 감정을 조절하도록 도와주는 치료법이 뒤따른다. 그럼 대인관계도 개선하고 여러모로 스스로를 덜 불행하게 만들 수 있다는 논리다.

이 사례의 경우, 전자의 접근법이 내재한 한계가 분명히 드러난다. 남자는 심리치료사에게 초기에는 분명히 약이 잘 들었다고 하소연한다. 약물치료를 막 접한 이들이 흔히 겪는 현상이다. 약물이 요술처럼 효험을 부리다 갑자기 요술을 멈추면, 당혹감과 무력감에 어쩔 줄 몰라 하는 식이다. 이때 어떻게든 처음의 안정을 되찾고 싶어 복용량을 과하게 늘리는 경우도 있다. 그러면 약물 의존도가 위험 수준으로 높아져 비이상적인 시나리오다.

이렇듯 현실은 약물요법만으로 문제 상황의 본질을 결코 해결할 수 없음이 자명하다. 이 사례의 주인공이 겪는 불행의 핵심은 임상우울증이나 불안장애 같은 증세들이 아니라 그가 대인관계에 있어 감정을, 특히 분노를 조절하는 방식이다. 그의 심리치료사가 금방 간파한 사실이다.

그렇다면 심리치료를 통해 어린 시절과 성년기 주요 경험들을 반추하는 일이 필요하다. 어떻게 현재의 분노가 형성되었으며, 어떻게 지금과 같이 분노를 다루는 방식을 갖게 되었는지 말이다. 이런 부분들을 면밀히 조사하고 명확히 인식해야 한다. 그 인식에서 치료가 출발한다. 진정한 변화를 향해. 스스로를 덜 불행하게 만드는 자신의 성숙한 버전을 향해. 그게 바로 심리치료다.

돌이켜 보면, 헤이든 교수님은 화가가 틀림없었다. 그가 투명한 화폭에 담아낸 인간 정신의 세밀화는 선이며 색채며 질감이 당장에라도 화폭을 뛰쳐나올 만큼 역동적이고 몽환적이었다. 그건 개인을 일직선으로 규정하지 않는 포스트모더니즘적 선과, 표면에 드러나는 현상 너머를 포착하는 정신분석학적 색채를 사용해야만 완성할 수 있는 걸작이었다. 완성된 그림에서 묻어나는 생생한 질감은 인간을 증세의 집합체가 아니라 오롯이 인간으로, 그 한없는 깊이로, 느끼도록 만들기에 충분했다.

숨 막히는 감동에서 헤어나기도 전에 교수님이 단호한 어조로 말을 이었다.

— 하지만 안타깝게도 오늘날에는 표면증상학과 약물치료법이 시장에 만연해 있다. 그건 심리장애와 심리치료를 바라보는 대중의 인식이 부족한 탓도 있지만, 결정적으로 보험회사와 제약회사의 입김이 센 까닭이다. 예를 들어, 보험회사가 심리치료의 횟수와 회기당 시간에 제한을 걸어 버리면, 심리치료사는 장기적인 치료법을 도입하기 힘들다. 그렇게 되면 비용을 다 상환받지 못하니까.

한편, 제약회사는 심리학자와 정신과 의사들에게 연구비를 지원해 주면서 이들이 약물치료에 호의적으로 나올 수밖에 없도록 종용하는 실정이다. 이 같은 세태를 비판하는 책으로 《프로작 네이션(Prozac Nation)》이 있는데, 관심 있으면 읽어 보도록.

묘한 기분이었다. 심리치료 현장에 대해 깜깜했지만, 그가 묘사한 세태가 눈앞에 절로 그려졌다. 심리치료가 품은 고귀한 사명이 자본으로 돌아가는 거대한 톱니바퀴 기계에 더럽혀지고 있는 모습이었다.

— 사실, 정통 정신분석학이 내 전문이다 보니 다른 접근법들에 편견이 있을 수도 있다. 그래도 이 수업에서만큼은 되도록 중립적인 입장에서 각각 장단점을 소개하려 노력하긴 할 건데, 약속은 못 한다.

그가 어색하게 웃자 우리가 일제히 폭소를 터뜨렸다.

— 그리고 혹시라도 너희 중에 부모님이 정신과와 관계된 제약회사나 보험회사에서 일한다면, 가서 너무 내 욕 하지는 마라.

강의가 어느새 끝나 있었다. 교수님은 내게 황홀한 신지식을 전수했을 뿐만 아니라 숭고한 신념까지 전달해 주었다. 심리치료학이 신흥종교라면 그는 나의 신성한 교주, 나는 그의 열렬한 신도가 될 운명이었다. 꿈에서 덜 깬 몽롱한 정신으로 가방을 챙겨 대강당을 나섰다.

무언가 압도적이고 불가사의한 존재를 범접한 듯 타오른 전율이 한동안 가실 줄 몰랐다.

#7 내 심리치료사는 앵무새

철학자들에 따르면, 우리가 일반적으로 생각하는 사랑,
특히 이상적인 사랑의 모습에는 두 가지 조건이 필연적으로 따랐다.
조건 1: 무조건성. 조건 2: 대체 불능성.

— 오늘 기분 어때?

오늘도 브레넌 씨는 똑같은 미소를 머금고 똑같은 안부를 물었다.

희한한 일이었다. 불과 삼십 분 전만 해도 한껏 기분 좋은 상태였다. 아침에 들은 실존철학 수업이 남긴 여운이 채 가시지 않은 까닭이었다.

실존철학은 브라운에서 철학과 학장을 역임 중인 레진스터 교수님 수업이었다. 우리는 사랑, 참자아, 종교, 죽음, 허무주의 같은 주제를 둘러싼 유명 철학자들의 사상을 맛보기로 살펴보았다. 이들의 사유를 이해하고 정리하면서 나만의 철학을 정립해 볼 수 있었다.

그런데 이 레진스터라는 분이 여간 재간둥이가 아니었다. 벨기에에서 건너온 톡톡 튀는 피스타치오 같은 억양에, 스탠드업 코미디언 저리 가라 하는 신명 나는 제스처와 무대 존재감으로 청중을 들었다 놨다 했다. 두뇌 회전은 LTE급, 말솜씨는 담 넘어가는 구렁이였다. 강의마다 그의 공연(?)에 넋이 나가 있다, 수업이 끝나고서야 교정을 거닐며 그가 소개한 철학자들의 주장을 곱씹었다.

사랑의 기반은 무엇인가…

철학자들에 따르면, 우리가 일반적으로 생각하는 사랑, 특히 이상적인 사랑의 모습에는 두 가지 조건이 필연적으로 따랐다.

조건 1: 무조건성.

조건 2: 대체 불능성.

그런 무조건적이면서 대체 불능한 사랑이 이루어지도록 하는 사랑의 기반이 무엇인지 철학자들끼리 의견이 분분했다.

벨러먼은 존엄성이 사랑의 기반이라고 주장했다. 사랑하는 사람이 가진 인간으로서의 존엄성 말이다. 존엄성이 만고불변의 가치인 한, 이에 기반을 둔 사랑의 관계 역시 무조건적으로 영속할 수밖에 없다는 논리였다.

반면, 콜로드니는 존엄성 말고 관계 그 자체가 사랑의 기반이라고 반론했다. 존엄성이 무조건적인 가치는 맞지만, 모든 인간이 가졌으므로 이에 기반한 사랑은 쉽게 대체 가능해지는 문제가 있었다. 하지만 사랑의 기반이 고유한 두 인격체인 사랑하는 사람들 사이의 관계이자 이들이 함께 만들어 온 역사라면, 이에 기반한 사랑 역시 대체 불능해진다는 설명이었다.

철학자들이 떠드는 소리를 듣고 있으면 참 재미있었다. 얼핏 듣기에는 누구나 한 번쯤 해 보았을 별것 아닌 생각들이었다. 그런데 이런 생각들을 정갈한 언어와 조밀한 논리로 전개하는 모습은 '철학자 맞네!' 소리가 절로 나왔다.

철학이란 결국 인간과 세상을 두고 치열하게 고민하고 기록한 개개인들이 일군 노력의 집합체였다. 그런 노력이 인간사를 통해 끝없이 대물림되면서 철학이 진화해 왔고, 또 그만큼 인간 의식도 진화해 온 게 분명했다. 그 거역할 수 없을 만큼 압도적이고 거대한 물결의 일부가 되는 것보다 짜릿한 일은 많지 않을 것 같았다.

아, 이래서 철학하는구나!

그런데 이 모든 재미를 회오리처럼 날려 버리는 존재가 있었으니, 두말할 것 없이 내 심리치료사 브레넌 씨였다.

— 오늘 기분 어때?

평범한 안부 인사말이 머릿속에 찬물을 끼얹었다.

영문도 모를 일이었다. 철학이 뿜는 향기에 취해 존재의 무게도 잊고 한참 즐거운 사색에 빠져 있던 내가 치료실만 들어서면 돌연 얼굴이 굳어 버리는 게 아닌가. 무뚝뚝한 대답을 입 안에 들어간 머리카락처럼 뱉었다.

— 그냥 그래요.

물론 내 사소한 표정과 기분 하나하나에 돈 받고 장단 맞추는 시종노릇을 자청한 브레넌 씨가 그 언짢은 기색을 놓칠 리 없었다.

— 표정이 별로 안 좋아 보여.

늘 이런 식이었다. 딱히 새로울 것도 없고 이미 잘 알고 있는 것들을 그는 앵무새처럼 쫑알대기만 했다. 그래서 달라지는 건 아무것도 없었는데도. 얼굴에 짜증이 미세먼지처럼 잔뜩 낀 내가 뾰로통 입술을 오므렸다.

브레넌 씨가 처음의 미소를 거두었다. 그러더니 내 별로 안 좋아 보이는 표정이 갑자기 그의 인생 최대 관심사라도 된 듯 심각한 얼굴을 했다. 살얼음판을 밟는 목소리로 물었다.

— 무슨 일 있었는지 말해 줄 수 있어?

물론 아무 일도 없었다. 그런데도 문제가 있었다. 세 가지 치명적인 문제가.

문제 1. 심리치료사의 진심의 진위

심리치료는 근본적으로 돈을 주고받아 이루어지는 과정이자 관계다. 치료사가 나를 위하는 듯한 표정과 말과 몸짓을 보여도 당연히 의심이 갈 수밖에 없다. 진심의 진위가 의심되는 인간에게 무턱대고 마음을 여는 것만큼 위험한 일도 없다.

문제 2. 심리치료사의 의도치 않은 상기

심리치료는 어찌 되었든 진짜 인간관계가 아니다. 그걸 알면서도 여기까지 와서 시시콜콜 떠들 정도로 내가 인간관계가 형편없는 외톨이다. 간혹 치료사의 얼굴을 쳐다보다가 이런 현실이 상기될 때가 있다. 그럴 때면 너무 비참하고 분노해서 애꿎은 치료사에게 불똥이 튄다. 어쩔.

문제 3. 심리치료사의 능력의 실체

그래, 좋다. 원래 심리치료가 시간이 걸린다고 치자. 근데 그럼 밑도 끝도 없이 기다려야 하나? 아무 수익이 보장되지 않는 투자 상품에 돈과 시간과 에너지를 꼬라박는 짓과 뭐가 다르나? 치료사는 심리치료가 잘 이루어지고 있다는 믿음을 줄 책임이 있다. 내가 믿음이 없다면, 그의 잘못이다.

무슨 까닭인지, 처음 두 문제는 가만있고 세 번째 문제만 덜컥 튀어나왔다.

— 그냥 이게 다 무슨 소용인지 모르겠어요.

브레넌 씨의 찌푸린 미간이 다시 펴질 줄 몰랐다. 그가 신음 한 토막을 뱉었다.

— 음… 그렇게 생각하게 된 계기가 있어?

주저 없이 답했다.

— 그냥 뭔가 오늘은 좀 달라질 수 있을까 하는 기대를 안고 여기 오는데, 맨날 똑같잖아요. 아무것도 변한 게 없네, 하는 허탈감만 안고 나가는 거죠. 외롭고 우울한 건 똑같은데, 심리치료가 이렇게 허탈감만 안겨 주면 굳이 왜 하나 싶은 건 당연한 거 아네요?

— 음… 지난주에 특별히 외롭다고 느낀 적 있어?

질문을 받자마자 무슨 수작인지 빤히 보였다. 코웃음을 치며 받아쳤다.

— 아니, 지금 도움이 안 된다 그러는데, 은근슬쩍 제가 딴 얘기로 빠지도록 말 돌리는 거 다 보여요. 심리치료사들은 그딴 기술이나 배우나 보죠?

말이 끝나기가 무섭게 속이 쓰렸다. 나도 모르는 사이 문제 1의 갈등이 되살아났다.

저 인간이 널 진심으로 위해 주는 것처럼 보이지? 꿈 깨, 멍청아. 넌 재한테 심리치료 환자일 뿐이야. 그냥 돈이라고.

날 선 비난에 그가 살짝 주춤했다. 그러나 명색이 심리치료사, 금방 침착하게 말을 받았다.

— 그건 그런데, 저번 주만 해도 네가 어떻게 지내고 있고, 무슨 일들

이 있었는지 잘 말해 줬잖아. 그래서 너랑 네 상황에 대해 잘 알아 가는 시간이었고. 그런데 오늘 갑자기 다 소용없는 거 같다고 그러니까 어떤 계기가 있었는지 알고 싶었던 거야….

틀린 것 하나 없는 소리였다. 그럼에도 나는 대답 대신 똑같은 불만만 앵무새처럼 쫑알댔다. 내가 생각해도 답 없는 앵무새였다.

— 아니, 그래서 당신은 지금 이게 저한테 도움이 되긴 한다는 거예요? 아직도 친구 하나 없는 것도 그대로고, 매일 공허해 죽겠는 것도 그대론데, 지금 뭐 하자는 건지 모르겠다고요!

급기야 폭발했다. 그러나 그는 흔들림 없이 평정을 유지했다. 내가 숨을 고를 동안 그가 조심스레 말을 이었다.

— 음… 심리치료라는 게 시간이 좀 걸리는 거야. 처음엔 일단 우리가 서로 알아 가는 시간이 필요하지 않겠어? 네가 지금까지 잘해 온 것처럼, 네가 무슨 일을 겪고, 무슨 생각을 하고, 무슨 감정을 느끼면서 지내는지 얘기해 줘야 나도 널 제대로 이해하고 도와줄 수 있어. 우리가 당장 이룬 게 없는 거 같지만, 봐, 네가 처음 찾아왔을 때에 비해서 지금 더 편한 모습이고 조금씩 마음도 열고 있잖아.

— …

세상은 다시 고요했다. 어쩐지 고요를 깨뜨리고 싶지 않아 그대로 침묵했다. 매끈한 가죽 소파가 주는 감촉이 서늘했다. 말없이 숨을 깊게 들이쉬었다. 마치 방 안에 있는 고요를 남김없이 빨아들여 텅 빈 가슴속을 메우겠다는 듯이.

몇 분인지 침묵 속에 녹아들었다. 침묵의 살결만큼 가냘프게 그가 말했다.

— 시간이 됐네.

두말없이 주머니를 뒤져 15달러를 건넸다. 눈도 마주치지 않고 떠나려는 찰나, 그의 목소리가 들렸다.

— 오늘 힘든 시간이었을 거 같아. 그런데 한편으론 우리에게 중요한 경험이었을지도 몰라. 다음 시간에 괜찮으면, 오늘 일에 대해 얘길 나눴으면 해.

으악, 다 때려치우고 싶다.

홧김에 낯익은 유혹이 치밀었지만, 애써 떨쳐 냈다. 굳은 얼굴로 고개를 까딱하고 서둘러 문을 나섰다. 초심의 다짐을 떠올리며 가슴에 참을 인 자를 새겼다.

정작 그걸 새길 사람은 따로 있었는데도.

#8 여기만 벗어나면 록스타가 될 수 있을 텐데

비록 있던 예술혼도 말라비틀어지는 일자리에 치였지만,
크렉은 진정으로 살아 있었다.
그는 나에게 일종의 새로움이었다.
싱클레어에게 데미안이 그랬던 것처럼 묘한 흠모의 대상이었다.

오늘도 치료소를 나서는 발걸음이 착잡했다. 치료 시간 50분이 끝나면, 희로애락의 롤러코스터를 타고 난 기분이었다. 브레넌 씨가 앵무새처럼 굴 때면 분노의 불기둥이 치솟다가도, 이내 호수 같은 품으로 감싸면 불기둥은 가라앉고 평온의 바람이 불어왔다. 심리치료 시간만 되면 상극을 오가는 이 기분, 도무지 영문을 알 수 없었다.

모르긴 몰라도, 그 깊고 깊은 구덩이 밑바닥에 변덕쟁이 황소가 살고 있는 것 같았다. 평소에는 얌전히 웅크리고 있다가 치료실만 들어서면 미쳐 날뛰는 황소였다. 유독 브레넌 씨에게만 덤비는 게, 그가 시뻘건 천을 흔드는 투우사로 보이는 모양이었다. 매번 그렇게 한바탕 투우 판을 벌이고 나면, 내가 다 기진맥진했다.

답답했다. 변덕쟁이 황소에 대해 터놓고 의논할 사람이 없었다. 당연했다. 아직 심리치료를 시작한 일조차 아무에게도 말하지 않았으니까. 정신병자 취급할까 봐? 아니. 어차피 내 경험을 이해하지 못할 것 같아서.

혼자다.

내 마음을 알아줄 사람 하나 없다.

체념 어린 생각에 다시금 초라하고 울적해질 때면, 교정에 있는 스타벅스에 들렀다. 설탕과 휘핑크림과 그밖에 온갖 몸에 나쁜 것들이 잔뜩 든 커피를 찾았다. 커피를 사 들고 그대로 싸이라이(과학도서관의 애칭) 11층으로 향했다. 11층은 특이하게 양 끝에 책상이 단 두 대씩만 있고, 중앙에는 책장이 빼곡히 들어차 있었다. 불 꺼진 층에 자그만 책상 스탠드만 빛을 내고 있어, 낮이나 밤이나 몽롱한 어스름이 깔린 듯한 적막감이 풍겼다.

이곳에서만큼은 고독에서 자유로웠다. 나만 자기연민에 찌든 비참한 외톨이라는 기분을 안겨 주는 웃고 떠드는 인간들이 없었다. 나는 그저 책을 펼치고 지성을 살찌우면 그만이었다. 그렇게 자의 반 타의 반으로 도서관에서 살다시피 하던 내 일상은 대학의 낭만 따위와는 거리가 먼 단조로움의 연속이었다. 그래서인지 예기치 않은 곳에서 찾아오는 별것도 아닌 새로움에 자못 들뜨기도 했다.

태권도 훈련을 마치고 기숙사로 돌아가는 길이었다. 도복을 입고 외투만 걸친 채였다. 과제가 많은 날은 의식을 치르듯 스타벅스에 들렀다. 과제 신에게 제물로 바칠 캐러멜 마키아토를 구하기 위해서였다. 주문을 하려는데 계산대 남자애가 대뜸 말을 걸었다.

— 어, 너 혹시 가라테 하냐?

깔끔히 빗어 넘긴 머리에, 자수정 빛깔 귀걸이, 그리고 시크한 올 블랙 옷차림까지. 힙스터의 산 표본이었다. 훈련으로 지친 데다 처리해야 할 과제 걱정에 대꾸할 힘도 없었다. 하지만 붙임성 있게 다가온 그의 호의를 냉큼 저버리기도 싫었다.

— 응, 아니. 이건 태권도 도복이야. 한국 전통 무예지.

그가 입꼬리를 살짝 올리며 씩 웃었다.

— 아, 그래? 무예 좋지. 난 원래 가라테를 좀 했었는데, 등을 다쳐서 그만둔 뒤로 좀처럼 시간이 나질 않네.

그렇게 그는 묻지도 않은 개인사를 처음 보는 내게 시시콜콜 늘어놓고 있었다.

• • ● • •

미국 문화는 참 신기하다. 생전 처음 보는 사람이 기차 옆자리에 앉은 당신에게 말을 걸어 올지도 모른다. 당신은 설렘을 안고 대학으로 향하는 중이고, 우연인지 인연인지 마침 그가 그 대학을 수십 년 전 졸업한 까마득한 대선배라도 된다면,

— 너 진짜 그런 델 가려는 거야?

하고 농담을 던질지도 모른다. 그러고는 배낭에서 주섬주섬 카메라를 꺼내 눈에 넣어도 아프지 않을 자식과 손주 손녀 사진들을 보여 주며 흐뭇한 미소를 나눌지도 모른다.

— 근데 너 어디서 지내냐?

— 음… 기숙사가 열기 전까지 뭐 호텔에서 지내거나 하려고요. 사실 아무 계획 없이 무턱대고 왔어요.

그는 대책 없는 당신에게 말도 안 되는 호의를 베풀지도 모른다.

— 그래? 그럼 우리 집에 와서 지낼래? 아내랑 둘이 있는데, 빈방이 여러 개라 아무 데나 써도 돼.

겁도 없이 제안을 받아들이기라도 한다면, 생전 처음 보는 사람이 당신을 일주일이나 넘게 먹여 주고 재워 줄지도 모른다. 미국 문화는 참 신기하다.

• • ● • •

— 아, 근데 내 이름은 크렉이야. 넌?

그가 대뜸 자기소개를 했다. 카운터 위로 불쑥 내민 손을 얼떨결에 쥐었다. 문득 낯설게 느껴진 내 영어 이름이 입 밖으로 나왔다.

— 만나서 반가워, JK.

덩달아 나도 그렇다고 대답해 버렸다. 당황한 탓에 이름이 뭐였는지 그새 까먹었다. 나는 축 늘어진 몸으로 그가 커피 머신을 능숙하게 다루며 커피 내리는 모습을 지켜보았다.

— 있잖아, 너처럼 말 받아 주는 손님 잘 없다?

크렉이 바삐 손을 놀리는 와중에 내 쪽으로 힐긋 눈길을 주었다. 내가 고개를 갸우뚱했다.

— 뭐가 그리 바쁜지, 내가 '잘 지내?' 하고 인사해도 곧바로 '아이스 라떼 하나' 이렇게 말하는 거야. 좀 토 나와. 인간에 대한 신뢰가 사라진달까.

흥미롭게도 나 역시 그런 장면을 수차례 목격했다. 눈살이 찌푸려졌지만, 애초에 인간에 대한 기대가 없었기에 크게 감흥이 없었다. 하지만 내가 크렉처럼 직접 당하는 입장이라면 얘기가 달라질 것 같았다.

크렉이 아이스 캐러멜 마키아토를 뚝딱 만들어 내 손에 쥐어 주었다. 커피만 받고 나가는 게 맞나 잠깐 머뭇거리던 찰나, 그가 금세 또 말을 붙였다. 이미 외로움에 찌들 대로 찌든 데다 인간관계가 반 포기 상태였던 나는 그 정도 관심도 차마 뿌리칠 형편이 아니었다. 마침 한산한 저녁 시간대라 손님도 별로 없어 얘기를 좀 더 나누었다.

크렉은 이곳 로드아일랜드 주에서 나고 자란 아이였다. 하지만 대학은 영국으로 가서 리버풀예술대학에서 장학금을 받으며 작곡과 연주를 배웠다. 그다음 고향에 돌아와 당장 생활비를 벌기 위해 스타벅스에서 알바를 하는 중이었다. 그러면서도 시간을 쪼개 밴드를 하고, 자기 음악을 작곡하고, 또 디제잉 연습까지 했다.

— 나처럼 음악을 하는 사람은 이렇게 무미건조하고 단조로운 일을 하면 안 돼. 있던 예술혼도 다 말라비틀어지는 기분이거든.

그가 한숨을 내쉬며 신세 한탄했다. 내가 짧게 신음하며 공감했다.

— 흠… 그렇겠다. 내가 해 줄 수 있는 게 없어서 미안하네.

고등학교 시절, 친구 우현이가 나한테 종종 해 준 말이었다. 해 줄 수 있는 게 없어서 미안해. 그 말에 괜스레 내가 미안해졌다. 친구를 쓸데없이 미안하게 만들었으니.

해 줄 수 있는 게 없어서 미안한 애틋함. 그건 결코 쉬운 감정이 아니었다. 일종의 무력감을 동반하는 탓이었다. 그 무력감을 애써 떨쳐 내지 않고 겸허히 끌어안아야 했다. 끌어안고 나면, 입 밖으로 정성껏 빚어 나오는 말이 있었다. 해 줄 수 있는 게 없어서 미안해.

그 말은, 그리고 그 말이 나오기까지의 과정은 바로 우정의 징표였다. 상대를 위해 기꺼이 그의 무력감까지 함께하겠다는 자세. 그런 자세가 필요 없는 사이라면, 상대의 한탄에 그저 '안됐네' 하고 넘어가면 그만이었다. 해 줄 수 있는 게 없어서 미안할 일도, 애틋할 일도 없었다.

만난 지 30분도 안 된 애한테 무슨 애틋함이었을까. 어쩌면 그건 선망과 공감의 강렬한 조화였을까. 내가 항상 속으로만 동경하던 음악의 세계에 손발 벗고 뛰어든 그의 용기에 대한 선망과, 내가 음울에 찌든 자의식에 갇힌 것처럼 무미건조에 찌든 단순노동에 갇힌 그의 처지에 대한 공감. 그 선망과 공감이 섞여 나도 모르게 "해 줄 수 있는 게 없어서 미안해."라고 한 걸까.

그는 내 복잡한 정신세계를 전혀 눈치채지 못하고 천진난만하게 자기 얘기만 늘어놓고 있었다.

— 넌 여기 매니저가 얼마나 사이코인지 모를 거야. 아니, 저번에 내가 길이 막혀서 딱 5분인가 늦었거든. 근데 날 창고로 불러내더니, 내가 심리치료가 필요하다는 둥, 그런 식으로 할 거면 때려치우라는 둥, 기도 안 차는 말을 지껄이지 뭐야. 근데 또 창고에서 나오자마자 갑자기 생글생글 웃으면서 대하잖아. 어휴, 말도 마.

그는 나에게 일종의 새로움이었다. 싱클레어에게 데미안이 그랬던 것처럼 묘한 흠모의 대상이었다. 그건 그라는 사람 자체라기보다 그가 상징하고 대변하는 신비롭고 낯선 상, 혹은 이상을 향한 것이었다. 비록 있던 예술혼도 말라비틀어지는 일자리에 치였지만, 크렉은 진정으로 살아 있었다. 그의 눈을 보면 알 수 있었다. 지친, 그러나 헤아릴 수 없는 자기 확신이 서린 눈빛. 지금껏 흔들림 없이 자기만의 길을 걸어온 자만이 가질 수 있는 눈빛이었다.

외로움에 찌들어 판단이 흐려진 걸까. 차라리 크렉의 처지가 훨씬 나아 보였다. 그는 일이 끔찍하지, 자기가 끔찍한 게 아니지 않나. 나는 나 자신이 끔찍했다. 지겹도록 공허에 시달리면서 아무 저항도 못 하는 나약하고 한심한 내가 끔찍했다. 새로 만난 사람 앞에서 굳이 끔찍한 내 모습을 스스로 되새겨야 하는 내가 끔찍하고도 끔찍했다.

내일이면 다시 찾아올 끔찍한 밤이 그렇게 저물고 있었다.

#9 내 마음 속 여신, 코헨 학장님

코헨 학장님은 가뭄에 단비였다.
나라는 인간과 경험의 내면세계를 진실한 관심과 호기심으로 바라보았다.
내 기쁨이 감지되면 얼굴에 미소가 번지고,
내 아픔이 전달되면 자비가 흘러넘쳤다.

— 차나 커피 마실래?

코헨 학장님이 커피와 티백이 담긴 종이상자를 내밀었다. 싱그러운 봄날 같은 미소를 머금은 얼굴이었다. 내가 오렌지 차를 고르자 머그잔에 뜨거운 물을 받아 차를 타 주었다. 사소한 몸짓 하나에도 기품과 인간미가 찻물처럼 은은하게 우러났다.

간단히 안부를 주고받은 다음, 그녀가 운을 떼었다.

— 음, 일단 네가 듣고 있는 수업들이 어떻게 돼 가고 있는지 짚고 넘어갔으면 해. 내가 학장으로서 해야 하는 일이기도 하고. 무슨 수업 듣는지 다시 얘기해 줄래?

학장님은 대답을 리갈 패드에 받아 적으면서 대화를 이끌었다.

— 그래, 다섯 개나 듣는다고 했지. 그래서 어때, 해 볼 만해?

— 네, 다섯 개라서 힘들다기보다 오히려 너무 재밌게 하고 있어요.

특히 실존철학이랑 이상심리학 두 개는 제가 지금까지 살면서 들은 모든 수업과 어쩌면 앞으로 들을 모든 수업까지 통틀어 다시 없을 기막힌 수업이에요.

한껏 들뜬 마음이 고스란히 전달되었는지, 그녀가 나비가 날아든 꽃밭처럼 웃었다.

— 정말 잘됐다! 나도 그 수업 둘 다 평판이 자자하다고 익히 들었거든. 특히 네가 너 자신에 대해 알고 싶어 하고, 삶에 대해 성찰하는 걸 좋아하니까 너한테 딱 맞겠다.

코헨 학장님은 마치 자기 일인 양 내 기쁨에 진심이었다.

— 그러고 보니 저번 학기 때랑 좀 달라 보여. 더 밝고 잘 지내는 거 같아.

그 말에 괜히 서글퍼졌지만, 짐짓 태연하게 미소 지었다.

— 네, 이번 학기는 시작부터 마음을 단단히 먹었거든요. 일단 인간관계에 대한 고민들은 좀 눌러 놓고 공부에 집중하기로요. 앞으로 어떻게 될진 모르겠지만, 일단은 잘돼 가고 있는 거 같아요.

그녀가 안타까움과 흐뭇함이 나란히 묻어나는 표정이 되었다.

— 흠… 잘돼 간다니 그것 참 다행이야. 공부에 집중하게 된 계기가 있었니?

— 음, 사실 이게 딱 계기가 됐는진 정확히 모르겠는데요, 학교로 돌아오는 비행기에서 옆자리에 앉은 사람이랑 몇 마딜 나눴거든요. 노트에 뭔갈 열심히 적고 있길래 궁금해서 말 걸었죠. 그 사람이 자기는 하버드 MBA 과정을 밟고 있는데, 친구들이 미국으로 놀러 와서 투어 시켜 주려고 계획을 짜고 있대요. 그런데 그에게 뭐랄까 아우라가 느껴졌어요. 자신감 넘치면서도 진중한 게, 있는 그대로의 자기 모습이 너무

편해 보였달까요.

그때 속으로 생각했죠. 난 지난 1년을 참 아쉽게 보냈고, 나 자신이 마음에 안 들기만 한데, 나도 저렇게 되려면 뭘 해야 할까? 그러면서 든 생각이, 저한테 가장 시급한 문제는 이 만성적인 공허감인데, 그동안 이걸 인간관계를 통해 해결하려 하면 할수록 더 악화된 거 같더라고요. 그래서 그 문제는 일단 포기하기로 했어요. 제 손으로 어떻게 할 수 있는 게 아니니까요.

그다음 제일 큰 문제는 1학년 때 공부를 열심히 안 해서 자존감이 추락한 건데, 이번 학기는 그걸 우선순위로 삼으려고요. 꼭 성적을 잘 받겠다 이게 아니라, 다 떠나서 그냥 수업도 열심히 듣고 공부도 후회 없이 해 보겠다는 거죠. 그러면 자신감도 좀 되찾을 수 있지 않을까 해서….

움찔 놀라 말끝을 흐렸다. 이렇게 따분한 개인사를 누구에게 구구절절 늘어놓은 지도 참 까마득했다. 이런 내가 낯설었다. 그러고 보니, 내 속내를 집중해서 들어 주고 진심으로 공감해 주는 사람이 주위에 누가 있지? 아무도 떠오르지 않았다.

코헨 학장님은 가뭄에 단비였다. 딱 내가 필요한, 내가 원하는 스타일로 얘기를 경청했다. 나라는 인간과 그 인간이 경험하는 내면세계를 진실한 관심과 호기심으로 바라보았다. 그래서인지 내 기쁨이 감지되면 얼굴에 자연스레 미소가 번지고, 내 아픔이 전달되면 또 자연스레 자비가 흘러넘쳤다.

내 장황한 일대기가 끝나자 코헨 학장님 얼굴에 미소가 번졌다.

— 정말 좋은 결심이야. 특히 철학과 심리학 공부는 열심히 해 두면 앞으로 인생에 분명 도움 될 거야.

그녀가 한 박자 쉬더니 조심스레 말을 이었다.

— 음, 아까 네가 인간관계에 대한 고민을 포기했다는 말이 마음에 걸려서 그런데, 그 일에 대해 좀 더 얘기 나누는 건 어떨까?

내가 엷게 웃음 지었다.

— 굳이 얘기하고 싶지 않은 건 아니고, 사실 별로 할 얘깃거리가 없어요.

그도 그럴 것이, 외로움은 어느덧 일상이었다. 인간관계가 색채라면, 내 일상은 칙칙한 회색조로 채색되어 있었다. 빛깔이 시들어 버린 세계, 잿빛 그림자만 유령처럼 넘실거리는 세계는 굳이 입에 담을 만한 것을 찾기 힘들었다. 지독한 똑같음, 지겨움뿐이었으므로. 그 세계를 한 조각 입에 담을라치면 입 안까지 탁하게 물들어 버릴 것 같았다.

한숨을 참는 내게 대지의 품 같은 자상한 목소리가 들려왔다.

— 특별히 외로워서 힘들 때가 있니?

그녀의 질문에 어쩔 수 없이 가슴에 고인 어둠을 한 자락 입 밖으로 꺼냈다.

— 음, 그냥 웃고 떠드는 무리를 볼 때 그런 생각이 들어요. 나만 왜 이럴까? 나는 영원히 공허함과 외로움으로 고통받을 운명일까?

그녀가 옅게 신음했다. 마치 그녀의 숨으로 내 그늘진 세계에 빛깔을 불어넣을 수 있을 거라는 듯이.

— 으음, 네가 그렇게 느끼는 마음은 충분히 이해해. 그렇지만 네가 생각하는 게 꼭 맞지는 않다고 확신해. 학장을 하면서 수많은 학생들을 봐 왔는데, 다들 내색을 안 해서 그렇지, 많은 애들이 마음 맞는 친구 찾는 걸 어려워해.

말없이 고개를 끄덕였다. 두 손에 감싸 쥔 머그잔이 어느새 차갑게 식어 있었다. 밝은 주홍빛이 감도는 오렌지 차를 입 안에 한 모금 흘려 넣어 기어이 그 빛을 깨뜨렸다. 색채로 가득한 이 공간이 갑자기 나를 옥죄어 왔다.

— 음, 널 보면 몇 년 전 졸업한 학생이 생각나. 걔도 너처럼 철학적인 고민을 자주 하고 감수성이 예민한 남자였는데, 학교에서 마음이 통하는 사람이 없어서 힘들어했어. 그러다가 3학년 때였나, 무슨 국제사회 문제를 토론하는 동아리에 들어갔다가 거기서 좋은 친구들을 사귀고 그 후로 쭉 졸업할 때까지 잘 지냈거든.

순간, 눈앞이 아득했다. 그녀는 몰랐다. 나만의 끔찍하고 어두운 진실을. 그건 아무리 좋은 친구를 찾는다 해도 이 텅 빈 가슴속이 채워진다는 보장이 없다는 것이었다.

내가 다친 길고양이 같은 얼굴로 고개를 끄덕였다.

— 저도 동아리나 그쪽으로 한번 찾아봐야겠네요.

— 그래, 건투를 빌어. 곧 다음 만남이 있어서 미안하지만 널 이만 쫓아내야겠어.

• • ● • •

그길로 막연히 기다렸다. 관심이 갈 만한 단체가 어딘가에서 짠 하고 나타나기를. 그러던 어느 날, 브라운 전체 소식통인 모닝 메일에서 한 공지를 접했다. 액티브 마인드라는 학생 동아리가 정기 모임을 가지는데, 누구나 환영한다는 내용이었다. 액티브 마인드는 정신병과 심리장애를 금기시하는 사회 문화를 규탄하고 정신건강의 중요성을 환기하는 단체였다.

모임이 가까워 오는 저녁 시간이었다. 그곳 분위기가 어떨지 사뭇 기대되면서도 내심 초조함이 앞섰다. 전혀 낯선 곳을 홀로 찾아가야 했다. 그것도 이미 회원들끼리 서로 친해져 있을 곳을. 한숨이 나왔다. 이럴 때 같이 가 줄 친구가 있었으면…. 하지만 이럴 때 간절한 친구 하나 만들지 못한 것도 내가 짊어져야 할 업보였다.

윌슨 홀 1층의 자그마한 교실. 열린 문으로 수줍게 들어가 혹시나 하는 마음에 낯익은 얼굴을 찾아 두리번거렸다. 열댓 명 남짓한 모임에 마침 홍콩 출신 여자애 하나가 눈에 띄었다. 별다른 얘기는 나눠 본 적 없지만 그래도 안면을 튼 아이였다. 서로 안부 몇 마디를 주고받고 나니 긴장이 살짝 누그러졌다.

시간이 되자 별다른 소개도 없이 곧바로 정기 회의가 진행되었다. 오늘 안건은 액티브 마인드에서 한 달여 후에 주최하는 학교 행사인 〈우리 몸 긍정하기〉 포럼 준비였다. 토론 패널로 누구를 초대할지, 토론 주제와 진행 방식을 어떻게 할지, 행사 홍보 일을 어떻게 역할 분담할지 등의 내용이었다.

간혹 할 말이 떠올랐지만, 줄곧 잠자코 있었다. 아직 이곳 분위기가 어색해 몸도 입도 굳어 있었기 때문이었다. 어쩌면 그것보다 나도 모르게 습관처럼 저들을 평가하고 있었기 때문이었다. 모임을 처음 찾은 손님인 내게 인사 하나 건네지 않는 저들. 별것도 아닌 아이디어를 갖고 뭔가 대단하다는 듯이 떠드는 저들. 그런 저들 중에 특히 회장이라는 여자애가 가장 못마땅했다.

학교 심리상담소 소속 심리치료사 한 분이 포럼의 초청 강연을 맡은 모양이었다. 그녀가 일전에 모임을 찾아 이들과 이야기를 나눈 일에 대해 회장이 건방진 표정과 말투로 떠들었다.

— 근데 그 사람, 신체불균형장애가 뭔지도 잘 모르는 거 같지 않았어? 이상한 소리나 하고 말이야, 그치?

살짝 올라간 입꼬리가 얄밉다 못해 재수 없었다. 은근슬쩍 주위를 둘러보니 다들 한통속인 것처럼 고개를 끄덕이며 재잘재잘 잘만 떠들고 있었다. 언제나처럼 나만 혼자였다.

회의가 끝나자마자 닭장을 뛰쳐나오는 닭처럼 후다닥 도망쳐 나왔다. 곧장 스타벅스로 향했다. 커피만 사 들고 도서관으로 향할 생각이었다. 그런데 마음 한편에 나도 모르게 그 음악인 친구가 계산대에서 나를 반겨 주길 기대한 걸까. 그가 보이지 않자 괜히 맥이 빠졌다. 예전에 그가 근무 일정을 대충 말해 주었던 것 같은데, 이미 까먹은 지 오래였다.

아냐, 걔가 없는 게 나아. 만일 걔가 있었어도 별로 할 얘기도 없잖아. 아니, 괜히 얘길 나누었다가 얘랑도 잘 안 맞네 싶으면, 지금 허탈감이 배가 됐을 거야.

희한한 논리 전개였다.

나라는 놈은 그러했다.

#10 경계선이 우리를 배신할 때

심리치료학에 초짜였던 나는 그날 브레넌 씨가 해 준 얘기의 진가를
바로 파악하지 못했다. 무엇보다, 우리가 함께한 시간 내내
그가 베푼 한결같은 인정으로 인해 내가 얼마나 완전하게
그 특별한 가치들을 향유하고 체화할 수 있었는지.

문이 열렸다. 언제나처럼 무슨 연유인지 함박 미소가 나를 반겼다. 무덤덤하게 인사만 하고 따라 들어가 소파에 앉았다.

이내 정적이 깔렸다. 무겁지도 가볍지도 않은 정적이었다. 창밖에는 프로비던스 강이 하염없이 흐르고 있었다. 세상 일은 아무래도 관심 없다는 듯이.

— 오늘 기분 어때?

앵무새 아저씨가 말했다.

— 나쁘지 않아요.

대답하고 말문을 닫았다. 잠자코 고갯짓하는 그를 바라보며 다시 정적을 초대했다.

물론 기억하고 있었다. 지난 시간에 그가 마지막으로 한 말을.

— 오늘 힘든 시간이었을 거 같아. 근데 한편으론 우리에게 중요한

경험이었을지도 몰라. 다음 시간에 괜찮으면, 오늘 일에 대해 얘길 나눴으면 해.

중요한 경험? 웃기는 소리였다. 나는 중요한 경험 따위나 하러 여기 온 게 아니었다. 도움이 필요했다. 변화가 있어야 했다. 이 지긋지긋한 고독의 굴레를 벗어던지고 남들처럼 자유롭게, 가볍게 살고 싶었다. 나를 고통의 심연으로 빨아들이는 이 악착같은 공허의 구덩이를 가슴속에서 도려내야 했다.

이번에는 내가 먼저 정적을 깨고 입을 열었다.

— 아니, 이렇게 계속 가만히 앉아만 있을 거예요?

심술쟁이 황소가 벌컥 고개를 쳐들었다. 구덩이 밑바닥에 살고 있는 그 황소였다. 이건 아무리 생각해도 브레넌 씨 잘못이었다. 지금처럼 침묵의 천을 시뻘겋게 흔들고 있었으니까.

황소가 속으로 구시렁거렸다.

심리치료사가 돼 가지고 말야. 가만히 앉아 있으면서 돈만 받아 챙기려고?

— 음, 아니, 나는 네가 무슨 얘길 하고 싶은지 모르니까 준비되길 기다린 거지….

그가 웬일로 찔끔한 얼굴이 되어 변명했다.

— 그럼 오늘은 제가 물어볼게요. 브레넌 씨는 무슨 얘기 하고 싶어요?

그가 황소를 달래듯 조심스레 말했다.

— 혹시 저번 시간에 대해 한번 생각해 봤어?

내가 강물처럼 무심한 표정으로 고개를 끄덕였다.

— 네. 전 이게 진짜 인간관계가 아니라는 걸 알면서도 막상 그걸 받

아들이는 게 힘들어요.

뜻밖에 브레넌 씨가 빙그레 미소 지었다. 내가 기발한 농담이라도 던졌다는 반응이었다.

— 이게 진짜 인간관계가 아니라고?

— 네. 당신이 절 위해 주는 것처럼 말하는 것도 그냥 심리치료사로서 자기 할 일 하는 것뿐이니까요. 저한테 필요한 건 그게 아니라, 절 진심으로 위해 주고 서로 신경 써 줄 수 있는 사람이에요.

내가 던진 게 농담이 아니라 흙덩이라는 걸 알아차린 걸까. 진흙이 튄 표정이 된 그가 말을 받았다.

— 내가 널 대하는 거랑 네가 지금 처지에서 벗어나 행복해지길 바라는 건 다 진심이야. 근데 왜 그걸 아니라고 하지?

답답함에 괜히 목소리만 높아졌다.

— 아니, 진심이라 해도 그건 인간 브레넌이 아니라 심리치료사 브레넌으로서니까요. 당신 페르소나요. 페르소나, 그러니까 가면 같은 거죠. 전 가면이 아니라 그 이면에 가려진 진실한 인간과 소통하고 싶다고요.

페르소나. 그건 심리치료학을 공부하면서 접한 개념이었다. 페르소나란 개인이 집단 속을 살아가며 형성하는 일종의 사회적 정체성이었다. 자아를 이루는 다양한 면들이 있는데, 그중 남들에게 선택적으로 내보이는 모습은 페르소나고, 반대로 남들에게, 어쩌면 자기 자신에게조차 숨기는 모습은 섀도였다.

나는 확신했다. 브레넌 씨가 치료실에서 내게 보이는 모습은 단지 그의 페르소나일 뿐이라고. 그렇지 않고서는 여러모로 말이 되지 않았다. 내가 치료소에 나타날 때마다 까닭 모를 환한 얼굴로 나를 맞아 주는 일. 내가 망나니처럼 굴 때마다 흔들림 없이 인자한 모습으로 나를 대하는 일. 도저히 말이 되지 않았다.

언제부터인가 그의 프로페셔널리즘이 손끝이 떨리도록 거슬렸다. 그건 말하자면 가식의 결정체였다. 웃는 가면 뒤에 어떤 흉측한 몰골이 나를 씹고, 비웃고, 증오하고 있을지 상상만 해도 끔찍했다. 차라리 대놓고 미워하라고 소리칠 뻔한 적이 한두 번이 아니었다. 불확실성은 사람을 미치게 했다. 내 손으로 저 가면을 찢어발겨야 이 광란의 연극이 막을 내릴 것만 같았다.

그런데도 그는 순진한지 영악한지 멀뚱멀뚱 나를 쳐다본다. 어떻게 그럴 수 있지? 왜 저 인간 눈에만 안 보이지? 왜 안 보이는 척하지? 우리 관계가 치료실이라는 한정된 공간, 50분이라는 한정된 시간을 벗어나면 비눗방울처럼 꺼질 허상이라는 명명백백한 사실이?

— 아니, 만약에 제가 치료 시간이랑 별도로 밖에서 얘길 나누고 싶다 그러면, 당신은 상대도 안 해 줄 거잖아요. 근데 어떻게 이걸 진짜 인간관계라고 할 수 있어요?

그가 잠시 생각하는 얼굴이 되었다. 가면 주제에 생각도 할 줄 알았다. 숨을 한 모금 삼킨 가면이 꿋꿋이 말을 받았다.

— 그건 그런데, 여기 밖의 인간관계도 다 지켜야 할 선이 있잖아. 그것처럼 우리 관계도 단지 지켜야 할 선이 있는 것뿐인데, 그렇다고 이걸 진짜 인간관계가 아니라고 하는 건 좀 무리가 아닐까 싶어.

가면 주제에 맞는 말도 할 줄 알았다. 엉겁결에 구역질이 났다.

지켜야 할 선….

오래전 가슴 깊숙이 시신처럼 파묻은 깨달음이 있었다. 내 머리 어딘가가 고장 났는지, 인간관계에서 당연히 지켜야 할 선을 잘 지키지 못

한다는 사실이었다. 일례로 친한 친구가 바쁘다고 연락이 뜸하면, 나는 친구의 사정을 있는 그대로 이해하기 어려워했다. 친구와 나 사이의 선을 무시하고 막무가내로 섭섭해하고 상처받았다. 얘는 날 친구로 생각도 안 하나? 스스로에게 되묻다 결국 먼저 연락해 미처 억누르지 못한 불만을 꺼냈다. 쓸데없는 감정소모전만 치르다 끝내 절교하기도 했다.

그래서 대학교 2학년이 되면서 다짐했다. 코헨 학장님께 말한 대로 차라리 인간관계를 포기하기로. 지켜야 할 선을 못 지켜 상처만 남길 바에는 아무 기대도 않는 편이 나았다. 친구라는 기대도, 친구라는 존재도 없는 편이 나았다. 친구라고 생각한 순간 족쇄처럼 뒤따르는 기대가 문제였다. 그 옛날 톰도 꼬집지 않았던가. 완벽하게 내 마음에 들고 내가 원하는 대로 시간을 보내야만 한다는, 말도 안 되는 기대가 있다고.

— 지금 전혀 지켜야 할 선이 없는 관계를 얘기하는 게 아니잖아요. 심리치료 관계가 현실에서의 진짜 인간관계랑 다르다는 게 틀린 말인가요?

— 음, 네가 필요하다는 그런 친구 같은 인간관계는 우리가 못 가지는 게 맞아. 우리 관계가 네가 말하는 여기 밖의 '진짜' 인간관계랑 좀 다른 부분이 있지. 근데 오히려 그렇기 때문에 진짜 인간관계가 못 하는 부분을 해 주기도 해.

예를 들어, 네가 부정적인 감정에 휩싸여 상대를 대할 때, 밖에선 널 있는 그대로 이해해 주기보다, 자기도 부정적인 감정으로 나올 거야. 그럼 관계가 위태로워지겠지. 근데 여기선 네가 그런 걱정 없이 인간관계에 대해 배워 나갈 수 있어. 난 그런 식으로 맞대응하는 대신 널 있는 그대로 이해해 줄 거니까. 네가 어떻게 그런 감정을 겪게 됐는지, 그리고 그런 감정일 때 어떻게 상대와 소통하는 게 좋은지, 알게 도와줄 거니까.

그럼 나중엔 말야, 치료실 밖에서 네가 원하는 진짜 인간관계를 만드는 일이 더 쉬워질 거야. 그리고 네 상황도 틀림없이 나아질 거야. 심리치료 관계는 그런 면에서 충분히 가치 있는 거야.

— ….

반박 불가였다. 저 말과 저 표정과 저 목소리는 감히 부인할 수 없는 진실을, 진심을 담고 있었다. 그런데 왜일까. 그래서 더욱 겨울바람처럼 매섭게 쏘아붙였다.

— 그럼 진짜 인간관계가 아니라는 걸 인정하는 거죠?.

— 음, 네가 원하는 그런 관계는 아니지만, 충분히 의미 있는 관계라고 생각해. 그리고 네가 이 관계를 이용해서 필요한 걸 얻어 갔으면 좋겠어.

그의 대답에 눈살이 찌푸려졌다.

— 전 누가 누굴 이용하고 뭔갈 얻어 가고 그런 관계가 싫어요. 그냥 있는 그대로 서로에게 진실한 관계가 필요하다고요.

우리의 논쟁은 겨울과 봄이 치르는 전투 같았다. 그 전투가 다시 원점으로 돌아가 있었다. 심리치료사도 그 사실을 눈치챘는지, 예의 그 심각한 표정이 되어 고개만 끄덕끄덕했다.

— 혹시 《경계선이 우리를 배신할 때(When Boundaries Betray Us)》라는 책 들어 봤어? 네가 관심 가질 만한 책이야. 저자도 너처럼 심리치료사에게 치료실 밖에서 친구같이 교류하며 지내자고 계속 설득하지만 번번이 좌절한다는 내용이야.

저자의 논리는 희한했다. 그녀와 그녀의 심리치료사가 사적인 친분을 쌓아야 하는 이유로 두 가지를 들었는데, 같은 페미니즘 추종자로서 페미니스트 자매 연대를 실현하기 위해서, 그리고 자기 심리치료를 보다 진전시키기 위해서라는 거였다. 둘 다 허튼소리였다.

브레넌 씨 입가에 어느새 장난스런 미소가 피어났다.

— 아차, 네가 읽으면 지금 생각이 오히려 부추겨지겠는데. 그럼 안 되는데….

꽁한 마음이 살살 누그러진 내가 새침하게 답했다.

— 아니, 그럴 걱정 안 해도 돼요. 제가 듣기에 그 사람 주장은 말도 안 되는 걸요. 자기가 심리치료를 시작할 때 애초에 치료사와 암묵적인 합의를 한 거잖아요. 이건 진짜 인간관계가 아니다. 여기서만 알고 지내는 관계다. 그 이상의 요구는 상대가 들어줄 의무가 없다. 딱 그렇게.

그가 웃음기 그대로인 얼굴로 잠자코 고개를 끄덕였다. 그를 똑바로 바라보며 내가 호기롭게 덧붙였다.

— 전 당신이 이걸 진짜 인간관계라도 되는 것처럼 당신과 절 기만하는 게 못마땅한 것뿐이에요. 실제로 진짜 인간관계를 갖길 바라는 게 아니라. 만약 그랬다면 진작 관뒀죠. 언제 적에 그게 비현실적인 걸 알았는데.

심리치료학에 초짜였던 나는 그날 브레넌 씨가 해 준 얘기의 진가를 바로 파악하지 못했다. 오랜 시간이 지나서야 그와 함께한 시간을 회상하다 비로소 알아차렸다.

그때 그가 얼마나 명쾌하고 진실되게 심리치료 관계를 설명해 주었는지. 그게 어떤 인간관계며 얼마나 특별하고 가치 있는 인간관계일 수 있는지. 무엇보다, 우리가 함께한 시간 내내 그가 베푼 한결같은 인정으로 인해 내가 얼마나 완전하게 그 특별한 가치들을 향유하고 체화할 수 있었는지.

#11 대마초 패밀리

미국 동부 동창회 모임을 갖기로 해, 나도 뉴욕으로 여행을 떠날 채비를 했다. 하지만 기대보다 염려가 앞섰다. 1년 만에 여러 친구들과 연락이 뜸해지고 자연스레 거리감이 생긴 터였다. 특히, 대학 와서 친구도 제대로 못 사귀고 외로움에 허덕이는 초라한 내 모습을 들킬까 봐 내심 불안했다.

— 그냥 겨우 버티는 중이지.

크렉의 지친 눈빛이 도시의 야경처럼 반짝였다. 여느 때처럼 스타벅스에 커피를 사러 들른 길이었다. 계산대 너머에서 그가 나를 반갑게 맞으며 안부인사에 답했다. 그다음 곧바로 주문을 받더니 장난스럽게 왼쪽 눈을 찡긋했다.

— 내가 쏘는 거야.

손사래를 치는 내게 그가 둘만의 비밀인 것처럼 속삭였다.

— 어차피 이거 하나 서비스로 준다고 망할 가게도 아닌데 뭘.

내가 난처하게 웃으며 고개를 끄덕였다. 그가 타 주는 공짜 커피가 소소한 우정의 징표같이 느껴졌다. 크렉이 캐러멜 마키아토를 뚝딱 만들어 쥐어 주며 밖에서 바람 좀 쐬자고 했다. 갸우뚱하는 내게 10분간 휴식 시간이라 괜찮다고 알려 주었다.

밖으로 나서자 초가을 바람이 제법 찼다. 달큼한 캐러멜 향이 올라오는 뜨끈한 커피를 나도 모르게 꽉 감싸 쥐었다. 우리는 인도 난간 앞에 서서 땅거미가 때여가(Thayer St.)를 주홍빛으로 물들이는 모습을 함께 지켜보았다.

— 요즘 그런 생각 드는 거 있지. 내가 망가진 놈이라 똑같이 망가진 사람들만 나한테 꼬이는 건가.

크렉이 발길에 걸린 돌부리를 차듯 무덤덤하게 뱉었다. 괜히 흠칫했다.

설마 날 겨냥해서 하는 말인가? 내가 망가진 사람인진 어찌 알았지?

속으로 자문하다 말고, 금방 비웃음이 나왔다. 음울한 그림자가 늘 붙어 다니는 내 모습을 보고도 그걸 추측하지 못하면, 그게 오히려 이상한 일이었다.

— 얼마 전부터 새로 만나는 여자애가 있거든. 근데 만난 첫날부터 자기가 문제가 많다는 거야.

몰래 안도의 한숨을 지었다. 물론 내 얘기일 리 없었다.

— 걔가 자긴 너무 쉽게 사랑에 빠지는데, 그게 어릴 때 부모님 사랑을 별로 못 받고 자라서 그렇다는 거야. 그래서 남자한테 의지하려 한다나. 그러다 보니까 남자들이 자길 쉽게 대하고 상처도 잘 준대. 얼떨결에 난 그런 남자가 아니라고 했는데, 괜히 그랬나 봐. 사실 그냥 가볍게 만날 생각이었는데, 얘가 계속 연락하면서 집착하지 뭐야. 그래서 지금은 연락 차단해야 하나 그러고 있지.

내가 심각한 얼굴로 고개를 끄덕였다. 그의 시시콜콜한 연애사가 갑자기 내 인생 최대 관심사라도 된 듯한 표정이었다. 표정만 보면 그의 심리치료사인 줄 알 정도였다.

— 흠, 정말 난처한 상황이네. 서로 기대한 게 달랐으니까 네가 연락 끊어도 특별히 잘못하는 건 아닌 거 같은데.

별것도 아닌 말에 그의 얼굴이 한결 밝아졌다.

— 근데 아까 네가 망가진 사람이라 그랬잖아. 난 전혀 모르겠는데, 어디가 그렇다는 거야?

내 호기심 어린 질문에 그가 기다렸다는 듯 신나서 답했다. 자기가 망가졌다는 얘기를 저렇게 신나게 해도 되나 싶을 만큼.

— 어휴, 말도 마. 어릴 때 친형이랑 같이 산 게 나한테 가장 큰 트라우마야. 걔는 장난 아니고 진짜 사이코거든. 하루는 걔가 이유 없이 칼 들고 날 쫓아오잖아. 그래서 방문을 걸어 잠그고 버티는데, '이 더러운 게이 새끼야!', '내가 죽여 버린다!' 이렇게 막 욕하고 발광하는 거야. 그때 진짜 살 떨렸다니까. 근데 나중에 엄마한테 그 얘길 해도 형이 아프니까 이해해 줘야 한다면서 오히려 걜 감싸잖아. 그래서 그때 '아, 가족도 내 편은 없구나' 느꼈지.

그날의 기억을 되살아 내는지, 그가 가쁜 숨을 몰아쉬며 고개를 절레절레했다.

— 어쨌든 그때 이후로 게이가 나쁜 거라는 편견이 생겼다가, 나중에 내 생일 파티에서 사람 좋은 한 친구 놈이 커밍아웃하면서 편견이 사라졌어. 게이 친구들이 감수성이 예민해서 날 더 잘 이해해 주는 거 같기도 하고 말야.

이번에는 또 다른 의문이 머리를 스쳤다.

게이가 아니면 그를 충분히 이해해 주지 못한다는 건가?

— 어쨌든 어릴 때 트라우마 때문에 내가 한 여자랑 진지하게 오래 사귀지 못하나 하는 생각이 들 때가 있어. 어차피 내 편은 없다고 무의

식적으로 믿는 바람에 깊은 믿음을 못 주나 하는…. 너한테 이런 얘기도 다 하고, 네가 무슨 내 심리치료사가 된 거 같다야.

크렉이 호탕하게 웃었다. 머쓱해진 내가 되물었다.

— 그게 좋은 거야, 나쁜 거야?

문이 벌컥 열리더니 그의 동료가 상반신만 쑥 내밀었다. 어서 안 돌아오냐는 재촉이었다. 크렉은 냉큼 그의 심리치료사 친구와 주먹 인사를 나누고 문 안쪽으로 사라졌다. 따라 들어가기도 뻘쭘했던 나는 손에 든 식은 커피만 들고 도서관으로 향했다.

• • ● • •

학기가 중반부로 접어들 때까지 매일같이 강의실, 도서관, 기숙사만 오갔다. 그 밖에 남는 시간은 사마리탄스 자살 예방 긴급전화 봉사 활동을 하고, 일주일에 한 번 심리치료사 브레넌 씨를 보는 정도가 전부였다. 과연 대학생다운 낭만이 넘쳐흐르는 삶이었다.

그러던 중 미국 대명절, 추수감사절 연휴가 다가왔다. 고등학교 동기들이 연휴 끝 무렵에 미국 동부 동창회 모임을 갖기로 해, 나도 뉴욕으로 여행을 떠날 채비를 했다. 하지만 기대보다 염려가 앞섰다. 1년 만에 여러 친구들과 연락이 뜸해지고 자연스레 거리감이 생긴 터였다. 특히, 대학 와서 친구도 제대로 못 사귀고 외로움에 허덕이기만 하는 초라한 내 모습을 들킬까 봐 내심 불안했다. 차라리 가지 말까 고민도 했지만, 일주일 가까이 되는 연휴 내내 혼자 학교에 처박혀 있는다? 어휴….

추수감사절 연휴를 하루 앞둔 아침, 구내 카페 블루룸에 들렀다. 베이글을 한 조각 떼어 입안에 우물거리며 창밖을 내다보았다. 이미 학생들 대부분은 집이나 여행지로 떠난 모양이었다. 늦가을 한기가 감도는 교정은 버려진 묘지처럼 황량하기 짝이 없었다. 내 텅 빈 가슴속을 그대로 재현해 놓은 풍경이라 해도 믿을 정도로.

끝 모를 울적함에 카페를 나왔다. 이 버려진 묘지 어딘가에 나를 위한 관짝이 숨겨져 있을 것만 같았다. 하지만 지금은 보물찾기나 할 기분이 아니었다. 대신 단골 미용실로 향했다. 기분 전환이나 할 겸 머리를 손질하고 컬도 넣을 생각이었다. 그런데 웬걸, 파마 약이 다 떨어져서 며칠 뒤에나 와야 한다네?

별것도 아닌 일에 억장이 무너졌다. 죄스러울 만큼 달콤한 커피로 서러움을 달랠 생각에 다시 스타벅스로 발길을 돌렸다. 마침 크렉이 계산대에서 주문을 받고 있었다.

— 너 오늘따라 기운 없어 보인다. 무슨 일 있어?

— 음, 그냥 텅 빈 캠퍼스가 좀 쓸쓸해 보여서. 특별한 연휴 계획도 없고.

그가 길 한쪽에서 차에 치여 죽은 새를 발견한 표정을 지었다.

— 그 마음 충분히 이해해. 나도 영국에서 유학할 때 긴 연휴가 되면 가족 생각나서 괜히 외로웠거든. 그럴 땐 친구들이랑 뭔가 재밌는 일을 하면서 기분 풀고 그랬지.

위로랍시고 해 준 말이 죽은 새를 걷어찬 꼴이 되었다. 뭔가 재밌는 일을 같이 할 친구도 없는 나는 그럼 뭐가 되는데.

내 속마음을 엿들었는지, 그가 불쑥 물었다.

— 음, 너 혹시 시간 되면, 내일 우리 집에서 하는 추수감사절 저녁식사에 올래?

귀를 의심했다. 가족끼리 갖는 긴밀한 자리에 나를 초대한다고? 그것도 찌질함의 극치인 나를!

— 아마 엄마도 허락해 주실 거야. 근데 집안 분위기가 좀 적응이 안 될 수도 있어. 너만 괜찮다면 상관없지만 말야.

머쓱하게 웃는 그를 앞에 두고 잠깐 망설였다. 원래 얼마 되지도 않는 사교성을 잃어버릴 대로 잃어버린 상태였다. 낯선 무리에 껴 어울리는 일이 상상이 가지 않았다. 그래도 크렉이 함께할 거라는 생각에 왠지 든든했다. 더구나 내가 살면서 미국 현지인 집에서 추수감사절 저녁 식사를 몇 번이나 해 보겠냐는 생각이 들었다. 결국 그의 즉흥적인 초대를 흔쾌히 수락했다.

추수감사절 오후. 스타벅스 앞에서 크렉을 만나 차에 올라탔다. 준비해 둔 초콜릿 상자를 건넸다.

— 저녁 식사에 초대해 줘서 감사하다고 너네 부모님께 드리는 거야.

— 야, 뭐 이런 걸 다 준비했어.

그가 호탕하게 웃으며 선물을 챙겼다.

우리는 낯익은 브라운 교정과 프로비던스 시내를 뚫고 고속도로를 달렸다. 살짝 내린 차창 사이로 시원한 바람이 불어와 긴장이 모조리 날아갔다. 20분가량 달린 끝에 녹음으로 뒤덮인 크렉의 집이 모습을 드러냈다. 안에 들어서자 그의 어머니가 보였다. 합선된 전류처럼 가느다란 떨림이 가득해 한눈에도 불안해 보이는 얼굴이었다. 그녀가 엷게 미소 지었다.

— 네가 JK구나.

그러고는 눈 깜짝할 새 사라져 있었다. "요리할 거리가 산더미 같아서…" 라는 말을 어렴풋이 들은 것 같은데, 확실하지 않았다.

우리는 크렉의 여동생 나오미와 함께 덩치가 산만 한 반려견을 데리고 근처 해변가로 산책을 나갔다. 큼직한 바위들을 징검다리 삼아 총총걸음으로 건너며 선선한 바람에 실려 오는 짭조름한 바다 내음을 들이켰다.

— 난 뮤지컬 가수가 꿈이야.

나오미가 바다 같은 기개로 선포했다. 먼바다를 응시하는 그녀의 눈빛이 바닷바람을 따라 파랗게 하늘거렸다.

— 지금은 신발 가게에서 알바나 하고 있지만, 틈틈이 오디션 준비도 하고 있어.

— 우와, 너희는 음악인 가족이구나. 멋지다. 그럼 노래 한번 들려줄 수 있어?

— 아니, 지금은 좀 그렇고, 이따 저녁 때 봐서.

방금 전 씩씩함은 어디 갔는지, 나오미가 조개처럼 수줍게 미소 지었다.

하늘이 어둑어둑해질 무렵, 우리는 집으로 돌아왔다. 커다란 식탁이 거실 한가운데서 묵묵히 손님들을 기다리고 있었다. 한쪽 구석에는 크렉의 아버지처럼 보이는 남자가 텔레비전을 보고 있었다. 얼핏 옆모습을 보니, 먹이를 놓친 북극곰 같은 뚱한 표정이었다.

— 아빠, 이쪽은 내 친구 JK예요.

크렉이 심드렁하게 그를 향해 소리쳤다. 그의 아버지가 대꾸 없이 고개만 까딱했다. 내 쪽으로 힐긋 눈길을 준 것 같은데, 어쩌면 상상인지도 몰랐다.

곧 크렉의 할머니와 이어 그의 형과 형의 여자친구처럼 보이는 나이 든 여자가 도착했다. 둘은 얼핏 봐서 족히 스무 살 차이는 날 법했다. 나는 심상치 않은 관상을 자랑하는 남자를 슬쩍 훑어보았다. 뾰족한 모히

칸 머리, 촘촘한 턱수염, 창백한 낯빛에서 예전에 들은 사이코의 흔적을 찾아보았다. 그런 나를 비웃기라도 하듯, 그가 도도한 미소를 띤 채 내 쪽으로 고개를 까딱했다.

마침내 부엌에서 크렉의 어머니가 불룩한 칠면조 고기 접시를 내왔다. 왜인지 눈에 띄게 안절부절못하는 모습이었다. "잘 익었어야 하는데…" 희미한 혼잣말이 들렸다. 이때까지도 그녀의 남편은 식탁은 거들떠보지도 않고 TV에만 시선을 고정하고 있었다. 저 야구 경기에 전 재산이라도 베팅했을까.

수수께끼의 남자를 제외하고 모두가 자리에 앉아 식사를 시작했다. 크렉은 줄곧 언짢은 표정이었지만, 누구도 가장의 특이한 행태에 대해 말이 없었다. 나는 이내 그의 존재를 잊어버렸다.

식사 도중 할머니가 부탁해 크렉의 여동생 나오미가 노래를 들려주었다. 뮤지컬 곡에서 뽑은 몇 소절 같았다. 씩씩한 말투처럼 고우면서도 힘차게 뻗는 발성에 나도 모르게 감탄하며 손뼉을 쳤다.

— 인상적이야!

그녀의 얼굴이 환한 미소로 빛났다.

식사 후, 크렉의 형 커플이 서로 어깨에 팔을 두른 채 일어났다. 남은 우리들은 디저트로 아이스크림을 들며 미국식 카드 게임을 했다. 한 시간쯤 지났을까. 우리는 게임을 접고 각자 뚱보 고양이처럼 포만감으로 자리에 늘어져 있었다.

문득 나오미가 어머니와 야릇한 눈짓을 주고받더니, 함께 옆방으로 사라졌다. 잠시 후, 제자리로 돌아오는 그녀 손에 담뱃대처럼 보이는 물건이 들려 있었다. 그 모습에 크렉의 얼굴이 구겨졌다. 내가 뭘 잘못했나 조바심이 나 그에게 속닥였다.

— 무슨 문제라도 있어?

여전히 미간을 찌푸린 그가 고개를 내저었다. 그 모습을 의식했는지 아닌지, 나오미가 나를 말똥말똥 바라보았다.

— 너도 할래?

영문도 모른 채, 미소 띤 얼굴로 고개를 흔들었다.

— 고맙지만 괜찮아. 난 담배 안 피워.

그러자 그녀와 어머니가 순진한 인간을 골탕 먹인 마녀들처럼 깔깔거렸다.

— 아, 이건 담배가 아니라 대마초야. 대마초 해 본 적은 있어?

헉. 말로만 듣던 대마초라니. 그것도 초면인 오빠의, 아들의 친구를 앞에 두고 모녀가 대마초를 피우려 한다니!

탄식이 나왔다. 역시 미국은 거침없이 자유분방한 나라였다. 나는 호기심보다 두려움이 앞선 탓에 차마 합류하지는 못했다. 그저 휘둥그레진 눈으로 모녀가 사이좋게 대마초를 나눠 피우는 광경을 멀찌감치 떨어져 앉아 구경만 했다.

크렉과 함께 집을 나섰다. 나를 기숙사까지 데려다 준다 그랬다. 차에 오르자마자 그가 참았던 짜증을 터뜨렸다.

— 아니, 손님 앞에서 대마초를 피우는 게 말이 되냐고!

그들을 막지 못한 죄로 괜스레 얼굴이 붉어졌다.

— 네가 그래서 기분이 안 좋아 보였던 거구나. 난 내 앞에서 대마초를 하든 말든 이상하게 생각 안 했거든. 오히려 미국 문화는 참 자유분방하다고 속으로 감탄했는데….

짜증으로 구겨진 그의 얼굴이 허탈한 웃음으로 풀어졌다.

— 그게 미국 문화라고! 너도 참 재밌다. 네가 신경 쓰인 게 아니라면

뭐 다행이야.

그는 이내 눈을 찡그리더니 다시 무거운 목소리가 되었다.

— 눈치챘는지 모르겠지만, 우리 가족은 다들 나처럼 문제가 있어. 그중 엄마가 제일 심각해. 새아빠가 가정 폭력을 일삼는 인간인데도 붙어 살잖아. 혼자 있으면 외로움을 너무 타고 불안해하는 의존증이라 그래. 내가 암만 이혼하라 해도 소용없지 뭐야.

아까 말은 안 했는데, 동생도 걱정이야. 뮤지컬 가수 좋지. 근데 너도 봤지만, 걔가 좀 뚱뚱한 편이잖아. 그래서 다이어트도 하고 운동도 하면서 외모 관리를 해 줘야 할 텐데, 그럴 의지가 없어. 그러면서 말은 오디션 준비를 한다는데, 그거 알아? 자기 외모 때문에 어차피 잘해도 떨어질 거라면서 맨날 오디션 보는 걸 미루지 뭐겠어.

친구가 한숨을 내쉬었다. 마음이 아팠지만, 내가 해 줄 수 있는 거라고는 잠자코 푸념을 들어 주고 위로를 전하는 일뿐이었다.

— 그래도 걔가 너같이 자길 신경 써 주는 오빠를 둬서 든든하겠다.

— 그런 오빠가 되려고 노력이야 하지.

크렉의 심오한 눈빛이 전방을 주시했다. 눈앞에 어둠이 몇 겹이든 기어이 길을 뚫겠다는 의지가 뿜어져 나오는 눈빛이었다.

— 그래서, 저녁 식사는 어때, 괜찮았어?

— 응, 굉장했어. 너 아녔음 혼자 우울하게 보냈을 텐데, 네 덕에 미국식 추수감사절 저녁도 먹어 보고, 진짜 고마워.

가슴 깊이 싹튼 진심을 전했다. 그가 호탕하게 웃었다.

— 내가 다 기쁘다야.

우리의 따뜻한 우정의 밤이 그렇게 저물고 있었다.

#12 태초의 사명

고유한 내적 용기를 지닌 한 사람이 공황에 빠진 사람들에게
평온을 불러일으키는 효과는 상당하다.
그동안 망각한 채 살아오다 이제야 깨달았다.
바로 내면에 용기의 중심이 있는 사람이 되어야겠다는 사명이었다.

면역학 원리	A
역학	A
보전의학	A
이상심리학	A
실존철학	A

대학 첫 올 A 성적표였다. 어둠과 적막만이 휘도는 벌판 위로 조용히 모닥불이 피어오르는 듯했다. 그 불은 희망이자 가능성이었다. 이제 불이 밝히는 길을 계속 걸어가면 되었다.

불을 지핀 건 다름 아닌 나였다. 학기 초에 나와 새끼손가락을 걸고 약속했다. 인간관계에 대한 고민은 접어 두고 학업에 집중하고 최선을 다하자. 약속을 지키자 거짓말처럼 불이 타올랐다. 약속을 지키게 도와

준 일등 공신은 뭐니 뭐니 해도 내가 들은 두 수업이었다. 이상심리학과 실존철학. 이 두 세계에 발을 들여 모처럼 잊고 있던 지적 욕구가 활활 타오른 덕분이었다.

두 학문이 묘하게 닮았다는 생각이 들었다. 표면적으로 하나는 장애 조건을 논하고, 다른 하나는 인간 조건을 논했지만, 둘 다 본질적으로 인간이 인간답게 살아가기 위해 필요한 것들을 탐구했다. 그게 무엇인지, 어떻게 갖출 수 있는지, 관점을 조금 달리할 뿐이었다. 이상심리학이 사고, 감정, 행동을 조절하는 방식을 강조했다면, 실존철학은 삶의 자세를 강조했다.

결정적으로, 두 학문의 세계가 내게 갖는 의의가 같았다. 바로 내 안에 도사리는 어둠의 실체에 대한 퍼즐 조각을 쥐고 있다는 가능성이었다. 문득 두 학문을 이종교배한 시도가 있는지 궁금해졌다. 구글에 '실존철학 심리치료'를 검색하자, 아니나 다를까, '실존주의 심리치료' 관련 내용이 우르르 쏟아졌다. 이미 심리치료학에서 하나의 분야로 자리한 모양이었다.

그 분야의 대가로 알려진 어빈 얄롬이라는 미국 정신과 의사가 눈에 띄었다. 그길로 곧장 그의 대중적 입문서인 《나는 사랑의 처형자가 되기 싫다(Love's Executioner: And Other Tales of Psychotherapy)》를 주문해 읽었다. 책장을 넘길수록 온몸에 전율이 일었다. 지금 시대에 딱 필요한, 시대를 앞서간 책이었다.

책은 저마다 독특한 사연과 마음의 짐을 안고 어빈 얄롬을 찾은 사람들이 구원의 실마리를 찾아간다는 내용이었다. 이들은 나와 닮은 구석이 전혀 없었는데도 희한하게 가슴이 저릴 만큼 동질감이 느껴졌다. 아이러니한 일이었다. 그동안 브라운이라는 공통분모를 가진 수많은 아이들을 보면서 겪은 이질감과 너무나 상반되었으니까.

왜?

아마도 그건 그 사람들의 사연이나 특성보다, 그들을 바라보는 어빈 얄롬의 시선 때문이었다. 제아무리 유별난 괴짜에 남모를 비밀을 안고 산다 해도, 어빈 얄롬의 인간적인, 너무나 인간적인 시선 앞에서는 누구나와 다를 바 없는 한 인간이 되어 있었다. 인간이라면 누구나 끊임없이 맞닥뜨려야 하는 존재론적 과제들과 씨름하며 자신의 존엄성을 지키고자 애쓰는 모습이었다.

그래서인지 어빈 얄롬의 시선 속에 비친 이들의 모습에는 섣부른 비난도, 싸구려 연민도 들지 않았다. 그저 응원과 격려의 마음뿐이었다. 이들이 내 가족, 내 친구라도 되는 것처럼, 책을 읽으면서 나도 모르게 외쳤다.

잘하고 있어요! 힘들어도 그렇게 마음을 열고 심리치료를 해 나가다 보면, 틀림없이 길이 보일 거예요!

그렇게 사연의 주인공들과 공감의 눈물을, 또 흐뭇한 미소를 나누다 보니 어느새 마지막 책장이었다. 책을 덮고도 한동안 천사의 계시를 받은 듯 충격에서 헤어나지 못했다.

왜 그동안 아무도 내게 이 책의 존재를 알려 주지 않았지?

긴긴 어둠을 홀로 헤맬 동안, 그토록 간절한 단 한 줄기 불빛이었다. 이 책이 그 불빛이었다. 책의 낱장 하나하나에 살아 숨 쉬는 실존치료적 관점은 내게 가히 혁명의 등불이었다. 여기 실존주의 심리치료학에 여태 나를 짓눌러 온 고뇌가 명쾌하게 풀이되어 있었다.

주위를 둘러보면 항상 나만 로댕의 생각하는 사람이었다. 파스칼의 생각하는 갈대였고, 뭉크의 절규였다. 때로 '나만'이라는 자각이 만성

공허감이 주는 고통 그 자체보다 더 고통스러웠다. 나만 어두운 감수성을 지닌 저주받은 외톨이라는 자각이.

그런데 실존주의 심리치료학이 자애로운 신처럼 웃으며 고개를 저어 보였다. 수많은, 어쩌면 모든 사람들이 알게 모르게 저마다의 방식으로 존재론적 과업을 안고 투쟁하고 있었다. 죽음을 향해 치닫는 유한한 존재로서 부조리한 세상을 헤쳐 나가며 타인과 교감을 이루는 동시에 자신의 참모습을 찾고 지켜 나가는 일이 그것이었다. 바로 인간으로서의 숙명이었다.

그렇다면 실존주의 심리치료학이란 무엇일까? 이 학문은 정통 프로이트 정신분석학의 주요 이론들에 실존철학의 사유를 대입해, 새로운 차원으로 심리 문제와 심리치료에 접근하는 법을 제시한다.

기존 정신분석학은 인간 존재를 성욕과 공격성 등 원초적 욕구를 추구하는 한편, 문명사회의 규범에 따라 욕구를 조절하기도 하는 주체로 보았다. 동물적 본능과 사회적 양심 사이에서 끊임없이 줄다리기하는 존재인 셈이었다. 이때 줄다리기가 한쪽으로 너무 치우치면 정신이 망가질 수 있었다. 대표적인 경우로, 지나치게 사회규범을 의식하고 원초적 욕구를 억압해 생기는 정신병인 신경증이 있었다. 따라서 이 같은 정신병을 치료하려면, 무의식에 억눌린 욕구를 끄집어 내 의식 수준에서 해소하도록 도와줘야 했다.

프로이트에 따르면, 당대 영국 사회는 엄격한 빅토리아 여왕의 통치하에 여성이 성욕을 경험하는 일을 쉬쉬하고 금기시했다. 이런 사회적 분위기 때문에 여성들이 성욕을 과도하게 억압했고, 그 결과 일부는 신경증을 앓아 간헐적 발작 같은 증세를 보였다. 이들을 위해 프로이트가 개발한 치료법 중 하나가 자유연상 요법이었는데, 다음과 같이 이루어졌다.

우선, 정신분석가는 편안한 분위기를 마련해 분석대상자가 떠오르는 생각을 자유롭게 발화하도록 도와준다. 그러면서 분석대상자가 사용하는 언어와 표현들 속에서 단서를 찾아 엮어 억압된 욕망과 거기서 비롯되는 갈등을 해설한다. 그 해설을 통해 분석대상자는 자기 내면을 꿰뚫는 통찰을 획득한다. 즉, 그동안 자기도 모르는 사이 어떤 욕망을 키웠고, 그것을 억눌렀으며, 그리하여 오히려 욕망의 노예가 되었음을 자각한다. 종국에는 스스로 더 이상 강박적인 억압에 의존하지 않고 건전하게 욕망을 조절할 필요성을 느끼고 이를 실천하면서 치료에 이른다.

한편 실존주의 심리치료학은 인간 존재에게 물론 원초적 욕구도 중요하지만, 이에 못지않게 실존적 욕구를 충족하는 일도 중요하다고 강조했다. 실존적 욕구란 이 세상에서 한 인간으로 온전히 존재하고 싶다는 마음이다. 달리 표현하면, 인간이 인간답게 살기 위해 인간이라면 누구나 필요한 조건이다. 자신이 살아 있다고 느끼고, 자유롭다고 느끼고, 남들과 교감한다고 느끼고, 인생이 의미 있다고 느끼는 것이다. 실존주의 심리치료학은 이 같은 실존적 욕구가 결핍될 때 불안, 우울, 정신 분열, 자살 충동 등 여러 심리 증세를 겪는다고 보았다.

그렇다면 치료의 단초는 실존적 욕구 불만이 생긴 이유에서 찾을 수 있었다. 물론 욕구 불만에 이르기까지 선천적 기질이나 사회적 환경을 비롯한 여러 요소들이 상호작용했겠지만, 실존치료적 관점은 무엇보다도 인생을 대하는 개인 스스로의 자세, 즉 실존적 자세에 방점을 찍었다.

실존적 자세는 자신에게 내재된 인간 조건, 그러니까 인간이라면 누구나 갖고 있는 인간으로서의 속성이자 한계에 어떻게 대처하냐를 뜻한다. 대표적인 인간 조건으로는 '언젠가 죽는다', '자유에는 책임이 따른다', '나와 남은 궁극적으로 분리되어 있다', '삶의 의미는 저절로 주어지지 않는다' 같은 명제들이 있다. 우리는 인간 조건을 겸허히 인정하고 조율하며 살 수도 있고, 필사적으로 부정하거나 대적하며 살 수도 있다. 후자의 경우에 실존적 욕구 불만이 생기고 각종 심리 증세로 발현된다는 것이 실존주의 심리치료학이 가진 입장이다.

예시로 중독증을 들어 보자. 심리치료학은 어떤 물질이나 행위에 빠져 일상생활을 영위하는 데 현저한 어려움을 겪고 극심한 스트레스에 시달리는 상태를 병적인 중독으로 여긴다. 그 대상이 일, 마약, 게임, 쇼핑, 관계, 그 밖의 뭐가 됐든, 실존주의 심리치료학은 문제의 본질을 같게 보고 접근할 수 있다. 바로 그 사람이 특정 인간 조건을 부정하고 있다는 사실이다.

이를테면 이런 식이다. A는 자기가 언젠가 반드시 죽는다는 사실을 받아들이지 못해 엄청난 불안을 안고 있다. 하지만 그 불안은 저수지의 물처럼 모조리 무의식에 저장해 놓은 상태다. 그러다 가까운 지인이 불의의 사고로 죽었다는 소식을 접한다. 그 후 갑자기 광기에 가까울 정도로 일 중독자가 된다. 자기도 왜 그런지 모른 채, 아니면 알더라도 그닥 합리적이지 않은 피상적인 이유들로. 이유야 어떻든 한 가지 사실이 곧 분명해진다. A는 일 중독자로서 결코 행복하지 않다. 자신뿐만 아니라 만약 있다면 연인이나 가족까지 불행에 빠뜨린다.

실존치료적 관점에서 보면, A의 일 중독증은 죽음에 대한 불안을 억압하기 위해 발동된 방어기제다. 당연히 촉발점은 지인의 죽음. 타인의 죽음을 통해 죽음의 필연이 상기되면서 무의식적 불안으로 이루어진 저수지가 넘쳐흐른다. 그래서 물이 의식에 침범하지 않도록 특단의 조치를 취하는데, 그게 일 중독이다. 이 조치는 본질적으로 살아 있기를 포기함으로써 죽음을 회피하는 방법이다.

여기서 '살아 있기'란 단순히 생물학적으로 숨이 붙어 있는 수동적인 상태가 아니라, 정신적으로 생에 의욕을 가지고 임하는 능동적인 상태를 뜻한다. 그렇다면 A는 흔히 말하는 '살아도 살아 있는 게 아닌' 상황이다. 왜냐하면 그는 죽음에 대한 불안을 억압하는 대가로 인간이 인간답게 살기 위해 필요한 것들을 포기했기 때문이다. 가령 일 외에 다른 것들을 즐길 자유를 포기했고, 소중한 사람들과 교감하는 시간을 포기했다.

한 가지 의문이 들 수 있다. 살아 있기를 포기한다 해서 어떻게 죽음을 회피할 수 있는가? 그건 한마디로 이렇게 정리된다. "이미 죽어 있다면, 죽지 않아도 된다." 결국 A에게 일이란 인간 존재의 전유물인 자의식을 마비시켜 불안을 잠재우는 수단이라는 점에서 마약에 빗댈 수 있다. 마약에 찌든 좀비 인간이나, 살아 있기를 포기한 기계 인간이나 본질은 같다.

실존주의 심리치료학에 따르면, 이 같은 심리장애를 치료하기 위해 심리치료사는 고객이 스스로 실존적 자세를 바꿀 수 있게 도와줘야 한다. 인간 조건을 부정하고 대적하는 것에서 인정하고 조율하는 것으로 말이다. 그건 다음과 같이 실존 선언을 하는 일이라고도 볼 수 있다.

> 나는 인간이라면 누구나 갖고 있는 속성이자 한계가 있다.
> 나는 그걸 의식할 때 불안하다.
> 나는 그걸 어떻게 조율하며 살아갈지 나만의 답을 찾겠다.

A의 경우, 해당 인간 조건은 죽음의 절대적인 가능성이다. 그가 그 가능성을 필사적으로 외면해 왔다는 사실을 직시할 때, 치유가 본격적으로 시작된다. 그런데 이처럼 무의식에 감추어진 진실을 직시하는 일은 말이 쉽지, 실은 엄청나게 벅찬 일이다. 그래서 심리치료사가 그 과정을 얼마나 섬세하고 참을성 있게 함께하는지에 치료의 성패가 달려 있다 해도 과언이 아니다.

실존주의 심리치료학…. 그건 내게 구원이 도사리는 미지의 낙원으로 이어지는 창문이었다. 아직 창문 너머 세계가 멀게만 느껴졌지만, 향긋한 해방감이 여기까지 풍겨 오는 듯했다. 그 조금에 취했는지, 이상한 예감마저 들었다.

저기선 내가 그동안 내 안의 공허와 씨름한 시간들이 더 이상 인생 낭비가 아닐지도 몰라. 어쩌면 나는 내 실존적 숙명에 일찌감치 눈뜬 조숙한 청년일지도 몰라.

어빈 얄롬의 사례집을 덮고, 다음 타자로 롤로 메이의 해설서를 집어 들었다. 《자아를 잃어버린 현대인》. 부정적인 기운이 묻어나는 번역본 제목과 달리, 원제는 '자기를 찾아 나선 인간(Man's Search for Himself)'이다. 얼마나 진취적인가? 원제를 보자마자 그 옛날 코헨 학장님이 내게 쥐어 준 진귀한 통찰이 떠올랐다.

— 너는 너 자신에 대해 진정으로 알고 싶다는 목마름 같은 게 있는 거 같아.

메이의 글이 그 목마름을 조금이나마 축여 주었다. 얄롬만큼 인간적인 시선으로 인간이 의식처럼 치르는 방황을 풀이해 놓은 덕이었다. 그 풀이를 따라가다 보니 나만의 방황도 한층 깊이 이해받고 이해되어 있었다. 책의 다음 구절이 단연 압권이었다.

> 우리 자신의 내면에 자리한 용기의 중심을 찾는 일이 장기적으로 우리가 인류라는 동지를 위해 할 수 있는 최고의 공헌이다. 고유한 내적 용기를 지닌 한 사람이 공황에 빠진 주위 사람들에게 평온을 불러일으키는 효과는 상당하다. 이게 바로 우리 사회에 필요한 것이다. 새로운 발상이나 발명, 천재나 영웅이 아니라. 이들도 중요하지만, '실존'할 수 있는 사람들, 즉, 내면에 용기의 중심이 있는 사람들이야말로 필요하다.

새로운 사명이 생겼다. 어쩌면 원래부터 줄곧 있던 태초의 사명을 그동안 망각한 채 살아오다 이제야 깨달았다.

바로 내면에 용기의 중심이 있는 사람이 되어야겠다는 사명이었다.

#13 지옥이 될 거야!

내 지도 교수가 되어 준 잭슨 교수님의 첫 인상은 지금과 하나도 다르지 않았다.
포근한 눈발 같은 은빛 머리칼과 바다거북 같은 느긋한 분위기.

2학년 2학기를 맞아 학업 일정을 조율하는 중이었다.

우선, 두 강좌는 한 치의 망설임도 없이 재빨리 수강 신청해 두었다. 실존철학을 가르친 레진스터 교수님이 개강한 소수 정예 세미나 수업 〈자기와 타자〉와 이상심리학을 가르친 헤이든 교수님이 개강한 강의식 수업 〈성격심리학〉이었다. 최애하는 두 교수님을 강단에서 다시 본다는 생각에 상쾌한 스타트를 끊은 기분이었다.

그다음이 문제였다. 이제서야 고백건대, 나는 생물학 전공이었다. 그런데 그동안 내 신분을 망각한 채 타 학과 수업들을 입맛대로 골라 들었다. 이번 학기만큼은 더 이상 그 같은 방종이 용납되지 않았다. 전공을 무사히 마치려면 절대 피해 갈 수 없는 지옥 관문이 기다리고 있었기 때문이었다. 바로 유기화학이었다.

유기화학은 온갖 요상한 화학구조식과 반응기전들이 난무하는 고난도 수업으로 악명 높았다. 이놈 때문에 해마다 의전원 준비를 때려치우고 진로를 바꾸는 학생들이 우후죽순 생겨난다는 소문이 횡행할 정도였다. 실은 나도 작년에 수강하다 만 적이 있었는데, 그때는 우울증이 극심하고 목적의식이 실종돼 도저히 진도를 따라갈 형편이 안 되었다. 그래서 이번만큼은 반드시 복수(?)하겠다고 다짐했다.

동시에 생화학 수업에 구미가 당겼다. 유기화학과 더불어 생화학 기초를 다져 놓으면 장차 한의학 연구에 밑거름이 될 거라는 계산이었다. 문제는 이 생화학 역시 유기화학만큼 만만치 않은 상대라는 점이었다. 허나 나로 말할 것 같으면, 지난 학기 다섯 과목 올 A 받은 몸이올시다! 한창 물오른 자신감에 겁대가리를 상실한 상태였다.

마침 생물학과에서 단체 메일을 돌려 생물학과 학장과 개별 면담을 잡으라고 주문했다. 학기 말에 공식적으로 전공을 확정해야 하는 만큼, 이번 학기가 교과과정을 조직하는 게 특별히 중요한 시기여서였다. 냉큼 이메일을 쏴 15분짜리 면담을 잡았다.

며칠 뒤, 면담 시간이 되어 톰슨 학장님 사무실에 들어섰다. 곧바로 시선을 강탈한 건 공간을 가득 채운 진갈색의 향연이었다. 벽이며 책장이며 책상이 전부 북가시나무 소재인지, 하나같이 그윽한 정취를 뿜었다. 숲속에 잘못 들어선 듯한 착각에 잠시 머뭇거렸다.

언뜻 앞에 놓인 모니터가 눈에 들어왔다. 거기에는 내 수강 신청 목록 창이 보란 듯 띄워져 있었다. 수줍게 인사를 건네며 비스듬히 등을 돌리고 앉은 그녀를 힐긋 훔쳐보았다. 땅딸막한 체구에, 깐깐해 보이는 얼굴, 그리고 이상야릇한 미소가 맴도는 입가. 흡사 숲속 엘프 같았다. 그런 그녀에게서 알 수 없는 권위가 뿜어져 나왔다.

그녀가 내게 눈길도 안 주고 대뜸 물었다.

— 너 제정신이니?

그 말뜻을 알 것 같아 내가 너털웃음을 터뜨렸다. 엘프 학장님은 들은 척 만 척하며 말을 이었다.

— 잘 들어. 별로 시간이 없으니까 일단 내 얘길 쭉 듣기만 해. 내 말이 끝나면 질문하든가 해.

나는 짐짓 수긍할 수 없다는 표정을 지었다. 그녀는 물론 관심도 없었다.

— 유기화학과 생화학을 같이 듣는다? 이건 희대의 삽질이야. 그리고 너도 알다시피 넌 생물학 전공이라 하기에는 아직 기초가 부족해. 생화학 말고 생리학을 들어. 아니면 식물 생리학도 좋고. 그것도 싫어? 그럼 차라리 유전학을 들어. 어쨌든 생화학은 안 돼.

나도 잠자코 고개를 저었다. 내가 신청한 건 분명 면담이지 결투가 아니었는데, 이상하게 점점 승부욕만 자극됐다.

— 이번 학기에 이 두 과목을 같이 신청한 애가 널 포함해서 네 명이야. 다들 미쳤지. 두고 봐. 내 말대로 안 하면, 지옥이 될 거야. 매일 하루 종일 도서관에 갇혀서 햇빛도 못 보고 학기가 다 갈 거라고. 내가 30년 넘게 이 일을 했지만, 잘된 꼴을 못 봤어.

승부욕 게이지가 풀로 충전된 내가 필살기를 날리듯 호기롭게 반격했다.

— 딴 사람은 딴 사람이고, 저는 저예요. 저번 학기 성적표를 보면 아시겠지만, 전 공부에 모든 걸 쏟아붓기로 각오한 놈이라고요. 제가 좋아서 하겠다는데, 좀 힘들면 어때요. 원래 결정대로 하겠어요.

필살기가 먹혔는지, 그녀가 KO된 얼굴로 고개를 절레절레했다.

— 알았어. 수업 듣다가 도움이 필요하면 날 찾아와.

묘했다. 단호함으로 똘똘 뭉친 그녀가 어쩐지 싫지 않았다. 투박한 말투에서 학생을 위하는 진심이 느껴져서였을까.

북가시나무 숲을 나서자, 불현듯 긴장감이 도깨비바늘처럼 온몸을 뒤덮었다. 믿는 구석이라도 있는 양 큰소리 뻥뻥 쳤지만, 가진 거라고는 무모한 열정뿐이었다. 불길한 예언이 까마귀 울음처럼 귓가를 맴돌았다.

지옥이 될 거야!

하필 유기화학 I은 친구들이 이미 작년에 듣고 난 뒤라 동고동락할 동지가 없었다. 강의 필기며 과제며 시험 준비까지 전부 혼자 챙기고 짊어져야 할 몫이었다. 막막했다. 그나마 다행인 건 생화학은 친구 조이가 함께 듣는다는 사실이었다. 그녀나 나나 수업 진도 따라갈 생각에 걱정이 태산이었지만, 그 사실만으로 조금은 위로가 되었다.

그로부터 한 주, 두 주가 갔다. 다행히 유기화학은 생각보다 훨씬 할 만했다. 희한하게도 수업 시간만 되면 뇌가 부스터가 달린 것처럼 핑핑 돌아갔다. 바수 교수님이 앞에서 떠드는 외계어 소리와 칠판에 미친 듯이 휘갈기는 외계인 그림들이 불가해한 이유로 머릿속에 쏙쏙 들어왔다.

생화학은 딱 정반대였다. 조글 교수님이 파워포인트 슬라이드를 휙휙 넘길 때마다 눈앞이 핑핑 어지러웠다. 대강당 맨 앞자리를 꿰차고 앉아도 아무 소용 없었다. 급기야 언제부터인가 수업 중간에 나른한 졸음까지 밀려왔다. 웃기는 건, 졸다가 깨든, 졸음을 참든, 강의가 끝나고 머릿속에 남아 있는 게 똑같다는 사실이었다.

또 한 주, 두 주가 갔다. 속에 점점 잿더미가 쌓여 갔다. 그러던 중 마침 지도 교수인 도널드 잭슨 교수님으로부터 연락이 왔다.

— 학기가 어떻게 돼 가는지 듣고 싶은데, 한번 볼까?

교수님이라고 뾰족한 수가 있겠냐만은, 그 정도 관심도 내게는 단비가 따로 없었다. 지체 없이 면담 약속을 잡았다.

똑똑.

노크를 하고 문을 열었다. 간만에 보는 반가운 얼굴이었다. 거북이 덕후인 교수님은 거북을 비롯한 해양 동물의 생리를 오랫동안 연구해 왔다. 사무실 책장만 봐도 갖가지 해양 동물의 모습이 큼직하게 찍힌 표지의 책들이 빼곡했다. 그래서 사무실에 들어서면 바닷속 서재에 와 있는 착각이 들었다.

1학년 때부터 기꺼이 내 지도 교수가 되어 준 잭슨 교수님의 첫인상은 지금과 하나도 다르지 않았다. 포근한 눈발 같은 은빛 머리칼과 바다거북 같은 느긋한 분위기. 한번은 나를 포함해 지도 학생 네 명을 집에 초대해 사모님과 함께 점심 식사를 대접해 준 적도 있었다. 내가 교수님처럼 시 쓰기에 취미가 있다는 걸 듣고 자작시 몇 편을 들려주기도 했다.

교수님이 살가운 미소로 반겨 주었다. 그 친근감에 힘입어 내가 응석받이처럼 생화학 수업이 말썽이라고 징징댔다. 물론 톰슨 학장님에게 저주를 들은 일도 빼놓지 않았다.

— 믿기세요? 저한테 지옥이 될 거라고 했다니까요. 아니, 그 말 한 거 말고 그게 사실이 된 거 말이에요. 으윽….

그가 농담을 가장한 비명에 너털웃음을 지었다. 그러더니 눈을 반짝이며 바닷속 용왕님처럼 계시를 내려 주었다.

— 메리 윌리엄스라고 아니? 그녀를 한번 찾아가 봐. 생화학 수업 보

조 강사인데, 그렇게 설명을 잘한다고 다들 칭찬하더라.

반신반의했지만, 계시는 계시였다. 그길로 곧장 그녀의 다음 수업에 찾아갔다.

• • ● • •

— 봐, 이러면 이 바이오틴 대가리가 이렇게 자기랑 결합하는 수밖에 더 있냐고. 너네도 왜, 그럴 때 있잖아. 내 남친이나 여친이 지겨울 때, 아, 차라리 나랑 연애할 수 있었으면 할 때 말야.

눅눅한 지하 교실에서 웃음이 빵빵 터져 나왔다. 나는 교수님이 농담했다는 사실조차 인지하지 못한 채, 넋 놓고 공책에 칠판 내용을 휘갈겼다. 그녀가 걸걸한 목소리로 설명을 이어 갔다.

메리 윌리엄스의 수업은 그야말로 마법이었다. 그 횡설수설 같던 생화학 기전들이 퍼즐 조각이 하나둘 맞춰지듯 조금씩 이해되기 시작했다. 그녀는 어떻게 저게 가능할까 싶을 정도로 조글 교수님이 쏟아 낸 무지막지한 강의 내용들에서 군더더기를 싹 걸러 알짜배기만 뽑아냈다. 나는 신나게 받아먹기만 하면 되었다.

마침내 교수님이 화끈하게 분필을 내려놓았다. 다들 책가방을 싸 들고 하나둘 교실을 나섰다. 몇몇은 그녀에게 쪼르르 달려가 개별 질문을 던졌다. 그 모습을 보며 나는 일부러 느릿느릿 짐을 챙겼다. 마지막 학생이 인사를 하고 떠날 무렵에야 내가 쭈뼛쭈뼛 그녀에게 다가갔다.

— 안녕.

그녀가 생긋 웃었다.

— 와우, 교수님 수업 정말 기가 막혔어요. 혹시 이 수업 비디오로 촬

영할 수 없나요? 시간이 안 돼서 못 오는 애들 있으면, 녹화본으로라도 보면 좋을 거 같아서요.

내가 되도 않게 남 걱정까지 해 가며 너스레를 떨었다. 그런 내가 밉지 않았는지, 그녀가 손가락에 잔뜩 묻은 분필 가루만큼 새하얗게 웃어 주었다.

— 고마워. 편하게 메리라 불러. 음, 비디오 촬영은 잘 모르겠네.

— 그럼 할 수 없죠. 그나저나 전 조금 교수님 강의가 정말이지 하나도 이해 안 돼서 수업을 때려치워야 하나 고민하고 있었거든요. 근데 제 지도 교수인 도널드 잭슨 교수님이 추천해 주신 덕분에 메리 수업에 이렇게 알고 올 수 있었지 뭐예요.

메리의 얼굴에 부드러운 미소가 피었다.

— 아아, 잭슨 교수님. 그이는 참 사랑스러운 분이야. 예전에 그분 연구실에서 일할 수 있게 손써 주고 많이 챙겨 줬거든.

그녀와 내가 지인이라는 공통분모가 있다는 사실이 내심 반가웠다. 순간, 무슨 뚱딴지 같은 용기였을까, 묻지도 않은 그녀의 첫인상을 술술 털어놓았다.

— 근데 교실에 들어와서 처음 메리를 봤을 땐 기운이 별로 없어 보였는데, 수업 시작하자마자 포스가 장난 아니어서 깜짝 놀랐어요. 무슨 아마존 전사인 줄 알았다니까요.

메리의 얼굴에 의미심장한 미소가 피었다.

— 인생에 우여곡절이 좀 많아서 그래. 다음에 기회 되면 얘기해 줄게. 지금은 곧 가 봐야 돼서.

속으로 '어쩐지…' 하고 되뇌었다. 무슨 사연이 있지 않고서야 저렇게 독특한 존재감을 풍길 수 없어 보였다. 얼핏 가방 안에 챙겨 온 생수병이 생각나 그걸 꺼내 건넸다.

— 두 시간 동안이나 강의하시느라 목 아프실 텐데, 이거라도 드세요.

— 너 참 착하구나.

내 작은 마음을 받아 든 메리를 뒤로하고 교실 문을 나섰다. 가벼운 발걸음으로 쾌재를 불렀다. 영영 미궁에 빠지는 듯했던 생화학 공부에 드디어 실마리가 생겼다. 흥미로운 사람을 알게 된 건 덤이었다.

#14 비판광

못난 인간은 나였다.
상대의 고마운 점은 대충 넘기면서 마음에 안 드는 부분만
매의 눈으로 집어내 트집 잡고 실망했으니.

민사고 기숙사 건물로 보이는 이곳. 거대한 엘리베이터 안에 내가 서 있다. 주위에 고등학교 친구들이 보인다. 그런데 다들 잔뜩 겁을 집어먹은 얼굴들이다. 별안간 문이 열리고 복도로 이어진다. 아이들이 우왕좌왕하다 냅다 달린다. 건물이 조금씩 무너지고 있다. 계단 쪽으로 간다. 숨이 끊어질 때까지 계단을 달려 내려간다.

눈을 떴다. 전력 질주하고 난 것처럼 숨이 가빴다. 오른팔이 감전된 듯 얼얼했다. 천천히 팔베개를 풀고 목을 돌렸다.

싸이라이 11층이었다. 주위는 적막과 어둠뿐, 아무도 없었다.

울다 지쳐 잠들었다는 게 생각났다. 눈가에 채 마르지 않은 물기가 촉촉했다. 뻑뻑한 두 눈이 내가 아니라 마네킹의 것인 것만 같았다. 주인을 알 수 없는 두 눈을 지압하며 가만 기억을 더듬었다.

물론 외로움 때문이었다. 조롱 섞인 속삭임이 오늘도 느닷없이 들려왔다.

넌 완벽하게 혼자야. 이곳 브라운에, 아니 이 세상에.

내 안의 구덩이가 범인이었다. 하지만 내게서 도망칠 수도 없는 나는 그 자리에서 가슴이 짓눌리는 고문을 당해야 했다. 고통을 참지 못하고 눈물이 났다. 지쳐 잠들면 해괴한 악몽을 꾸었다.

휴대폰을 꺼냈다. 빈속만큼 텅 비어 있었다. 아무 연락 없는 친구들이 속이 비리도록 원망스러웠다.

내가 여기서 쓰러져 죽어도 다들 제 할 일 하느라 바쁘겠지. 아니, 내가 외계인에게 납치돼 지구에서 흔적 없이 증발해 버려도 오래도록 눈치도 못 채겠지.

엄마 말곤 네가 죽었나 살았나 아무도 관심 없어. 에휴, 그런 것도 친구라고.

더 이상 목소리가 구덩이 것인지 내 것인지 분간할 수 없었다. 혼곤한 가운데, 난데없이 휴대폰이 울렸다. 친구 조이였다.

— 지금 기분이 좀 안 좋아서. 너랑 얘기하고 싶은데, 혹시 시간 괜찮아?

물안개처럼 희뿌연 목소리가 나를 현실로 낚아챘다.

— 아, 남자친구 관한 건데, 내가 속이 좁은 건가 해서…. 걔가 친구들이 많잖아, 남자나 여자나. 근데 친구들이랑 있으면 연락이 잘 안 되거든. 난 그게 되게 섭섭한데, 그렇다고 그걸 말하기도 좀 그렇고…. 아까도 같이 있다가 걔가 갑자기 친구들 보러 간다는 거야. '같이 갈래?' 하고 묻긴 했는데, 난 별로…. 내가 너무 안 쿨한가?

수화기 너머로 조이의 멋쩍은 웃음소리가 들렸다.

— 음, 아니. 난 그렇게 느끼는 게 자연스러운 거 같아. 좋아하는 사람 앞에선 안 쿨해지는 게 정상이지. 근데 걔가 진짜 괜찮은 사람 같아서 진지하게 사귈 마음이 있는 거면, 솔직한 심정을 얘기하는 게 좋을 거 같아. 남자들은 여자들보다 덜 예민하잖아. 그래서 그런 걸 말 안 해 주면 전혀 모를 수도 있거든.

— 그치? 맞아! 너 왜 이렇게 똑똑하니?

이제 내가 멋쩍게 웃을 차례였다. 잠깐 이어진 침묵의 틈을 비집고 아까의 악몽이 떠올랐다.

— 음, 근데 나 아까 낮잠 자다가 무슨 악몽 꾼 거 같아.

— 응….

뭐지.

조이의 목소리에서 까닭 모를 주저함이 느껴졌다. 내 얘길 듣기 귀찮나. 전화 끊고 할 일이라도 있나.

— 아냐, 별거 아니었어. 여튼 남친이랑 잘해 봐.

대충 얼버무리고 수화기를 내려놓았다. 텅 빈 적막이 가슴에 새까맣게 스며들었다.

• • ● • •

잠을 설친 고양이 얼굴로 느릿느릿 소파에 몸을 집어넣었다. 브레넌 씨가 고양이에게 할퀴이지 않게 조심스레 물었다.

— 기분이 안 좋아 보여. 무슨 일 있어?

남한테 제3자에 대해 불평하는 건 내 취미가 아니었다. 듣는 입장도 찝찝하고, 불평의 대상도 불쾌할 것이기 때문이었다. 내 사람이라 여기는 가족이나 친구들에 한해서는 더욱 그랬다. 그건 뭐랄까 일종의 배신이었다.

하지만 오늘은 예외였다.

— 며칠 전에 제가 도서관에서 낮잠을 자고 악몽을 꿨거든요. 근데 친구한테 전화가 왔어요. 남자친구한테 섭섭한 일이 있대요. 그래서 저랑 얘기 좀 하고 풀었죠. 전 제 일처럼 고민을 들어 주고 해답도 생각해 주고 그랬어요. 그다음에 제가 악몽 꾼 얘길 꺼냈는데, 걔가 갑자기 좀 귀찮은 목소리인 거예요.

잠깐 숨을 골랐다. 브레넌 씨의 염려하는 표정이 눈에 들어왔다. 여전히 인상을 쓴 채 하소연을 이어 나갔다.

— 어쨌든 그래서 저도 얘기할 마음이 싹 사라졌죠. 별거 아니라 하고 그냥 끊었어요. 근데 곰곰이 생각하니까 짜증 나는 거예요. 전 이 친구가 고민을 얘기하면 항상 제 일처럼 여기고 신경 써 주거든요. 근데 얘는 그런 게 전혀 없고, 자기 말만 하고 나면 그만이잖아요.

그가 묵묵히 고개를 끄덕였다.

— 그래서 제가 문자로 말했죠. 근데 넌 나한테 신경 안 써 주는 거 같아. 걔가 갑자기 무슨 말이내요. 그래서 아까 일을 얘기하면서 네가 관심 없어 하는 목소리라서 얘길 하려다 말았다 했죠. 그러니까 걔가 자긴 딱히 뭐라 해야 할지 몰라서 그냥 별말을 안 했다는 거예요.

웬일로 내가 쉴 새 없이 떠들어 댔다. 지금 속에 쌓인 짜증을 모조리 쏟아 내지 않으면 그 무게를 이기지 못하고 폭삭 내려앉을 것처럼. 그가 할 말이 있는지 숨을 한 모금 들이켰지만, 내가 가볍게 무시했다.

— 지금 생각해도 어이없어요. 아니, 할 말이 없다는 게 뭔 소리예요. 무슨 악몽을 꿨는지 정돈 궁금해해 줘야 되는 거 아네요? 내가 자기 얘

기에 관심 없어 하는 사람이면 몰라. 그리고 전화 끊기 전에라도 아까 할 애기 있었냐고 물어봐 줄 수 있는 거잖아요.

내가 짜증의 화수분이 된 모양이었다. 쏟아 내고 쏟아 내도 줄지 않았다. 차라리 그대로 고꾸라져 바닥에 산산이 깨져야 다 비워질 것 같았다.

브레넌 씨가 여전히 미간을 찌푸린 채 짤막하게 신음했다.

— 음, 네 입장에서 불만스러운 게 충분히 이해 가. 네가 걔 얘길 들어 준 만큼 걔가 네 일에 신경 쓰지 않았으니까.

마음이 살짝 누그러졌다.

— 아니, 들어 준 만큼도 아니고, 그 절반도 신경 안 쓰는 거죠. 그래 놓고 제가 뭐라고 하니까 오히려 절 이상한 사람 취급하잖아요.

그가 골똘히 고개를 끄덕였다. 값비싼 도자기에 금이 간 걸 발견한 얼굴이었다. 그는 도자기의 값어치가 아니라 아픔을 신경 쓰는 이상한 사람 같아 보였다.

— 네 입장에서 분명 화나는 일이야. 그건 그런데, 사람 마음이라는 게 표현하고 소통하지 않으면, 그걸 알아서 이해하기 어렵잖아? 그 상황에서 걔가 먼저 관심을 가지고 무슨 일인지 묻길 기대하는 거보다, 네 얘길 바로 꺼낼 수도 있지 않을까?

와우, 정말 기똥찬 제안이었다…는 개뿔, 말 같지도 않은 소리였다.

— 아뇨, 그건 완전 엉터리예요! 제 얘길 들어 줄 마음이 없는 사람한테 그냥 얘길 하라고요? 하, 참! 당신은 그 상황에서 그게 맘대로 되나 보죠?

구덩이 속 황소가 나지막이 울부짖었다.

심리치료사도 별수 없구나. 이렇게 날 이해 못해서야 뭔 도움을 준다고.

— 네가 짜증 나는 거 충분히 이해해. 근데 사람들은 저마다의 방식으로 상대를 신경 쓴다는 걸 보여 주잖아? 그래서 그런데, 네가 원하고 기대하는 방식이 아니더라도, 누군가 자기만의 방식으로 널 신경 쓰고 있다는 걸 이해해 줄 수 있지 않을까?

눈이 번쩍 뜨이는 일침이었다.

사실 조이는 그동안 내게 참 많은 힘이 되어 준 친구였다. 바보 같은 농담에도 늘 천진난만하게 웃어 주고, 사소한 것에도 칭찬을 아끼지 않았다. 그래서 조이와 함께 있을 때는 즐거운 일이 많았다.

끝 모를 한숨이 나왔다. 속에 산더미같이 쌓여 있던 것이 애초에 짜증이 아니라 한숨이었다는 듯이.

못난 인간은 나였다. 상대의 고마운 점은 대충 넘기면서 마음에 안 드는 부분만 매의 눈으로 집어내 트집 잡고 실망했으니. 그동안 내 비판적인 사고와 감각을 자랑거리 삼았는데, 아니었다. 학문을 넘어 일상생활과 대인관계까지 침투하게 놔둔 건 도저히 아니었다. 남들에게 밑도 끝도 없이 비판가적, 아니 비판광적 렌즈를 들이밀던 모습이 스쳐 지나갔다.

그게 모든 비극의 화근이었을까….

눈앞이 흐려졌다. 그러나 순순히 그의 말을 인정하기에는 자존심이 허락하지 않았다.

— 몰라요. 브레넌 씨가 맞다 쳐요. 근데 그걸 어떻게 하는지 모르니까 심리치료나 받으러 오는 거 아네요.

물론 내 유치함에 쩔쩔맬 브레넌 씨가 아니었다. 그 대답을 기다렸다는 듯 빙그레 미소 지었다.

— 심리치료라는 게 갑자기 이루어지는 게 아니잖아. 조금씩 좋게 바뀔 거야.

#15 사마리탄스입니다. 무엇을 도와드릴까요?

신기하게도 나는 학교 일과를 마치고
사마리탄스 사무실에 들어서면 흡사 부처가 된 것 같았다.
그래, 나 같은 놈도 이렇게 쓸모가 있구나.
공허의 구덩이에 갇혀 끝없는 어둠 속을 헤매는 나도
누군가에게 잠시나마 고마운 존재일 수 있구나.

— 사마리탄스입니다, 무엇을 도와드릴까요?

— 난 정말 지긋지긋해 이 싸구려 국가 보조 주택단지에 빌붙어 사는 것도 지긋지긋하고 아무짝에도 쓸모없는 버러지 같은 것들하고 같이 사는 것도 속이 쓰릴 지경이야 날 게이라고 무시하는 것들은 또 어떻고 두고 보라고 난 꼭 앤더슨 쿠퍼와 결혼하고 말 테니까 하지만 그 전에 차라리 이 머리통에다 권총 한 방 쑤셔 갈겨서 다 끝내 버리는 게 나을지도 모르지!

심호흡을 하고, 속사포로 퍼붓는 존의 불만 포격에 정신줄을 놓지 않고 차분히 지침서를 따랐다.

— 아, 정말 힘드시겠어요. 음, 지금 혹시 자살 충동을 느끼세요?

부드럽고 조심스런 목소리로, 금방이라도 부서질 듯 바싹 마른 꽃송이를 건네듯 물었다. 아니! 하고 그가 이어 에미넴의 독기가 생각나는 랩을 쏟아 냈다. 가만 듣던 나는 기회를 봐 내 소개를 하고, 정해진 절차대로 이름을 물었다.

물론 이미 수화기를 든 지 채 5초도 되지 않아 정체를 알아챘고, 앞에 놓인 통화기록부에 '성난 J, 단골'이라고 휘갈겨 적었지만 말이다.

사마리탄스 자살예방 긴급전화(Samaritans Suicide Hotline)는 현재 43여 개 국가에 뿌리를 내리고 자살 위기에 처한 이들을 돕기 위해 힘쓰고 있는 비영리 단체다. 1953년 영국 런던에서 차드 바라라는 성공회 사제가 최초로 설립했다고 한다.

지금으로부터 80여 년 전, 젊은 사제 바라가 마을의 한 장례식에 참석한다. 그는 장례식의 주인공이 누구인지 듣고 충격에 휩싸인다. 바로 생리를 처음 겪고 나서 스스로 목숨을 끊은 열네 살 소녀다. 자신에게 뭔가 끔찍한 일이 일어나고 있다고 믿었던 소녀는 주위에 도움을 요청할 사람이 아무도 없어, 결국 죽음을 택하고 만 것이다.

— 어린 소녀여, 나는 너를 알지 못했지만, 너는 내 인생을 바꾸었다.

그날부로 사제는 맹세한다. 소녀의 죽음을 헛되이 하지 않겠노라고. 그리고 십수 년이 흐른 뒤, 다음과 같이 공표함으로써 맹세를 지킨다.

— 자살 충동을 느낀다면 누구든 상관없으니 나를 찾아와 달라.

바라가 내건 지원은 기대 이상으로 큰 호응을 얻는다. 방문객들이 계속해서 늘자 대기실에서 이들을 맞고 안내할 자원봉사자까지 모집하기에 이른다.

그런데 흥미로운 일이 일어난다. 자살을 고민할 만큼 무거운 마음의 짐을 안고 온 이들이 막상 바라를 마주할 때가 되자 상당히 진정되어 있는 것이다. 이유는 단순하다. 대기 시간 동안 친절한 안내원들과 이런저런 대화를 나누면서 마음이 풀린 것이다.

바라는 중요한 깨달음에 이른다. 누군가 단순히 들어 주고, 신경 써 주고, 있는 그대로 받아들여 주는 것만도 큰 힘이 된다. 그길로 사마리탄스 자살예방 긴급전화를 설립하게 된다.

사마리탄스 자원봉사자 모집 공고를 접한 건 지난 학기 초 브라운 모닝메일을 통해서였다. "당신은 얘기를 잘 들어 주는 사람인가요?"로 시작하는 간결한 공고문은 단번에 나를 사로잡기에 충분했다.

지난 몇 년간, 나는 고민을 잘 들어 주는 사람이라고 자부했다. 정작 내 고민은 남들한테 이해받지 못한다고 늘 불평이면서도 말이다. 사마리탄스 공고를 보고, 내 능력을 좋은 데 쓸 수 있는 기회라고 확신했다.

작년 어느 저녁에 있었던 일이다. 기숙사에서 일주일 치 빨래 더미를 세탁기에 후련하게 집어 던지고 간단한 요깃거리를 찾아 공용 부엌에 들른 참이었다. 벌컥 열어젖힌 문 앞에 구릿빛 얼굴에 검은 머리칼을 양 갈래로 폭포처럼 늘어뜨린 아이가 연둣빛 플라스틱 의자에 말없이 앉아 있었다. 마주친 두 눈에는 햇살에 반짝이는 파도 거품 같은 눈물이 맺혀 있었다.

— 안녕.

그녀가 멈칫한 내게 멋쩍게 웃어 보였다.

— 괜찮아?

내가 조심스레 눈을 찡그렸다.

— 응, 아니, 모르겠어. 아, 내가 지금 무슨 말을 하는 거지? 미안….

그녀가 수줍게 웃었다. 그 웃음 속에는, 뭐랄까, 성냥팔이 소녀를 닮은 애잔한 눈빛이 담겨 있었다. 나도 모르게 빨래 바구니를 내려놓고,

의자를 빼내 옆자리에 앉았다. 벨라라고 자기를 소개한 그녀는 방금 들은 불행한 소식을 내게 들려주었다. 할아버지가 암 선고를 받아 몇 달 못 사실 거란다.

— 통화가 끝나고… 그대로 주저앉아 울 수밖에 없었어.

힘겹게 고백하는 그녀는 마치 슬픔으로 부풀어오른 풍선 같았다. 내가 조심스레 입을 뗐다.

— 아, 정말 힘들겠다. 할아버지랑 많이 가까운가 봐.

엷은 미소를 되찾은 벨라가 어깨를 들썩였다. 그러고는 할아버지와 함께한 추억들을 나와 조곤조곤 나누었다. 한 시간쯤 지났을까. 서서히 피곤이 몰려왔다. 이만 가 봐야겠다고 대충 둘러대고 일어섰다. 고맙다는 인사에 점잖게 고개를 가로젓고 내 방에 종종걸음으로 돌아왔다. 갑작스런 늦저녁 대화의 여운만 그림자처럼 길게 따라 들어왔다.

돌이켜 보니 희한한 일이었다. 할아버지의 암 선고 소식으로 감정이 복받쳐 있던 벨라가 일면식도 없던 나와 대화를 조금 나누었다고 눈에 띄게 진정되었다는 것이. 내가 한 일이라고는 그저 슬퍼 보이는 그녀에게 다가가 잠시 곁에 있어 준 것뿐이었는데, 그것만으로도 누군가는 커다란 위로가 되나 보았다.

사마리탄스 긴급전화 안내원의 역할이 바로 그런 일일 것 같았다. 일면식도 없는 남일지라도 잠시나마 고민을 함께하고 수화기 너머 곁을 지켜 주는 일. 그날 저녁 벨라와의 시간을 회상하며 일정표에 사마리탄스 설명회 날짜를 적어 넣었다. 9월 5일 6시, ○○○ 건물. 모처럼 잔잔한 기대감이 일었다.

• • ● • •

— 여기서 여러분의 역할은 첫째도 듣기, 둘째도 듣기, 셋째도 듣기예요. 통화의 95%는 상대가 얘기하게 놔두고 여러분은 그저 들어 준다고 생각하면 돼요.

사마리탄스 로드아일랜드 주 지회 대표인 드니즈가 우리를 향해 힘주어 말했다. 그녀의 입꼬리에 꼿꼿하게 진 주름이 유난히 억세 보였다.

— 그런데 너무 그렇게 듣고만 있으면, 전화 건 분이 우리가 진심으로 자길 대하는지 아니면 그냥 사무적으로 대하는지 모르지 않을까요?

불쑥 손을 들고 물었다. 아까부터 그녀가 설파하던 사마리탄스 안내원의 행동 강령이 자못 못마땅하던 참이었다.

1) 전화를 받으면, 사마리탄스입니다, 무엇을 도와드릴까요? 하고 인사한다.
2) 대답을 듣고 나서 간단히 자기 이름을 말하고 상대 이름을 묻는다.
3) 이어서 자살 충동을 느끼는지 확인한다.
4) 위급 상황이 아닐 시에 우선 차분히 얘기를 들어 준다.
5) 얘기를 나누면서 상대의 인생에서 희망이나 의미가 될 만한 것을 파악해 상대에게 일깨워 준다.
6) 섣부른 제안이나 조언은 절대 금물. 자기 얘기도 되도록 하지 않는다. 사적인 질문을 받으면, 사마리탄스 수칙에 반하기 때문에 답할 수 없다고 잘라 말한다.
7) 필요에 따라 상대가 사는 지역에 위치한 상담소나 정신과를 소개해 주고 연락처를 알려 준다.

말하자면, 우리 보고 단순히 지침서대로 뻐끔뻐끔하는 로봇이 되라는 소리였다.

— 전혀. 이게 지금까지 우리가 해 온 방식이고, 문제가 있었다면 진작 고쳤을 거예요. 그리고 전화한 사람들도 이게 우리 방식이라는 걸 이해하고 존중할 테니까 아무 문제 없어요.

드니즈가 가벼운 고갯짓으로 내 질문을 일축했다. 내 눈빛이 불쾌감으로 이글거렸다.

— 다른 질문?

슬쩍 주위를 둘러보고 입을 굳게 다물었다. 더 따지고 싶었지만 튀기 싫어 참기로 했다. 나 말고 다른 연수생들은 완전 딴판이었다. 하나같이 질문도 반박도 없이 그녀의 말을 금붕어처럼 뻐끔뻐끔 받아먹고만 있었으니.

사마리탄스 연수 과정은 예상외로 가시밭길이었다. 막연하게 자살 예방 긴급전화 일에 내가 적격이라고 자신했는데, 그것과 연수는 전혀 별개였다. 복병은 뭐니 뭐니 해도 드니즈와 그녀의 로봇 지침서였다. 사마리탄스 안내원이 되고 싶으면 내 개성을 죽이고 그들의 획일화된 방식으로 작동하라니. 그것도 싫었는데, 그걸 주문하는 드니즈의 권위적이고 일방적인 태도는 더더욱 싫었다. 그렇다고 이대로 관두기는 마냥 허무했다. 참을 수 있을 때까지 참아 보자고 스스로를 다독였다.

그러던 중, 연수의 일환으로 로드아일랜드 주 911 구급대를 견학했다. 인솔자는 드니즈의 보조로 일하던 시드라였는데, 그녀가 나와 첫인사를 나누면서 서글서글한 웃음을 지어 보였다.

— 아, 네가 JK구나. 드니즈한테 얘기 들었어. 네가 좋은 질문을 많이 한다면서?

별것도 아닌 한마디였는데, 그 말에 마음이 아이처럼 움직였다. 밉보일 각오로 궁금한 건 따져 물어 가며 연수에 임한 적극적인 자세가 비로소 인정받은 기분이었다.

실전에 투입된 뒤에도 내 열성은 강물처럼 한결같았다. 이유는 간단했다. 지푸라기 같은 수화기를 붙잡고 생면부지의 남에게 제 사연을 토해 내는 이들의 처지가 절로 그려졌기 때문이었다. 이들의 목소리에 묻어나는 소외, 불신, 결핍이 해 질 녘 창밖의 눈발처럼 마음을 흔들었다. 이들에게 실질적인 도움은 못 줄망정, 수화기 건너편 조그만 진심이라도 되어 주고 싶었다.

진심, 그 알쏭달쏭 물음표 같은 것에 얼마나 목말라했던가. 앞으로 또 얼마나 목말라할 것인가. 내게 쉬이 주어지지 않는 거라면 나라도 남에게 실컷 주고 싶었다. 그게 고작 이삼십 분 귀 기울여 넋두리를 들어 주는 일일지라도.

1학기에 이어 2학기도 사마리탄스 봉사 활동에 꼬박꼬박 나갔다. 그렇게 오늘도 반 시간 남짓 성난 J가 악에 받쳐 쏟아 내는 독백을 차분히 들어 주었다. 그는 사마리탄스 비공식 단골 명부에 이름을 올린 여럿 중 하나였다. 저기압인 날에는 마구잡이로 욕설을 퍼붓는 탓에 우리 중 몇몇에게는 기피 대상이었다.

사마리탄스 지침서에 따르면, 통화자가 욕설이나 음담패설 같은 부적절한 언사를 고집할 경우, 우리가 먼저 통화를 중단해도 되었다. 그래서 마음 여린 자원봉사자들은

— 죄송하지만 말씀이 좀 거친 거 같아요. 진정되시면 다시 전화 주세요.

하고 대화 도중 수화기를 내려놓기도 했다.

그런데 신기하게도 나는 학교 일과를 마치고 사마리탄스 사무실에만 들어서면 흡사 부처가 된 것 같았다. 사무실이라고 해 봐야 교정 인근 건물에서 빌려 쓰는 단출한 방 한 칸이었는데, 평소에는 아이들의 놀이 교실로 쓰이는 모양이었다. 곳곳에 유치원생 정도가 앉기 좋을 앙증맞은 의자들이 놓여 있었고, 벽에는 크레용 그림들이 삐뚤빼뚤 걸려 있었다. 그야말로 순수 그 자체인 공간이었다.

동심이 곧 불심이라 했던가. 그곳에 가 전화기 앞에 다소곳이 자리 잡고 앉으면, 마치 속세를 벗어나 외딴 산속 절로 잠시 피신 온 느낌이었다. 그러다 전화벨이 풍경 소리처럼 은은하게 정적을 두드리면, 동자승이 손님을 맞이하듯 흐트러짐 없이 수화기를 집어 들었다. 사마리탄스입니다, 무엇을 도와드릴까요?

드디어 내 자리를 찾은 기분이었다. 여기서는 바깥세상에서 눈알이 튀어나오도록 나를 들볶던 공허의 구덩이가 어느새 온데간데없었다. 내가 얼마나 외롭고 찌질한 인간인지 친절하게 알려 주던 그의 목소리도 거짓말처럼 잠잠했다. 대신 그 자리에 호수 같은 마음만 있었다. 사마리탄스를 찾아 전화해 온 이들에게 온 주의를 기울이는 마음이었다.

설령 수화기 건너편에 가뭄 든 논바닥처럼 갈라진 목소리가 말끝마다 욕을 달고 있어도 그 마음은 한 점 동요가 없었다. 그 역시 내게는 여느 통화자와 마찬가지로 진실한 위로가 필요한 사람일 뿐이었다. 누군가 자신과 인간과 세상에 대한 믿음을 일깨워 주길, 본인도 그걸 아는지 모르는지, 기다리는 사람일 뿐이었다.

까다로운 우리의 단골도 내가 정성을 다해 경청하면, 여전히 공격적이지만 투박한 진심이 느껴지는 목소리로 투덜거렸다.

— 고마워. 네가 왜 굳이 이렇게 네 시간을 날려 먹는진 모르겠지만 말야.

그럴 때면 마음의 호수에 잔잔한 파문이 일었다.

그래, 나 같은 놈도 이렇게 쓸모가 있구나. 공허의 구덩이에 갇혀 끝없는 어둠 속을 헤매는 나도 누군가에게 잠시나마 고마운 존재일 수 있구나.

오늘따라 벽 한 칸을 빼곡히 수놓은 아이들 그림에서 풋풋한 웃음소리가 울리는 듯했다. 문득 그런 생각이 들었다.

어쩌면 그동안 치러 온 방황의 시간이 내 마음에 자양분이 된 게 아닐까. 내 마음에 고인 어둠을 통해 타인의 어둠을 온전히 알아보고 공명할 수 있게 된 건 아닐까.

그건 가능성만으로도 눈물겹도록 커다란 위안이었다.

#16 경계선이 우리를 놓아줄 때

그런데 가장 놀라운 변화는 따로 있었다. 바로 내가 내 안에서 새어나오는 부정적인 속삭임에 딴지를 걸 수 있게 된 사실이었다. 심리치료가 일군 소기의 성과일까? 머지않아 "우리 아이가 달라졌어요" 할 수 있게 될까?

— 자, 이거 봐 봐.

메리가 내 앞으로 노트북을 밀더니 스크린에 띄워 놓은 이메일을 가리켰다. 이번 주말에 여행을 떠나야 하니 애를 맡으라는 내용이었다. 간결한 명령조가 심히 거슬렸다. 그녀가 고개를 절레절레 흔들었다.

— 이번이 벌써 몇 번짼지 모르겠단 말이지. 이 여잔 맨날 말 바꾸고 약속 깨길 밥 먹듯이 해.

내가 어리둥절해하자 자초지종을 설명해 주었다.

문제의 주인공은 남자친구의 전 부인이었다. 남자친구와 전 부인 사이에 어린 딸이 하나 있는데, 둘은 양육권 문제로 벌써 2년 가까이 더딘 소송을 진행 중이었다. 그런데 전 부인이 좀 이상한 여자인 모양이었다. 남자친구와 전 부인이 격주로 번갈아 가며 아이를 맡았는데, 그녀는 자기 차례에 아이를 집에 방치하고 어디론가 훌쩍 떠나기 일쑤였다. 그럴 때면 아이는 집에 홀로 남겨져 과자 따위로 끼니를 대충 때워야 했다.

이번처럼 느닷없이 일방적으로 약속을 깨기도 예사였다. 여행을 떠난다는 게 주된 이유였는데, 여행도 무슨 사이비교 모임에 가는 것이었다. 한번은 대지와 소통하기 위해 동굴 안에서 기를 모으는 수련을 받으러 가기도 했다.

— 내가 평소에 늘 지친 모습인 이유가 바로 여기 있지.

메리가 한숨을 푹 내쉬었다. 남자친구 곁에서 함께 아이를 돌봐 온 지도 어언 2년. 그 세월 동안 전 부인 때문에 스트레스가 이만저만이 아니었단다. 브레넌 씨에 빙의한 내가 차분히 경청하고 공감했다. 느려터진 법정을 향해서는 함께 분통을 터뜨렸다. 전 부인이 그렇게 자식을 방치하는데도 어서 남자친구 손을 들어 주지 않고 뭐하냐고!

— 참, 그런데 너 이번 주 수업 내용은 다 이해했니?

메리가 무심코 던진 질문에 화들짝 놀랐다. 그랬다. 나는 지금 메리와 잡담이나 나누러, 아니, 그녀의 심리치료사 행세나 하러 여기 온 게 아니었다. 오늘은 일주일에 한 번 있는 유기화학 교습 시간이었다. 그녀가 생화학과 더불어 유기화학 보조 수업도 한다기에 얼마 전부터 찾아오기 시작한 것이었다. 그런데 이 수업은 생화학 보조 수업에 비해 덜 알려졌는지, 오는 학생들이 거의 없었다. 오늘처럼 나 혼자일 때도 있었다.

혼자라서 뻘쭘해 하다 무심코 건넨 안부 인사였다. 잘 지내시죠? 그 한마디가 물꼬를 텄다. 인생에 우여곡절이 많다던 그녀가 예전에 암시한 대로 험난한 개인사를 들려준 것이었다. 이제 다시 선생과 학생의 본분으로 돌아올 시간이었다.

개인 교습을 마치고 사무실을 나서며 아까의 대화를 떠올렸다. 메리에게 묘한 유대감이 싹텄다. 그녀는 더 이상 단지 카리스마 넘치는 화학 교사가 아니었다. 나와 같은 한 인간이었다. 남자친구의 양육권 분쟁과 말썽꾸러기 전 부인이라는 골치 아픈 문제들과 씨름하는 인간. 내가 그녀가 해 주는 명쾌한 개념 정리가 필요한 것처럼, 어쩌면 그녀도 한낱 어린 학생일 뿐인 내가 보내는 공감과 지지가 필요한지도 몰랐다.

우리가 나눈 짧은 대화는 선생과 학생 사이를 갈라놓은 선에서 자유로워진 시간이었다. 메리는 내게 개인사를 아무렇지 않게 담담히 들려주었고, 나도 그녀의 사연을 아무렇지 않게 담담히 들어 주었다. 그저 그뿐이었다. 그런데 그 특별할 것 없는 일이 반갑기 그지없었다. 브레넌 씨가 결코 달래 주지 않는 갈증이 조금은 가셨기 때문이었다. 늘 심리치료사 가면 뒤에 숨어 자기 얘기는 입도 뻥긋 않는 인간과는 전혀 함께할 수 없는 종류의 시간. 각자의 직업과 본분이 정해 놓은 선을 내려놓고 인간 대 인간으로 소통하고 교감한 시간이었다.

그 후에도 유기화학 교습이 있든 없든 이따금 메리의 사무실에 들렀다. 우리는 안부를 주고받고 소송 과정과 전 부인에 대한 근황을 논하며 소소한 교감을 나누었다. 물론 나는 생화학과 유기화학 공부 역시 게을리하지 않았다. 두 과목 모두 보란 듯이 첫 번째 중간고사에서 놀랄 만한 고득점을 올렸다.

성적을 받아 보며 생화학의 구세주 메리를 만나기 전 내 모습을 떠올렸다. 수업 시간에 조글 교수님이 슬라이드를 한 장 한 장 넘길 때마다 눈앞이 한 층 한 층 캄캄해지던 게 아직 생생했다. 그때 살면서 처음으로 내가 구제 불능 멍청이인가 의심이 들었다.

이제 똑똑히 알았다. 좋은 길잡이를 만나면 이렇게 찾기 쉬운 길도,

그러지 못하면 미궁 속을 헤맨다. 좋은 길잡이 하나로 180도 달라지는 게 우리 인생이다.

언뜻 브레넌 씨 얼굴이 눈앞에 아른거렸다. 메리가 생화학 공부에 그런 것처럼, 브레넌 씨도 청춘의 방황에 그런 길잡이가 되어 줄 수 있을까?

뜻 모를 한숨이 나왔다.

• • ● • •

오랜만에 친구 유빈이를 만났다. 우리는 때여가 한 모퉁이를 지키는 이탈리아 레스토랑 파라곤에서 점심을 함께했다.

— 너 무슨 일 있어? 되게 기분 좋아 보여!

유빈이가 방긋 웃으며 정곡을 찔렀다. 요즘 생화학과 유기화학 시험을 연달아 잘 본 사실을 자랑하는 게 인생의 낙이었다. 그 생각만 하면 어쩔 줄 몰라 웃음이 새어 나왔다.

— 와, 진짜 축하해! 너무 잘됐다. 하나도 힘든데, 어떻게 둘 다 그렇게 잘했대?

나는 생화학 고득점의 공을 전부 메리에게 돌렸다. 귀를 활짝 열고 들어 주는 유빈이에게 그녀를 처음 소개받은 일부터 첫 수업에 찾아가 충격받은 일까지 신나게 떠들었다. 그녀와 내가 서로 개인적인 얘기도 나누는 사이라고 슬쩍 귀띔했다. 유빈이가 눈이 휘둥그레졌다.

— 우와, 어떻게 그렇게 쉽게 교수랑 친해져? 서로 안 지 얼마 되지도 않았잖아?

그 말에 흡족한 미소가 지어졌다. 언제 나왔는지도 모르게 내 앞에 놓인 파스타를 한 포크 집어 우물우물 씹으며 잠깐 기억을 더듬었다.

— 음, 그게 어떻게 된 거냐면, 메리 수업에 내가 처음 찾아간 날 있잖아. 그때 수업을 너무 잘해서 내가 충격 먹었다고 했잖아. 그래서 수업 끝나고 앞에 가서 말을 붙였거든. 설명을 어떻게 그렇게 잘하냐고 칭찬해 주고 싶어서. 근데 그게 다가 아니고, 메리가 수업할 땐 카리스마 넘치는데, 가만 있을 땐 또 엄청 피곤해 보인다? 그래서 그게 좀 신기해서 내가 솔직하게 말했는데, 메리가 자기가 우여곡절이 많아서 그렇다는 거야. 그리고 나중에 기회 되면 얘기해 준다 그랬는데, 진짜 해준 거지.

주홍빛 양념이 묻은 빈 포크만 손에 쥔 내가 말을 이었다.

— 사실 미국 문화가 그런 면이 있다는 걸 언제부턴가 깨달은 거 같아. 뭐, 브라운 문화가 그런 걸 수도 있지만 말야. 그거 있잖아, 서로 잘 모르는 사이인데도 아무렇지 않게 칭찬을 쉽게 하는 거. 한국이라면 왠지 뻘쭘할 거 같은 말들도 말야. 근데 나는 칭찬을 받기만 하고 정작 남들한텐 잘 안 해 주는 거 같더라고. 그래서 의식적으로 좀 더 하려고 노력하는데, 그래서 그날 메리한테도 그렇게 쉽게 다가갈 수 있었나 봐.

다시 새하얀 쟁반에 포크를 갖다 댔다. 리가토니 알 포르노(Rigatoni al forno)가 풍기는 특유의 토마토, 크림, 로제 와인이 뒤섞인 달짝지근한 냄새가 콧속으로 춤춰 들어갔다.

— 음, 내가 볼 땐 너도 칭찬 잘하는 거 같은데. 내가 자신감 부족해하거나 기분 나쁠 일 있을 때, 네가 좋은 말 많이 해 줘서 도움 됐던 거 같아.

— 그런가?

내가 수줍게 미소 지었다. 간만에 보는 친구에게서 긍정적인 기운을 한 보따리 받고 있었다.

이 순간이 고마웠다. 비록 잠깐이었지만, 가슴속 구덩이의 존재를 잊어버릴 수 있는 시간이었다. 내가 친구 하나 없는 외톨이라는 그의 비아냥도 이 시간만큼은 멎어 있었다. 밥을 먹고 헤어지면 금세 되살아나겠지만, 잠깐이라도 좋았다.

그러고 보면, 내게 작지만 의미 있는 변화가 생긴 모양이었다. 예전에는 어차피 거품처럼 꺼져 버릴 순간이면 고마워하지도, 음미하지도 못했다. 그 순간에 담긴 모든 의미가 이미 퇴색되어 있었으니까. 그런데 어쩌면 이제 그러지 않을 수도, 그럴 필요가 없을 수도 있겠다는 생각이 들었다.

내 못난 자아상에도 미세한 균열이 생긴 느낌이었다. 그동안 나는 남이고 나고 할 것 없이 트집쟁이 확대경을 들이대 불평불만 일삼는 비판광인 줄 알았는데, 그게 아닐지도 몰랐다. 유빈이 말이 그럴싸하게 들렸다. 따지고 보면, 나는 칭찬과 응원을 아끼지 않는 친구였다. 내가 오늘 유빈이에게 받은 것처럼, 친구들이 내게 긍정적인 기운을 받은 경우도 적지 않을 것 같았다.

그런데 가장 놀라운 변화는 따로 있었다. 바로 내가 내 안에서 새어 나오는 부정적인 속삭임에 딴지를 걸 수 있게 된 사실이었다. 예전 같았으면 친구가 내 자조적인 발언을 의문해도 그냥 '그래?' 하고 말았을 텐데, 이제 '그런가?' 할 수 있었다. 아까 내가 나를 칭찬에 인색한 인간이라고 폄하했을 때, 유빈이가 아닌 것 같다고 한 말에 어렴풋이 수긍한 것처럼.

심리치료가 일군 소기의 성과일까?

머지않아 "우리 아이가 달라졌어요" 할 수 있게 될까?

#17 덫

심리치료가 저 자신에 대해 새로운 것들을 깨닫게 해 주기만 하지,
정작 저 스스로 바뀔 수 있게 도와준다거나 방법을 알려 주진 않는 거 같아요.
그래서 이제 깨달음보단 실천 쪽에 신경 쓸 때가 되지 않았나 하는 거죠.

뉴펨브로크 기숙사 방이었다. 애정하는 미국 TV 프로그램 〈내가 어떻게 네 엄마를 만났냐면(How I Met Your Mother)〉을 보며 혼자 저녁을 먹고 있었다. 스크린 가득 주인공들이 꽃피우는 우정이 부러워 숨이 막혔다. 테드와 마셜은 대학 시절 첫 룸메이트로 만나 베프가 되었다는데, 내게는 별나라 이야기가 아닐 수 없었다.

신입생 때, 나는 배려심이라고는 눈곱만큼도 없는 미국 애한테 잘못 걸렸다. 그는 몸에 얼마나 열이 많은지, 매서운 칼바람이 몰아치는 늦가을 밤에도 창문을 활짝 열어젖히고 선풍기를 붕붕 틀어 댔다. 무슨 남극 체험 와 이글루에서 오돌오돌 떨며 자는 심정이었다.

점잖게 하소연해도 아무 소용 없었다. "알았어. 한번 창문 닫고 자 볼게" 하더니, 다음 날 더위를 도저히 못 견디겠다면서 방 상태를 바로 원상복귀시켜 놓았다. 그 후로 그가 창문을 열면 내가 다시 닫기를 반복

했다. 그런 식으로 한동안 애꿎은 창문을 놓고 신경전이 벌어졌다. 참다 못한 내가 기숙사 문제를 처리하는 학장을 찾아가 의논한 끝에 결국 내가 다른 방으로 옮기게 되었다. 응? 대학 첫 룸메이트와 베프?

룸메이트는 그렇다 치고, 다른 길로도 절친을 찾는 일과 도무지 인연이 없었다. 친하게 지내다 만 사람들이나 여전히 친한 사람들은 분명 있었다. 그런데 뭐랄까, 다들 뭔가 더 가까워지기 힘든 울타리를 치고 있는 느낌이었다. 그래서 주위에 쌍쌍바처럼 붙어 다니는 아이들을 볼 때면 그렇게 부럽고 서러울 수가 없었다. 그럴 때면 그냥, '넌 단짝 같은 건 못 만들 저주받은 운명이야' 하고 고민을 일축해 버렸다. 그러면 마음이 살짝 가벼워졌다.

그런데 오늘 같은 저녁이면, 텅 빈 구덩이가 새삼스레 무겁게 가슴을 짓눌렀다. 어둠과 적막만으로 이렇게 무거울 수 있나 싶을 정도였다. 고통으로 지그시 눈을 감으면, 어떤 소리가 가까이서 들려왔다. 마치 괴괴한 골짜기처럼 소름 끼치도록 횅한 바람이 불어오는 소리였다. 바람에 실려 온 칠흑 같은 생각이 가슴을 후벼 팠다.

고작 2학년인데 벌써 대학생활은 완전히 실패했어. 공부가 재밌기는 하지만, 졸업하면 뭐가 남아? 졸업장? 성적? 어른이 돼서 함께 대학 시절 추억을 나눌 친구들은? 아니, 애초에 추억할 거리는?

좁은 기숙사 방 안이 구덩이 속 심연으로 빨려 들어가는 듯했다. 눈앞이 캄캄하고 귀가 먹먹했다. 피부에 어떤 감촉도 느껴지지 않았다. 내가 이미 바람처럼 심연을 떠도는 유령인지 모른다는 생각마저 들었다.

혼자 도서관에 틀어박혀 공부만 하다가 남는 시간은 기숙사 방에 처박혀 드라마나 보는 인생이라니…. 불쌍하다 못해 역겨워 너.

자기혐오에 찌든 유령이 넋이 나간 듯 중얼거렸다. 더 이상 혼잣말인지 구덩이와 나누는 대화인지 분간이 가지 않았다. 그러다 종국에는 이 질문으로 회귀했다.

대체 어디서부터 뭐가 잘못된 거지?

오만 가지 생각이 드는 와중에 오늘따라 유난히 브레넌 씨의 잔상이 눈앞에 번쩍였다. 흠칫 의문이 스쳤다.

그가 만약 내 문제의 발단은 아니더라도 전개라면?

지금도 얼떨결에 상상해 버렸다. 브레넌 씨 치료실 소파에 앉아 있는 내 모습을. 거기서 창밖에 하염없이 흐르는 프로비던스 강을 바라보며 그와 마주 앉아 세상 다 산 표정을 하고 정적에 머무르고 싶었다. 구덩이의 적막이 아닌 그가 품은 정적에.

그의 목소리가 강물에 반짝이는 햇볕같이 귓가에 가물거렸다. 그것도 잠시, 누군가 강물에 돌을 던진 것처럼, 순식간에 잔잔함이 깨뜨려졌다. 찝찝한 생각의 파문이 일었다.

이러다 심리치료만 잔뜩 하고 친구 하나 제대로 못 사귀고 졸업하는 거 아냐? 졸업하고 남은 인간관계라곤 브레넌 씨 하나뿐인 거 아냐? 근데 그건 남는다고 할 수도 없는 거짓 관계잖아?

맞아. 브레넌 씨 때문에 진짜 인간관계를 넓히는 데 방해받고 있는지 몰라. 내가 새 친구를 만들 필요성을 못 느끼게 하잖아. 괴로울 때마다 그가 생각나고 그에게 의지하게 만드니까. 마녀의 주문이라도 걸어 놓은 것처럼.

그러고 보면, 괴로울 때만이 아니었다.

겨울방학이 끝나고 학교에 돌아왔을 때, 나는 여전히 실존주의 심리치료학에 대한 신선한 충격과 흥분에 빠져 있었다. 그런데 그걸 나눌 사람이 딱히 없었다. 주위에 실존주의 심리치료학은커녕, 실존철학이

나 심리치료학에 관심을 가진 사람 자체가 없던 까닭이었다. 나 혼자 신나게 떠들어 봤자, 그나마 "그래, 그럼 시간 날 때 그 책 한번 읽어 볼게. 제목 좀 다시 문자로 보내 주라" 정도의 대꾸에 만족해야 했다.

하지만 브레넌 씨는 달랐다. 새 학기를 맞아 우리의 심리치료도 한 달 공백기를 마치고 재개했을 때였다. 웬일로 내가 그의 사무실에서 한껏 들떠 재잘재잘 떠들고 있었다. 아메리카 대륙을 발견한 베스푸치처럼, 실존주의 심리치료학이라는 미지의 세계를 발견했다는 성취감에 취해 새롭게 배우고 느낀 것들을 줄줄이 읊고 있었다. 물론 우리의 심리치료사는 어빈 얄롬과 롤로 메이 정도는 당연히 알고 있었다. 예전에 이들의 책을 감명 깊게 읽었다며 내가 목말라한 공감대를 가뿐히 이루어 주었다.

그러나 그게 다 무슨 소용이었을까.

이 모든 게… 뭔가 단단히 잘못됐어. 한때 컴퓨터 게임이나 영어 공부에 빠진 것처럼, 지금은 브레넌 씨와의 심리치료에, 설마, 브레넌 씨에게 빠져 버린 거 아냐?

맑은 강물을 손으로 떠 입술을 축이려는 찰나, 물속에 손톱만 한 벌레들이 우글거리는 모습을 본 심정이었다.

• • ● • •

크게 심호흡했다. 그다음, 브레넌 씨에 대한 고충을 브레넌 씨 얼굴에 대고 숨김없이 토로했다. 그가 여전히 온화한 표정으로 내 얘기에 귀를 기울이고 있었다.

— 그건 그런데, 네가 아직 다른 사람들과 인간관계를 잘해 나갈 준

비가 안 돼 있으면, 심리치료가 도와줄 수 있지 않을까? 그때가 되면 네 말대로 더 이상 심리치료가 필요 없을 수도 있지.

잠깐 눈을 찡그리고 생각에 잠겼다. 따지고 보면 맞는 말이었지만, 무작정 따졌다.

— 반년이라는 길다면 긴 시간 동안 이미 해 왔잖아요. 근데 브레넌 씨 생각엔 제가 더 해야 될 필요가 있어 보여요?

그가 시선을 비스듬히 두고 잠시 생각하더니, 부드러운 말투로 답했다.

— 음, 난 우리가 지난 시간 동안 중요한 것들을 많이 깨닫고 배울 수 있었다고 생각해. 그 과정이 아직 끝나지 않은 것 같아서 계속하는 게 나을 거 같아.

이상한 심술이 드는지, 자꾸만 그의 말을 반박하고 싶었다.

— 그건 그런데,

내가 장난스럽게 운을 떼자 그가 재미있다는 듯 미소 지었다.

— 심리치료가 저 자신에 대해 새로운 것들을 깨닫게 해 주기만 하지, 정작 저 스스로 바뀔 수 있게 도와준다거나 방법을 알려 주진 않는 거 같아요. 그래서 이제 깨달음보단 실천 쪽에 신경 쓸 때가 되지 않았나 하는 거죠.

— 너도 알겠지만, 결정은 네 몫이야. 네 생각에 우리가 충분히 이룬 것 같다면 그만둬도 괜찮아. 하지만 내 치료실 문은 널 위해 항상 열려 있다는 걸 기억해 둬.

급기야 내가 폭발했다.

— 아니, 당신도 알잖아요. 그런 식으로 말하면 당연히 제가 그만둘 수 없단 걸요. 그냥 저한테 계속해라, 아님, 관둬라, 단도직입적으로 좀 말해 주면 안 돼요? 결정이 다 제 몫이라는 게 짜증 난다고요!

그러자 브레넌 씨가 어리둥절한 눈초리로 물었다.

— 왜 내가 그렇게 말하면 계속할 수밖에 없다는 거야?

— 물론 제 마음은 당연히 여기 있고 싶으니까요. 편하잖아요. 돈만 내면 제 얘기에 온 정성을 다해 들어 주는데. 그렇지만 문제는 당장 저한테 편한 게 아니라 궁극적으로 득이 되는 게 뭐냐예요. 심리치료가 도움이 아니라 오히려 해가 되는 거 같으니까요. 이렇게 말귀를 못 알아먹어서야 원, 진짜 관두는 게 나을 거 같네요.

내 짜증에 아랑곳하지 않고 그가 침착하게 대꾸했다.

— 네가 우리 심리치료에 대해 뭔가 마음에 안 드는 게 있다는 걸 알겠어. 하지만 그래서 그만두겠다는 식으로 말하는 것보다, 그런 부분들에 대해 얘기를 나누고 풀려고 하는 게 더 나은 소통 방식이 아닐까 해. 그만두겠다고 말하는 건, 문제를 해결하려는 마음 없이 그냥 나한테 상처 주려는 거 같아.

침착하기만 한 그의 모습에 더 열이 올랐다.

— 아니, 어차피 당신한테 수많은 환자들 중 하나일 뿐인 제가 그만두겠다고 한들 뭔 상처를 받는다는 거예요? 평소엔 제가 뭔 말을 하든 아무렇지 않은 척했잖아요. 그러니까 제가 답답한 건 그거예요. 제가 상처가 되거나 기분 나쁠 말을 하면, '그 말 때문에 기분이 나쁘다' 이런 식으로 정상적인 인간처럼 소통하면 좋겠다고요. 당신이 가만 앉아서 고개만 끄덕이고 있으면 제가 어떻게 알겠어요? 저도 제가 남한테 언제 어떻게 기분 나쁜 말을 하는지 배우고 그래야 그걸 고칠 수 있는 거 아네요?

그랬다. 나는 지금처럼 온갖 막말에도 끄떡없는 브레넌 씨의 모습이 못내 못마땅했다. 우리 관계가 허상이라고 믿게 만드는 중요한 부분이었으니까.

— 음, 네가 기분 나쁠 수 있는 말을 한다고 해서 내가 그걸 개인적으로 받아들이진 않아. 그럴 때 난 네가 날 기분 나쁘게 하려는 의도보다, 더 중요하게 네가 뭔가로 인해 기분 나쁘다는 걸 소통하려는 의도라는 걸 이해하니까 말야. 그래서 네가 그런 말을 하면, 난 우선 기분 나빠 있을 너를 있는 그대로 받아들이고 공감하려고 노력해. 그리고,

브레넌 씨가 잠깐 침을 삼켰다.

— 내가 네 말에 기분 나쁘다고 표현하면, 네가 계속 그런 방식으로 네 감정을 소통하게 장려하는 것밖에 안 돼. 내가 기분 나빠 하면 네 소통 방식이 목적을 이룬 셈이고, 그럼 넌 그게 효과적인 방식이라 생각하게 될 테니까. 그래서 난 네 말속에 담긴 네 마음에 대응하지, 일일이 네가 기대하는 방식으로 대응하진 않는 거야.

신기한 사실이었다. 마치 내가 손오공이 되어 요리조리 날아다니는데, 브레넌 씨는 부처가 되어 손바닥 안에 나를 갖고 노는 것 같았다. 그런데 그게 이상하게 오늘따라 기분 나쁘지 않았다. 그가 내게 자기 마술 트릭을 하나 알려 준 느낌이었다. 나를 심리치료라는 마술에 초대된 관객이자 그걸 배우러 온 견습생으로 대해 준 셈이었다.

진짜 인간관계가 못 되더라도 어쩌면 브레넌 씨를 통해 심리치료에 대해 더 심도 있게 배울 수 있지 않을까? 그리고 언젠가 그걸 써먹을 날이 오지 않을까?

아니면 결국 다시 그의 덫에 걸려든 걸까.

#18 나 홀로 자전거 마라톤

인생은 혼자 산다는 교훈?
아니. 고독이 여유냐 고통이냐는 본인 선택이라는 교훈.
인간관계에서의 실망과 상처는 괜한 기대를 갖는 것에
달려 있다는 진부하지만 진득한 교훈.

루카스: 이번 주 일요일 밤 자정에 보스턴 마라톤 코스를 자전거로 일주하는 행사가 있다. 초대박 인생 자전거 일주할 준비됐냐???

나: 하하, 미친! 몇 시에 열리는데? 그럼 한 10, 11km 정도 달리는 건가?

루카스: 42.195km. 풀 마라톤 완주다, 아가야. 마라톤 첫 경험 할 준비됐냐???

나: 나 죽을지도 몰라.

루카스: 그럼 당근이지. 어차피 1~2km밖에 안 걸릴 거야.

나: 설레서 죽는단 말이었지! 근데 진짜 나 그거 하기엔 너무 저질 체력인데…. 글구 몇 시라고? 나 친구랑 보기로 해서.

루카스: 하하하. 일요일 밤, 자정에.

나: 얼마나 걸릴 거 같은데? 하다가 뒤지든 살아남든 무조건 가야 될 삘이다.

루카스: 아 이런. 아까 1~2km가 아니라 1~2시간 걸릴 거라고 말했던 거. 니가 이 쩌는 모험을 떠나겠다면 이 몸이 동행해 주셔야지!

루카스가 간만에 페이스북으로 말을 걸었다. '보스턴 자전거 마라톤'이라는 비공식 행사에 함께하자는 얘기였다. 행사는 보스턴 시의 명물인 연례 마라톤 대회가 열리기 전날 밤, 4월 14일에 있었다. 역시 그답게 행사가 있기 고작 3일 전에 얘기를 꺼냈다. 그의 엔도르핀 바이러스에 전염이라도 됐는지, 얼떨결에 승낙해 버렸다.

운명의 저녁이 어두워졌다.

— 요, JK, 와썹.

저만치서 자전거를 곁에 낀 루카스가 태평한 얼굴로 반갑게 손짓했다. 우리는 학교 캠퍼스의 심장부인 폰스 아치에서 만나 프로비던스 기차역으로 향할 참이었다. 나는 설렘 반 긴장 반으로 가슴이 콩콩거렸고, 루카스는 그런 나를 가뿐히 다독여 주었다.

기차역이 가까워질 때쯤, 그가 난데없이 전화를 걸기 시작했다.

— 어, 안 받네?

그러더니 동행하기로 한 여자애가 둘이나 더 있다고 선포했다. 별생각 없이 둘이 가는 걸로 지레짐작한 내가 한심했다.

얘는 루카스가 아닌가… 천하태평이라는 말의 정의 그 자체. 혼자 사막에 떨어져도 어떻게든 사람들을 끌어모아 파티를 벌일 녀석이다. 아니, 밀림 한복판에 던져 놔도 동물들과 친구 먹을 녀석이다.

끄응. 내색은 안 했지만 속으로 신음했다. 언제부터인가 낯선 이들과 만나서 어울리는 일이 고역이었기 때문이었다. 더구나 지금처럼 마음의 준비도 안 된 상태에서 새로운 사람들을 상대하는 일은 부담, 또 부담이었다.

막상 만났을 때 말 섞기 힘들다 싶으면, 그냥 신경 끄고 루카스랑 얘기하면 돼.

머릿속에 긴급 대책을 세우고 나니 부담이 좀 가셨다.

기차 출발 3분 전. 알아서 뒤따라오겠거니 막 플랫폼으로 내려가려던 찰나, 그들이 자전거를 이끌며 위풍당당 대합실에 들어섰다. 한쪽은 구릿빛 피부에 까맣게 땋은 곱슬머리의 여자애였고, 다른 쪽은 큰 키에 흰 피부와 갈색 생머리의 여자애였다. 마치 신화의 숲에서 튀어나온 인간 전사와 엘프 궁수 같았다. 둘은, 아니 루카스까지 해서 셋 다, 세상 겁날 게 없어 보였다. 이 쿨내 나는 무리에 간이 콩알만 한 내가 껍사리 낀 형국이었다.

우리는 가까스로 제시간에 기차에 올라 보스턴으로 향했다. 루카스와 나는 나란히 앉아 휴대폰을 교환해 서로의 MP3에 담긴 노래를 듣고 얘기를 나누며 시간을 때웠다. 음악과 잡담이 다소 신경 안정제가 되어 주었지만, 속에서는 서서히 긴장감이 타올랐다. 풀 마라톤 코스, 42.195 ㎞를 자전거로 소화해야 한다. 전혀 상상해 본 적 없는 거리였다.

더욱이 내 자전거는 산악용이었다. 예전에 늘씬한 도로 주행용 자전거를 도둑맞고 새로 장만한 녀석이었다. 자전거로 산을 탈 마음도 없었으면서, 무슨 바람이 불었는지 고른 선택이었다. (디자인이 이뻤다. 으이구!)

그런데 이 산악자전거로 말할 것 같으면, 도로 주행용에 비해 타이어가 펑퍼짐하고 무게감도 있었다. 루카스와 친구들이 데려온 날렵한 자전거만큼 속도를 내지 못할 사이즈였다. 실은 이건 궁색한 변명이었고,

내가 체력이 달려 뒤처질 거라는 두려움이 앞섰다. 예전에 루카스와 몇 번 나들이 삼아 학교 근처 공원 둥지를 자전거로 돌아다닌 적 있었는데, 그때마다 그의 페이스에 맞춰 달리기가 여간 버겁지 않았다. 당시는 핑곗거리가 안 되는 도로 주행용 자전거였는데도 말이다. 하필 두 여자애들도 루카스 못지않게 기운 넘쳐 보였다.

기차에서 내린 우리는 셔틀버스로 갈아탄 뒤 행사가 시작되는 지점에 내렸다. 칠흑 같은 오밤중에 자전거에 올라탄 사람들이 떼거리로 모인 광경이 낯설다 못해 신비롭기까지 했다. 개중에는 형형색색 형광빛을 뿜으며 굴러가는 바퀴가 달린 야광 자전거며, 둠칫둠칫 음악이 뿜어져 나오는 스피커를 뒷좌석에 매단 디제이 자전거며, 안장이 내 목에 닿을 만큼 우뚝 부착된 키다리 자전거까지, 생전 처음 보는 별난 자전거들이 저마다 개성을 뽐내고 있었다.

그리고 불안은 늘 그렇듯 곧 현실이 되었다.

초반부터 나는 체력을 아낄 틈도 없이 일행의 속도에 맞추려 힘껏 페달을 내밟았다. 그런데 귀신이 뒤에서 끌어당기기라도 하듯, 유독 내 자전거만 바퀴에 가속이 붙지 않았다. 루카스와 친구들은 순풍에 돛 단 배처럼 휘휘 나아가는데, 나만 혼자 뒤에서 낑낑대며 겨우 쫓아갔다.

얼마 안 가 가파른 언덕 내리막길이 나왔다. 시원하게 바람을 가르며 하강하는 무리 속 힘찬 환호성이 귓가에 왕왕 울려 퍼졌다. 뒤처질까 두려워 전속력으로 페달을 밟았지만, 역부족이었다. 일행과 순식간에 격차가 벌어진 나는 급물살에 휘말린 나뭇가지처럼 칠흑 속으로 사라지는 그들의 뒷모습을 무력하게 지켜봐야 했다.

심장이 제멋대로 공중제비를 넘었다. 엄습해 오는 절박감에 당장 휴대폰을 집어 들었다.

루카스, 제발…. 역시 받지 않았다. 욕이 튀어나왔다. 그를 탓하기도, 나를 탓하기도 싫어 애꿎은 자전거만 탓했다. 이 빌어먹을 산악자전거 같으니라고!

이 와중에도 내 옆에는 현기증 같은 어둠을 뚫고 쌩쌩 나아가는 자전거 행렬이 계속되었다. 그야말로 고군분투였다.

출발한 지 이제 겨우 30분. 얼마나 멀리 왔는지 앞으로 얼마나 더 남았는지 알 길이 없었다. 숨이 턱턱 막혀 왔다.

차라리 깔끔하게 중도 포기하고 왔던 길을 되돌아갈까? 그러기는 뭔가 아쉽다. 그렇다고 무작정 혼자 앞으로 나아가다 길을 잃어버리기라도 하면 어쩐다. 여기는 인적 드문 길인지 집도 드문드문 보이고, 자정이 넘은 시각이라 거리에는 차가 한 대도 없었다.

보스턴 밤길은 안전할까? 새벽에 총 든 사이코패스가 나다니지는 않을까?

오만 가지 생각이 다 들었다. 그러면서도 꿋꿋이 전진했다. 페이스를 유지하려 젖 먹던 힘까지 쥐어짜 페달을 밟았지만, 어림도 없었다. 끊임없이 자전거 무리들이 슝슝 바람을 가르며 나를 제치고 멀찍이 달아났다. 나처럼 고군분투하는 불쌍한 인간은 단 한 명도 보이지 않았다. 힘든 것도 잊고 수시로 울컥했다.

학교에서 쓰디쓴 고립감에 시달리는 것도 모자라, 낯선 도시까지 와서 이게 뭔 생고생이냐고!

그런 나를 비웃듯, 여행길은 그저 단조로웠다. 마음속 아수라장을 반전시킨 듯한 평온이 정적인 밤거리에 가득했다. 물론 내게는 단조로움을 감상할 여유조차 없었다. 출발 두 시간째, 이제 앞뒤로 어쩌다 한 번씩 사람 모습이 보일 뿐이었다.

이따금 갈림길이 나오면, 그대로 어둠의 입으로 빨려 들어가는 기분이었다. 그럴 때마다 어딘가에서 행사 보조인지, 구세주가 등장해 자전거를 세우고 길 방향을 안내해 주었다. 고마움만큼이나 혼자 내버려진 내 신세를 들켰다는 수치심이 들어 속이 쓰렸다.

슬슬 체력의 한계에 부딪쳤다. 침이 말라 목도 갈라졌다. 마침 인적 드문 길에 웬 생뚱맞은 편의점 하나가 나왔다. 음료를 사 마시며 한숨 돌렸다.

이대로 주저앉아 911이라도 부를까?

진짜 체력이 바닥나 쓰러지기 일보 직전이면 몰라, 아직 쓸데없이 힘이 남아 있어, 차마 그럴 용기가 나지 않았다. 그리고 사실 체력적으로 보다 정신적으로 훨씬 버거웠다. 아니, 버겁다 못해 끔찍했다. 처음부터 홀로 떠나온 모험이었다면 차라리 괜찮았으련만. 이건 명백한 배신이었다. 친구라고 여긴 놈이 의리를 헌신짝같이 저버렸다. 애초에 그가 무심한 종자라는 사실은 알고 있었지만, 그렇다고 씁쓸함이 덜하지는 않았다. 인생은 혼자 사는 것이라는 누군가의 듣기 싫은 말이 귓가에 망령처럼 헛돌았다.

새벽 2시가 넘어서야 산길인지 뭔지 모를 외딴길을 벗어났다. 비로소 보스턴 시내에 접어든 순간이었다. 야경이라 부르기도 힘든 희미한 불빛들이 멀리서 등대처럼 안도감을 안겨 주었다. 이제 다른 참가자는 아예 눈에 띄지 않았다. 간간이 휴대폰을 꺼내 지도 어플로 출발점 위치를 주시했다. 영혼이 빠져나간 몸뚱이로 멍하니 페달을 밟았다. 감각 없는 다리만 기계적으로 오르내렸다.

마침내 출발점이자 도착점을 찍었다. 그곳에 무리 지어 있는 몇몇을 눈길도 주지 않고 지나쳤다. 완주했다는 영광보다 내팽개쳐졌다는 모욕감만 남는 경험이었다. 그제야 루카스에게서 전화가 왔다. 자기들은 근처 식당에서 쉬고 있으니 어서 오라고 했다.

뻔뻔하기 짝이 없었다.

알겠다며 전화를 끊은 내 속마음은 어둠 속 갈림길에 선 듯 착잡했다. 그들 얼굴을 다시 보고 싶지 않았다. 하지만 때는 으슥한 새벽녘. 프로비던스행 첫 기차까지 장장 네 시간이 남아 있었다. 내가 아무 명분 없이 합류를 거부하면 왠지 속 좁은 찌질이라고 비웃음당할 것 같았다.

24시간 영업 음식점에서 이미 한 상 해치워 놓은 그들의 모습이 보였다. 세상과 단절되어 있다 오랜만에 사람 얼굴을 보는 느낌이었다. 그런데 하필 처음 본 얼굴이 원수의 얼굴이라니.

루카스가 아무렇지 않게 웃으며 안부를 물었다. 나 역시 아무렇지 않게 웃는 듯 마는 듯 대답했다.

— 아, 너무 힘들어. 자전거 마라톤이라는 게 이런 건 줄 몰랐어.

— 맞아 맞아. 우린 한 시간쯤 전에 도착선을 통과했는데, 오는 길에 흥미롭게 생긴 자전거들 구경하느라 힘든 것도 몰랐지.

그는 물론 내가 어쩌다 뒤처졌는지 물어보지 않았다. 나 역시 그가 왜 전화를 받지 않았는지 캐묻지 않았다. 차라리 이 편이 나았다. 얘는 정말이지 내가 혐오하는, 정이라곤 없는 전형적인 미국 인간이었다.

왜 진작 몰랐지? 이런 인간에게 기대를 갖거나 섭섭해하는 건 스스로를 웃음거리로 만드는 일밖에 안 된다는 걸. 배신감으로 그을린 마음이 조금씩 식어 갔다.

새벽 기차로 기숙사에 돌아온 나는 그대로 침대에 고꾸라졌다.

이런 끔찍한 경험을 맛보고 나니, 안락한 도서관에서 고독을 누리는 일이 얼마나 호사인지 퍼뜩 깨달았다. 그곳 여행길에서 나는 함께라고 믿었다가 홀로 내팽개쳐졌다. 하지만 이곳 도서관에서는 그런 배신 따위 겪지 않아도 되었다. 나는 홀로 완전했고, 고독은 온전한 내 선택이었다.

낮에 루카스에게서 웬 문자가 왔다. 현실이라고 믿기 힘들다는 말이었다. 뭔 씹소리지? 고개를 갸우뚱하다 괘씸한 기분이 들었다. 금방 답장하는 대신 습관처럼 페이스북을 열었다. 거기서 보스턴 마라톤 폭탄 테러 소식을 접했다. 어젯밤 우리가 자전거로 완주한 바로 그 코스에서 오늘 오전 마라토너들이 뛰다가 폭탄 투척을 당한 모양이었다. 사망자도 한 명 있었다.

머릿속에 패닉의 광경이 제멋대로 그려졌다. 굉음, 함성, 소동, 절규, 새빨갛게 요란한 사이렌 소리.

그런데 이상하게 나와 아무 상관 없는 일 같았다. 불과 몇 시간 전 내 두 발로 직접 밟은 곳에서 일어난 일이건만, 머나먼 미지의 세계에서 일어난 사고 소식처럼 느껴졌다. 이게 그가 말한 비현실적이라는 기분이었을까?

무심결에 씁쓸한 실소가 나왔다. 정작 자기 친구가 홀로 버려져 사투를 벌여도 아무 관심 없다가, 생면부지의 사람들이 사고를 당했다고 충격받는다고?

물론 내가 죽을 고비를 맞은 건 아니었다. 허나 나는 아직까지 생생했다. 언덕길을 달려 내려갈 때 나 혼자 파도에 휩쓸린 기분. 외로이 남겨진 내 가슴을 죽음 같은 적막이 휩쓸고 지나간 기분.

그러나 생각을 고쳐먹기로 했다. 루카스가 원망스럽고 경멸스러웠지만, 동시에 그에게 감사하기로 했다. 그 친구 덕에 이번 경험으로 쓰리도록 이로운 교훈을 얻을 수 있었다.

인생은 혼자 산다는 교훈?

아니.

고독이 여유냐 고통이냐는 본인 선택이라는 교훈.

인간관계에서의 실망과 상처는 괜한 기대를 갖는 것에 달려 있다는 진부하지만 진득한 교훈.

그런데 희한한 일이었다. 지금껏 나는 사고방식이나 감정 처리 방식이 늘 흑백논리를 따라가는 인간이었다. 누군가를 향한 부정적인 감정의 폭풍우가 일 때면, 그대로 선박의 키에서 손을 떼고 풍랑에 운명을 맡기곤 했다. 비관적인, 아니 어쩌면, 무책임한 선원이었다. 지금 내 모습은 사뭇 달랐다. 가슴속에 루카스를 향한 비난의 폭풍우가 휘몰아치자 웬일로 생각을 고쳐먹기로 했다. 나를 버린 일로 원망과 경멸이 드는 걸 인정하되, 내게 교훈을 안겨 준 것에 대해서는 고마워하기로 했다. 그러자 처음 일었던 동요가 어느새 거짓말처럼 잠잠해져 있었다.

브레넌 씨의 얼굴이 눈앞에 향처럼 피어올랐다.

그의 공이었을까?

#19 사람들은 오고 간다

사람들은 오고 간다. 나는 그게 늘 아팠다.
아픔을 덜 최선의 길은 어쩌면 오는 것으로
초점을 옮기는 일인지도 모르겠다.
아쉬움보다는 반가움으로, 원망보다는 고마움으로.

석 달 남짓 되는 여름방학이 코앞으로 다가올수록 나는 안절부절못했다. 주위에서는 일찌감치 미국 국내외 유수의 기관에 인턴십을 구해 놓은 아이들이 기대에 부풀어 여름 계획으로 이야기꽃을 피웠다. 미국 국립암센터며, 골드만삭스며, 서울대 수의과 실험실이며, 다들 대학생 주제에 뭐 그리 능력자인지, 거창한 인턴십 자리들을 쉽게도 꿰찬 모양이었다.

반면 나는 당장 학기말 시험 공부와 보고서 준비에 치여 인턴십은 구할 엄두조차 못 내고 있었다. 설상가상으로 어디서 무슨 일을 해야 될지 갈피도 못 잡았다. 이곳 브라운 땅을 처음 밟았을 때, 나는 훗날 한의학 연구자가 되겠다는 포부를 품고 있었다. 긴긴 청춘의 방황을 치르면서도 생물학과 화학 기초를 다져 놓으면 초심의 포부를 이룰 발판을 마련할 수 있을 거라는 막연한 기대가 있었다. 그 기대 하나로 전공 수업을 하나둘 해치워 왔다.

문득 그 기대가 거대한 망상처럼 느껴졌다.

정신이 숲이라면, 무심코 그곳에 자기 회의라는 불씨가 던져진 셈이었다. 불길은 삽시간에 번져 숲이 타들어 갔고 연기가 피어올랐다. 인턴십 계획을 신나게 떠드는 애들을 볼 때마다 연기는 더욱더 자욱해졌다. 이대로 가다가는 학업을 망치겠다는 불안감이 엄습했다. 속으로 나를 살살 타일렀다. 인턴십 걱정은 일단 꾹꾹 쟁여 두고 공부에만 집중하자.

결과는 대성공이었다. 1학기와 마찬가지로 다섯 과목 올 A였다. 유기화학과 생화학 최종 성적을 받아 보는 내 눈앞에 톰슨 학장님의 꼿꼿한 얼굴이 스쳤다.

지옥이 될 거야!

지옥은 무슨. 마음 같아서는 그녀를 찾아가 의기양양하게 웃으며 '이것 보세요!' 하고 보란 듯이 외쳐 주고 싶었지만, 그런 유치한 생각은 상상으로 남겨 두기로 했다. 성적에 대한 기쁨도 잠시, 다시 인턴십 걱정이 머릿속을 토끼처럼 뛰어다녔다. 토끼에게 제발 가만 좀 있으라고 다그쳤다. 이따 시간 내서 인턴십이든 당근이든 찾아 주겠다고 약속했다.

하지만 이내 또 다른 토끼가 튀어나왔다. 가슴속 구덩이에서 나온 공허의 토끼였다. 토끼가 삐딱한 얼굴로 빈정거렸다.

3학년도 꼭 이렇게 살아. 세상엔 좋은 성적표만 한 게 없으니까. 안 그래?

별안간 속이 메스꺼웠다. 올해 내내 저녁마다 구덩이에 고인 어둠과 적막이 내 목을 조이던 기억이 떠올랐다. 그때 내 유일한 도피처는 도서관 11층, 사마리스탄스 사무실, 브레넌 씨의 치료소였다. 하지만 거기 있을 때뿐이었다.

사회생활 해서 뭐해. 넌 외톨이가 더 어울리잖아. 안 그래?

토끼가 신나게 재잘거렸다. 아무 대꾸도 하지 못했다. 그냥 울고 싶어졌다. 안부나 물을 겸 메리의 사무실에 들렀다.

— 너 인상적이다.

이미 내 성적을 열람한 그녀가 나를 흐뭇이 치켜세웠다. 나는 공허한 미소로 고마움을 표했다. 웬일로 그녀에게 속내를 털어놓고 싶었다.

— 성적이 좋은 건 좋지만, 솔직히 말하면 성적만 바라보고 살아가는 제가 비참해요. 새로운 친구도 잘 못 사귀고 말이에요.

— 넌 성적만 바라보고 사는 게 아니라 실제로 배우는 걸 즐기잖아. 그리고 선생의 일이 가르치는 거인 것처럼, 학생의 일은 공부하는 거 아닐까?

시든 이파리처럼 고개를 끄덕였다. 그녀의 위로는 땅에 닿기 전에 증발해 버리는 미류운 같았다. 그녀야 학교에 출근해 수업만 하면 끝이었다. 비록 남자친구의 양육권과 그의 전 부인 문제로 애를 먹고 있지만, 그래도 그녀는 믿고 의지할 남자친구도 있고, 자기 일 말고도 자기 삶이 있었다.

그에 비해 나는 가진 게 아무것도 없었다. 나는 아무것도 아니었다. 공부 조금 잘한다고 세상이 알아주는 것도 아니었고, 이 지긋지긋한 고독의 감옥에서 빠져나올 수 있는 것도 아니었다. 텅 빈 가슴을 안고 사무실을 나섰다.

겨우 하루 날 잡아 노트북 앞에 앉았다. 결연한 얼굴로 브라운대 생물학과 홈페이지를 띄우고 기계적으로 교수님들의 연구 이력을 훑기 시작했다. 조금이라도 관심 가는 주제를 연구하는 교수님이면 후보로 삼았다. 그리고 길거리 전단지처럼 이메일을 뿌렸다.

> 저는 곧 3학년으로 진학을 앞둔 생물학 전공 JK라고 합니다. 훗날 약초 등을 다루는 한국 전통의학을 연구할 계획인데, 올여름에 할 연구 인턴십을 찾던 중 교수님의 연구가 제 관심을 끌었습니다. 혹시 교수님 연구실에서 배울 기회를 주실 수 있을까요….

답신이 있을 리 만무했다. 희망을 접으려던 찰나, 유전학 연구실을 운영하는 페어브라더 교수님이 자비의 손길을 내밀었다. 찬밥 더운밥 가릴 처지가 아니었던 나는 그저 감격했다. 덕분에 겨우 한시름 놓았을 때, 간만에 고등학교 친구 은서에게 연락이 왔다. 조만간 브라운에 한 번 들르겠단다. 그동안 놀러오라고 그렇게 노래를 불렀는데, 드디어 올 것이 왔다!

오랜 친구를 본다니 마음이 놀이동산 풍선처럼 부풀었다. 오랜만에 학교를 벗어나 프로비던스 시 내외를 돌아다녔다. 친구를 데려갈 만한 데를 물색하기 위해서였다. 첫 끼는 직접 스테이크를 요리해 줄 계획도 세웠다. 귀한 손님을 제대로 대접하는 분위기를 내 볼 요량이었다.

마침 여름방학 동안 기숙사가 문 닫는 바람에 캠퍼스 한가운데 그럴싸한 아파트를 빌려 지내는 중이었다. 부엌이 딸린 널찍한 거실 덕에 기숙사 단칸방에 비해 손님이 와도 지내기 훨씬 편한 곳이었다. 친구는 내 방에 재우고 내가 거실 소파에서 자면, 두 룸메이트도 크게 신경 쓰지 않을 것 같았다.

당일 실패란 내 사전에 없었기에 스테이크 요리를 리허설하기로 했다. 미리 장을 봐 재료를 사 놓고 레시피를 꼼꼼히 복습한 다음 실전에 돌입했다. 내가 부엌에서 프라이팬과 열심히 지지고 볶고 있는데, 룸메이트 숀이 어둠의 냄새를 맡은 야행성 도마뱀처럼 빼꼼 고개를 내밀었다.

— 이야, 완전 맛있는 냄새 나는데.

흡족한 마음에 맛있는 냄새에 담긴 사연을 들려주었다.

— 아, 고마워. 며칠 있다 내 고등학교 절친이 놀러 오거든. 그래서 근사한 스테이크를 해 주려고 연습 삼아 미리 만들어 보는 거야.

— 연습치고 완벽한 거 같은데? 친구가 좋아하고도 남겠다야.

서글서글 웃는 낯으로 다가오는 그가 싫지가 않아 얼떨결에 저녁 식사를 함께하자고 권했다.

— 진짜? 괜찮겠어, 근데? 너 혼자 먹으려고 만들었을 거 아냐.

— 아냐, 괜찮아. 채소도 푸짐하게 넣어서 충분해.

그렇게 우리는 급조된 저녁 약속으로 함께 시간을 보냈다.

숀은 이번 여름방학에 동물 생리학 실험실에서 박쥐 연구 인턴십을 한다고 학교에 남아 있었다. 연구 외에 남는 시간은 의학대학원 시험을 준비하는 중이었다. 나도 유전학 실험실에서 연구 인턴십을 하게 되어 여기 남았다고 말해 주었다. 생물학 전공이지만 요즘 주요 관심사는 실존주의 심리치료학이라고 덧붙였다.

그러자 내가 입에서 비둘기라도 꺼낸 것처럼, 숀이 들뜬 얼굴이 되어 물었다.

— 우와, 실존주의 심리치료? 뭔가 굉장하게 들리는데, 뭐야 그게?

그가 내뿜는 긍정 에너지에 힘입은 나도 한껏 상기된 목소리로 설명해 주었다. 그러자 그가 힘껏 고개를 끄덕이고 함박웃음을 지으며 맞장구쳤다.

— 진짜 흥미로워! 그래서 어쩌다 그 학문에 빠지게 된 거야?

— 음, 죽음에 대한 불안을 중요하게 다뤄서인 거 같아. 나는 되게 어

릴 때부터 늘 죽음을 자각하고 두려워했거든. 왜인진 모르겠어. 주변에 누가 죽은 적도 없는데 말야.

숀이 눈을 반짝이며 대꾸했다.

— 신기하다! 나도 죽음을 자각하지만, 두려움은 전혀 없거든. 아마 어릴 때부터 아빠가 의사라서 죽음 얘기를 되게 자연스럽게 해서인 거 같아. 우리 가족은 저녁을 먹으면서 아빠 일 얘기를 듣고 서로 토의하고 그랬거든. 아빠가 진료하던 환자가 죽었다더라, 그런 얘기까지 말야. 그러면 우리는 다 같이 앉아서 '의사는 이 상황에서 죄책감을 느껴야 하는가?' 같은 철학적인(?) 질문들을 토의하고 했어.

— 우와, 너네 가족 굉장히, 음, 자유분방하다고 해야 되나? 그렇다. 근데 나도 어릴 때부터 엄마한테 비슷한 얘기를 여러 번 듣긴 했어. 엄마는 나랑 정반대로 죽음을 생의 자연스러운 과정으로 보고 아무 거부감 없어 하거든. 근데 그럼 오히려 나만 이상한가 하는 찝찝한 기분만 들고 나아지는 건 없더라.

처음 만난 대학생 둘이 스테이크를 썰며 죽음에 대한 경험을 나누다니, 참 브라운스러운 짓이었다. 간만에 내가 진짜 브라운 학생 같다는 묘한 느낌이 들었다. 무엇보다 리액션 부자인 숀을 알게 되어 기뻤다. 이 시대에 보기 드문 호감형 또래 아이였다. 이런 친구와 여름방학 룸메이트를 하게 되어 다행스럽고 감사했다.

• • ● • •

마침내 고대하던 그날이 왔다.

이제 곧 은서가 올 시간이었다. 하필이면 오늘따라 비가 왔다. 추적

추적 내리는 비는 그칠 기미도 없이 인도 곳곳에 고여 흙 웅덩이를 만들었다. 한 손은 우산을 받치고 다른 손은 열심히 스마트폰 지도를 들여다보며 빗길을 헤쳤다. 은서를 마중 가는 길이었다. 그런데 지도를 잘못 읽은 탓에 전혀 엉뚱한 곳으로 갔다가 한참을 되돌아왔다.

몸도 마음도 무거운 채로 그녀가 기다리는 기차역에 들어서니, 친구가 나무라듯 웃음을 터뜨렸다. 빗물에 젖어 눅눅한 몸이 미안함과 창피함으로 시궁쥐처럼 쭈그러들었다. 함께 집에 돌아와 계획대로 저녁으로 스테이크를 요리했다. 그런데 이상했다. 지난번 연습 삼아 했던 스테이크의 맛과 질감이 나오지 않았다. 실패한 스테이크만큼 건조한 은서의 표정을 보고 후회가 밀려들었다.

저녁 식사는 형편없었지만, 그래도 오랜만에 보는 친구 얼굴이 반갑기 그지없었다. 우리는 맛대가리 없는 고깃덩어리는 잊고 이런저런 근황을 주고받았다.

— 응, 공부는 잘하고 있어. 근데 친구 만드는 건 왜 이리 어려울까?

은서가 예의 그 힘 빠지는 웃음을 터뜨렸다.

— 야, 넌 아직도 변한 게 없냐!

이상했다. 언젠가 우리는 마음이 잘 통하는 친구였는데… 이게 어른들이 말하는 '세월의 간극'이라는 걸까. 아직도 비가 내리는지, 후드득 후드득 창밖에서 들려오는 빗소리가 시커멓게 가슴을 후벼 팠다. 은서는 나와 달리 잘 지내는 모양이었다. 학업과 인간관계, 두 마리 토끼를 잡는 일쯤은 아무것도 아닌가 보았다. 고등학교 때만 해도 비슷한 고민을 나눴던 것 같은데…. 괜히 내가 누더기처럼 느껴졌다.

다음 날, 우리는 인근 섬으로 놀러갔다. 아침 일찍 버스를 타고 프로비던스를 벗어나 배로 갈아탄 뒤 얼마간 바다를 건너서야 도착할 수 있었다. 우리는 싱그러운 녹음이 우거진 푸른 섬을 한가로이 산책했다.

— 넌 여기 민사고 사람들이랑은 잘 지내?

— 응. 12기 선배 둘이랑은 꽤 친해. 특히 상우 형과는 1학년 때부터 밥도 자주 먹고 전공도 비슷해서 도움도 많이 받았거든. 성원이랑은 1학년 땐 친구들이 겹쳐서 같이 단체로 여러 번 놀았는데, 2학년 되고 나선 내가 걔네들이랑 좀 멀어져서 별로 못 봤어.

오랜 친구 곁이라 간만에 재잘재잘 떠들었다.

— 내 밑으론 14기 후배 셋이 들어왔어. 그중에 수현이라고 있는데, 걔랑 잘 맞는 거 같아. 개성 있고 재밌거든. 근데 가치관은 완전 안 맞아. 한번은 북한 얘길 하는데, 내가 대북 지원이 북한 주민에게 가는 게 아니라 군비로 들어가지 않겠냐 그랬거든. 그러니까 걔가 자긴 그렇게 생각 안 하지만, 만약 그렇더래도 대북 지원은 무조건 필요하대. 단 1퍼센트의 지원만 북한 주민에게 간다 해도 말야. 그게 말이 돼?

은서의 얼굴에 짜증이 훅 번졌다.

— 아니, 너는 너랑 생각이 다르다고 그걸 왜 못 받아들여? 네 생각이 옳다는 보장도 없잖아!

— 아니, 내 생각에 그게 이상하니까 이상해하는 거지. 그럼 너는 왜 내가 이렇게 생각하는 건 못 받아들이는데?

평화로웠던 산책은 거기서 끝나 있었다. 그녀와 나는 신경을 곤두세우고 쓸데없는 일까지 들먹이며 서로를 할퀴었다. 브라운으로 돌아오는 길에도 우리는 끊임없이 말다툼을 하다 그녀가 내게 결정타를 날렸다.

— 네가 그러니까 친구가 없는 거야!

돌연 눈앞이 노래졌다. 친구라고 믿었던 인간에게 고민을 약점 잡혀 모욕당하다니… 속이 울렁거려 더 맞받아칠 말이 생각나지 않았다.

어떻게 돌아왔는지 모르게 겨우 집에 돌아왔다. 정신을 차리고 보니 은서는 떠나고 없었다. 더 이상 꼴도 보기 싫은 인간이 없어진 것뿐인데, 속이 후련하기보다 황량했다. 잔뜩 부풀었던 마음의 풍선이 뾰족한 가시에 찔려 완전히 쪼그라들었다.

혼자 빈 소주병처럼 앉아 있다 문득 페이가 떠올랐다. 그녀는 태권도 훈련을 같이 받으면서 몇 번 얘기를 나누고 얼마 전에 처음으로 같이 밥을 먹은 중국 친구였다. 그때 우리는 서로 자전거 타는 걸 좋아한다는 사실을 듣고 언제 함께 자전거 산책을 떠나기로 했다.

— 잘 있어?

안부 문자에 금방 답장이 왔다.

— 혹시 시간 되면, 오늘 자전거 산책 갈래?

갑작스런 제안이 서슴없이 받아들여졌다. 기분이 한결 나아진 내가 자전거를 끌고 약속 장소인 폰스 아치로 향했다.

잠시 후, 그녀가 비취색 망아지 같은 자전거를 몰며 나타났다. 반가운 웃음과 함께 미국식 인사로 가벼운 포옹을 나누었다. 따뜻함에 숨이 다시 쉬어졌다.

— 어디로 갈까?

— 음, 아무 데나 좋은데. 다운타운 쪽으로 가 볼까?

— 그래, 좋아.

우리는 페달을 부드럽게 밟으며 나란히 달렸다. 초여름 공기를 가르자 훗훗한 바람이 얼굴을 가볍게 핥았다. 이런저런 얘기를 나누던 중, 내가 용기를 내 아까 일을 꺼냈다.

— 사실, 오늘 친구랑 싸웠거든. 고등학교 때 되게 친했던 친구가 놀러 왔는데, 같이 얘기하다가 멍청한 걸로 싸웠어. 원래 내 집에서 며칠 지내기로 했는데, 오늘 떠났어. 그래서 좀 우울해서 너한테 보자고 한 거야.

페이가 심각한 표정이 되어 나를 다독여 주었다.

— 아, 어떡해. 그거 참 안됐다. 그럼, 그런 일은 담아 두면 안 돼. 얘기하면서 푸는 게 좋지.

훈훈한 위로에 힘입어 가슴을 짓누르던 속내까지 털어놓았다.

— 근데, 걔가 나한테 뭐라 했는지 알아? "네가 그러니까 친구가 없는 거야!"라는 거야. 그전에 내가 친구 사귀는 게 어렵다고 얘기했거든.

눈이 휘둥그레진 페이가 잘라 말했다.

— 어떻게 그런 말을 할 수 있어? 너무 나빴다.

속에 쌓인 쓰레기 더미를 한꺼번에 내다 버린 기분이었다. 그제야 누렇던 하늘도 푸른 빛을 되찾은 듯했다.

우리는 어느덧 시내 중심부에 접어들었다. 여기서 무슨 게이 퍼레이드가 막 끝나는 모양이었다. 화려한 분장을 한 남자 무리가 무지개 깃발을 휘두르며 행인 몇몇과 사진 포즈를 취하고 있었다.

— 나도 친한 친구랑 싸운 적 있어. 최근은 아니고, 고등학생 때였는데, 걔가 언제부턴가 다른 여자애랑 더 친하게 지내는 거야. 내가 걜 남자로 좋아한 것도 아닌데, 괜히 질투 나는 거 있지. 그래서 내가 서운해하니까, 걔가 이해를 못 하고 나한테 도리어 화내는 거야. 그 후로도 계속 친구로 지내긴 했는데, 예전 같지 않았어. 벌써 연락 안 한 지도 꽤 됐네.

추억에 젖은 그녀의 눈빛이 초저녁 어스름을 받아 몽롱하게 흔들렸다. 우리는 해 질 녘 놀이터에서 소꿉장난하며 흙집을 짓는 두 아이처럼 함께 아픔의 공감대를 쌓고 있었다.

어느덧 해가 완전히 떨어져 우리는 교정으로 자전거를 틀었다.

— 다음에 또 하자.

— 응.

우리는 처음처럼 반가운 웃음과 함께 미국식 인사로 가벼운 포옹을 나누었다. 혼자 집으로 돌아가는 길에 아리송한 기분이 들었다. 오랜 친구 하나를 잃고 새로운 친구 하나를 얻었달까.

사람들은 오고 간다. 나는 그게 늘 아팠다. 오는 것보다 가는 게 훨씬 더 신경 쓰인 까닭에. 아픔을 덜 최선의 길은 어쩌면 오는 것으로 초점을 옮기는 일인지도 모르겠다.

아쉬움보다는 반가움으로.

원망보다는 고마움으로.

#20 홀든 콜필드

넌 사랑받을 만한 존재야.
사람은 믿을 만한 존재야.
세상은 함께할 만한 곳이야.

본격적으로 여름 인턴십을 시작했다.

나를 거두어 준 페어브라더 교수님은 박사생 여럿을 둔 분자생물학 연구실을 운영하고 있었다. 연구실에서는 RNA 스플라이싱 과정에 영향을 끼쳐 질병을 유발하는 염기서열 돌연변이들을 분석했다. 중국에서 유학 온 상냥해 보이는 박사생 한 명이 나를 지도하기로 했다. 그녀가 내게 여름 동안 하게 될 일을 브리핑해 주었다.

우선, 제한효소를 이용해 세균의 원형 플라스미드 DNA를 절단해서 원을 푼다. 그다음, 특정 DNA 염기들을 추가해 이들이 합성된 새로운 DNA를 만들고 PCR 기법으로 증폭시켜 충분한 양을 얻는다. 끝으로, 다른 연구실에 의뢰해 DNA 염기서열이 의도대로 생성되었는지 확인한다.

이 일련의 작업이 무슨 목적이었는지 얼핏 들었지만, 금세 잊어버렸다. 일은 한마디로 고역이었다. 여름방학을 베짱이처럼 보낼지 모른다는 불안에 떨며 전공 관련 일이라면 뭐든 주십사 하던 애초의 각오는 온데간데없었다.

내가 왜 이런 일을 하고 있지?

언뜻 크렉의 모습에 내가 중첩되어 보였다. 노래하고 연주하며 음악으로 세상과 소통하고 싶지만, 현실은 카페에서 커피나 내리고 앉아 있는 신세. 재미도 없고 감동도 없는 연구실 인턴십을 꾸역꾸역 소화하고 있는 나와 별반 다를 바 없었다.

그 와중에도 다행히 오아시스 같은 시간이 있었다. 바로 브라운에서 여름학기 강좌로 개설된 발달정신병리학 수업이었다.

수업은 멀끔한 양복 차림에 서울깍쟁이 같은 인상을 풍기는 하버드대 객원교수님이 진행했다. 하버드대라는 이름만 보고 내심 기대했는데, 내가 교주로 모시는 헤이든 교수님에 비하면 강의 실력은 아쉬운 수준이었다. 그래도 불만은 없었다. 세균의 원형 플라스미드 DNA 같은 것과는 비교도 안 되게 피부에 와닿는 주제로 배우고 떠들 수 있었으니까.

게다가 소규모 수업이라 비슷한 관심사를 공유하는 이들과 어울릴 수 있어 좋았다. 그중 한 명은 로난이라는 이름의 남자애였는데, 라스베이거스 출신으로 아버지가 온라인 스포츠베팅으로 떼돈을 벌어 대저택에 살고 있었다. 골수 마르크시스트인 그는 그토록 자본주의를 경멸하고 마르크시즘을 찬양하면서, 또 비싼 음식과 비싼 술 없이는 못 살아 내게는 모종의 연구 대상이었다.

하루는 수업이 끝나고 함께 인도 식당에 가 카레를 먹었다. 맵싸한 향신료가 코를 간질이는 가운데, 로난이 내게 어린 시절 얘기를 들려주었다.

백인 아버지와 동양인 어머니 밑에서 자란 그는 일찌감치 세상의 부조리에 눈을 떴다. 집에서 부모님 사이에 놓인 문화적 장벽과 정서적 거리를 체감하며 인간관계에 회의를 느꼈고, 학교에서는 또래 아이들에게 혼혈이라고 놀림받으면서 인간 자체에 회의를 느꼈다. 그러다 중학생 때 대마초와 코카인 같은 마약에 손을 대 마약 중독자가 되었다. 마약은 그에게 세상과 인간이 주는 지독한 부조리에서 도피할 수 있는 유일한 길이었다. 하지만 고등학생 때 좋은 심리치료사를 만나면서 꾸준히 중독증을 치료해 여기까지 올 수 있었다.

사회학도이던 그가 어쩌다 심리학 수업에 흘러들어 왔을까 하던 궁금증이 풀리는 순간이었다. 지나온 길을 회고하는 로난의 눈빛이 어슴푸레 반짝였다. 그의 모습을 보며 여러 가지 감정을 느꼈다. 연민과 감탄, 그리고 무엇보다 진한 동지애를.

그와 나. 전혀 다른 길을 걸어온 두 사람이었다. 그럼에도 우리는 심리치료학이라는 거대한 세계의 문 앞에 함께 서 있었다. 우리 내면에 도사리는 수수께끼 같은 어둠의 실체를 파헤치는 데 긴요한 실마리를 찾을 수 있으리라는 희망을 품고 나란히 그 세계의 문을 두드리고 있었다.

우리는 특별히 운이 좋은 편이었다. 세상에는 분명 수많은 로난들이 있었다. 어린 시절 트라우마를 겪고 어른이 되어서도 과거의 망령에 시달리는 내면의 아이들이. 이들은 마약에 빠지기도 하고, 정신병이 생기기도 하고, 아니면 끝내 자살하기도 했다. 끝없는 어둠을 홀로 헤맨 결과였다.

만약 이들에게 누군가 한 줄기 빛이 되어 준다면, 결말이 달라지지 않을까? 이들이 스스로 상처를 보듬고 일어나, 훗날 또 다른 누군가에게 빛이 되지 않을까?

또 다른 로난은 가까이에 있었다.

발달정신병리학 수업의 학기 말 보고서에서 다룰 분석 대상을 두고 고민하던 중이었다. 과제는 '문학이나 영화 속 주인공을 하나 골라 심리장애를 진단하고 치료법을 제시하라'였다. 그런데 마땅히 떠오르는 사람이 없었다. 그러다 며칠 뒤에야 한 이름이 번쩍 떠올랐다.

홀든 콜필드!

성장소설 《호밀밭의 파수꾼》 주인공이었다. 민사고 때 학교 권장도서 목록에 있어 읽어 본 책이었다. 문학적 감수성 좀 있다 하는 사람이라면 그의 기벽에 매료되지 않고 배길 수 있을까. 동심을 잃고 타락한 어른들에게 날리는 지독한 냉소와, 그 속에서도 놓지 않았던 인간과 생을 향한 눈물겨운 연민. 그 특유의 모순이야말로 홀든이 내뿜는 매력이었다.

고등학생 때, 그에게 뜨거운 동지애를 느꼈다. 비록 홀든처럼 어른들을 혐오하지는 않았지만, 나도 주위에서 타락한 모습을 보면 어김없이 염증이 났다. 당시 내가 정한 타락의 기준은 가식이었다. 앞에서는 아무렇지 않은 척하면서 뒤에서 남을 깎아내리는 태도.

걔는 왜케 못생긴 주제에 공주병이 심해.

걔는 왜케 하는 짓마다 찐따스러워.

아이들 몇몇이 모여 제3자에 대해 입방아를 찧고 있으면, 그렇게 구역질이 났다. 이유는 몰랐다. 어린 마음에 그걸 불의라고 못 견뎌 했는지. 나도 언제 어디서 똑같이 뒷담화의 대상이 될지 몰라 못내 신경 쓰였는지. 이유야 어찌 됐든 그런 광경을 볼 때마다 홀든 콜필드에 빙의해 가슴속에 인간을 겨눈 냉소와 염증을 쌓았다.

대학에 온 뒤로 그런 기질은 더욱 심해졌다. 여기서는 뒷담화 문화가 눈에 띄지 않았기에 새로운 잣대를 만들어야 했다. 바로 피상이었다. 코헨 학장님에게 불평했던 대로, 대학에는 싱거운 잡담만 일삼는 아이들이 수두룩했다. 처음에는 웃는 가면을 쓰고 이들 틈에 끼여 어울리려 했지만, 무리수였다. 날이 갈수록 점점 저들을 경멸하고 멀리했다. 끝내 혼자가 될 때까지.

이름하여 현대판 홀든 콜필드였다.

보고서 과제를 하려 백만 년 만에 다시 책을 찾았다. 이게 뭐라고 떨리는 마음으로 소중히 종이책을 펼쳤다. 새빨갛게 불타는 말이 그려진 표지를 지나 사각거리는 먹지를 한 장 한 장 넘겼다. 질풍노도의 시기를 거치는 청년이 들려주는 독백 속으로 그야말로 질풍노도처럼 휩쓸려 들어갔다.

그런데 책장을 넘길수록 입이 다물어지지 않았다. 모든 게 낯익은 동시에 아찔하도록 새로웠다. 순수와 타락, 깊이와 피상 같은 이분법으로 세상을 반절하는 태도. 진실한 인간관계에 목말라하는 동시에 상처받기 두려워 마음의 벽을 친 채 남들을 경멸하고 배척하는 모습. 홀든 콜필드는 상상 이상으로 나였다.

더욱 놀라운 사실은 따로 있었다. 옛날에 책을 읽었을 때는 그에게 막연한 동질감을 느꼈을 뿐이었다. 그는 나와 같은 한 인간이었고, 순수함을 지키려 애쓰는 모습이었다. 그 모습을 그저 보이는 대로, 있는 그대로 받아들였다. 이제 아니었다. 내 앞에 다시 나타난 그는 심리치료가 절실해 보이는 딱한 청년의 모습을 하고 있었다.

당연히 변한 건 그가 아니라 나였다. 단지 청소년의 심리장애에 대한 보고서를 쓰려 해서가 아니었다. 그동안 심리치료학을 공부하고 직접 심리치료까지 받으면서 인간 심리를 이해하는 눈이 몰라보게 깊어져서였다.

아….

안다는 건 분명 축복이었다. 아는 만큼 보이고, 보이면 나아가기 쉽기 때문이었다. 의식에 드리운 어둠의 장막 사이로 조금이라도 주위가 보인다면, 조금이라도 덜 불안에 떨며 조금이라도 덜 헤매도 되기 때문이었다. 그러니 참 이상한 일이었다. 옛날의 내 무지한 모습이 문득 그리워졌다는 게. 아무것도 모르고 한 치 앞도 못 보던 시절, 그때 나는 내가 모른다는 것도 모른 채, 그저 보이면 보이는 대로, 안 보이면 안 보이는 대로 살아갔다. 세상을 마냥 있는 그대로 받아들였다. 그게 순수함이었을까. 그렇다면 내가 순수함을 잃어버리고 어느덧 어른이 된 걸까.

덜컥 겁이 났다. 심호흡을 했다. 감상에 젖어 있을 시간이 아니었다. 복잡한 심경을 뒤로하고 책을 읽은 목적을 환기했다. 심리치료사에 빙의해 홀든을 진단할 시간이었다. 고민할 것도 없이 바로 결론을 내렸다.

경계선 성격장애.

18세 미만에게는 웬만해서 내리지 않는다는 진단이었다. 청소년은 사춘기를 거치면서 일시적으로 경계선 성격장애와 비슷한 특성을 보여 그걸 모두 장애라고 판단하기는 곤란하기 때문이었다. 하지만 16세의 홀든은 내가 보기에 경계선 성격장애에 부합하는 특징들을 고루 갖추었다. 혹시 몰라 DSM(Diagnostic and Statistical Manual of Mental Disorders, 정신질환 진단 및 통계 편람)-IV를 뒤적여 진단 기준이 되는 증상들을 꼼꼼이 되짚은 다음 홀든의 사례와 일일이 대조해 보았다. 아니나 다를까, 빼박이었다.

환자를 제대로 이해하려면 정확한 진단명이 필요했다. 홀든의 경우, 그의 심리발달력과 정신세계를 조명하기에 경계선 성격장애만큼 딱 들어맞는 진단명이 없어 보였다. 그걸로 그가 시달리는 극심한 내면적 갈등이 명쾌하게 설명되기 때문이었다.

홀든 콜필드가 보이는 특징적인 모순은 그가 그토록 진실한 인간관계를 갈구하면서 마음에 벽을 둘러쳤다는 점이었다. 그 점을 이해하기 위해 소설에는 언급되지 않는 그의 어린 시절 부모와의 애착 관계를 추측했다. 짐작건대, 그는 어릴 때부터 특유의 예민한 기질로 인해 부모에게 충분히 사랑받지 못한다고 느꼈다.

여기서 중요하게 짚고 넘어갈 부분은, 부모가 실제로 충분히 사랑을 주었냐 마냐가 아니라, 당사자가 그렇게 느꼈냐 아니냐가 문제라는 점이다. 인간 심리는 객관적인 현실 그 자체보다 본인이 주관적으로 지각하고 해석한 현실을 반영하기 때문이다. 눈을 찡그리고 홀든의 정신세계를 그려 보았다. 그러자 그가 가꾸어 온 내면의 목소리가 들려오는 듯했다.

부모님은 날 사랑하지 않아.
난 사랑받을 만한 존재가 아니야.
난 존재할 가치도 없는 인간이야.
하지만 저들도 만만치 않아.
가까이할 가치가 없는 인간들이야.
세상에는 나랑 서로 이해하고 아껴 줄 사람이 없을까.

여느 경계선 성격장애자와 별반 다르지 않은 모습이었다. 핵심은 나에게서 시작돼 세상으로 확장되는 위태로운 애착이다. 아이는 부모에게 충분히 사랑받지 못한다고 느끼면 원인을 자신에게 찾는다. 내가 사랑받을 만하지 않으니까 나를 사랑하는 법도 배우지 못한다. 사랑을 배우지 못하니까 타인도 세상도 결핍으로 얼룩진 눈으로 볼 수밖에 없다. 나중에는 섬뜩할 만큼 아무것에도 확신이 없어진다. 내가 세상에 존재할 만한 가치가 있는지. 세상은 과연 나를 받아 줄 만한 곳인지.

홀든 같은 경계선 성격장애 고객을 대할 때, 심리치료사가 각별히 유념할 사항들이 있다. 그가 격렬한 감정에 휩싸이기 쉽다는 사실과, 한 번 휩싸이면 속수무책으로 감정에 통제당하기 쉽다는 사실이다. 심리치료 도중에 고객이 감정의 소용돌이에 휘말린다면 심리치료사는 같이 휘말리는 대신 한결같이 중심을 지켜야 한다. 그럼으로써 믿음을 줄 수 있기 때문이다.

넌 사랑받을 만한 존재야.
사람은 믿을 만한 존재야.
세상은 함께할 만한 곳이야.

보고서를 마무리하면서 세상 어딘가에 있을 홀든을 위해 기도했다. 그러다 가슴 한편이 아려 왔다.

한때 나도 영락없는 홀든이었다. 홀로 지독히도 헤매었다. 빛도 온기도 없는 어둠 속을. 인간을 향한 불신과 갈망이 어지러이 뒤섞인 혼돈 속을. 아니, 지금껏 헤매고 있었다. 그런데 심리치료학에 눈뜨면서 모든 게 달라졌다. 당장 방황을 끝낼 수 없을지언정 방황의 길을 밝히는 횃불을 손에 쥐었다. 그리고 횃불이 비추는 길 위에는 놀랍도록 많은 보물들이 흩어져 있었다. 심리치료학자들이 남긴 지식과 지혜의 보물들이었다. 인간 의식과, 의식이 상처 입고 망가지는 과정과, 다시 서서히 치유되는 과정을 치열하게 탐구한 결과물이었다.

이 횃불 하나면, 긴긴 어둠도 언젠가 벗어날 길이 보일 거라는 예감이 들었다. 나만이 아니었다. 홀든과 로난 같은 이들이 저마다 어둠을 헤쳐 나가도록 내가 빛을 밝혀 줄 수도 있었다.

지금까지의 방황이 헛되지 않았는지 몰랐다.

길을 잃은 줄만 알았는데, 돌아보니 어쩌면 이게 바로 내가 걸어야만 했던 길이었다.

#21 조교 해프닝

그랬다. 초심의 나를 사로잡은 건 한낱 개인의 인정이 아니라 바로 학문의 품격이었다. 헤이든 교수님이 첫 수업 시간에 들려준 남자의 사연은 내가 그동안 존재한 줄도 몰랐던 경이로운 심리치료학의 세계에 눈뜨게 해 주었다.

긴 숨을 들이쉬고 짤막한 이메일을 써 내려갔다.

지난 학기가 끝날 무렵, 헤이든 교수님의 사무실에 정성껏 쓴 손편지를 두고 온 일이 있었다. 2학년 때 그와 함께한 경험들에 대해 들뜬, 그러나 절제된 말투로 고백하는 내용이었다. 이상심리학과 성격심리학을 수강하면서 그가 펼쳐 보인 심리치료학이라는 세계에 얼마나 매료되었는지. 그 설렘과 흥분을 다른 이들과 얼마나 나누고 싶은지.

결론은 다음 학기 이상심리학 수업에 조교 시켜 달라는 소리였다. 빈 사무실 책상에 편지를 두고 나오는데, 무슨 짝사랑에게 바치는 고백 편지라도 되는 것처럼 얼굴이 묘하게 화끈거렸다. 그런데 긴긴 여름이 가도록 감감무소식이었다. 보통 학기 시작 몇 주 전에 조교 제의가 들어온다는 얘기를 들은 터라 애가 탔지만, 별수 없었다.

기어이 빈손으로 새학기를 맞았다. 기숙사에 돌아와 짐을 풀면서 실망을 삭이지 못하고 이메일 작성 창을 띄웠다. 설령 조교 시킬 마음이 없더라도 정성 들여 쓴 편지에 묵묵부답으로 나오는 건 좀 아니잖아.

순식간에 답이 왔다. 충격 그 자체였다.

— 상당히 당황스럽군. 자네한테 조교 제의가 갔었네. 근데 내가 듣기론 자네가 거절했다던데!?? 이제 자리가 없네. 시간 되면 금요일 내 사무실 응대 시간에 오게. 헤이든 교수가.

어찌 된 영문인지 몰라 발만 동동 굴렀다. 대망의 금요일이 돼서야 자초지종을 알게 되었다. 심리학과 조교 채용을 담당하는 직원 미셸이 착오로 김정근이 아니라 김준경에게 조교 제의 이메일을 보냈다. 김준경은 자기는 조교를 지원한 적도, 할 생각도 없다고 답장했고, 그녀는 별 의심 없이 다음 후보자에게 제의를 넘겼다.

뒤통수를 흐드러지게 얻어맞은 기분이었다. 미셸이라는 인간에게 울화가 치밀다, 퍼뜩 중요한 사실을 깨달았다. 김정근이 김준경으로 둔갑한 요술이 그녀의 잘못이라는 보장이 없었다. 교수님이 그녀에게 조교 후보 명단을 전달하는 과정에서 실수했을지 몰랐다. 누구를 탓해야 할지 몰라 운명을 탓할 수밖에 없었다. 가슴속이 지독한 허탈감의 매연으로 뒤덮였다.

조교 하나 안 하면 어때.

애써 담담한 척 속삭였지만, 1초쯤 갔을까. 처음의 씁쓸함이 칼바람처럼 매섭게 몰아쳤다. 대상을 찾지 못한 원망의 화살은 급기야 방향을 틀어 나를 향했다.

아아, 여름에 미리 확인차 메일을 보냈다면! 그랬다면 운명이 몹쓸 장난을 치기 전에 내 마땅한 영광을 차지했을 텐데!

결국 모든 건 다 내 탓이었다. 그럼에도 쉽게 굴하지 않는 집요한 성격 탓에 나는 교수님과 재접촉을 시도했다.

— 혹시 조교를 더 뽑을 생각이 조금이라도 있으신지요.

단 일말의 가능성까지 샅샅이 살펴본 다음 도저히 없다 싶으면 그때 가서 포기한다는 게 내 철칙이었다.

그가 솔직한 답변을 내놓았다. 자기가 부릴 수 있는 조교의 수는 강의 수강생 인원에 따라 정해져, 인원이 확정돼야만 더 뽑고 말고를 논할 수 있다는 얘기였다. 충분히 납득 가는 소리였다. 그 자리에서 미련한 희망일랑 버려두고 사무실 문을 나섰다.

이상심리학 조교. 그 자리가 내게 어떤 의미였는지 누구도 이해 못했다. 헤이든 교수님과 함께한 강의 시간들이 장면 장면 스쳐 지나갔다. 열정과 진정성 가득한 목소리로 심리치료학이라는 눈부신 신세계를 보여 준 그와 마술에 홀리듯 넋 놓고 빠져든 나. 흠모의 마음을 안고 처음 사무실을 찾은 나를 기다리던 그의 설명하기 힘든 딱딱함, 거리감, 벽. 그걸 감내하면서까지 그의 인정을 받겠다고 힘겹게 들인 공들.

이상심리학 기말 에세이 시험을 함께 준비하면서 친구 조이에게 농담 반 진담 반으로 말한 적이 있었다.

— 내 목표는 A 받는 정도가 아니라 헤이든을 감동시키는 거야.

그 마음은 다음 학기 성격심리학 수업에서도 이어졌다. 단순히 성적을 잘 받기 위해서가 아니라 그의 눈에 들기 위해서 눈에 불을 켜고 강의 시간에 집중했다. 날카로운 질문을 던져 '어, 얘 좀 봐라?' 하는 반응을 얻어 내려 아등바등 기를 썼다. 이상하게 그 수업은 아이들이 유독 잠잠하고 질문이 없어 더욱 용기가 필요한 일이었다. 이 모든 노력에도 교수님이 나를 어떻게 보는지 뚜렷한 가닥을 잡을 수 없었다. 시시때때로 서운함이 차오를 때면 체념 섞인 혼잣말을 했다.

그깟 인정 좀 못 받으면 어때. 그가 날 어찌 보든 내 인생이 달라질 것도 없는데.

체념과 씨름하면서도, 열성을 다해 배움에 임하는 자세는 한 점 흐트러짐이 없었다. 마지막 기말고사까지 치르고 나서야 한숨 고르며 지난 시간을 되돌아보았다. 정말이지 숨 가쁘게 달려온 1년이었다. 어쩌면 내 인생의 항로가 방향을 틀었을지도 모르는 중대한 시간이었다. 그 한가운데 헤이든 교수님과 함께한 수업들이 있었다. 처음의 충격과 몰입, 열정과 희열이 어제 일처럼 고스란히 되살아났다. 그때 번뜩 깨달았다.

그랬다. 초심의 나를 사로잡은 건 한낱 개인의 인정이 아니라 바로 학문의 품격이었다. 헤이든 교수님이 첫 수업 시간에 들려준 남자의 사연은 내가 그동안 존재한 줄도 몰랐던 경이로운 심리치료학의 세계에 눈뜨게 해 주었다. 찬물이 콸콸 쏟아지는 손바닥에 쓰인 '물'이라는 글씨가 헬렌 켈러에게 그랬던 것처럼.

지난 1년 동안 그 학문이 자아내는 정취를 온몸으로 향유했다. 거기서 끝내고 싶지 않았다. 예전의 나같이 멋모르고 이상심리학 강의실에 들어선 이들과 함께 그 고상한 재미를 한껏 나누고 싶었다. 누군가에게 생의 전환점이 될 수도 있는 학문의 여정에 변변찮은 길동무라도 되어 주고 싶었다. 그 마음을 담아 펜으로 꾹꾹 눌러쓴 편지였다.

손끝에서 날아간 기회였다.

험난한 새 학기의 시작을 알리는 불길한 신호탄이었을까.

#22 도서관 울렁증

어느새 내 안 멀리 어딘가에서 어렴풋한 소리가 들려왔다.
소리는 조금씩 커지며 가까워졌다.
그건 공황을 알리는 전장의 북소리였다.
이마의 식은땀이 노트북 자판 위에 톡 떨어졌다.

도서관 입구 앞에 그대로 붙박인 듯 서 있었다. 회전문으로 나오던 아이가 '재 뭐해' 하는 눈초리로 지나쳤다. 온몸이 미세 전류에 감전된 것처럼 흔들렸다.

내 안의 무언가가 작년 내 집처럼 드나들던 싸이라이를 자석의 대극 같이 죽을 힘을 다해 밀어내고 있었다.

저딴 곳에 다시는 발붙이고 싶지 않아.

망측한 생각의 잡초가 제멋대로 무성했다. 자아분열이 이런 것이었을까. 목덜미에 맺힌 식은땀을 닦으며 일단 발길을 돌렸다. 기숙사 바로 앞에 있는 카페, 블루 스테이트 커피로 가 자리를 잡았다. 가방에서 노트북을 꺼내 신호 전달 수업 예습 자료인 논문을 띄웠다. 그런데 웬걸, 별안간 스크린을 수놓은 검은 활자들이 태풍 속 꽃잎처럼 난무하기 시작했다.

희한한 일이었다. 갑자기 활자 알레르기라도 생긴 판이었다. 눈을 깜박였지만, 글자가 하나도 눈에 들어오지 않았다. 그렇게 몇 분을 씨름했을까. 어느새 내 안 멀리 어딘가에서 어렴풋한 소리가 들려왔다. 소리는 조금씩 커지며 가까워졌다.

그건 공황을 알리는 전장의 북소리였다.

이마의 식은땀이 노트북 자판 위에 톡 떨어졌다. 화들짝 놀라 노트북을 덮고 주머니에서 스마트폰을 꺼내 만지작거렸다. 친구들 페이스북 담벼락을 구경하며 속으로 중얼거렸다.

시간 지나면 정신 차릴 거야. 잠깐 쉬었다 하지 뭐.

그러다 문득 정신을 차렸을 땐 이미 몇 시간이 지나 있었다. 분명 공부하려 자리에 앉았는데, 아무것도 이룬 게 없었다. 손끝이 후들거렸다. 마침 가게도 닫을 시간이라 손님들을 하나둘 내보내고 있었다. 힘겹게 몸을 가누며 일어나 노트북을 가방에 주워 담았다.

시간이 가도 상황은 나아질 줄 몰랐다. 계속되는 도서관 울렁증과 공부 기피증 때문에 예습을 제대로 못 해 가 수업 진도도 따라가기 벅찼다. 유일하게 유기화학 II만 유기화학 I 때 다져 놓은 기초 덕분에 그럭저럭 소화하고 있었다. 영문 모를 일이었다. 몇 달 전만 해도 '공부가 제일 쉬웠어요' 하던 몸이었는데. 이제 공부와 죽기 살기로 줄다리기하는 의지박약아 신세가 되어 있었다.

곁에 친구가 함께 있을 때 그나마 공부가 되었다. 친구에게서 전해지는 온기가 두툼한 이불같이 내 안을 덮어 주는 듯했다. 혼미한 북소리도 다소 가라앉아 집중할 수 있었다. 머릿속에 "공부 = 외로움 = 기피 대상 1호"라는 공식이라도 성립한 걸까. 작년에는 인간관계를 포기하고 외로움을 신탁처럼 받아들였는데, 이제 감히 신탁을 거역하려는 걸까.

— 브레넌 씨가 부러워요.

텅 빈 눈으로 그를 바라보았다. 그는 별 표정 변화 없이 인자하기만 한 얼굴로 고개를 끄덕였다. 내가 부연하기를 기다리는 눈치였다.

— 멋있게 생겼잖아요, 체격도 크고. 전 마르고 못생겼는데. 그냥 똥 같은데.

내가 내 손으로 내게 내리치는 막말의 채찍질이 묘하게 후련했다.

오늘따라 블레이저 재킷을 걸친 브레넌 씨에게서 목질 향수 같은 중후한 남성미가 풍겼다. 그가 돌연 심각해진 표정으로 물었다.

— 흐음… 어떤 계기로 그렇게 생각하게 됐어?

— 뭔 어떤 계기예요. 원래부터 늘 알고 있던 건데요, 뭐. 오늘 그냥 생각나서 말한 것뿐이에요.

브레넌 씨가 도끼질을 참아 내는 나무 같은 표정을 지었다. 깊게 숨을 내쉬며 이어 물었다.

— 사람들한테 그런 말 들은 적 있어? 네가 마르고 못생겼다는?

대답을 찾으려 반사적으로 기억을 더듬다, 퍼뜩 정신이 들었다.

내가 굳이 왜 이 사람과 이런 얘길 하고 있지?

— 몰라요. 뭔 상관이에요.

그가 별 대꾸 없이 잠자코 있었다. 그의 얼굴을 피해 비스듬히 시선을 떨구었다. 듬직한 정적의 품에 안겨 잠시 생각에 잠겼다.

지난 몇 주간, 도서관 울렁증과 공부 기피증 때문에 말도 못하게 속이 타들어 가고 있었다. 그런데 어째 그 사실을 브레넌 씨에게 한 차례도 언급한 적 없었다. '왜 말 안 하지?' '굳이 왜 말하지?' 말풍선 두 개가 머릿속에 나란히 띄워져 있었다.

— 요새 공부가 잘 안 돼요.

이제 와서 '왜 말 안 하지?' 쪽에 힘이 실렸나 보았다.

— 작년엔 공부하는 게 재밌고 잘 됐는데, 제가 갑자기 변해 버려서 이상해요. 공부하려고 책상에만 앉으면, 뭔가 숨 막히는 기분이에요.

— 음, 어쩌면 네가 잘해야 한다는 부담감 때문에 그런 게 아닐까? 네가 너 자신을 좀 몰아치느라….

또 시작이었다.

— 무슨 부담감 때문이에요. 아니, 학생이 성적을 잘 받고 싶은 건 당연한 거지 뭘 그걸 몰아친다고 표현해요.

이때다 하고 가슴속 황소가 콧김을 뿜었다.

역시 문제 해결에 도움은커녕 문제를 이해조차 못하는 인간이야. 이렇게 멍청하고 무능한 인간과 뭘 하겠다고.

— 괜한 소릴 했네요, 제가. 어차피 절 이해도 못하고 아무 말씀이나 하시는데 말예요.

물론 그는 끄떡없었다. 여전히 아낌없이 주는 나무 같은 얼굴로 나를 보았다.

— 음… 가끔 난 내가 무슨 말을 해도 욕먹는다는 생각이 들어. 내가 무슨 소릴 해도 네 기대에 미치지 못하니까. 어쩌면 네가 어린 시절 비슷한 경험을 하지 않았을까 싶어. 네가 뭘 해도 성에 안 차는 아버지 밑에서…

웃겼다. 내 어린 시절 아버지를 소환한다고? 갑자기?

— …쓴소리를 들으며 자라서 그런 면이 네 일부가 되지 않았을까 하는 거지. 그런 면이 다른 사람을 대할 때 나오기도 하지만, 너 자신한테

유독 심할 거 같아.

잠자코 들어 보니 그럴듯한 추론이었다. 그래도 여전히 못마땅했다.

그래, 내가 그런 면이 있다 쳐. 그게 어린 시절 경험 때문이라 쳐. 그래서 뭐 어쩌라고. 타임머신이라도 타고 과거로 돌아가? 과거로 돌아가서 싹 뒤엎어? 그럼 뭐 달라져?

굳이 입 밖에 내지는 않았다. 황소도 제자리로 돌아갔다. 나만 혼자 침묵의 미끄럼틀을 타고 아래로 아래로 미끄러져 내려갔다. 브레넌 씨 얼굴에 어린 수심의 빛이 내게서 점점 멀어졌다.

그러다 쿵 바닥을 찍었다.

— 근데 그 말이 맞다 쳐도, 브레넌 씨가 그 문제를 고쳐 줘야 하는 거 아네요? 그러라고 제가 돈 내고 여기 앉아 있는 거잖아요.

반가사유상 같은 미소가 슬며시 내게 닿았다.

— 그건 그런데, JK, 넌 날 찾아오는 다른 누구보다 실존주의 심리치료에 대해 많이 읽고 배웠잖아. 그럼 잘 알 거라 믿어. 심리치료라는 건 심리치료사 혼자 하는 게 아니라 심리치료사와 고객 둘이 협력해서 이루어 나간다는 걸.

딱히 반박할 게 없는 소리라 입을 다물었다. 물론 그가 실존주의 심리치료에 대한 내 열정을 새삼 인정해 주었다는 사실을 놓치지 않았다. 쓸데없이 기분이 누그러졌다.

문득 그동안 가슴속에 남몰래, 어쩌면 나조차 몰래 가꾸어 온 열망의 꽃이 꿈틀했다. 꽃잎 한 장이 입 밖으로 흩날렸다.

— 근데 브레넌 씨 생각에 저도 심리치료사가 될 수 있을까요?

그의 인자한 미소가 방 안 가득 꽃밭처럼 향기로웠다.

— 음, 좋은 심리치료사가 될 수 있을 거 같아. 넌 지적이고 호기심

많고 배우는 걸 좋아하니까. 심리치료사가 될 생각이니?

— 아직 잘 모르겠어요. 일단은 생물학 전공이니까 그쪽으로 계속 공부해야 될 거 같아요.

말없이 고개를 끄덕이는 브레넌 씨를 텅 빈 표정으로 바라보았다. 이상하게 마음속에 다시 불만이 애벌레처럼 기어들었다.

칭찬이랍시고 해 준 말일 텐데, 참…. 나도 내가 지적이고 호기심 많고 배우는 걸 좋아하는 거 알아. 그런 뻔한 말 말고 다른 말 좀 해 줄 수 없었나?

그렇다고 칭찬하는 낯에 침 뱉을 수 없는 노릇이었다. 다행히 곧 시간이 다 되어 치료소를 나서며 떨떠름한 표정을 실컷 얼굴에 담았다.

#23 버틀러 정신병원으로

"…네가 원하면 적어도 병원에 와서 집단 심리치료를 참관하고 배우는 정도는 하게 해 줄 수 있어."
나도 모르게 두 손을 모아 입을 감쌌다. 엄청난 기회였다.
드디어 가슴 뛰는 일이 내 앞길에 기다리고 있었다.

여름방학을 맞아 여유가 생겨 실존주의 심리치료학 서적들을 탐독하던 때였다. 이제 책에서만 보던 심리치료의 마법을 현장에서 직접 내 눈으로 목격하고 피부로 실감하고 싶다는 생각이 들었다. 이래저래 기회를 찾아보다 헤이든 교수님께 손을 내밀었다.

— 버틀러 병원이라고 있는데, 평판이 좋은 곳이야. 자원봉사자들을 수시로 모집한다고 알고 있으니까, 한번 알아봐.

곧바로 병원 홈페이지에 접속했다. 그의 말대로 자원봉사자 모집 공고가 떠 있어 주저 없이 신청했다. 그런데 신청 후에 별다른 안내문이 없어 접수가 잘 되었는지 알 길이 없었다. 홈페이지에 나온 담당자 번호로 전화를 걸었지만 계속 연결이 되지 않았다. 마냥 손 놓고 기다리는 수밖에 없었다.

아무 소식 없이 몇 주가 흘러 어느덧 여름학기 끝 무렵에 접어들었다. 발달정신병리학 기말시험을 준비하려 교과서를 챙겨 교정에서 자전거로 15분쯤 떨어진 웨이랜드 광장에 있는 찻집에 갔다. 문을 열고 자리를 찾아 두리번거리는데, 헉. 손에 뭔가 들고 있었다면 분명 떨어뜨렸을 만큼 깜짝 놀랐다.

브레넌 씨였다.

두 눈을 의심했다. 마치 소설에 나오는 주인공을 종이 세상 밖에서 맞닥뜨린 기분이었다. 그동안 브레넌 씨가 실재하는 인물이라는 사실을 까맣게 잊고 있었다. 그도 그럴 것이, 그는 게임 속 NPC처럼 치료소에만 출몰했고, 그것도 내가 치료소를 찾을 때만 모습을 드러냈다. 그러니까 그는 나를 위해 존재했던 것이다.

지금 이 순간, 환상에 슬며시 금이 갔다. 내가 그를 찾지 않았는데도 그는 존재하고 있었다. 작고 네모난 대리석 탁자 위에 수첩을 올려놓고 뭔가를 골똘히 끄적이는 모습이었다. 탁자 한구석에는 뒤집어 놓아 표지를 볼 수 없는 책이 놓여 있었다.

잠깐 복잡 미묘한 감정이 일었다. 반가움. 설렘. 신기함. 어색함. 배신감. 일일이 열거하기도 힘들 정도였다. 그럼에도 겉으로는 애써 태연한 척 무표정을 가장했다. 왠지 모르게 그 사람에게 내 속마음을 들키고 싶지 않았다. 계속 자리를 찾는 척 두리번거리며 틈틈이 무심한 눈길로 힐긋거렸다. 속으로 그가 나를 알아봐 주기를 내심 바랐다. 그 정도면 테이블을 찾을 게 아니라 하나 만들어도 됐을 만큼 시간이 지나자, 그가 드디어 나와 눈을 맞추었다.

— 안녕하세요.

내가 선수 쳤다. 나도 막 그를 본 것처럼, 그리고 그게 막 앉은 자리 탁자 위에 전 사람이 흘려놓은 빵 부스러기 몇 톨을 본 것쯤 되는 것처럼, 전혀 대수롭지 않다는 표정을 지어 보였다. 오히려 브레넌 씨 얼굴에 일순간 당황한 빛이 스쳤다. 하지만 명색이 심리치료사, 순식간에 치료소에서 늘 보이는 차분한 분위기를 연출했다. 그러고는 본색이 NPC답게 형식적인 안부 인사로 맞받아쳤다.

— 잘 지내?

원래 짤막한 대답만 하고 물러갈 생각이었는데, 오기가 발동했다. 그가 내뿜는 형식적인 분위기가 살살 거슬려 도전하고 싶어졌다. 짐짓 거만하고 무심한 목소리로 답했다.

— 네. 근데 잘 모르겠어요. 제가 최근에 심리치료를 직접 보고 배우고 싶어졌거든요. 그래서 버틀러 병원에 자원봉사 자리를 신청했는데, 계속 답이 없네요. 브레넌 씨는 혹시 어디서 그런 기회를 찾을 수 있는지 모르죠?

그가 알 리가 없다는 듯, 내가 말꼬리를 살짝 치올렸다. NPC답지 않게 그가 의외로 골똘히 생각하더니 입을 열었다.

— 음, 내가 친분이 좀 있는 의사가 하나 있는데, 학생을 받아 줄진 모르겠지만, 심리치료 프로그램을 진행하고 있는 걸로 알아.

그러더니 다이어리를 한 장 찢어서 의사의 이름과 이메일 주소를 적어 주는 게 아닌가! 전혀 예상 밖의 호의에 입이 떡 벌어졌다.

— 버틀러 병원 같은 큰 기관은 워낙 접수가 많아 문의처가 바빠서 연락이 잘 안 될 거야. 이렇게 개인적으로 접촉하는 게 훨씬 낫지.

거만하고 무심한 목소리를 내는 것도 까맣게 잊고, 미세하게 떨리는 목소리로 마음에서 우러나오는 감사를 전했다. 더 이상 브레넌 씨가 소설 주인공인지 실존 인물인지 중요하지 않았다. 오로지 이 종잇조각에 적힌 이름이 실존 인물의 것인지만 중요했다.

일부러 그가 앉은 데서 멀찌감치 떨어져 자리를 잡고, 곧바로 노트북을 꺼내 이메일을 작성했다.

— 안녕하세요. 저는 브라운에 다니는 학부생, JK라고 합니다. 저는 작년에 실존주의 심리치료학을 접한 이후로 어빈 얄롬, 롤로 메이, 제임스 부겐탈 등이 남긴 명저들을 탐독하며 열정을 키워 왔습니다. 사마리탄스 자살예방 안내원 봉사 활동을 통해 상담 관련 현장 경험을 조금 얻었지만, 이제 본격적으로 심리치료를 접해 보고 싶어 기회를 찾던 중에 윌리넘 브레넌 씨에게서 선생님이 운영하시는 프로그램 얘기를 들었습니다. 혹시 저한테 맡길 일이 있으시다면 뭐라도 좋으니 프로그램의 일원이 되고 싶습니다. 하다 못해 복도 청소를 시켜 주셔도 감사하겠습니다.

며칠 만에 답장이 왔다.

— 안녕하세요, JK. 이메일 고마워요. 그런데 나는 심리치료와는 좀 거리가 멀고, 현재 심리장애를 의학적으로 연구하고 약물 임상시험을 진행하는 중이에요. 그런데 마침 우리 버틀러 병원에서 최근에 통합적인 집중 심리치료 프로그램을 시작한다고 알고 있어요. 실존주의 심리치료법을 비롯해서 여러 요법들을 접목한다고 하네요. 책임자분 성함과 이메일 주소를 알려줄 테니 한번 연락해 봐요. 건투를 빌어요.

그의 이름은 렌듀엘레스 비알바 박사.

뭔가 흥미진진한 결말에 한 발짝 가까워진 느낌이었다. 지체없이 그에게도 비슷한 내용으로 이메일을 보냈다. 역시 며칠 만에 답장이 왔다.

— 안녕, JK. 이메일 고마워. 난 지금 로드아일랜드 병원에서 버틀러 병원으로 이직하면서 새로운 심리치료 프로그램을 시작하느라 정신이 좀 없어. 얼마 있다 다시 연락 줄래?

참을성 하면 나 JK였다. 암, 기다리고말고.

• • ● • •

새학기가 시작하고 난데없는 도서관 울렁증으로 방황하던 와중에도 박사님 말을 잊지 않고 있었다. 몇 주 정도 기다렸다 떨리는 마음으로 다시 이메일을 보냈다. 며칠 만에 답장이 왔다.

— 이제 좀 새 분위기에 적응한 것 같아. 그럼 한번 와서 얼굴 보고 얘기 나눠 볼까?

뛸 듯이 기뻤다. 뭔가 기대되는 일이 생긴 게 참 오랜만이었다. 어떤 얘기를 할지 머릿속에 정리하고 한달음에 그를 찾아갔다.

똑똑.

— 들어와.

온후한 목소리가 문 너머에서 들려왔다. 문을 열자 웃음이 삐져나올 정도로 썰렁한 공간이 한눈에 다 들어왔다. 무늬도 없이 휑하니 흰 벽, 달랑 서너 권 꽂힌 책장, 깨끗한 책상, 그리고 그 앞에 박사님이 앉아 있는 이동식 의자와 마주 놓인 빈 의자 하나.

내 시선을 의식했는지, 그가 민망한 듯 사람 좋아 보이는 너털웃음을 터뜨렸다.

— 봐, 내가 거짓말한 거 아니지?

그의 웃음소리가 썰렁한 방 안을 포근한 여운으로 채웠다. 옆집 삼촌 같은 분위기 덕에 순식간에 긴장이 풀렸다. 그가 내 얘기를 궁금해해 내가 나름대로 준비한 대답을 들려주었다. 어떻게 실존주의 심리치료학을 처음 접했는지, 그때 얼마나 충격이었는지, 이 학문이 세상에 널

리 알려지지 않았다는 현실이 얼마나 믿기 힘든지.

— 언젠가 기회가 되면, 실존주의 심리치료학을 대중화시키는 데 일조하고 싶어요.

여전히 미소 가득한 얼굴로 박사님이 내 말을 주의 깊게 경청했다. 그는 정신과 의사 말고도 사람을 상대하는 일은 뭐든 잘 소화하겠다는 생각이 들었다. 그저 보고만 있어도 마냥 마음이 편해지는 뭔가가 있었기 때문이었다.

— 아주 좋지. 그런데 실존주의 심리치료법이 다른 치료법들에 비해 덜 알려진 건 맞지만, 대중들이 이런 철학적이고 심층적인 치료 방식에 조금씩 주목하고 있는 모양이야. 우리가 이번에 시작한 집중 치료 프로그램 콘셉트가 '실존적 및 대인관계적 통합 심리치료'인데, 공개된 지 얼마 안 돼서 30명 모집 정원이 금방 차 버렸거든. 그게 바로 그 증거라고 봐.

— 우와, 정말요? 굉장해요. 축하드려요!

나는 진심으로 감탄하는 한편, 살짝 입술을 축이며 조심스레 운을 떼었다.

— 혹시… 제가 비록 학생 신분이지만, 프로그램에 참여할 방법이 있을까요? 이메일에 쓴 대로 복도 청소라도 시켜 주시면 감사합니다 하고 열심히 할게요!

박사님이 소탈한 웃음을 터뜨렸다.

— 복도 청소는 이미 충분히 잘 되고 있어서 괜찮아. 음, 너한테 딱히 시킬 일이 있을진 모르겠는데, 네가 원하면 적어도 병원에 와서 집단 심리치료를 참관하고 배우는 정도는 하게 해 줄 수 있어.

나도 모르게 두 손을 모아 입을 감쌌다. 엄청난 기회였다. 드디어 가슴 뛰는 일이 내 앞길에 기다리고 있었다. 진심인지 거듭 물어보고 연거푸 감사의 말을 되풀이했다. 곧 진료 시간이라는 말에 인사를 나누고 사무실을 나섰다.

지금 이 순간 까맣게 잊었다.

내가 도서관도 못 가고 공부도 못 하는 낙오자라는 사실은.

#24 저항, 책임, 운명

집단치료의 주체는 심리치료사가 아니라 환자 개개인이며,
환자가 집단의 일원으로 능동적으로 참여해 서로에게 관여하며
함께 치료를 이끌어 나가야 한다는 뜻이다.

곧 버틀러 병원에 출근했다. 비록 자원봉사자 자격으로 병원을 드나들기는 했지만, 박사님 말대로 자원봉사라 부를 만한 일은 주어지지 않았다. 심리치료 관련 전문 자격이 없는 학부생 신분인 탓이었다. 오히려 내 역할은 학생 인턴에 가까웠다. 그것도 엄청나게 값진 배움의 기회가 주어진 심리치료 인턴이었다. 아무것도 아닌 내가 심리치료 전문가들이 이끄는 집단 심리치료를 현장에서 참관하고 전문가의 토의에 참여할 수 있었으니 말이다.

이곳 프로그램은 비알바 박사님이 소장으로 있으면서 직접 '실존적 및 대인관계적 통합 심리치료 부분입원 프로그램'으로 기획했다. 이 심리치료 프로그램에서는 대인관계를 중점적인 주제로 다루었다. 즉 환자들이 어떤 방식으로 타인과 관계 맺고 또 관계 맺기에 어려움을 겪는지, 그런 방식들이 어떻게 현재 고민이나 심리장애에 직간접적 영향을

끼치는지 등을 파악하고 이해하는 게 1차 목표였다. 이를 바탕으로 자신의 대인관계 방식에 스스로 문제의식을 느껴 다른 동료들의 응원과 피드백을 받으며 문제를 개선해 나가는 게 다음 단계였다. 그 과정에서 대인관계 문제와 맞물린, 처음 내원하게 된 이유였던 고민이나 심리장애도 함께 극복할 수 있다는 원리였다.

부분입원 프로그램은 아침 8시경 내원해 세 차례 집단 심리치료와 한 차례 개별 심리치료에 참여하고, 오후 2시경 퇴원하는 일정이었다. 병원에 입원할 만큼 심리장애가 심각하지는 않지만 일주일에 한두 시간의 심리치료는 부족한 환자들에게 안성맞춤이었다. 또한 심리 문제를 개인의 실존과 집단 속 대인관계를 중심으로 풀어나가는 독특한 방식인 만큼, 기존 접근법에 한계를 느낀 이들에게 큰 호응을 얻었다.

이 프로그램에서 나는 주로 두 번째 집단 치료인 대인관계 집단을 참관했다. 프로그램의 꽃이라 여겨진 이 집단은 의자들이 원형으로 배치되어 서로 얼굴을 마주 보고 눈을 맞추며 대화할 수 있는 환경에서 무려 1시간 45분 동안 이어졌다. 심리치료사 둘이 6~8명가량 되는 환자들이 함께하는 집단을 '보조' 진행했는데, 집단치료의 주체는 심리치료사가 아니라 환자 개개인이며, 환자가 집단의 일원으로 능동적으로 참여해 서로에게 관여하며 함께 치료를 이끌어 나가야 한다는 뜻이었다.

시간이 되면, 공동 진행 보조 중 하나가 집단의 역할을 간단히 소개하면서 시작했다.

— 실존치료적 접근법에 따르면, 개인이 심리적인 문제로 괴로워할 때 흔히 괴로움의 주축이 되는 건 알게 모르게 자신의 대인관계적 어려움입니다. 그리고 그 어려움을 해소할 열쇠를 쥐고 있는 사람은 타인이 아니라 바로 자기 자신입니다. 여기서 짚고 넘어갈 부분은, 당신이 문

제 해결의 열쇠를 쥐고 있다고 해서 당신이 문제의 원인이라고 탓하는 게 아닙니다. 따라서 그 말에 괜히 비난받는다고 느끼거나 방어적이 될 필요가 없습니다. 이러한 실존치료적 접근법에 기반을 둔 대인관계 집단에서 당신의 역할은 다음과 같습니다.

우선, 집단에 참여해 동료 일원들과 상호작용하면서 자신이 어떤 식으로 타인을 대하고 타인과 소통하는지 스스로 주의 깊게 관찰하고 성찰합니다. 이를 통해 자신이 대인관계를 맺는 방식에 어떤 문제점이 있는지 인식하고, 이 문제점이 자신의 주요 고민이나 심리장애와 어떻게 맞물려 있는지 이해합니다.

그러면 본인 스스로 대인관계 방식을 바꿔야 할 필요성을 느낍니다. 그게 쉬운 일이 아니라는 걸 우리도 압니다. 하지만 기억할 게, 여러분은 혼자가 아닙니다. 집단의 모두가 함께 당신을 도와줄 거니까요. 집단의 응원과 피드백에 힘입어 대인관계 방식을 바꾸도록 노력해 나간다면, 그 과정에서 틀림없이 치료가 이루어집니다.

비알바 박사님은 대인관계 집단을 종종 거울 은유에 빗대어 설명했다.

— 저는 남은 나를 비추는 거울이라고 생각하길 좋아합니다. 그 거울을 통해 우리는 그동안 익숙해서 보이지 않던 자기 모습을 새롭게 발견할 수 있습니다. 우리가 당연시하며 대수롭지 않게 넘기던 긍정적인 모습이나, 우리가 전혀 의식하지 못한, 아니면 알면서 괜히 모른척하던 부정적인 모습을요.

우리는 타인이라는 거울을 통해 이런 새로운 발견들을 하면서 자신에 대해 더 온전히 이해할 수 있습니다. 그럼 자신의 긍정적인 모습을 인정해 주면서 자존감을 회복하거나, 부정적인 모습을 개선해 나가면서 인간관계를 회복하기 쉬워집니다.

집단이 가진 의의를 설명한 다음, 집단 내에서 지켜야 할 규칙들을 소개했다.

— 첫 번째는 비밀 보장입니다. 이 시간 동안 벌어지는 대화 내용은 절대 외부에 유출하지 말아 주세요. 이건 엄중한 신뢰의 문제입니다.

두 번째는 서로의 인격과 선에 대한 존중입니다. 욕설이나 모욕은 당연히 금지입니다. 좋은 의도라도 신체 접촉도 자제해 주세요.

세 번째는 집단의 흐름 유지입니다. 집단이 진행되는 시간 동안 되도록 자리를 지켜 주세요. 긴급한 전화가 오거나, 화장실이 급하거나, 아니면 대화 도중에 감정이 북받쳐 진정할 시간이 필요할 때만 예외적으로 자리를 비우셔도 좋습니다.

규칙 설명이 끝나면, 집단이 돌아가며 자기 이름을 간단히 소개했다. 그다음 다시 심리치료사가 한마디 할 차례였다.

— 그럼 이제 이 자리는 여러분들의 것입니다.

구석에 앉아 지켜보는 이 모든 광경은 그야말로 충격과 전율이었다. 나 같은 누추한 학부생이 이런 귀한 자리에 초대받다니! 왕자의 궁전에 초대된 거지 소년 톰이 이런 심경이었을까. 거기다 집단 치료가 끝나고 심리치료사들끼리 회기 과정을 분석하는 자리에 함께할 때는 정말이지 왕자의 옷을 빌려 입는 기분이었다.

하지만 구석 자리를 지키면서도 나는 결코 내 본분을 잊지 않았다. 내가 여기서 저 환자들을 위해 할 수 있는 유일한 일은 멀리서나마 그들의 얘기를 주의 깊게 경청하고 그들의 마음을 최대한 이해하는 것이라 믿었다. 그렇게 인생극장의 관객이 되어 저마다 들려주는 사연에 취해 무심결에 탄식을 내뱉기도 하고, 눈물을 글썽이기도 했다.

동시에 전문 심리치료사에 빙의해 그들을 세심하게 관찰했다. 그러자 그들이 집단 속에서 어떤 식으로 타인을 대하고 그와 소통하는지 저마다 일관된 유형이 보이는 듯했다. 그러면 그들이 보이는 유형과 들려주는 사연을 종합해 내 나름대로 마인드맵을 그려 보았다. 그들 특유의 대인관계 방식과 주요 문제를 잇는 연결 고리가 무엇인지, 그들이 자신의 대인관계 방식을 개선하도록 스스로 노력하기 위해 필요한 전략이 무엇인지.

집단 치료 중에 특별히 기억에 남는 사례가 있었다. 한 소방관 남자의 사연이었다. 그는 몇 년 전 있었던 화재 참사로 외상후 스트레스장애(PTSD, post traumatic stress disorder)를 앓고 있었는데 화재 이후 삶이 망가졌다며 한탄의 세월을 보내는 중이었다.

참사 당시, 그가 건물을 빠져나오고 나서 아이 둘을 빠뜨렸다는 사실을 듣게 되었다. 다시 들어가려는 찰나, 건물이 무너져 둘은 사망했고 남자는 부상을 당했다. 그는 신체 부상보다 훨씬 심각한 죄책감으로 하루하루 의욕이 없고 우울증에 시달렸다. 남자가 얘기를 끝내기 무섭게 집단의 동료 환자들이 그에게 따뜻한 위로와 격려를 전했다.

— 죽은 아이들을 위하는 마음이 너무 감동적이에요.

— 전 그런 상황에서 건물에 들어갈 생각도 못 했을 텐데 너무 용감해요.

그런데 잠자코 있던 비알바 박사님이 조심스레 개입했다.

— 우리는 그가 겪은 괴로움을 감히 상상하기도 힘들 겁니다. 끔찍한 일이었음이 분명하니까요. 그런데,

온후하고도 단호한 목소리가 예상 밖의 발언을 했다.

— 우리가 집단으로서 그에게 단순히 위로해 주는 걸 넘어서, 그가

어떻게 죄책감에서 벗어나 다시 행복한 삶을 살 수 있을지 함께 고민하고 도와줄 필요가 있어 보입니다.

박사님이 던진 폭탄 발언에 집단의 일원 둘이 연달아 불만을 터뜨렸다.

— 그는 충분히 괴로워할 자격이 있어요. 그런데 그가 괴로워하는 걸 죄책감에서 벗어나려는 의지 부족 때문이라고 암시하는 건 정말 잘못됐어요.

— 전 심리치료에 대해 잘 모르지만, 그를 환자이기 이전에 한 인간으로 대해 줘야 한다는 것쯤은 알겠네요.

다른 일원 한 명이 차분하게 중재에 나섰다.

— 박사님이 말한 의도는 그게 아닌 것 같아요. 우리한테 뭐라 한 게 아니라, 그를 도울 수 있는 다른 방식도 있다 정도로요.

장내는 썰물이 빠져나간 모래사장처럼 다시 잔잔해졌다. 어색한 정적만 맴돌뿐, 누구도 박사님 제안을 곱씹지 않는 눈치였다. 침묵에 몸이 근질거리던 또 다른 일원이 자기 고민을 꺼내며 화제를 바꾸었다. 박사님 말은 모래 위에 쓴 글씨같이 흔적 없이 지워졌다.

우리는 집단이 끝나고 회의에 들어갔다. 회의는 비알바 박사님과 심리치료사 코리, 나 이렇게 셋이 둘러앉아 이루어졌다. 회기 과정을 의논하면서 내가 아까 중대한 심리치료 장면을 목격했다는 사실을 깨달았다. 박사님을 통해 심리치료에 대한 놀라운 관점을 접하면서였다.

바로 심리치료는 단순히 힐링이 아니라는 것이었다. 심리치료가 환자 내면에서 이루어지는 과정의 핵심은 깨달음, 그리고 그 깨달음에서 자연스레 이어지는 변화이자 성장이었다. 깨달음은 으레 자기 불행의 실체를 이루는 마주하고 싶지 않은 고통스럽고 불편한 진실을 오롯이 직시하는 데 있었다.

비알바 박사님에 따르면, 소방관 환자 래리는 죄책감 속에서 자기 존재 가치를 찾고 있었다. 그렇기 때문에 죄책감에서 벗어나기는커녕 머물러 있으려 했고, 죄책감에서 비롯된 자기 불행을 정당화하며 지속시키려 했다. 달리 말하면, 그는 다른 사람들에게 자신의 죄책감과 죄책감으로 인한 불행을 내세우면서 위로와 공감뿐만 아니라 자신을 영웅시해 주는 인정까지 이끌어 냈다. 이런 방식으로 타인과 교감하고 인정받으며 존재 가치를 느끼는 데 너무 익숙해진 나머지, 거기에 매몰되어 다른 방식으로 인간관계를 맺고 존재 가치를 찾는 법을 잊어버렸다.

그래서 정작 본인은 불행을 하소연하지만 실제로는 그 불행 속에 필사적으로 안주하려고 하는 상황이었다. 만약 집단의 일원들이 그랬던 것처럼 주위에서 그를 위로하고 추켜세우기만 한다면, 그건 결국 그의 불행을 더욱 고착화시키는 셈이었다. 악순환의 고리를 끊기 위해 박사님이 감히 집단의 자연스러운 흐름을 깨면서까지 중재에 나섰다. 물론 집단의 몇몇 일원들이 항의하고 끝내 화제를 돌린 바람에 박사님의 의도는 물거품이 되었지만 말이다.

그들이 그런 모습을 보인 이유는 명백했다. 바로 심리치료학의 주요 난제인 '저항' 때문이었다.

저항은 쉽게 말해 "어쩌라고, 난 원래 이래. 내가 이러는 건 당연해. 난 절대 안 바뀌어"라고 우기는 보편적인 심리 성향이다. 우리가 어떤 심리 문제로 괴로워하고 있는데, 누군가 "넌 괴로움에서 벗어날 필요가 있어. 괴로움에서 벗어날 능력이 있어"라고 할 때, 귀를 틀어막고 마음의 문을 닫아 버리는 현상을 일컫는다.

심리치료의 성패는 환자가 보이는 저항에 심리치료사가 어떻게 대처하냐에 달려 있다 해도 과언이 아니다. 그만큼 저항은 심리치료 과정의 열쇠다. 바로 이 저항에 대처하는 방식에서 심리치료가 힐링과 근본적으로 다르다는 사실을 엿볼 수 있다.

저항의 특징은 다름 아니라 모순이다. 이를테면, 환자는 불행에서 벗어나기 위해 심리치료를 시작했으면서, 자기 불행과 그 불행에 기여하는 자기 모습을 당연시하고 정당화한다. 자기 생각, 행동, 태도를 바꾸면 불행에서 벗어날 수 있는데도 뿌리 깊은 나무처럼 꿋꿋하기만 하다. 자기는 아무것도 하지 않고 그대로인 채, 심리치료사가 요술을 부려 자기를 불행에서 꺼내 주길 바란다. 심리치료의 목적이 단순히 힐링이라면, 심리치료사가 소방관 환자의 동료들처럼 환자를 대해도 그만이다.

— 당신의 괴로움을 충분히 이해해요. 당신은 괴로워할 자격이 있어요. 당신이 괴로워하는 모습에서 당신의 인품이 느껴져요.

하지만 심리치료적 통찰과 의도가 빠진 관습적인 위로는 반복될수록 오히려 불행을 강화시킬 뿐이다. 당장 기분이야 좀 나아지겠지만, 그의 저항은 방치되어 그대로이기 때문이다. 물론 반대로 저항에 맞서 환자를 변화하라고 몰아붙여도 역효과만 난다. 결국 심리치료사의 역할은 환자가 저항을 풀고 그 저항력을 내면의 변화를 일으키는 동력으로 삼도록 도와주는 일이다. 그러려면 불행에 빠진 환자에게 충분히 이해와 공감을 전하는 한편, 그가 자기 스스로 불행에서 빠져나올 힘이 있다는 사실을 조금씩 자각하도록 격려해야 한다.

하루하루 버틀러 병원에 가는 일이 꿈 같았다. 현장에서 집단 심리치료를 참관하고 전문가들의 회의에 참여할 때면, 내가 과연 이런 값진 경험을 누릴 자격이 있나 반문하기도 했다. 병원을 나설 때마다 심리치료에 대해 그날 새롭게 배운 내용을 음미하는 것도 짜릿했다.

그날도 브라운 교정으로 돌아오는 버스 안에서 골똘히 생각에 잠겼다. 소방관 래리가 보인 변화에 맞선 저항. 나라고 모를 리 없었다. 나 역시 내 뿌리 깊은 외로움으로 끔찍이 괴로워하는 동시에 그걸 어쩔 수 없는 일로 단정 지었다. 문제의 원인을 타인의 피상성과 자신의 예민한 감수성이라고 제멋대로 결론 내렸다. 그래 놓고 정작 타인을 대하는 내 태도나, 내 잘난 감수성을 표현하는 방식은 바꿀 의지를 원천 봉쇄했다. 얼떨결에 브레넌 씨가 예전에 내게 건넨 말이 떠올랐다.

— 넌 우울하다고 계속 불평하면서, 우울함 속에 편안히 안주해 있는 것처럼 보여.

그랬다. 그동안 나 자신을 억울하게 고독의 감옥에 갇힌 희생양쯤으로 여겨 왔는데, 사실 감옥 열쇠는 줄곧 내가 쥐고 있었다. 책에서 본 '실존적 책임'이라는 말이 세상 처음 피부에 와닿았다. 그 말의 무게가 무너진 천장처럼 가슴을 짓눌렀다. 내내 운명을 탓했는데, 그동안 보지 못했을 뿐 운명은 두 눈 부릅뜨고 그 시퍼런 손가락으로 오히려 나를 가리키고 있었다.

아아, 이제야 알았다.

내가 아니라 운명이 옳았음을.

#25 착해서 고민, 안 착해서 고민

브라운이라는 거대한 사교의 장에서 내 인간관계는 갈수록
더 빈곤해졌으니까. 당연히 나한테 문제가 있을 수밖에 없었다.
그래서 심리치료까지 시작하지 않았나?
그런데 달라진 거라곤 없다. 더 할 수 있는 것도 없다.

오늘도 휴대폰 문자 메시지함을 들춰 얼빠진 놈처럼 스크롤을 올렸다 내렸다 했다.

친구들은 뭐하고 있을까. 어디서 누구랑 공부하고 있을까.

혼자인 건 끔찍하다. 누구도 날 찾지 않는다면 난 존재하지 않는 거나 마찬가지다.

빈속에 역한 것이 구더기처럼 들끓었다.

오늘 해야 할 일들을 머릿속에 정리했다. 매주 전단지처럼 던져지는 유기화학 문제 모음이 있었고, 역시 매주 찾아오는 퀴즈를 대비해 읽어야 하는 신호 전달 수업의 필독 논문이 있었다. 고급 생화학과 인종, 계급, 성별의 심리학도 비슷했다. 매 수업 강의나 토론을 따라가려면 미리 해치워야 되는 읽을거리야 늘 있었다. 당장 급한 게 없었을 뿐이다.

머리가 뒤죽박죽이라 무얼 시작할지 판단이 서지 않았다. 아무것도

하기 싫었지만 뭐라도 해야 했다. 문득 빈속에 다시 역한 것이 응어리처럼 얹혔다. 절망인지 허기인지 알 수 없었다.

밥버러지 같은 나에 대한 혐오를 목구멍으로 넘기며 햇살이 불쾌할 정도로 눈부신 바깥으로 나섰다. 때여가를 내려가다 중국 음식점 상하이에 들러 포장 음식을 주문했다. 주방과 연결된 계산대는 언제나 분주한 열기로 한여름 모래사장인 듯 끓어올랐다. 저들은 외로움과 자기혐오에 시달릴 정신도 없어 보였다.

반나절이 지나도록 누구에게 먼저 연락이 없었다. 참다 못해 유빈이에게 문자를 날렸다.

— 커피 익스체인지에서 같이 공부하자!

흔쾌한 응낙의 답장이 왔다.

— 곧 운동 끝나고 갈게!

무거운 마음이 슬그머니 가라앉았다.

— 그럼 나 먼저 가 있을게!

자전거를 몰고 때여 거리를 내달리며 채찍처럼 바람을 갈랐다.

일요일 오후에 내리쬐는 햇살이 요즘 들어 특히 억압적이었다. 어쩌면 외로움은 햇살과 상극인지 몰랐다. 누가 내 손에 덥석 권총을 쥐어준다면, 나도 뫼르소가 될 수 있을까. 사이코패스가 지을 법한 서늘한 미소가 바람인 듯 얼굴에 스쳤다. 책을 읽어 보지 않아 주인공의 속내를 알 수 없었다. 분명한 건, 내가 정신줄을 놓는다면 방아쇠는 죄 없는 남이 아니라 쓸데없이 한 많은 날 겨누리라.

위킨든 거리에 이르자 마음이 한결 산뜻해졌다. 이번 학기 들어 브라운 교정이 거대한 거미집이 된 느낌이었다. 보이지 않는 끈적한 그물망이 가냘픈 잠자리 같은 나를 꼼짝 못하게 하고 힘을 빼놓기 일쑤였다.

지금처럼 멀찍이 벗어나 위킨든 거리나 웨이랜드 광장에 오면 숨통이 트였다. 왜 그럴까 곰곰 생각하고 내놓은 결론은 이랬다. 캠퍼스 곳곳에서 마주치는 낯익은 얼굴들이 거울처럼 의도치 않게 내 고독의 썩은 살가죽을 비추기 때문이었다.

그랬다. 언제부터인가 나는 교정에서 아는 얼굴과 마주치면 반갑기보다 곤혹스러웠다. 내가 격리된 전염병 환자처럼 방에 혼자 처박혀 있다 나온 사실이 들킨 것 같아서였다. 겉으로는 태연히 미소 띤 인사를 건네도, 그 뒤로 내 얄팍한 낯짝이 화끈거리곤 했다. 그들의 순진한 얼굴이 경멸의 눈초리로 이렇게 묻는 듯했기 때문이었다.

너는 왜 그렇게 친구가 없니? 너한테 무슨 문제 있는 거 아니니?

그럴 만도 했다. 브라운이라는 거대한 사교의 장에서 2년 넘는 시간을 보낼 동안 내 인간관계는 갈수록 더 빈곤해졌으니까. 당연히 나한테 문제가 있을 수밖에 없었다. 그래서 심리치료까지 시작하지 않았나?

그런데 달라진 거라곤 없다.

더 할 수 있는 것도 없다.

이런 일련의 생각이 들 때면, 묵직한 손이 입을 틀어막은 것처럼 숨이 막혔다. 콕 집어 설명하기 힘든 어떤 후회와 원망과 무력과 울분으로 뒤범벅된 감정의 쓰나미가 마음을 덮쳤다.

반대로 캠퍼스에서 훨훨 벗어나 브라운 인간들에게서 한껏 떨어져 있으면 조금이나마 나았다. 꼴 보기 싫은 거울들에게서 자유로웠기 때문이었다. 나만 외면하면 고독은 다락방의 짐짝처럼 굳이 신경 쓸 필요가 없었다. 일면식 있는 군중 속에서 느껴지는 외로움보다 생면부지의 군중 속에서 느껴지는 외로움이 덜 애달픈 법이었다.

직역하자면 '커피 교환소'인 카페, 커피 익스체인지. 지방 도시의 현지 느낌 물씬 나는 소소한 분위기가 퍽 정감 가는 곳이었다. 위킨든 거리 한쪽에 서서, 헨젤과 그레텔이 숲속에서 발견한 과자집처럼 불쑥 들어가고파지는 앙증맞은 맵시를 뽐냈다.

문을 열면 실내에는 동그란 커피 탁자와 네모난 나무 의자가 옹기종기 들어차 있고, 바로 앞에는 주문대가 개방형 주방과 맞붙어 있었다. 가구며 벽이며 온통 아몬드가 내는 갈색과 진열대 속 호밀빵을 닮은 연갈색이 어우러져 가게 가득 풋풋한 흙내음이 묻어나는 듯했다.

더욱이 대학생으로 보이는 새파란 젊은이들이 잘 눈에 띄지 않았다. 그래서인지 머리가 희끗희끗한 동네 어르신이 프로비던스 신문을 펼쳐 든 모습이나, 아이 손을 꼭 잡고 계산대에 줄 서 있는 아빠의 모습이 사뭇 달가웠다.

창가 구석 자리에 가 가죽 가방을 풀었다. 벽이 포근히 감싸 줘 보호받는 느낌이 드는 자리였다. 노트북을 열어 띄엄띄엄 딴짓을 하면서 틈틈이 신호전달 수업의 이번 주 필독 논문을 힐끗거렸다. 베타아드레날린 수용체의 제거가 생쥐의 심근증 발병을 방지한다는 주제였다. 베타아드레날린 수용체는커녕 심근증이 뭔지 찾아볼 생각도 없이 기계적으로 활자를 훑었다.

얼마 안 있어 유빈이가 나타났다. 화사한 하늘빛 웃옷을 걸치고 나직하게 웃는 모습이었다. 우리는 소소한 안부를 주고받다 어느새 그녀의 고민 상담으로 넘어가 있었다. 지난 주말 저녁에 한국 유학생들이랑 술자리를 가지면서 새삼스레 든 고민이었다.

— 사람들이 날 착하고 얌전한 애로만 보는 게 좀 갑갑해. 내가 무조건 그렇기만 한 것도 아닌데 말야. 유빈이야 착하니까~ 이런 식으로 말

하면, 왠지 그렇게 행동해야 될 거 같은 기분이 들어. 내 이미지에 안 맞는 모습들은 숨겨야 할 것 같고.

내가 장난감 오뚝이같이 신나게 고개를 끄덕였다. 고민을 들어 주는 입장에서 저렇게 신나 보여도 되나 싶을 만큼. 유빈이와 비슷한 고민을 호소했던 다른 친구들 몇 명이 떠올랐다. 그들을 고민 상담해 주면서 나름대로 내놓은 이론을 들려주었다.

'착하다'는 수식어는 흔히 칭찬으로 쓰여 당사자에게 좋은 말 같지만, 꼭 그렇지만도 않다. 특히 한국 사회에서는 착한 성격이 남에게 맞춰 주는 성향과 맞물려 인식되기 때문이다. 따라서 착하다는 칭찬은 타인이나 집단에 순응적인 모습만 긍정강화시키며, 반대로 자기 개성이나 주관의 표현은 억제하기 쉽다.

이때 크게 두 가지 문제가 있을 수 있다. 하나는 유빈이의 예처럼 착하다는 칭찬에 소위 '길들여지면', 무심결에 자신을 착한 이미지에 끼워 맞추게 된다는 점이다. 그러면 당연히 진정한 자기 색깔을 찾고 개발하면서 온전히 자기답게 사는 일이 어려워진다. 다른 문제는 자기표현이 억압되는 걸 넘어서 타인에게 조종된다는 점이다. 착함이 몸에 밴 탓에 스스로 이용당하는 기분이 들면서도 싫은 소리 못하는 사람들이 바로 이 경우다. 몸도 마음도 돈도 손해 보기 십상이다. 흔히 '호구'라고 불리거나 가스라이팅 당하기 딱 좋다.

말똥말똥 나를 바라보는 유빈이에게 의미심장한 질문을 던졌다.

— 우리는 착한 게 진정으로 가치 있는 일인지, 과연 누구를 위한 무엇을 위한 가치인지, 진지하게 고민해 봐야 돼.

말을 끝내기가 무섭게 피식 웃음이 나왔다. 친구가 당황한 듯 멋쩍게 따라 웃었다.

— 어, 왜 웃어?

대답은 간단했다.

— 너는 착해서 고민인데, 나는 너무 안 착해서 고민이니까.

내 장난꾸러기 미소에 그녀도 홀가분하게 웃어 보였다.

사실이었다. 나는 내 불온하리만큼 자의적인 자의식이 이끄는 대로 생의 걸음을 내딛고 있었다. 남에게 착하게 보이는 일 따위는 관심 밖이었다. 딱히 호감 가지 않는 상대는 굳이 가까이하지 않았고, 어떤 이유로든 염증이 생긴 사람은 기어이 멀리했다. 물론 나도 기본 도덕은 체화한 인간인지라 일부러 거리를 두거나 기어이 정을 떼는 일이 결코 즐겁지는 않았다. 때때로 일말의 가책이나 내면의 갈등을 느끼기도 했다. 그러나 대개 결말을 바꿀 정도는 아니었다.

다만 오늘따라 그런 생각이 들었다. 착함이 됐든 뭐가 됐든, 어떤 보편적인 사회규범에서 비껴 서 있겠다는 생각이 혹 오만이었을까. 오만이 화를 자초했을까. 더 착하고, 더 남을 신경 쓰고, 더 무리에 나를 맞추고 끼려고 애썼다면, 이 숙명처럼 느껴지는 고독의 저주에서 자유로웠을까.

유빈이를 보며 더더욱 그런 생각이 들었다. 이 친구는 인간관계 참 원만하게 굴러간다. 그에 비해 나는 어떤가. 마치 계단에서 우당탕 굴러떨어지는 타자기 같지 않나. 도무지 성한 데가 없었다. 지난 몇 년간 참 꾸준히도 일이 있었다. 1년에 꼭 두어 명씩과 과거에 쌓은 친분을 비웃듯 가차 없이 인연의 다리를 불살라 왔다.

웃어야 될지 울어야 될지 알 수 없었다.

우리는 잡담을 흐지부지 마치고 각자 할 일로 눈을 돌렸다. 힐끔 보니 유빈이가 궤짝같이 육중한 이상심리학 교과서를 가방에서 꺼내고 있었다. 툭. 가녀린 외다리로 버티고 선 아담한 나무 탁자가 중압감에 파르르 떨었다. 표지는 불길한 검정색 배경 한가운데 형형색색 입자가 수놓은 홀로그램 소녀 얼굴이었다. 내가 빌려준 책이었다. 익숙한 표지에 반가움이 들 뻔하다, 이내 씁쓸한 기억이 찬물을 끼얹었다.

벌써 몇 달 전이었다. 유빈이가 다음 학기에 이상심리학 수업을 들을 계획이라고 했다. 나는 솜사탕을 건네받은 아이처럼 들떠 멋대로 씨불거렸다. 나 조교 될 가능성 높으니까 모르는 거 다 물어도 돼! 네 A는 내가 책임질게!

물거품 돼 버린 약속이었다. 돌연 짜증과 미련이 목구멍 끝까지 올라와 홧김에 노트북을 닫아 버렸다. 대신 가방에서 유기화학 책과 문제 모음집을 펼쳐 들었다. 유기화학 문제는 논리 퍼즐 같아 지금처럼 상념의 벌 떼가 머리를 들쑤실 때면 기계적으로 해 나가기 딱이었다.

얼마 있다 유빈이가 므흣한 미소로 나를 흘겨보았다. 번뜩 반사적으로 물었다.

— 너 지금 경계선 성격장애 부분 읽고 있지?

그녀가 화들짝 놀라며 반문했다.

— 아, 너도 예전에 공부하면서 그런 생각 들었어?

엉겁결에 추측이 적중해 뿌듯해하며 고개를 끄덕였다. 그러다 조교라도 된 양, 기습 질문을 던졌다.

— 넌 경계선 성격장애의 주요 특징이 뭔 거 같아?

유빈이가 잠깐 머뭇거리더니 결국 답변권을 반납했다. 선생다운 평정심을 잃은 내가 신나서 떠들었다.

— 핵심은 세 가지야. 결핍된 자아상, 불안정한 대인관, 그리고 위태로운 세계관. 무슨 말이냐면, 이들은 자기가 가치 있는 사람이자 사랑받을 만한 사람이라는 믿음이 부족해. 그래서 끊임없이 남의 인정과 애정으로 그 결핍을 메우려 하지. 하지만 그런다고 결핍이 채워진다고 느끼는 건 잠깐뿐이야. 금세 만성적인 공허감이 허기처럼 지니까.

문제는 그렇게 남의 인정과 애정을 갈구하는 동시에, 다른 사람이 자기를 변함없이 늘 진심으로 대하고 위해 줄 거라는 믿음이 부족하다는 거야. 그래서 믿었던 누군가가 조금이라도 자기한테 소홀했다 싶으면, 그렇게 쉽게 배신감이나 유기감, 그러니까 버림받은 기분을 느껴. 거기다 감정 조절에 능숙하지도 못해서 그런 부정적인 감정을 분노로 표출하는 일이 많지.

그래서 경계선 성격장애의 변별적인 특징으로 혼돈의 대인관계라는 게 있는 거야. 그러니까 뭐냐, 너무 예민하게 굴어서 가까운 사람들과 쉽게 사이를 파탄 내고 그런다는 거지. 결국 이들에게 세상은 한없이 위태로운 곳이야. 누구에게 언제 어떻게 상처받을지 모르니까.

유빈이가 얌전한 모범생이 되어 강의를 경청했다. 나도 내 설명이 흡족해 고개를 끄덕이다 뜬금없이 물었다.

— 혹시 너랑도 좀 비슷한 성격장애 있는 거 같아?

그녀가 허를 찔린 듯 눈을 깜박였다. 그러더니 목련처럼 나긋이 고개를 저었다. 희고 엷게 흔들리는 눈빛을 곁들여 되물었다.

— 왜, 네 생각엔 있는 거 같아?

친구의 천진한 얼굴에 내가 너털웃음을 터뜨렸다.

— 아니 아니. 그냥 아무 생각 없이 물은 거야. 우리 수업 때 헤이든 교수님이 그런 적 있거든. 이 수업 가르칠 때마다 애들이 우르르 몰려

와서 자기가 어떤 정신장애 진단기준을 읽는데 자기한테 꼭 들어맞는데 어떡하냐고 막 그런대. 그래서 너도 그런 게 있나 했지.

그제야 마음이 놓인 유빈이가 빙긋 웃었다.

당연한 일이었다. 이 친구같이 멀쩡하고 건전하게 살아가는 사람한테 정신장애는 흔적도 찾기 힘들었다.

우린 참 다른 운명인가 봐.

마냥 해맑은 얼굴로 앉아 있는 친구 앞에서 굳이 그 생각을 입 밖에 내고 싶지 않았다. 그건 씁쓸함도 부러움도 막막함도 아니었다.

단지 인생이란 참 알다가도 모를 일이다 싶은 의아함이었다.

#26 괴물

프랑켄슈타인이 조립한 괴물이 호숫가에 비친 제 모습을 처음 봤을 때
이런 심경이었을까.
나는 무고한 순교자가 아니었다. 저주받은 경계선 성격장애 인간일 뿐이었다.

어느덧 해가 졌다. 북적대던 카페도 하나둘 자리가 비어 갔다. 유빈이와 나도 공부를 마무리하고 일어나 브라운 교정으로 함께 걸어 돌아갔다.

빈방에 들어서자 불현듯 아까 낮에 한 얘기가 떠올랐다. 책에서 경계선 성격장애 부분을 읽다가 유빈이가 나한테 그랬다.

— 아, 너도 예전에 공부하면서 그런 생각 들었어?

그때는 대수롭지 않게 넘겨 들었다. 다시 생각해 보니 심상치 않은 대목 같았다. 불길한 먹구름이 마음에 짙게 드리웠다.

후드득 소낙비를 피하듯 다급한 마음으로 노트북을 꺼냈다. 타다닥 자판을 두드려 '경계선 성격장애'를 쳤다. 구글이 검색 결과를 말없이 토해 냈다. 마음을 졸이며 글을 훑어 내려갔다.

— 경계선 성격장애는 심각한 정신질환으로 불안정한 심리, 행동,

관계를 야기합니다. 주로 청소년기나 이른 성년기에 발병합니다. … 경계성을 진단받으려면 다음 중 최소 5개의 사항을 충족해야 합니다: 버림받는다는 두려움. 불안정한 관계. 불안정한 자아상이나 정체성과 관련된 어려움, …, 잦은 무가치감이나 슬픔, 분노 조절 문제.

편두통이 온 것처럼 눈앞이 어지럽고 속이 메스꺼웠다. 웹사이트에 따르면, 병인은 아직 확정되지 않았지만 어린 시절 겪은 학대 경험들과 연관성이 있었다. 상실, 유기, 학교 폭력이 예시였다.

침을 꼴깍 삼키고 손가락을 오므려 주먹을 꽉 쥐었다 폈다. 스크롤을 내리니 웬 댓글들이 사체 위에 꼬인 파리 떼처럼 새까맣게 달려 있었다. 먹구름이 짙어지다 못해 숨통을 조여 왔다.

짤막한 일화가 보였다.

아무리 생각해도 내 엄마는 경계성 진단 기준에 부합해요… 어린 시절부터 얼마나 그녀의 감정 기복에 시달려야 했는지… 저랑 여동생 둘이서요… 지금 생각해도 온몸이 떨려요…

다른 일화도 있었다.

전 애인이 경계선 성격장애 환자였어요… 한번은 직장에까지 찾아왔죠… 동료들한테 내 험담을 하고 난동을 피웠어요… 그야말로 악몽이었죠…

바로 밑에 답글들이 주르륵 뒤따랐다.

— 힘내요.

— 그 사람 정신과 치료가 시급해 보이네요.

— 제 예전 친구 같네요. 개랑 손절한 게 제 인생 최고의 선택이었어요.

먹구름이 제 무게를 이기지 못해 폭우 같은 눈물이 쏟아졌다. 부들거리는 손으로 새하얗게 멀어 버린 눈을 감쌌다. 뜨겁게 방울진 설움이 손목을 타고 키보드 위로 떨어져 내렸다. 프랑켄슈타인이 조립한 괴물이 호숫가에 비친 제 모습을 처음 봤을 때 이런 심경이었을까.

온갖 기억들이 먹구름이 만든 형상처럼 눈앞에 나타났다 지워졌다.

키니 기숙사 근처였다. 불그스름한 갈색 벽돌들이 아치를 이룬 곳 주위로 새파란 풀들이 우거져 있었다. 그곳에서 친구가 난처한 듯 고개를 저었다. 내가 새 기숙사의 2인실 빈방으로 옮기게 되어 룸메이트를 구해야 하는 상황이었다. 마침 그도 주말마다 맥주 파티를 진탕 벌이는 방 친구 때문에 말썽이라고 여러 차례 불평한 적 있었다.

그랬던 그가 고개를 설레설레 저었다.

아무 일 없이 기숙사를 옮기면 안 돼. 혹시 내 학교생활에 문제가 있나 부모님이 걱정하실 거야.

견딜 수 없는 괘씸함에 입술을 파르르 깨물었다. 배신감이 잿더미처럼 속을 뒤덮었다. 그를 계속 친구로 부르기 꺼려졌다. 급기야 그와 가꾼 우정을 고장 난 장난감처럼 쓰레기통에 쑤셔 넣었다.

먹구름이 빚은 그의 얼굴이 금방 흩어졌다 새로운 형상을 띠었다. 때여가 스타벅스 입구였다. 옆은 심연에 서식하는 바다 괴물의 거대한 입 같은 터널이었고, 바로 앞에는 난간 아래로 배가 불룩한 시커먼 쓰레기 봉투 더미가 쌓여 있었다. 그곳에서 나는 가늘게 떨리는 손으로 핸드폰을 붙들고 있었다. 담배의 끝맛 같은 매캐한 씁쓸함이 혀끝에 비렸다.

나도 모르게 수화기 너머 고등학교 절친에게 쏘아붙였다.

— 우리 친군 줄 알았는데, 연락 한번 하기 진짜 힘드네!

그녀는 그녀대로 금속성 목청을 높였다.

— 넌 뭐 그리 바라는 게 많니!

순식간에 우리는 감정싸움의 개미지옥으로 굴러떨어졌다. 그리고는 깜짝할 새 전화가 끊어져 있었다. 뚜… 뚜… 꺼진 전화기에서 스며 나오는 정적은 그날 밤을 닮아 서늘했다. 태연하게 옷깃을 여미고 커피점에 도로 들어가는 내 뒷모습이 돌탑처럼 무너져 내렸다.

지금껏 영문도 모른 채 걸어온 길이었다. 가슴속 구덩이에 난 이 길을 그저 저주받은 숙명처럼 받아들였다. 끝없는 어둠과 적막이 휘돌며 가슴을 짓눌러도, 떠난 이들의 형상이 시퍼런 환영처럼 맴돌며 심장을 파먹어도, 그저 내 몫이려니 했다. 흡사 순교자의 마음가짐으로 무엇에 대한 죗값인지 알 수 없는 고통을 치러 왔다.

그 길이 정체를 드러냈다. 내 곁을 따라다니며 휘몰아치던 감정의 혼돈이 베일을 벗었다. 악마의 계시가 내린 순간이었다.

나는 무고한 순교자가 아니었다.

저주받은 경계선 성격장애 인간일 뿐이었다.

• • ● • •

그로부터 며칠이 지났다. 브레넌 씨와 대면할 시간이었다. 결연하고 심술궂은 얼굴은 무표정 뒤에 감춘 채 태연하게 치료실에 입장했다. 언제나처럼 온정이 번지르르 흐르는 미소가 나를 반겼다.

— 잘 지내?

싱겁게 답했다.

— 몰라요. 여전히 수업에 집중이 안 되고, 뭐 하고 사는지 모르겠어요.

그가 짤막하게 신음하며 미간을 살짝 찡그렸다. 내가 텅 빈 얼굴로 마저 덧붙였다.

— 그래도 버틀러 병원에 나가는 일은 재밌게 하고 있어요.

그가 해바라기처럼 방긋 웃어 보였다. 늘 그러듯 내 말 하나하나에, 그 속에 담긴 희로애락에 너무나 거뜬하고도 완벽하게 반응하고 있었다. 흠잡을 데 없는 그 겉모습에 마구 흠집 내고 싶다는 충동이 일었다.

순간, 입을 다물어 버렸다. 내 속내를 전혀 못 알아챘는지 그가 순진하게 대꾸했다.

— 정말 잘됐다. 너한테 꼭 맞는 경험을 찾은 거 같아. 네가 앞으로 심리치료에 대해 더 진지하게 생각해 볼 기회도 될 거고.

그가 내게 흙이라도 떠먹여 준 것처럼 그를 바라보았다. 대꾸하기도 귀찮아 묵묵히 고개만 끄덕였다. 그가 나를 따라 나긋이 고갯짓했다. 입가에는 한결같은 미소를 머금은 채로.

1분여가 흘렀을까. 참을성이라고는 없이 가슴팍에 챙겨 온 질문을 단도처럼 빼 들었다.

— 제가 경계선 성격장애가 있다고 생각해요?

브레넌 씨의 안면 근육이 미세한 당혹감으로 꿈틀했다.

— 음, 그걸 왜 묻는데?

역시나 정직한 대답을 회피하는 수법이었다. 왈칵 목구멍을 타고 짜증이 올라왔다. 내 안 어딘가 깊은 곳에서 변덕쟁이 황소가 슬슬 시동 거는 움직임이 느껴졌다.

— 브레넌 씨, 나 지금 진지해요. 애매하게 돌려 말하지 말고 묻는 말

에 대답해 줘요. 제가 경계성이 있다고 생각해요?

진지함이 뚝뚝 묻어나는 얼굴로 그가 심호흡했다.

— 음, 네가 경계성 기질이 좀 있는 거 같긴 해. 근데 그게 경계선 성격장애라는 건…

그의 말이 채 끝나기도 전에 내 마음은 바닥에 떨어진 화분처럼 산산조각 났다. 분명 마음의 준비가 됐다 믿었는데, 착각이었을까. 멍하니 뇌가 일시정지했다. 별안간 황소가 가슴 깊이 울부짖었다.

그걸 알고 있었으면서 그동안 숨겼다고? 진작 말해 줬다면 내 문제를 이해하기 훨씬 쉬웠을 텐데도?

손끝이 사시나무처럼 떨렸다.

저 인간이 그동안 날 갖고 놀았다.

그가 내 분노를 감지했는지 같잖게 변명했다.

— 하지만 분명히 할 게 있는데, 난 널 결코 경계선 성격장애니 뭐니 하는 진단명으로 대하지 않아. 넌 나한테 고유한 인격체의 사람이고, 네가 어떤 문제를 겪든 그 사실은 변함없을 거야.

그럴싸한 회유의 말들이 이슬비처럼 내 마음의 호수를 두드렸다. 그러나 미약한 파문만 일으키고 흔적도 없이 지워졌다. 심술쟁이 황소가 한달음에 구덩이 밖으로 뛰쳐나와 물어뜯을 듯이 날뛰었다.

— 난 당신이 날 어떻게 대하든 아무래도 상관없어요! 그걸 알고도 숨겼다는 게 화가 치민다고요! 이딴 쓸데없는 시간 낭비를 왜 하고 있는지 모르겠네!

실컷 미쳐 날뛰고 나니 내장이 들어내진 느낌이었다. 진이 다 빠진 황소가 다시 구덩이 속으로 기어들었다. 그곳에서 낯익은 비웃음이 검푸른 핏물처럼 흘러나왔다.

하하하. 이로써 네가 경계선 성격장애라는 걸 완벽히 증명해 보였구나.

시간이 다 되기도 전에 서둘러 짐을 챙겨 문을 나섰다. 몸과 마음이 부슬부슬 떨렸다. 선선한 바람이 부는 프로비던스 강변 풍경이 어딘지 스산했다. 차들이 옆을 쌩쌩 달리며 스쳐 지나가자 왠지 다리에 힘이 풀렸다. 도저히 페달을 밟을 기운이 없어 애써 자전거를 끌고 언덕을 걸어 올라갔다.

혼이 빠져나간 육신의 껍데기처럼 터벅터벅 걸었다. 발밑으로 온 세상이 꺼지고 그 아래로 한없이 침잠하는 기분이었다. 왈칵왈칵 울음이 치미는 걸 억지로 도로 쑤셔 넣었다. 입술을 지그시 깨물며 지하 묘지 같은 길을 걷고 또 걸었다.

어느덧 기숙사 문을 열고 방에 들어섰다. 침대 위로 그대로 고꾸라졌다. 이불 속은 다행히 따뜻했다. 나는 흐물흐물 녹아내리는 눈사람처럼 세상이 페이드 아웃되는 장면을 가만 지켜보았다.

얼마 후, 눈을 떴다. 세상도 나도 그대로였다. 처음 든 생각은 어쩌면 다행일지도 모른다는 것이었다. 이제라도 알게 되어서. 엄연한 병명이 있어서.

경계선 성격장애. 그 말이 어쩌면 수수께끼의 열쇠였다. 그동안 내가 왜 그토록 이해받기를 갈구하고 예민하게 굴었는지. 왜 그토록 인간관계가 험난했는지. 하나둘 퍼즐 조각이 맞춰지는 듯했다. 야릇한 안도감이 부조리하게 찾아왔다. 마치 대폭격이 휩쓸고 지나간 자리에 기어드는 적막처럼.

그것도 잠시, 기억 저편에서 불어오는 목소리가 고장 난 무전기의 잡음같이 적막을 휘저었다.

네.가. 경.계.선.성.격.장.애.기.질.이.좀.있.는. 거.같.긴.해.

지지직 지지직 잡음이 머릿속을 끝없이 헤집었다.

그랬다. 그건 불치병 선고였다. 지금까지 늘 그래 왔듯, 앞으로도 쭉 내 인간관계는 망했다고 못 박았다. 절망이 화산재처럼 온 하늘을 뒤덮었다. 창문 너머로 부슬부슬 쏟아지는 햇살에도 온기가 느껴지지 않았다. 더 이상 온기는 내 몫이 아니었다.

며칠 뒤, 코헨 학장님을 찾아뵈었다. 학장님은 조금 지친 기색이었지만, 변함없이 활짝 웃으며 나를 반겨 주었다. 뜨거운 오렌지 차를 타 건네주는 손길이 문득 어머니를 생각나게 했다. 방문 맞은편 벽에 걸린 파스텔 톤 그림에게 오랜만에 인사했다. 그림 속 부엉이 가족은 늘 그렇듯 나를 보는 듯 마는 듯 고요 속에 머물러 있었다. 그들의 시선을 타고 고요 한 조각이 가슴에 스며들었다.

— 말씀 드릴 게 있어요.

내가 운을 뗐다. 그러고서 심리치료사가 내가 경계성 기질이 있는 것 같다고 실토한 일을 꺼냈다. 이후 찾아든 안도감과 막막함에 대해서도 숨김없이 털어놓았다. 그녀가 차분히 귀 기울이더니 부드럽게 나를 달랬다. 그녀의 말소리를 캔버스에 담는다면, 저 그림처럼 마음을 녹이는 잔잔한 파스텔 톤일 거라는 생각이 들었다.

— 내가 심리치료사가 아니라서 정확히는 모르지만, 내 경험상 너는 경계성과 거리가 먼 거 같아. 경계선 성격장애를 앓는 사람들은, 이런 말 하기 좀 미안하지만, 진실한 인간관계를 맺는 데 진짜 심각한 문제를 겪거든. 자기 위주로 생각하고 남을 조종하고 그런 성향들 때문에 말이야. 하지만 내가 아는 너는 사려 깊고 진실하게 남을 대한다고 느

껴져.

예고 없이 꽃잎처럼 눈물이 흘렀다. 하염없이 볼을 분홍빛으로 물들였다. 당혹감에 얼른 소매를 들어 닦아 냈다. 짓무른 꽃잎이 소매를 타고 하얀 옷 속으로 스며들었다. 엉겁결에 죄송하다고 연거푸 읊조렸다. 그녀 역시 살짝 당황한 눈치였다. 하지만 침착한 모습으로 동정 어린 눈빛을 곁들어 나를 얼렀다.

— 정말 힘들었나 보구나.

애써 마음을 추스른 나는 겨우 인사를 나눈 다음 도망치듯 문을 나섰다. 집으로 가는 길에 머릿속이 깨질 듯이 울렸다. 경계선 성격장애 황소가 텅 빈 허공에 대고 목 놓아 부르짖고 있었다.

아니, 학장님은 내 참모습을 본 적 없어. 프랑켄슈타인이 빚은 괴물의 모습을. 지킬 박사가 물약에 찌들어 자제력을 잃고 변태하던 저주받은 하이드 씨의 모습을. 내가 걷잡을 수 없는 노여움에 휩싸여 인연의 다리를 불사르던 장면들을 하나도 목격한 적 없어.

— 너는 경계성과 거리가 먼 거 같아.

그녀가 건넨 순수한 위로가 불붙은 낙엽처럼 허공으로 흩어졌다.

#27 간만의 나들이

이건 나들이가 아니야. 학교 공부만큼, 아니 어쩌면 더,
중요한 인생 경험이 될지도 몰라. 한참 전부터 생물학이 아니라
심리치료학에 끌리고 있잖아. 그 길이 정말 맞는 길인지
확인해 볼 수 있는 절호의 기회라고.

이번 학기는 기관사가 사라진 열차처럼 마구잡이로 내달리고 있었다. 집중력은 반의 반 토막 난 지 오래였다. 애써 책과 논문을 붙들어 봐도 구멍투성이 머리로 지식이 줄줄 새 나갔다. 설상가상으로 브레넌 씨가 내게 그동안의 죗값으로 경계선 성격장애 기질을 선고했다. 안 그래도 누더기였던 자아상이 급기야 사방팔방으로 찢겼다.

나는 누구.

여긴 어디.

거대한 비눗방울에 갇힌 것처럼 주위가 흐려 보였다. 원래 없던 내 존재 가치가, 그게 가능하다면, 더욱 사라져 갔다. 작년은 공부에서 내 존재 가치를 찾는 법을 익혔는데, 그새 그 방법을 잊어버리고 말았다. 더 이상 학생의 본분인 공부에 알레르기가 생긴 나를 학생이라 부를 수 있는지 확신이 서지 않았다. 인간이라 부를 수 있는지조차도.

유일하게 손에 잡히는 공부가 있었다면, 그건 유기화학 II였다. 이전에 유기화학 I로 다져 놓은 기초 덕분이었다. 아무 생각도 감정도 없는 기계처럼 문제 풀이를 하다 보니, 수업과 과제와 시험도 별 무리 없이 소화할 수 있었다.

반면 나머지 과목들은 죄다 위태위태했다. 특히 고급 생화학이 문제였는데, 지난 학기 생화학 입문과 달리 메리 윌리엄스가 복습 강의를 해 주지 않는 영향이 컸다. 망망대해를 나침반 없이 홀로 항해하는 기분이었다. 억지로 맨 앞자리를 꿰차고 앉아 고대 상형문자 같은 강의 자료를 뚫어져라 쳐다보는 것도 하루 이틀이었다. 그럴수록 마음속은 곪아 갔다.

속에 불안의 소용돌이가 몰아칠수록 겉은 더욱 태풍의 눈을 가장하는 날들이었다. 이마에 의지박약아라고 주홍글씨처럼 새기고 다닌들 누구도 어떤 관심도 도움도 주지 않을 게 뻔한데, 뭣하러 힘든 티 내냐 이거였다. 명색이 심리치료사인 브레넌 씨도 깨진 나침반만큼 쓸모없었다. 코헨 학장님이라 해도 뚜렷한 대책이 없기는 마찬가지였다. 몇 안 되는 친구들과 가끔 카페에서 함께 공부하면 조금이나마 도움이 되었지만, 그뿐이었다.

매일 슬로모션으로 구덩이로 굴러떨어지고 있었다.

누구도 나를 붙잡아 주지 못했다.

그러던 중 이메일이 하나 왔다.

EHI(Existential-Humanistic Institute, 실존-인본주의 협회)에서 주최하는 제7회 실존주의 심리치료 학회 일정이 발표되었다는 공고였다. 공고를 보자마자, 뭐랄까, 이 순간만큼은 내가 갇혀 있던 거대한 비눗방울이

톡 하고 터진 것 같았다. 얼마만이었는지 몰랐다. 사방이 이토록 투명한 빛과 색채들로 너울너울 칠해진 지.

EHI는 몇 달 전 실존주의 심리치료에 대해 검색을 하다 우연히 알게 된 협회였다. 협회에서 몇 년에 한 번씩 학회를 주최한다는 사실을 보고 새 소식 알림을 신청해 놓았었다. 11월 15일, 대략 한 달 남짓 남아 있었다. 가슴 뛰는 기회라는 걸 명백히 몸이 말해 주고 있었다.

그런데 나도 모르게 한숨이 나왔다.

정신 못 차리고 학업에 손 놓고 있는 주제에, 뭐? 주말을 몽땅 바쳐 대륙 건너편에 나들이나 다녀오겠다고? 그냥 학교 때려치우고 놀러 다닌다 하지 왜?

가슴속 구덩이에서 싸늘한 적의를 품은 비아냥이 들려왔다. 그러자 내가 웬일로 용기를 내 항의했다.

이건 나들이가 아니야. 학교 공부만큼, 아니 어쩌면 더, 중요한 인생 경험이 될지도 몰라. 한참 전부터 생물학이 아니라 심리치료학에 끌리고 있잖아. 그 길이 정말 맞는 길인지 확인해 볼 수 있는 절호의 기회라고.

혼자 구덩이를 잠재우기 역부족이었던 나는 잠시 갈팡질팡했다. 그러다 언뜻 친구 페이가 생각나 문자를 날렸다. 곧 답장이 왔다. 흔쾌히 같이 저녁을 먹기로 했다. 기숙사 바로 앞에 있는 한국 음식점에 먼저 자리를 잡고 앉았다. 몇 분도 안 돼 금방 그녀가 나타났다. 가지런히 땋은 검은 머리에 동그란 코가 달린 빨간 모자를 눌러 쓴 차림이었다. 그녀가 나를 보며 생긋 웃었다. 생기발랄한 친구의 모습을 보자 내 기분도 덩달아 산뜻해졌다.

우리는 함께 계산대로 갔다. 나는 순두부찌개를, 페이는 김치볶음밥을 주문했다. 같이 반찬을 푸고 물을 따른 다음, 다시 식탁으로 돌아왔다. 간단히 안부를 나눈 뒤에 내가 학회 얘기를 꺼냈다. 눈이 휘둥그레진 그녀가 나보다 들떠 감탄을 연발했다.

— 우와, 굉장해! 거기 꼭 가야겠다!

내가 낙엽처럼 바슬바슬한 미소를 지었다.

— 사실 갈지 말지 고민이야. 밀린 공부가 너무 많아서 뭔가 잘못하는 기분이 들어서.

그녀가 골똘히 생각에 잠겼다. 마치 낙엽을 함부로 밟으면 안 되는 걸 아는 사람 같은 섬세한 얼굴이었다.

— 아직 시간이 좀 있으니까, 그동안 열심히 공부해 놓으면 되지 않을까? 학회에 가기로 정하면, 동기부여가 돼서 공부가 더 잘 될 수도 있고 말야.

고개를 끄덕이며 가만 듣고 있었다. 그녀의 논리는 단비에 젖은 풀밭 같았고, 내 마음은 어느새 낙엽 부스러기처럼 풀밭에 스며들어 있었다. 어쩌면 답은 미리 정해져 있었는지 몰랐다. 하지만 같은 답도 나 아닌 다른 누군가에게서, 그것도 긍정적인 기운이 넘치는 데다 나를 진심으로 위해 주는 사람에게서 들어야 비로소 진짜 답이라고 느껴지나 보았다.

문득 페이가 심리치료사 브레넌 씨와 닮았다는 생각이 들었다. 둘의 입에서는 폐가의 거미줄같이 뒤엉킨 내 머리에서는 나오기 힘든 간단명료한 해답이 종종 나오곤 했다. 그들의 존재가 마치 등불처럼 따스한 빛을 내뿜어 내 가슴에 드리운 싸늘한 공허의 그늘을 잠시나마 몰아낸다는 느낌도 비슷했다.

단지 하나 큰 차이가 있었다면, 브레넌 씨에게만 유독 내 안에 살고 있는 경계선 성격장애 황소가 이따금 그 심술궂은 고개를 쳐들고 마구 덤빈다는 점이었다. 아마도 그 이유는 그가 아직도 황소에게 충분히 신뢰를 사지 못했기 때문이었다. 그도 그럴 것이, 우리 사이는 철저히 돈으로 매개되는 관계였다. 그래서 그가 보이는 모습이 정말 진심에서 비롯되는지, 그에게 온전히 마음을 열어도 되는지, 확신이 서지 않았다.

반면 페이와 나 사이는 달랐다. 우리는 돈으로 더럽혀지지 않은 우정이었다. 이런 친구가 있다는 사실에 새삼스레 고마워 마음이 훈훈해졌다.

— 그건 그렇고, 너는 요새 무슨 일 있어?

학회 고민이 의외로 싱겁게 해결되자 홀가분하게 친구에게 바통을 넘겼다.

— 난 요즘 '평화를 위한 사업(Project for Peace)'이라는 공모전에 지원하려고 준비 중이야.

평화를 위한 사업은 세계 평화에 기여할 수 있는 사업을 구상하고 구체적인 실행안을 준비해 심사받는 공모전이었다. 사업에 선정되면 후원금을 받아 실제로 사업을 진행하게 되었다. 굉장한 기회에 도전하는 그녀의 모습에 나 역시 흥분해 진심으로 호응해 주었다.

페이가 구상하는 사업은 중국에서 몇몇 도시를 선정해 이틀씩 명상 수련회를 진행한다는 골자였다. 그녀 생각에, 각박한 삶에 찌들어 마음의 여유를 잃어버린 중국인들은 반평화 정책에 무심결에 동조하기 쉬워진다. 그런데 만약 이들이 명상 수련회를 통해 명상법을 배우고 익혀 스스로 실천하면서 마음의 여유를 갖게 된다면, 중국이라는 나라 전체가 세계 평화 선도의 길로 들어서도록 선한 영향력을 끼칠 수 있을 것이다. 순수하고 이상적인, 딱 페이다운 발상이었다. 성공 가능성은 제

쳐두고라도, 그 속에 담긴 낭만이 괜히 흐뭇했다.

페이가 넌지시 물었다.

— 너도 혹시 같이할 마음 있어?

뜻밖의 제안에 선뜻 대답하지 못했다. 도로 물었다.

— 음… 어떤 역할이 필요한데?

— 응, 마침 숀이 여기서 명상 수련 동호회를 한대. 그래서 걔랑 같이 티베트의 명상 지도사한테 수련법을 배워서 그걸 수련회 참가자들에게 지도할 사람이 필요해. 내가 볼 땐 네가 딱 적격이야. 같은 동양인이니까 중국 사람들이 더 편해할 거고, 심리상담에 재능이 있으니까 명상 지도도 잘할 게 틀림없어.

나는 멋쩍게 웃고는, 덥석 제안을 수락해 버렸다. 그녀가 열심히 기획한 일에 조금이나마 보탬이 되고 싶었다.

내년 여름까지 완전히 미쳐 버리지 않고 살아 있겠니, 너?

느닷없이 구덩이가 속닥이는 소리가 얼핏 들렸지만, 꿋꿋이 못 들은 척했다.

친구와 헤어지고 기숙사 방에 돌아왔다. 의자에 앉아 폰을 꺼내 샌프란시스코행 비행기 표를 알아보았다. 새크라멘토행 항공편이 특별히 싸길래 눈도장을 찍어 놓았다.

무슨 샌프란시스코에 있는 도시인가 보지?

며칠 더 고민한 끝에, 결국 비행기 표를 질렀다. 설렘과 초조로 온몸이 새신랑처럼 달아올랐다.

눈 깜짝할 새 학회 날이 코앞으로 다가왔다. 2박 3일인 만큼 옷 두어 벌만 챙겨 간소하게 짐가방을 꾸렸다. 비보잉하는 심장을 달래며 공항으로 향했다. 웬일로 여성 우버 운전사가 나를 반겼다. 풍성한 검은 곱슬 머리칼에 구릿빛 피부의 그녀는 내가 대학생이라는 말을 꺼내기가 무섭게, 향수에 젖어 대학 시절 썰을 한 보따리 풀었다.

— 파티를 너무 다녀 말썽이었지 뭐니. 너 새벽 6시까지 춤추다가 집에 돌아와서 씻고 바로 준비해서 수업 들어간 적 있어? 그것도 주말도 아닌데 말야! 하지만 그땐 젊고 팔팔했으니까.

그녀는 잠시 타임머신을 타고 다른 시공간으로 건너간 듯했다. 그곳에서 참 상큼 발랄하게도 떠들어 댔다.

— 근데 그땐 철없고 뭣도 몰라서 덜컥 애 엄마가 돼 버렸지 뭐니. 자기 앞가림도 못하던 나이에! 그때부터 파티와는 점점 멀어졌지. 아아….

그녀의 목소리에서 아득한 향수가 묻어났다. 함부로 쏜 화살 같은 젊음을 되찾고 싶었을까. 내 생각을 읽었는지, 파티와 멀어져 버린 애엄마 운전사가 씩씩하게 덧붙였다.

— 그래도 절대 후회하지 않아. 내 귀염둥이는 나한테 세상에서 제일 소중한 존재니까!

문득 젊음이 나보다 그녀에게 더 어울린다는 묘한 생각이 들었다. 아니, 그녀뿐일까. 나보다 더 젊음을 함부로 써 버리는 인간이 또 있을까. 지금껏 나는 까마득한 구덩이 가장자리에 걸터앉아 젊음을 색종이처럼 조각조각 잘게 찢고 손가락으로 살살 비벼 심연으로 흘려 날리고 있었으니까.

돌연 헛구역질이 났다. 다시 정신 차리고 그녀의 인생 요약본을 오디오북 라이브 버전으로 듣다 보니, 어느새 공항이 눈앞에 나타났다.

— 안전한 여행 해!

나도 답례로 운전사에게 손을 흔들었다. 곧이어 탑승 수속을 마치고 보안검색대를 통과해 게이트로 향했다. 흠칫 머릿속에 까마귀가 우짖었다. 주머니에서 탑승권을 꺼내 다시 보았다. 당연하게도 새크라멘토행이라 적혀 있었다.

새크라멘토가 샌프란시스코에 있는 도시 맞나?

얼른 휴대폰을 꺼내 검색해 보았다.

아니었다. 둘은 인접한 도시이긴 했지만, 딱 봐도 호락호락한 거리가 아니었다. 새크라멘토 공항에서 학회 장소까지 대중교통 편을 찾아 보니, 음… 일단 기차로 한 시간 반 넘게 이동한 뒤, 버스로 갈아타서 다시 30분쯤 더 가야 했다. 아 쉣….

문제는 사실 그게 아니었다. 새크라멘토 공항에 도착하는 시간이 자정이었다. 죄 없는 휴대폰을 미친 듯이 다그쳐 기차 스케줄을 실토하게 했다. 자정 부근 기차 편은 없었다. 그나마 가까운 시간대가 무려 새벽 5시 발이었다. 얼굴이 불붙은 밀랍 인형처럼 일그러졌다. 부들거리는 손으로 당장 표를 예매했다.

도대체 어떻게 이딴 실수 할 수 있지?

헛웃음이 나오다 말고, 새똥 같은 논리로 애써 자위했다.

아냐, 이 정도 스릴은 있어야 여행할 맛 나지.

허탈감에 빠져 멍때리고 있다, 힐금 시계를 내려다보았다. 벌써 탑승 시각이었다. 좌석 벨트를 매자마자 피로가 새하얀 양 떼처럼 몰려와 금세 곯아떨어졌다.

#28 스카우트 제의라니

이렇게 금방 새 친구를 사귈 수 있던 건
예전에 비해 나도 발전했기 때문이 아닐까?
그게 사실이라면, 누구에게 공을 돌려야 할지 너무도 자명했다.

먹물 같은 오밤중에 대륙을 가로질러 서부에 도착했다. 기차를 타고 한참 더 여행할 생각에 눈앞이 흐려졌다.

어째 혼자서 뭐 하나 제대로 하는 게 없냐.

구덩이가 나를 몰아쳤다. 내가 못 들은 척 무시했다.

그나마 다행히도 기차역이 공항에서 꽤 가까웠다. 공항 밖으로 나가자 어미 닭을 따르는 병아리들처럼 노랑 택시들이 줄지어 늘어서 있었다. 그중 한 대를 잡아 어둠의 혈관을 타고 흘렀다.

곧이어 기차역에 들어섰다. 널찍하지만 딱딱해서 불편해 보이는 원탁형 벤치에 짐가방을 내려놓고 살포시 등을 기댔다.

잠깐 눈 좀 붙여도 될까. 그래도 안전할까.

별별 생각들이 머릿속을 스치는 가운데 눈꺼풀이 슬슬 감겼다. 그때 누군가 다가와 난데없이 잠을 깨웠다. 기차역 순찰대원이었다.

— 우리 곧 문 닫으니까 나가야 돼.

— 24시간 여는 거 아니었어?

말쑥한 경비복 차림에 황토색 피부를 한 그가 조금 미안한 기색으로 고개를 저었다.

— 지금 닫고 4시에 다시 열어.

진압봉으로 머리를 한 대 후려 맞은 기분이었다. 으아 썅. 속으로 욕을 내뱉고 다시 짐을 챙겨 역을 나섰다. 장장 네 시간을 버텨야 했다. 낯설고 인적 드문 이곳에서. 고된 몸을 이끌고. 그것도 자정이 넘은 시각에. 아아아.

기차역 밖을 나서니 건너편에 요염하게 서 있는 표지판이 눈에 들어왔다. 근처에 호텔이 있다나 뭐라나.

아니, 고작 몇 시간 쉬자고 돈 날리고 싶지 않아.

나처럼 졸지에 노숙자 신세가 된 이들이 서넛 보였다. 저만치서 남녀 한 쌍이 거적때기 같은 회색 담요를 두르고 짐가방에 기대 눈을 감고 있었다. 곧 예의 그 경비가 플래시를 들고 내 쪽으로 다가왔다. 마침 심심했던 내가 선뜻 말을 붙였다.

— 여기 밖에 있어도 안전해?

— 응. 이 주변에 노숙자들이 좀 돌아다니고 가끔 구걸도 하지만, 위험하진 않아. 그렇지만 혹시 몰라서 이렇게 건물을 돌면서 순찰하는 거야.

조곤조곤 친절히 답하는 그의 모습이 괜히 듬직했다. 우리는 어느새 소소한 잡담을 주고받고 있었다.

내가 실존주의 심리치료를 주제로 하는 학회에 가는 길이라 말해 주었다. 그러자 그가 작년에 우울증 비슷한 걸 겪었다고 조심스레 고백했다. 자기는 범죄 심리학을 전공하면서 경찰 자격증을 준비하는 중인데, 자기 성격이 경찰과 과연 어울리는지 가끔 회의가 든다고 했다. 동료들을 보면 말투나 행동거지가 시원시원하고 강해 보이는데, 자기는 그렇지 않기 때문이었다. 온순한 성격 탓에 괜히 주눅 든다는 것이었다.

그가 뜬금없이 쏟아 내는 개인사가 전혀 당황스럽지 않았다면 거짓말이었다. 하지만 이제 익숙해질 법도 했다. 처음 만난 사람에게 내 관심사가 심리치료라고 알려 주면 으레 나오는 반응이었으니. 나는 심리치료학도답게 그의 고민을 진지하게 경청해 주었고, 이윽고 포춘 쿠키로 변신해 운세를 점치는 종이쪽지를 날름 뱉어 냈다.

— 꼭 경찰이라고 다들 똑같이 터프한 성격이어야 할까? 오히려 그 사이에 부드럽고 이해심 많은 경찰이 있으면 좋은 의미로 독특할 거 같은데. 게다가 그런 성격을 가진 경찰을 선호하고, 심지어 필요로 하는 사람들도 분명 있을 거야. 그때 네가 활약할 수 있는 거지.

운세가 마음에 들었는지, 그의 표정이 구름의 은빛 가장자리처럼 미묘하게 밝아졌다.

— 넌 심리학을 공부해서 그런지 고민을 잘 들어 준다.

훈훈한 대화를 뒤로하고 그가 다시 순찰하러 걸음을 옮겼다. 착한 예비 경찰이 떠나자 한밤의 찬 공기가 다시금 엄습했다. 방금 전까지는 의식하지 못한 사이에 그의 존재로 한기가 가신 모양이었다.

우여곡절 끝에 어찌어찌 학회가 열리는 건물까지 무사히 도착했다. 얼른 등록을 마치고 화장실로 향했다. 다행히 아무도 없었다. 가방에서 주섬주섬 물건들을 꺼내 화장실에 살림 차린 사람처럼 태연하게 세수와 양치와 면도를 끝냈다. 그런 다음 말쑥한 양복 차림으로 갈아입고,

콜로뉴를 가볍게 걸치는 걸 끝으로 새 단장을 마무리했다. 톡 쏘는 시큼한 시트러스 향이 나를 감쌌다. 비록 샤워는커녕 잠도 제대로 못 잤지만, 그런대로 상쾌한 기분이 들었다.

거울 속 나를 마주했다. 마스크를 눌러쓴 스탠리 입키스*같이 씩 웃어 보였다.

그래, 잘할 수 있어. 넌 더 이상 브라운에서의 그 찌질이가 아니야. 넌 그 젊은 나이에 실존주의 심리치료를 이해하고 사랑하는 멋진 놈이야. 그것만 명심해.

완벽한 자기암시였다. 어느덧 자신감이 온몸에 향수처럼 감돌았다.

개회식에 앞서 짧은 티타임이 있었다. 호랑이를 흉내 내는 고양이처럼 장내를 어슬렁거리다, 어색하게 객석을 둘러보는 한 여자와 눈이 마주쳤다. 무심코 미소를 흘렸는지, 그녀가 반색하며 옆자리에 앉았다. 왠지 모르게 묘한 동질감의 텔레파시라도 나눈 느낌이었다.

— 안녕, 난 실비아야.

잠깐 인사를 나누자, 이내 식이 시작했다. 간단한 개회사와 맨손 드럼 연주 시간이 있었다. 개회식 다음 첫 순서는 연로한 기조 연사가 하는 강연이었다. 제목은 '나와 함께 늙어 갑시다: 심리치료사가 자신의 노화를 바라보다.' 나는 학회 프로그램 팸플릿을 보며 고개를 도리도리 흔들었다. 전 아직 늙어 갈 준비가 안 됐어요, 어르신…

마크 스턴은 부축을 받으며 등장했는데, 그를 맞이하는 환호 소리만큼은 무슨 화성 탐사를 마치고 귀환한 우주비행사급이었다. 낙숫물처럼 더딘 동작으로 다리를 굽혀 자리에 앉는 그에게서 가늠할 수 없는

---

* 영화《마스크》의 주인공. 마스크를 쓰면 전혀 다른 성격과 능력의 인물로 변신한다.

세월의 깊이가 스며 나왔다. 환호 소리가 가라앉자 그가 준비한 원고를 손에 들고 읽어 내려갔다.

큼지막한 유리창 너머로 눈부신 햇살이 쏟아져 들어왔다. 햇살을 따라가니 저 멀리서 쭉쭉 뻗은 야자수에 달린 거대한 잎사귀들이 바람에 살랑거리는 모습이 보였다. 아아, 말로만 듣던 캘리포니아의 황홀한 풍경이었다. 그 풍경을 포근히 감싸는 배경음악으로 우리의 노연사가 내는 말소리가 들려왔다. 그건 때로 모래톱을 솨솨 핥는 잔파도처럼, 때로 발밑에 바스락거리는 해변가 자갈들처럼 잔잔하게 귓가를 간질였다.

솨… 솨…

바스락… 바스락…

달콤하고… 아늑하다…

깜박 졸다 눈떠 보니, 그가 독백을 매듭짓고 있었다. 소심하게 주위를 둘러보니 다행히 아무도 내 일탈을 눈치채지 않은 듯했다. 노연사에게 살짝 미안한 마음이 들었다. 그렇지만 너무도 완벽한 숙면을 취했는지, 정신이 씻은 듯이 맑아져 있었다.

다음 순서는 두 워크숍 중 양자택일이었다. 실비아와 나는 서로 선택이 갈려 돌아와서 각자 워크숍이 어땠는지 감상평을 나누기로 했다.

내가 간 곳은 '자기공감을 통해 스스로에게 친구가 되어 주기: 자신을 향한 자비심을 실천하는 도구로서의 비폭력 소통'이라는 제목의 워크숍이었다. 계단을 내려가 방에 들어서자 30명 남짓한 인원이 모여 있었다.

진행자가 엘리라고 자신을 소개한 뒤 짤막한 토의를 이끌었다. 자기자비와 비폭력 소통이 무엇인가 하는 주제였다. 그다음 우리에게 조별 게임을 할 테니 넷이서 조를 만들라고 주문했다. 그녀의 말에 잠들어 있던 동심이 깼는지 아이처럼 들떴다.

게임 방식은 이랬다. 넷 중에 한 명씩 번갈아 이야기꾼이 되어 사회자가 정해 주는 주제에 걸맞은 얘기를 하는 것이었다. 그런데 이 게임에는 다양한 감정들이 적힌 카드 묶음과 다양한 필요들이 적힌 카드 묶음이 있었다. 이야기꾼은 감정 카드 묶음을 혼자 가지고, 나머지 사람들은 필요 카드 묶음을 셋이서 나눠 가졌다. 이야기꾼이 얘기를 마치면, 자기 패에서 얘기와 어울리는 감정 카드들을 뽑아 공개했다. 그러면 나머지 사람들은 그 감정을 토대로 이야기꾼에게 필요해 보이는 필요 카드를 하나 골라 그에게 건네고 이유를 설명했다. 이야기꾼이 그중 가장 마음에 와닿는 필요 카드를 고르면, 그 카드의 주인이 그 회전의 승리를 따내는 방식이었다.

사회자 엘리가 '최근 들어 힘들었던 일'을 주제로 발표했다. 이번 차례 이야기꾼이 된 케이트가 자기 고객과 있었던 사연을 꺼냈다.

— 제가 심리치료사가 된 지 얼마 안 되긴 했지만, 이렇게 힘든 일은 또 처음이에요. 몇 주 전부터 보는 남자 고객이 있거든요. 만난 지 몇 번 안 됐는데, 볼 때마다 절 무시하고, 어차피 너도 포기하게 될 거라며 비아냥대고….

그녀의 목소리에서 애써 울분을 찍어 누르는 흔적이 역력했다.

— 그래서 당연히 아무런 진전이 없어요. 저도 알아요, 그 사람의 비난과 공격을 이겨 내고, 거기에 가려진 그의 내면 깊은 곳에 있는 상처와 아픔에 주목해 무조건적인 공감과 이해심을 전해야 한다는 걸요. 근데 안다고 그게 어디 마음대로 되나요. 그를 볼 때마다 정말 그의 말대로 제가 무능한 치료사이고 이 일에 소질이 없나 싶어 회의가 들어요. 그래서 요즘은 길을 걷다가도 문득 그런 생각이 들어 울컥하고 그래요.

케이트가 망설임 없이 내보인 감정 카드는 분통(exasperated), 절망(hopeless), 상처(hurt)였다.

그녀의 한 맺힌 하소연을 듣는 내내 속에서 창자가 꿀렁거렸다. 나는 그녀의 심정을 이중으로 이해했다. 한편으로는 그녀를 괴롭히는 고객 입장에 몰입되었고, 다른 한편으로는 그녀가 호소하는 절절한 괴로움에 공감이 갔다. 그 남자가 그녀를 대하는 모습이 내가 브레넌 씨를 대하는 모습과 별반 다르지 않다는 걸 직감했다. 그와 동시에 바로 지금 여기 내 눈앞에 울먹이는 얼굴로 속마음을 나누는 그녀에게서 전해지는 아픔, 그 온전한 감각적 실체에 공명하지 않을 수 없었다.

착잡한 마음을 뒤로하고 내 패에서 신중하게 하나를 뽑아 건넸다.

알아주기(appreciation).

그녀의 두 눈을 들여다보며 조심스레 입을 열었다.

— 아까도 말했지만, 전 아직 학생이라 케이트같이 심리치료사 입장이 되어 본 적은 없어요. 하지만 이런 느낌이 강하게 들었어요. 아, 케이트는 지금 그 환자분에게 최선을 다하려 하는데, 그게 마음대로 안 돼서, 그리고 그 남자가 그런 노력을 전혀 안 알아봐 줘서 마음고생이 심하구나.

근데 전 그 남자가 당신을 알아주는 것보다 어쩌면 더 중요한 건, 케이트 스스로 자길 알아주는 게 아닐까 해요. 케이트는 분명 더 좋은 심리치료사가 되기 위해 계속 성장해 가는 과정에 있잖아요. 그러니까 지금 자기가 좀 부족한 것 같아도 있는 그대로 이해해 주고, 지금 자기가 최선을 다하고 있다는 걸 스스로 알아주면, 앞으로 그 남자가 무시할 때도 덜 상처받을 거 같아요.

케이트가 여전히 착잡한 얼굴로 고마움을 표했다. 옆에 앉아 있던 밥은 내가 말하는 동안 의미심장한 표정을 짓고 있었다. 동감의 표시인지 고개를 끄덕끄덕하는 모습이 여러 번 눈에 들어왔다.

워크숍이 끝난 뒤, 밥이 내게 말을 붙였다.

— JK라고 했지? 네가 그렇게 어리다는 게 믿기지 않아. 혹시 기회가 되면 우리 심리치료소에 와서 일했으면 좋겠어. 넌 예민하고 진실한 사람 같아서 틀림없이 좋은 치료사가 될 거야.

그건 일종의 스카우트(?) 제의였다. 뜻밖의 과찬에 얼떨떨하면서도 가슴 깊이 고마움으로 뭉클했다. 내가 꺼내 보이지도 않은 자기회의(self-doubt)라는 감정 카드를 그가 읽어 내고는 눈에 띄기(to be seen)라는 필요 카드를 내게 건네준 느낌이었다.

다음 순서였던 양자택일 워크숍 중 하나를 마침 밥이 진행했다. 처음부터 참석할 생각이었는데, 밥과 안면을 트고 나서 더욱 커진 기대감을 안고 꼭대기 층에 있는 테라스로 돌아왔다. 자리에 앉아 있던 실비아가 환한 미소로 나를 반겨 주었다.

— 내가 간 워크숍은 기대 이하였어.

아쉬움을 전하는 그녀에게 괜히 미안했다. 그녀가 들려주는 워크숍 소감을 듣고 나서 내가 참여한 워크숍에 대해서도 감상평을 나누었다.

— 우리가 한 조별 게임은 자기 감정 카드에 맞는 필요 카드를 남에게서 전해 받는 형식이었지만, 게임의 궁극적인 목표는 그 일을 혼자 해낼 수 있게 되는 것인 것 같아요.

그녀가 눈을 반짝이며 맞장구쳤다.

— 정말!

첫날은 대만족이었고, 다음 날이자 마지막 날에 진행된 워크숍들 역시 마음에 쏙 들었다. 학회는 그야말로 기대 이상이었다. 실존주의 심리치료학에 등장하는 다양한 개념들을 때로 신선하게, 때로 심도 있게 파고들어 내 식견도 한층 깊어진 느낌이었다. 거기다 관심사를 공유하는 다양한 사람들을 만나 그들에게서 동질감, 자신감, 자기확신 등 긍정적인 기운도 듬뿍 받아 영혼까지 살찐 경험이었다.

특히 혼자여서 뻘쭘할까 봐 내심 걱정했는데, 혜성처럼 등장한 실비아 덕분에 학회 내내 외롭지 않았다. 그녀와 나눈 짧고 굵은 우정을 떠올리며 언뜻 이런 생각이 들었다.

어쩌면 이렇게 금방 새 친구를 사귈 수 있던 건, 예전에 비해 나도 발전했기 때문이 아닐까?

그게 사실이라면, 누구에게 공을 돌려야 할지 너무도 자명했다.

#29 마라톤 화술가 스티븐

그런데 왜일까. 그를 깎아내리는 내 모습이 문득 한심하게 느껴졌다.
신포도는 내가 어울리지 못하는 또래 아이들이 아니었다.
그들이 풍기는 가벼운 분위기 그 자체였다.

현실은 원래대로 시궁창이었다.

샌프란시스코 학회를 무사히 마치고 프로비던스 공항으로 날아왔다. 택시를 잡아타고 브라운에 복귀한 내 앞에 모든 게 그대로였다. 학회에서 보여 주었던 여유와 자신감은 구덩이 속으로 굴러떨어진 후였다. 아무것도 달라진 게 없었다. 나는 다시 가슴에 구덩이를 안고 사는 공부 기피증 환자로 전락해 있었다. 반가운 절망이 산사태처럼 쏟아졌다.

심리치료사라고 별수 없었다. 공부를 하는 둥 마는 둥, 어영부영 세월이 갔다. 그러다 독감같이 추수감사절 연휴가 찾아왔다. 고맙게도 앨리시아가 연휴 저녁 식사에 초대해 주었다. 그녀는 여름 학기 발달정신병리학 수업을 같이 들으며 가까워진 친구였다. 부모님이 멀리 샌디에이고에서 대륙을 가로질러 와 직접 요리해 줄 계획이었다.

흔쾌히 승낙했지만, 속에서는 불안감이 벌처럼 붕붕 댔다.

앨리시아 말고는 아무도 모르는 자리였다. 서로 겹치는 친구인 페이와 로난은 각각 텍사스와 라스베이거스에서 가족들과 연휴를 보내러 떠났다. 낯선 또래 대학생들 틈에 끼느니, 샌프란시스코 학회에서처럼 나이가 지긋하고 관심사가 같은 사람들과 어울리고 싶었다. 물론 그런 선택지 따위는 없었다.

추수감사절 저녁. 기숙사를 가로질러 앨리시아의 집에 다다랐다. 입구 계단을 밟아 오르자 집 문이 활짝 열려 있었다. 이미 그녀의 리즈디 미대 가구학과 친구들이 도착해 두런두런 한담을 나누고 있었다. 앨리시아가 나를 그들에게 소개해 줬지만, 이름만 듣고 다람쥐처럼 바사삭 자리를 빠져나왔다.

부엌에서는 앨리시아의 어머니가 한창 요리로 분주했다. 그녀 곁에는 한 남자애가 묵묵히 부엌일을 돕고 있었다. 재빨리 손을 놀려 파이를 굽고 칠면조 요리 양념을 끓이는 게, 한눈에 봐도 보통 솜씨가 아니었다. 과묵한 그의 모습에 어쩐지 진한 동지애를 느낀 내가 나지막이 말을 건넸다.

— 요리하는 걸 좋아하나 봐?

그가 사색적인 눈빛으로 나를 바라보았다.

— 응. 게다가 난 사람들 많은 걸 별로 안 좋아해. 여기서 일하고 있으면 마음이 평화로워져.

내가 힘차게 고개를 끄덕이며 맞장구쳤다.

— 완전 동감이야.

속으로 자그만 웃음이 나왔다. 사람들 많은 게 별로인 우리도 어찌어찌 파티에 오긴 왔구나.

— 난 제이슨이야. 앨리시아는 내 사촌이지. 딱 그래 보이듯이, 내 꿈

은 요리사야. 지금은 레스토랑에서 주방 보조로 일하는데, 사람들을 대할 일이 적어서 일이 잘 맞아.

어쩐지 부엌이 그의 천연 서식지 같아 보이더니, 역시.

우리는 서로 닮은꼴인 내향성 덕에 죽이 잘 맞았다. 비좁은 부엌에서 가스레인지가 내뿜는 열기를 쬐며 사이좋게 말을 주고받았다.

— 난 사람들 많은 자리에서 대화에 끼는 게 싫더라.

— 맞아, 나도 그래. 그래도 대화를 들으면서 사람들을 관찰하는 건 재밌어. 그렇지 않아?

그의 대답에 동감의 표시로 고개를 끄덕였다. 생각보다 말이 잘 통하는 또래 아이에게 내가 웬일로 가슴에 오래 묵혀 둔 속내를 내비쳤다.

— 난 미국에 온 지 2년도 넘었는데, 아직도 미국 문화에 적응하는 중이야. 특히 대학 분위기가 너무 외향적이라 맞춰 가는 게 되게 어려워.

제이슨이 예의 그 사색적인 눈을 반짝이며 차분히 말을 받았다.

— 음, 네가 무슨 말 하는지 알 거 같아. 미국 대학 애들은 꼭 하고 싶은 말을 한다기보다, 그냥 말을 하기 위해 말을 한다고 느껴질 때가 많단 말이지. 그래서 가끔은 대화를 하고 나서도 뭔가 찝찝한 기분이야.

이럴 수가! 미국 아이에게 미국 문화에 대한 내 고충이자 불만을 인정받고 이해받다니! 얼마 만에 해 보는 경험인지 몰랐다. 그도 그럴 것이, 나는 이미 친한 미국 친구들에게는 그런 얘기를 쉽게 꺼낼 수 없었다. 자기네 문화를 깐다고 기분 나빠 할까 봐서였다.

그가 냄비 뚜껑을 열더니 양념이 잘 졸았나 확인했다. 옆에서 구경만 하던 내게 한 숟갈을 내밀었다. 은근히 달짝지근하고 짭조름한 게 밥도둑이 따로 없었다.

— 음, 진짜 맛있다!

곧 식사 준비가 끝났다.

— 디너 파티에서 살아남자고.

우리는 서로 웃으며 건투를 빌고 각자 자리를 찾아 흩어졌다.

모두가 식탁 앞에 앉아 다 같이 추수감사절 저녁 식사를 들었다. 그때까지만 해도 전혀 예상치 못했지만, 그 자리는 그야말로 스티븐이라는 작자의 독무대였다. 앨리시아 남자친구의 절친인 그는 브라운에서 경영학을 전공하면서 취미로 연극에 몸을 담고 있었다. 그런데 그가 어찌나 쉴 새 없이 떠드는지, 한번 입을 열면 이야기 보따리를 몽땅 풀기 전까지는 입을 닫지 못하는 요술에 걸렸나 싶었다.

그가 경영학 실습 수업 시간에 진행 중인 팀 프로젝트를 떠벌릴 때까지만 하더라도, 나는 칠면조 살점을 뜯으며 참을성 있게 독백을 듣고 있었다. Fusion Cuisine Korea, 이름하여 FCK라는 스타트업 회사를 설립해 한식과 양식을 섞은 패스트푸드점을 차릴 계획이라는 얘기였다.

그가 죽기 살기로 떠들다 입안 가득 고인 침을 한 모금 삼키는 틈에, 앨리시아의 어머니가 멋쩍게 웃으며 물었다.

— 회사 이름이, 음, 괜찮은지 모르겠네?

그럴 만도 한 게, 발음상 저속하기 짝이 없는 영어 욕설 FUCK과 닮아도 너무 닮았다. 그러자 스티븐이 뻔뻔한 사기꾼 같은 얼굴로 호기롭게 미소 지었다.

— 그렇게 말씀하실 줄 알았어요, 어머니. 근데 그렇게 튀는 이름이 요즘 젊은 세대한테 잘 먹혀요. 저희가 이미 시장조사까지 마쳐서 확실히 알죠.

그의 태도가 다소 건방지고 무례하게 느껴졌다. 하지만 정작 앨리시아의 어머니는 아무렇지 않게 넘기는 눈치였다.

— 그러니?

그 태도와 별개로, 이름을 저따구로 지은 음식점에서 한식을 팔겠다니 내가 다 찝찝하고 불쾌했다. 그냥 속 편하게 그에게 신경 끄기로 했다. 포크와 나이프를 점잖게 놀리며 칠면조 고기를 뜯고 으깬 감자를 떠 입에 넣고 음미했다. 그러자 순식간에 상념에 빠졌다.

샌프란시스코 학회에서 있었던 일들이 영화의 잔상처럼 떠올랐다. 학회에서 소울메이트급으로 가까이 붙어 다녔던 실비아를 만나고 그녀의 복잡한 연애사를 듣고 함께 논하던 일, 훌륭한 워크숍으로 연륜을 입증한 밥에게서 내 예민하고 진실한 성품을 인정받아 그의 치료소에 스카우트 아닌 스카우트 제의를 받은 일, 그리고….

— JK, 너는 어때?

난데없이 스티븐의 청개구리 같은 눈망울이 나를 겨냥했다. 순간, 탁자에 둥둥 떠 있던 모든 시선이 일제히 내 쪽을 향했다.

— 어, 뭐가?

얼굴이 파프리카처럼 달아오른 내가 되물었다.

— 넌 어릴 때 어떤 크리스마스 선물 받았냐고.

내 상상이었는지, 그의 눈빛이 차가운 경멸로 번뜩였다.

— 음…

예고도 없이 질문의 총알을 맞은 나는 잠시 말더듬이가 되어 비틀거렸다.

— 어… 음… 난 형제자매가 여섯이거든, 그래서 음… 부모님이 귀찮으니까 선물을 통일시켜서 줬어. 한번은 그, 뭐라 부르는지 잘 모르겠는데, 리모컨으로 조종하는 장난감 자동차 있잖아, 그거랑, 그리고,

음… 인형집, 뭐 그런 거…

스티븐의 무심한 눈과 마주쳤다. 개구리 혓바닥처럼 불쾌하게 내 얼굴을 훑는 느낌이었다. 그러더니 짐짓 미소 띤 얼굴로 미련 없이 다음 화제로 건너뛰었다. 내가 가까스로 위기를 넘겼다는 사실은 물론 안중에도 없어 보였다.

내 대답은 사실이 아니었다. 단지 화끈거리는 침묵의 무게에 짓눌려 아무렇게나 튀어나온 대답이었다. 대답을 내뱉고 나자 거짓말로 둘러댔다는 창피함보다, 혼자 정신을 팔다 들켰다는 창피함으로 온몸이 얼얼했다. 그 창피함을 안겨 준 주범이 스티븐이라는 생각에 속에서 열이 뻗쳤다.

어릴 때 어떤 크리스마스 선물을 받았냐고? 그걸 내가 왜 단숨에 기억해 내야 하는데? 왜 너 같은 놈한테 말해 줘야 하는데? 넌 아무 관심도 없으면서 형식적으로 물어본 것뿐이잖아!

저녁 식사 내내 속으로 부들거렸다. 그러나 달리 보복할 길이 없어 혼자 분을 삭일 수밖에 없었다. 식사가 끝나고 앨리시아의 부모님은 피곤하다며 숙소로 돌아갔다. 남은 아이들끼리 그중 한 명의 집으로 옮겨 2차를 하기로 의견을 모았다.

— 너도 올래?

앨리시아가 순진한 눈초리로 물었다.

— 아냐, 충분히 잘 놀았어. 그리고 초대해 줘서 고마워. 너희 어머니 요리 정말 잘하신다.

그길로 꽁지가 빠져라 도망쳐 나왔다. 홀로 기숙사 방에 돌아와 아늑한 침대에 걸터앉았다. 이상하게 아까 일의 여운이 상한 음식의 끝맛처럼 오래도록 맴돌았다. 나도 모르게 머릿속에서 열띤 토론이 시작되었다. 안건은 '스티븐이 자기 얘기만 떠드는 피상적인 인간인가, 아니면 그를 그런 식으로 함부로 평가하는 나야말로 피상적인 인간인가'였다.

그가 자기 입으로 그랬다. 쉴 새 없이 떠들기 좋아하는 성격 때문에 친구들이 '마라톤 화술가'라는 별명을 붙여 주었다고. 그런데 웃기는 건, 그걸 자랑 삼아 떠벌렸다는 사실이었다. 설마 그 별명을 칭찬으로 받아들였나? 심지어 훈장으로? 그는 자기 객관화가 빵점인 자의식 과잉 인간처럼 보였다. 저녁 식사 자리만 봐도 그랬다. 타인은 안중에도 없고 식사 내도록 지 얘기만 했으니까. 그것도 자기가 주인도 아니고 손님으로 초대받은 곳에서!

뭐, 네가 마라톤 화술가? 넌 그냥 소음 공해야 인마.

그런데 왜일까. 그를 깎아내리는 내 모습이 문득 한심하게 느껴졌다. 그가 피상적인 인간이라고 규정하는 것도, 단지 그가 내게 뜬금없이 질문해 굴욕감을 안겨 준 일에 대한 보복 심리일지 모른다는 의심이 들었다. 실제로 그가 나를 불편하게 했을지언정 다른 사람들은 어땠는지 나는 몰랐다. 오히려 앨리시아 부모님은 그가 늘어놓은 시답잖은 얘기에 귀 기울이고 그가 던진 시시껄렁한 농담에 웃었으니, 걔 덕분에 즐거운 시간을 보냈다고 봐야 했다.

설령 걔가 나르시시스트라고 한들, 그게 욕할 거리가 되나? 오히려 걔가 사교성에 입담도 좋은 사람이고, 내가 사교성 떨어지는 못난 놈 아닌가?

갑자기 속이 울렁거렸다. 웬일로 잠잠하던 가슴속 구덩이가 나지막이 비아냥거렸다.

이제 알았니 너 찌질한 거.

여지껏 내가 예민한 감수성의 소유자라고 믿어 왔는데, 그래서 남들과 쉽게 어울리지 못한다고 믿어 왔는데, 어쩌면 그게 아니었다. 실은 내가 말도 잘 못하고 질투심만 많아 가지고, 괜히 남들과 잘 어울리는 사람들을 피상적이라고 폄하해 왔는지 몰랐다.

무수한 기억의 단편들이 눈앞에 낙엽처럼 흩날렸다.

소소한 사교 모임에서 어떻게 대화에 낄지 몰라 입에 지퍼를 잠그고 어색하게 쭈뼛거리던 장면. 누군가 먼저 말을 걸어 오면 그제야 지퍼를 풀고 그나마 한두 마디 나누던 모습. 이내 대화 상대가 자리를 뜨면 다시 혼자가 되어 유령처럼 배회하던 신세. 인간의 눈에 띄지 않는 투명한 유령 몸으로 재잘재잘 떠드는 인간들을 물끄러미 바라보던 꼴.

유령이 속으로 구시렁거리던 소리가 여기까지 들렸다.

쟤들은 쓸데없는 잡담을 잘도 나누네. 딱 봐도 감수성이 부족해서 속 깊은 얘기 같은 건 관심도 없어 보여.

유령과 인간.

여우와 신포도.

신포도는 내가 어울리지 못하는 또래 아이들이 아니었다. 그들이 풍기는 가벼운 분위기 그 자체였다. 아무 근심 없어 보이는 얼굴로 별것도 아닌 얘기를 신나게 주고받으며 늘상 웃고 떠드는 그 모습. 그건 나 같이 공허에 찌든 인간은 결코 움켜쥘 수 없는 저 높디높은 나뭇가지에 걸린 이글이글 탐스러운 신포도였다.

쓰라린 자각이 채찍처럼 등골을 휘갈겼다.

감수성?

코웃음이 나왔다. 감수성이 문제가 아니라 사교성이 문제였다. 너무 오래 혼자 무겁고 심각한 주제들과 씨름하다 보니, 어느덧 남들과 가볍고 편하게 어울리는 법을 잊어버렸다. 공허, 실존, 죽음, 무의미 따위는 아무래도 좋은 인간들과 말을 섞는 게 말도 못하게 고역이 되어 있었다. 텅 빈 구덩이가 나지막이 속삭였다.

넌 경계선 성격장애야.

포도를 못 따 먹어 굶주림에 점점 뒤틀린 여우야.

괴물이야.

지그시 눈을 감자 그대로 구덩이가 나를 집어삼켰다.

#30 너만큼 남을 비하하는 사람 처음 봐!

— 너만큼 남을 비하하는 사람 처음 봐!
순간 귀를 의심했다. 브레넌 씨 입에서 나왔다고 믿기 힘든 말이었다.

— 너만큼 남을 비하하는 사람 처음 봐!

순간 귀를 의심했다. 브레넌 씨 입에서 나왔다고 믿기 힘든 말이었다. 굼벵이처럼 굼뜬 시간 속에 그의 갸름한 얼굴이 보였다. 점잖게 폭발하고 나서도 금방 예의 그 평정을 되찾은 모습이었다.

나는 쏜살같이 지나간 차가 튀긴 흙탕물을 뒤집어쓴 기분이었다. 뭐랄까. 너무 순식간에 일어난 일이라 눈만 끔벅거릴 수밖에 없었다.

— 무슨 생각 하니?

브레넌 씨가 형식적인 질문을 건넸다. 손님에게 물 한잔 건네듯 태연한 태도였다. 입술에 묻은 진흙을 쓱 닦아 내며 엉겁결에 답했다.

— 아무 생각 안 해요.

그가 한 마리 마네키네코*가 되어 표정 변화 없이 고개만 끄덕끄덕 했다. 그는 복이 아니라 정적을 부르는 인형인 모양이었다. 시곗바늘이 꼴깍꼴깍 정적을 게우는 소리를 듣고 있으니, 어느새 시간이 끝나 있었다. 그가 내게서 15달러를 받아 들며 사뭇 새침한 목소리로 뱉었다.

— 그럼 다음 시간에 봐.

치료소를 나서자 태엽이 멈춘 머리가 다시 돌아가기 시작했다.

— 너만큼 남을 비하하는 사람 처음 봐!

상상도 못 했다. 브레넌 씨 입에서 그토록 가시 돋친 말이 튀어나오리라고는. 그전에 어떤 대화가 오갔는지 기억의 바둑판을 복기했다. 좀 전에 있었던 일이라고는 믿기 힘들 정도로 아득하게 느껴졌다.

• • ● • •

— 맨날 왜 그렇게 심각한 표정으로 있어요?

내가 놀리듯 물었다. 그러자 그가 선산을 지키는 굽은 나무 같은 표정을 슬그머니 풀었다.

— 내가 심각해 보이니?

브레넌 씨가 미소로 답했다. 이제 나뭇가지에 걸린 산들바람처럼 가벼운 미소였다. 문득 이상한 생각이 들었다. 저 사람은 표정에 따라 나이가 열 살은 더 늙어 보이기도, 젊어 보이기도 한다.

— 브레넌 씨는 무슨 생각 해요?

내가 도발하듯 물었다.

---

* 앞발을 든 고양이 인형. 재물과 복을 부른다고 하여 가게나 식당 등에 많이 장식한다.

— 이제 내가 심리치료 받을 차례인가?

장난기 어린 미소가 젊어진 그의 입가에 아른거렸다.

— 네. 계속 제 얘기만 했으니까 한 번쯤 브레넌 씨 얘기 들을 때도 됐잖아요.

내가 장난감 공룡을 사 달라고 조르는 아이처럼 떼썼다.

— 음, 무슨 얘길 듣고 싶은데?

그가 짐짓 순진하게 눈을 반짝였다. 그의 눈매가 날렵하고도 온순한 개, 시베리안 허스키와 닮았다고 생각했다.

— 브레넌 씨는 대학생활이 어땠어요?

별 고민 없이 떠오르는 대로 물었다. 막상 질문이 입 밖으로 나오자 잠시 머리가 멍했다. 그도 나처럼 대학 시절을 보냈다는 게 어쩐지 믿기지 않았다. 그는 과거에도 미래에도 영원히 지금 여기 내 앞에 앉은 심리치료사 모습을 하고 있을 것만 같았다.

— 음, 나도 여느 대학생들처럼 처음 대학생활에 적응하기까지 좀 애썼던 거 같아. 내 정체성과 장래희망을 찾아 가는 데 있어 중요한 시기이기도 했고. 나름대로 방황도 하고 추억도 만들고 그랬어.

오늘따라 웬일로 그가 스쿼시 코트의 벽으로 변신해 내 사적인 질문들을 공처럼 통통 튕겨 내는 대신, 대답을 들려주었다. 물론 그래 봤자 대답 같은 대답이 아니었다. 구체적인 경험은 별사탕처럼 쏙 빼먹고 개밥같이 뭉뚱그려 놓은 텅 빈 얘기일 뿐이었다. 구멍난 양말을 선물받은 것처럼 허탈했다.

— 왜 내 대학생활을 궁금해하니?

잿빛 땅거미가 기어드는 치료실에 그의 미소가 금빛으로 번졌다. 어쩐지 질문의 답을 쉬이 할 수 없었다.

— 잘 모르겠어요. 음, 그냥 제 얘기만 하면, 전 브레넌 씨에게 수많은 환자 중 하나인 느낌이에요. 서로에 대해 알아 가는 게 진짜 인간관계잖아요.

그에게 난 수많은 환자 중 하나일까? 두말할 거 없이 그렇지. 뭘 또 물어.

그가 잠자코 고개를 끄덕였다. 내가 야릇한 미소를 띠고 말을 이었다.

— 그럼 브레넌 씨는 왜 저에 대해 궁금해하는데요?

— 음, 나는 우리가 너에 대해 더 얘기를 나누고 알아 가면서 네가 겪고 있는 인간관계의 어려움을 잘 풀어 나갔으면 하는 마음이야.

도덕책 같은 그의 대답에 어쩐지 짜증의 가시가 삐쭉빼쭉 돋아났다.

— 아니, 맨날 하시는 말씀이 어째 똑같아요, 로봇도 아니고. 문제가 있어서 고쳐야 되는 환자가 아니라, 같은 인간으로 절 좀 대해 주면 안 돼요?

브레넌 씨가 언뜻 당혹스러운 얼굴을 했다.

— 흠, 내가 로봇…

그가 채 말을 잇기도 전에 또 쏘아붙였다.

— 내가 로봇 같다고? 왜 그렇게 생각하는데? 이렇게 말하려고 했죠? 후… 무슨 레퍼토리가 맨날 똑같아. 똑같은 소리나 들으려고 여기 1년 넘게 돈 주고 오는 제가 다 한심하네요. 지금은 그냥 익숙해져서 오는 거지, 그렇지 않았으면 진작 관뒀을 거예요. 이딴 아무짝에도 쓸모없는 심리치료 따위.

순간, 브레넌 씨의 얼굴이 가뭄 든 논바닥처럼 갈라졌다.

— 너만큼 남을 비하하는 사람 처음 봐!

• • ● • •

한숨이 나왔다. 안도와 허탈이 뒤죽박죽 뒤엉킨 한숨이었다. 늘 심리치료사 가면을 쓰고 끄떡없어 보이던 브레넌 씨도 그 이면은 나와 같은 인간이라는 안도. 늘 착하기만 하던 그가 한순간이나마 폭발할 정도로 내가 못되게 굴었다는 허탈. 웃긴 건, 아까 브레넌 씨를 만나러 가는 길에 처음으로 내 안의 변덕쟁이 황소를 타이르기까지 했다는 것이었다.

황소야 제발, 오늘은 제발, 우리 심리치료 관계에 대해 징징대지 좀 말자! 불쌍한 브레넌 씨를 그만 좀 괴롭히자!

나도 알고 있었다. 매번 똑같은 소리만 짹짹거리는 앵무새는 브레넌 씨가 아니라 나라는 사실을. 그랬다. 우리 대화가 빙글빙글 제자리를 맴돌게 만든 장본인은 언제나 나였다. 이건 진짜 인간관계가 아니라고요! 지겨운 불평불만을 귀가 따갑도록 늘어놓으면서. 그가 내미는 도움의 손길을 얼굴이 빨개지도록 뿌리치고 훼방 놓으면서.

그는 줄곧 나를 도운 것뿐이었다. 내가 무의식을 파고들어 그곳에 파묻힌 근원적인 경험과 믿음을 고대 유물처럼 발굴해 내도록. 그리하여 그 유물을 역사의 거울 삼아 현재 내 모습을 더 깊이 이해할 수 있도록. 그의 죄라면, 제 본분을 다한 것밖에 없었다. 나라고 몰랐을까.

죄 없는 브레넌 씨가 불쌍했다. 괜히 나 같은 성격파탄자한테 잘못 걸려 뭔 고생인지. 내가 부리는 변덕은 또 어떻고. 그에게 매달리는 동시에 그를 끊어 내려고 몸부림치는 모습은 우스꽝스럽다 못해 역겨웠다. 어느 장단에 맞추라는 건지, 내가 생각해도 답이 없었다. 이 모든 비극이 가슴속 구덩이에 사는 심술쟁이 황소 때문이라는 생각이 들었다.

황소만 죽으면, 브레넌 씨가 나한테 이렇게까지 시달리지 않을 텐데.

황소만 죽으면….

기숙사 방에 돌아왔다. 습관처럼 텅 빈 벽과 마주 앉았다. 가슴속이 벽만큼이나 허했다.

사과 메일이라도 보낼까.

이메일을 쓰려 휴대폰을 꺼내다 말고, 곰곰이 생각했다. 생각하면 할수록 오히려 화가 났다.

아니, 사과를 받아야 할 사람은 그가 아니라 나야. 어떻게 심리치료사가 돼서 환자에게 그딴 소릴 할 수 있어? 그것도 나같이 예민하고 불안정한 환자에게? 그래 놓고 미안하다는 말 한마디 없이 모른 척 넘기고 다음에 보자는 뻔뻔한 소리 하는 거 봐.

반년 동안 잊고 있던 말이 기억 속에 흉기처럼 번뜩였다.

네가 그러니까 친구가 없는 거야!

새하얗게 지운 줄 알았던 기억이었다. 아니었을까. 한때 친구였던 얼굴에 브레넌 씨의 노한 얼굴이 중첩되어 보였다. 참을 수 없이 화가 났다.

둘 다 똑같아. 친구라고 믿었던 인간이나 심리치료사라고 믿었던 인간이나. 내가 저딴 소리나 들어야 하다니.

변덕쟁이 황소가 내 안에서 나와 함께 씩씩거렸다. 우리는 나란히 가쁜 숨을 몰아쉬었다. 아까 밉게만 느껴졌던 황소가 문득 불쌍하다는 생각이 들었다.

황소야, 우리 팔자 참 기구하다. 그치?

황소가 대답 대신 나지막이 그르렁거렸다.

#31 판도라의 상자

유기화학 II: A 신호전달경로: A 고급생화학: 중단 계급, 인종, 성별의 심리학: 낙제

한 학기에 최소 세 과목 이상을 이수해야 한다는 학교 규정에 따라
학사 경고를 드립니다.

— 빨리 서두르지 않으면 비행길 놓칠 거야!

수화기 너머에서 로난의 다급한 목소리가 들렸다. 서둘러 방 청소를 마치고 짐가방을 끌고 기숙사를 나섰다. 택시 안에서 꼬리에 불 붙은 불독처럼 기다리고 있던 그에게 연거푸 사과했다.

— 좀 늦어도 웬만해선 봐줄 거야.

되도 안 되는 소리를 지껄여 봐도 꼬리의 불은 쉬이 꺼지지 않는 듯했다.

우리는 3학년 1학기를 끝내고 겨울방학을 맞아 로난의 라스베이거스 집에 놀러 가는 길이었다. 그와는 여름학기 발달정신병리학 수업을 함께 들으며 친해진 이후로 자주 보며 가깝게 지냈다. 대학 친구 집에 놀러 가는 일은 오랜만이었다. 그것도 카지노의 도시라고 이름만 들어 본 라스베이거스였다. 머릿속에 화려한 레이저쇼가 극지방의 오로

라같이 도시 상공을 수놓는 엉뚱한 풍경이 그려졌다. 늑장을 부린 통에 비행 시각에 늦게 생겼다는 사실도 애드벌룬처럼 붕붕 떠 있던 나를 상공에서 끌어내리지는 못했다.

겨우 공항에 도착한 우리는 항공사 데스크로 헐레벌떡 뛰어갔다. 직원이 눈살을 찌푸리며 핀잔을 주었다.

— 왜 이렇게 늦었어.

이륙하기 딱 45분 전이었다. 나는 간신배처럼 머리를 조아리며 동정을 구걸했다.

— 제가 너무 멍청했지 뭐예요. 이 친구는 진작에 다 준비했는데, 저 때문에 비행기 놓치게 생겼어요. 전 상관없으니까 얘만이라도 꼭 타게 해주세요. 제발요.

내 절절한 호소에 직원도 더는 핀잔하기 무안해진 눈치였다.

— 잠깐 기다려.

하더니 곧바로 통화 연결했다. 잠시 후, 수화기를 내려놓고 사무적인 목소리로 새침하게 물었다.

— 부쳐야 될 가방은 있니?

가방을 부치기는 무슨, 우리 보고 늦은 벌로 가방에 들어가 있으라 해도 좋을 지경이었다. 로난과 나는 나란히 안도의 한숨을 몰아쉬며 크게 손사래 쳤다. 곧 우리 손에 티켓이 주어졌다. 고마운 직원을 뒤로하고 보안 검색대로 가는 길에 내가 스스로 생각해도 열연을 펼친 배우처럼 흡족하게 웃었다

— 휴, 다행이다. 내가 일부러 더 불쌍해 보이려고 애썼는데, 그게 먹혔을까?

로난이 못 말린다는 듯 너털웃음을 터뜨렸다.

몇 시간 뒤, 라스베이거스 공항에 도착했다. 공항 밖에 아쉽게도 레이저쇼는 없었지만, 황무지에 심어 놓은 빌딩 숲 같은 도시의 윤곽이 묘한 운치가 있었다. 로난의 아버지가 친히 우리를 데리러 왔다. 수더분한 분위기가 예상과 달라도 너무 달랐는데, 로난이 수차례 그를 온라인 스포츠 베팅에 빠져 사교성 떨어지고 감정 표현이 무딘 사람으로 묘사했기 때문이었다. 미소 띤 얼굴로 비행이 어땠는지 물어보는 그에게서 그런 모습은 전혀 찾을 수 없었다.

얼마간 달린 끝에 로난의 동네에 들어서자 연신 감탄이 나왔다. 널찍한 잔디밭과 분수대가 있는 정원을 보란 듯이 뽐내는 저택들이 계속 나왔기 때문이었다. 그의 집도 그중 하나였다. 그런데 외양보다 실내가 더 가관이었다. 2층짜리 대저택 안은 천장이 까마득히 올려다보이고 장엄한 나선형 계단으로 이어져 있었다. 한쪽 벽에는 로난의 어머니 초상화가 내 키만 한 고풍스러운 액자에 담겨 시선을 강탈했고, 위층 난간에 놓인 뚱뚱한 황금 불상은 자본주의의 참맛을 맛본 파계승처럼 기름진 여유를 한껏 풍기고 있었다.

부엌과 연결된 응접실에서 로난의 어머니가 우아한 동양풍 옷차림으로 따뜻이 맞아 주었다. 아버지도 곧 합류해 우리는 다 같이 저녁 식사를 했다. 로난의 어머니가 매콤한 갈비찜 같은 요리를 건네주는데, 문득 그녀가 직접 한 요리일까 아니면 보이지 않는 집사가 한 요리일까 궁금해졌다.

그녀가 내 상념의 원판에 우아하게 다트를 던졌다.

— 한국인 유학생으로 미국 생활 하긴 좀 어떠니?

두 분의 편한 모습에 긴장이 풀린 나는 어느덧 여느 화목한 가정의 손님처럼 이런저런 얘기를 나누고 있었다. 식사를 마치고 잠깐 씻은 다음, 로난과 나는 밤공기를 쐬러 집을 나섰다. 그가 운전대를 잡았다.

— 카지노 구경시켜 줄게.

— 응. 근데 너희 부모님, 네가 얘기했던 거랑 완전 다른 분위기던데? 두 분 사이도 괜찮아 보이고. 특히 네 아버진 예상과 다르게 온화하고 사교적인 분 같았어.

로난이 갈고리 같은 웃음을 흘렸다.

— 그거 다 쇼야. 손님 있는 자리에선 아무 문제 없는 평범한 가족 행세하는 거지. 둘은 평소에 거의 말 섞지도 않아.

전혀 뜻밖의 대답에 와사비 한 숟갈을 퍼먹은 것처럼 머리가 얼얼했다. 대꾸할 말이 생각나지 않았다.

— 아빠 예전에 비하면 그나마 좀 나아지긴 했어. 네가 대하기 편한 사람이라 오늘 좀 편해 보인 것도 있고.

괜한 칭찬에 살짝 뻘쭘해져 말소리를 흐렸다.

— 음, 그렇구나. 어쨌든 나한텐 두 분 다 좋은 인상이었어.

힐긋 그의 표정을 살피니 다행히 무겁지는 않아 보였다.

— 엄마도 널 좋게 본 거 같애. 내가 집에 주로 백인 여자친구를 데려왔는데, 그럴 때마다 엄마는 탐탁지 않아 했거든. 여자친구든 그냥 친구든 내가 동양인을 사귀길 원하는 눈치야. 더 친밀감을 느끼나 봐. 근데 내 친구지 엄마 친구가 아니잖아. 그래서 난 신경 끄고 나 하고 싶은 대로 해.

잠자코 고개를 끄덕였다. 속으로는 무소의 뿔처럼 가는 그의 모습에 연신 감탄했다. 자기가 가진 가치를 부모가 가진 기대와 철저히 분리시켜 물들지 않게 함으로써 고유한 인격체의 자신을 지키겠다는 태도. 하나뿐인 삶의 캔버스에 부모의 색깔 말고 자기 색깔을 내는 물감들만 골라 어떻게든 한번 그려 보겠다는 태도. 이것이야말로 진정한 아메리칸 스피릿이 아닐까.

곧 실내가 삐까번쩍한 카지노에 도착했다. 우리는 슬롯머신을 한 판 당기고, 밍밍한 칵테일을 한잔 걸친 다음, 미련 없이 그곳을 빠져나왔다.

— 봐, 내가 뭐랬어. 특별한 거 없지. 오히려 쓸쓸한 노인네들이 죽치고 앉아 돈만 날리고 있는 모습에 우울해지기만 하는 곳이야.

그다음, 우리는 로난이 어린 시절 종종 왔다는 허허벌판에 차를 세웠다. 이곳은 라스베이거스의 사막이 펼쳐지는 지점이었다. 도심의 흔적은 저 멀리 반딧불같이 아득할 뿐, 어둠과 적막만 밤바다의 살갗처럼 깔려 있었다.

— 예전에 환각 버섯을 먹고 몇 번 여기 온 적 있었는데, 끝내줬지. 이 거대한 우주 속에 나 혼자 있는 기분이었달까.

— 우주 속에 혼자 있는 기분? 그런 기분 별로일 거 같은데?

— 아, 음, 그게 말로 설명하기 힘든데, 외롭다는 기분이 아니라 우주와 하나가 된 기분이야. 온 정신이 따뜻한 빛으로 가득 차는 기분이지.

그가 들려준 경험은 부연할수록 아리송하기만 했다. 그저 멋쩍게 웃으며 고개를 끄덕일 수밖에 없었다.

로난은 마약 중독증과 씨름하다 지금의 심리치료사를 만나면서 많이 좋아졌다고 했다. 그의 앳된 얼굴에서 흔히 떠올리는 마약 중독자의 모습은 전혀 찾아볼 수 없었다. 문득 친구가 대견해져 가슴이 뭉클했다. 어쩌면 그도 나도 우주의 광활한 어둠 속에 한 줄기 구원의 빛을 찾은 걸까.

라스베이거스에서 즐거운 며칠을 보내고 귀국행 비행기에 올랐다.

예고된 형벌처럼 가슴이 옥죄어 왔다.

사실 이번 여행은 마약 못지않게 지독한 현실 도피였다. 3학년 1학기를 풍랑처럼 보내고 난파선이 되어 달아난 것이었다. 그동안 귀를 틀어막고 있다 이제 손을 내려놓으니, 가슴속 구덩이가 나를 잘근잘근 씹는 소리가 들렸다.

뭘 잘했다고 놀러 다녀. 제정신이야?

쓰다 만 〈계급, 인종, 성별의 심리학〉 학기 말 보고서가 떠올랐다. 여행을 떠날 채비를 할 때만 해도, 낮에는 로난과 놀고 밤에 숙소로 돌아와 시간 내서 쓴다는 계획이었다. 계획의 탈을 쓴 망상은 역시나 망상으로 끝나 있었다. 구덩이가 더욱더 신랄한 목소리를 냈다.

이 무책임한 인간 쓰레기. 학비만 축내는 버러지. 너 같은 건 왜 사냐?

안전띠를 매고 얌전히 앉아 있다, 왈칵 설움이 복받쳤다. 구덩이가 흐뭇이 눈물방울을 받아 먹었다.

• • ● • •

유기화학 II: A

신호전달경로: A

고급생화학: 중단

계급, 인종, 성별의 심리학: 낙제

— 한 학기에 최소 세 과목 이상을 이수해야 한다는 학교 규정에 따라 학사 경고를 드립니다.

인천 공항에 내려 습관처럼 이메일 함을 열자 청천벽력 같은 소식이 날아와 있었다. 두 과목밖에 학점을 못 받았다는 사실은 알고 있었지만, 규정은 듣도 보도 못했다. 난기류를 만난 비행기처럼 심장이 요동쳤다.

어떻게 왔는지 모르게 고향에 왔다. 두 발이 귀신이 달라붙은 듯 무거웠다. 20년 넘게 지나다닌 허름한 시골 골목길을 들어서자 쓸쓸한 흙 내음이 옛날같이 나를 반겼다. 그런데 왜일까. 모든 게 낯설었다.

어릴 때 여기서 참 많이도 놀았는데….

어린 시절 추억이 실바람에 나부끼는 강아지풀처럼 아른거렸다. 누나랑 형이랑 동생들이랑 나와 놀던 시간들. 학교 수업이 끝나고 친구들을 우르르 데려와 놀던 시간들.

숨바꼭질, 술래잡기, 소꿉놀이, 세발자전거 타기같이 유행을 타지 않는 놀이며, 포켓몬 딱지치기, 탑블레이드 팽이 돌리기, 챔피언 미니카 경주, 유희왕 카드 대전처럼 당시 유행한 만화영화에서 비롯된 놀이까지, 우리는 안 해 본 놀이가 없었다.

눈이 펑펑 온 겨울날에는 가족들과 눈사람을 만들고 눈싸움을 했다. 실컷 놀다 지친 몸을 이끌고 집에 들어와 엄마가 노릇노릇 구워 준 고구마를 한입 베어 물면 그렇게 달콤할 수 없었다.

별안간 벌건 대낮에 눈앞이 캄캄해지더니 가슴이 철렁했다.

단절감? 상실감? 향수? 혹, 독일 실존주의 철학자 하이데거가 논한 인간이 죽음을 향해 가는 존재임을 자각할 때 일어나는 감정 비스무리한 것이었을까?

죽음을 향해 간다는 것. 그건 비가역적인 시간의 물살에 몸을 실었다는 뜻이었다. 고작 나이 스물 남짓이었는데, 거센 물살에 이끌려 너무 멀리 와 버린 기분이었다. 너무 멀어져 버린 예전 내 모습들이 눈앞에 거품처럼 나타났다 흩어졌다.

예전의 내가 더 이상 내가 아니라면, 나는 누구지?

내가 지금의 내가 된 건 누가 뜻한 일이지?

나는 아니었다. 나는 단지 세월의 급류에 휘말려 종이배처럼 하릴없이 떠내려왔을 뿐이었다. 눈 떠 보니 지금 여기였다.

그렇다면 나란 존재는 내 의지대로 형성되는 게 아니다.

그랬다. 지난 학기 들어 싸이라이를 지나칠 때마다 숨 막히던 일과 카페에 자리 잡고 공부할 거리를 마주할 때마다 아찔해지던 일. 그리고 이번 학기를 망치고 빈털터리 노름꾼처럼 비참하게 귀향하는 일까지. 모두 하나같이 내 의지와 무관하게 일어난 일이었다.

죽도록 덧없는 세월이다. 그 세월에 앞으로도 계속 노예처럼 끌려다닐 운명이다.

다리 힘이 쭉 풀렸다. 어떻게 왔는지도 모르게 집에 왔다. 터벅터벅 마당에 들어서 태연하게 외쳤다.

— 다녀왔습니다.

엄마가 마루 문을 벌컥 열어젖히더니 웃음꽃 가득한 얼굴로 맞아 주었다.

— 우리 아들 왔네! 배는 안 고프니?

못난 아들은 피곤하다며 방으로 휙 들어가 버렸다.

• • ● • •

기묘의 체험이었다. 하이데거는 기묘를 세상을 자기 집같이 익숙하게 느끼다가 갑자기 집을 잃어버린 것 같은 경험이라고 표현했다. 그동안 익숙해진 모든 것들이 일제히 낯설어지는 순간. 머리 위 하늘은 파랗고, 발아래 땅은 꺼질 위험 없이 튼튼하고, 나는 잘만 숨 쉬고 있고, 세상은 멀쩡히 굴러가고 있고, 내일도 오늘처럼 이 모든 장면들이 변함없이 마땅히 그러하리라는 확신이 산 산 조 각 나는 순간. 그것이 기묘의 순간이었다.

유치원 때였다. 수업이 끝나고 멋모르고 친구를 따라 집에 가는 버스가 아니라 미술 학원에 내려 주는 버스를 탄 적이 있었다. 내려서 주위를 둘러보니 온통 낯설기만 한 풍경이었다. 토끼 굴에 쏙 빠져 이상한 나라에 떨어져 버린 앨리스 신세였다. 하지만 앨리스만큼 용감하지 못했던 나는 겁에 질려 주위를 둘러보았다. 친구는 이미 학원으로 사라져 없었고, 버스 역시 떠난 뒤였다. 일순간 강풍에 확 낚아채여 몸이 허공에 붕 뜬 기분이었다. 그 자리에서 울음보를 터뜨렸다.

하염없이 흐느끼는 와중에도 정처 없이 조그만 걸음걸음을 옮겼다. 낯익은 아주머니가 나를 보더니 왜 우냐고 물었다. 눈물로 목이 메어 겨우겨우 답하는데, 그녀가 웃음을 터뜨리며 한 곳을 가리켰다.

— 저쪽으로 조금만 가면 네 집이잖아.

반신반의하면서도 그녀가 가리킨 방향으로 걸었다. 계속 걷자 신기하게도 거리가 점차 낯익은 풍경들로 채워졌다. 우연찮게 집에서 그리 멀지 않은 곳에 내린 모양이었다. 마침내 집에 도착해 눈물투성이가 된 이유를 설명하자 엄마와 누나가 나란히 놀리듯 웃음을 터뜨렸다.

10년이 지나도록 처음 그때 그 기분을 잊을 수 없었다.

내 생에 있어 기묘의 원형과도 같은 경험이었다. 그때 세상은 순식간에 익숙함과 즐거움과 따스함이 싸그리 증발한 곳으로 변해 있었다. 아까 골목길에서 겪은 일도 다르지 않았다. 죽음의 필연성, 시간의 비가

역성, 자유의지의 거짓성, 존재의 피지배성… 위험한 자각들로 뒤덮인 세상은 돌연 낯설고 두렵고 차가웠다.

그때처럼 집으로 가는 길을 잃었다. 이번에는 바깥세상이 아니라 내면세계에서였다.

내가 그동안 믿어 왔던 나라는 존재는 내 의식에 있어 편안한 집이었다. 내가 감수성이 예민한 사람이라는 믿음. 그래서 또래들과 잘 못 어울린다는 믿음. 내 의지대로 살아가고 있다는 믿음. 그렇게 대학에 와서 생물학 공부를 하고 장차 한의학 연구를 할 거라는 믿음. 이 믿음의 벽돌들로 이루어진 자아상의 집이 어느덧 온데간데없었다.

번뜩 날카로운 의문이 뇌리에 꽂혔다.

혹시 이게 다 심리치료 탓이 아닐까?

심리치료를 받기 전까지만 해도, 내가 갖고 있던 자아상은 어두웠을지언정 익숙했던 내 집이었다. 하지만 브레넌 씨 손에 이끌려 나도 모르게 내 집을 버리고 엉뚱한 길로 빠져 버렸다.

그랬다. 그는 내가 자유의지의 실재성을 자꾸만 회의하게끔 종용했다. 내 본연의 의지에 의한 것이라고 굳게 믿었던 내 감정과 생각과 행동들이, 실은 어린 시절부터 이어져 온 무의식의 장난에 지나지 않는다고 속삭였다. 그걸로도 모자라 내 아름다운 감수성에 흉측하기 짝이 없는 '경계선 성격장애'라는 꼬리표까지 붙였다. 그동안 당연시했던 관념들이 뿌리째 뽑혀 날아가 제정신에도 금이 가기 시작한 게 틀림없었다.

브레넌 씨를 만나지 않았더라도 과연 눈치챘을까?

내가 품었던 학문적 포부가 단지 부모님 기대에 부응하고자 스스로를 세뇌시켜 꾸며 낸 허상이라는 걸.

내가 인간관계를 혼돈에 빠뜨리길 일삼는 괴물이라는 걸.

내 의지는 아무 실체가 없고, 내 의지로 이루어졌다고 믿었던 내 존재 역시 아무 실체가 없다는 걸.

생각하면 할수록, 브레넌 씨의 책임이 확실했다. 그냥 모른 채 덮어두고 살아가도 됐을 괜한 진실들을 그 인간 때문에 알게 돼 정신이 풍비박산 나 버렸다. 그건 분명 심리치료의 손아귀가 내 자의식에 너무 깊이 파고들어 의식과 무의식의 경계를 허물어뜨렸기 때문이었다. 의식적인 자유의지와 무의식적인 알고리즘을 뒤죽박죽 헤집어 놓았기 때문이었다.

결국 나는 순진하고 멍청한 판도라였고, 브레넌 씨는 인자한 미소를 머금고 요물단지를 건넨 간악한 제우스였다. 내가 호기심에 단지를 열 수밖에 없다는 사실을 뻔히 알면서도 그랬다는 건, 나를 파멸시킬 속셈이었다고밖에 할 수 없었다. 그가 의도한 대로 내 손으로 단지를 열었고, 그동안 억눌려 있던 무의식의 망령들이 그대로 의식으로 침투했다.

정신이상과 제정신의 경계가 이미 붕괴된 후였다.

너무도 낯설고 두렵고 차가운 시간이었다.

#32 모래성

문득 지난 대학 세월이 허망하게 느껴졌다.
이제 와서 다른 길을 가기도 너무 늦었어. 다 끝났어.
네 부모 기대를 이렇게 저버리려고? 이 막돼먹은 불효자식 새끼.

— 성격심리학 수업 조교 자리에 아직 관심 있니?

겨울방학이 끝날 무렵, 미셸에게 고대하던 이메일이 왔다. 한 치의 망설임 없이 그렇다고 답했다.

이내 조교직이 확정되었다는 답변을 받았다. 지난 학기 초에 겪은 허탈감을 조금이나마 보상받는 기분이었다. 하지만 솔직한 심정으로는 성격심리학 조교 자리가 이상심리학 조교만큼 탐나지는 않았다. 수강생 규모가 훨씬 작은 데다 수업 수준도 비교적 평이한 탓에 조교 시간에 나타나는 사람이 별로 없었기 때문이었다. 달리 말해, 조교 역할이 미비하다는 뜻이었다.

그래도 지적 우상 헤이든 교수님을 바라보고 지원한 자리였다. 그런 만큼 조교 제안을 받아 기쁘기는 마찬가지였다. 내게 주어질 임무와 그 임무의 비중이 뭐가 됐든 최선을 다해 소화해 그의 인정을 받겠다고 다짐했다. 물론 그 과정에서 하나가 됐든 둘이 됐든 나를 찾는 학생들이 있으면, 성격심리학에 대한 내 열정을 그들과 마음껏 나눌 계획이었다.

과연 헤이든 교수님의 성격심리학만큼 개인적으로 와닿고 실전 인생에 적용하기 좋은 강좌는 브라운에서도 손꼽혔다. 강의실에서 접하는 내용은 교과서 속에 갇힌 죽은 지식이 아니라, 우리 마음속으로 들어와 살아 숨 쉬는 지식이었기 때문이다. 그 지식을 자기 경험에 접목시켜 자아 성찰을 해 나간다면, 한 학기 동안 인간적으로 성장할 수 있었다. 그야말로 인생 수업이었다.

한편, 3학년 2학기를 맞아 브라운 교정에 도착한 내 앞에 또 다른 귀중한 기회가 기다리고 있었다. 바로 유기화학 I 조교 자리였다. 유기화학은 강의와 숙제와 시험 수준이 죄다 고난도라, 조교의 문제 풀이 수업이 교수님의 정규 강의만큼 중요했다. 실제로 조교 수업 때마다 학생들이 수십 명씩 나타났다. 이렇게 조교의 역할이 막중한 만큼, 성격심리학과 달리 면접까지 통과해야 기회가 주어졌다.

그런데 하필, 이번에 몇 년째 유기화학을 맡았던 바수 교수님이 교단에서 내려와 새 교수님 두 분이 그 자리를 대신하게 되었다. 비록 개인적인 친분은 없었지만 바수 교수님이라면 강의 시간마다 늘 맨 앞자리서 뚫어지게 쳐다본 분이었다. 그가 면접 자리에 있었다면 더 반갑고 편했을 거라는 아쉬운 마음이 들었다.

면접일이 성큼 다가왔다. 떨리는 가슴을 안고 화학과 건물에 있는 자그마한 교실로 입장했다. 두 교수님이 워낙 털털해 보여 금세 긴장이 풀렸다. 한 분이 무던한 얼굴로 예상 질문을 던졌다.

— 그래, 왜 조교에 지원했어?

자신감 넘치는 유쾌한 미소를 얼굴 가득 담고 미리 준비한 답변을 내놓았다.

— 음, 좀 웃기게 들릴 수도 있는데요, 전 사실 1학년 때 기초화학 수업에서 C학점을 받았어요. 그리고 다음 학기 땐 유기화학 I을 듣다가 뭔 소린지 도저히 모르겠어서 중간에 포기했고요. 하지만 작년에 다시 유기화학에 도전했고, 매 시험마다 고득점을 받으며 잘 마무리했어요. 한번 이해되기 시작하면서 재미가 붙으니까 끝까지 잘할 수 있었던 거 같아요. 그래서 전 유기화학이 실은 정말 재미있고, 또 저같이 기초화학을 낙제한 인간도 할 수 있다는 걸, 조교가 돼서 몸소 보여 주고 싶어요.

교수님들도 흡족한 표정이었다. 다음으로 문제 풀이 시범이 이어졌는데, 역시 무난한 문제가 주어졌다. 편한 분위기가 계속되자 나는 장난기가 슬쩍 발동해, 갑자기 교수 행세를 하기 시작했다. 두 분을 유기화학 초짜 학생처럼 대한 것이었다. 일부러 기본 개념들도 익살스럽게 짚고 넘어가며, 문제 풀이를 문답식으로 진행했다.

한 분이 나만큼 장난기가 발동했는지, 중간에 내 질문을 받고 일부러 틀린 답을 던졌다. 그러고는 천연덕스럽게 머리를 싸매며 혼란스럽다는 표정을 지었다. 내가 웃음을 참으며 조곤조곤 설명해 주자, 그가 짐짓 시크한 얼굴로 외쳤다.

— 에이, 유기화학 별로 안 어렵네!

며칠 뒤, 조교로 임명되었다는 소식이 날아왔다.

아! 너무도 짜릿했다. 그건 유기화학에 쏟아부은 내 패기와 열정을 단번에 인정받는 훈장과도 같은 자리였다. "지옥이 될 거야!"라는 톰슨 학장님의 경고를 비웃고 기어이 생화학 입문과 나란히 들어 끝내 해냈다. A학점에 이어 조교 자격까지 따내고야 말았다.

사실 훈장이라는 낭만적인 가치도 좋았지만, 유기화학 조교가 내게 더없이 절실했던 이유는 따로 있었다. 바로 이력의 문제였다. 작년 여름, 인턴십 자리를 구하면서 뒤늦게 깨달은 사실이 하나 있었는데, 내가 주위 또래들에 비해 학업 능력 말고 내세울 게 아무것도 없다는 사실이었다. 브라운은 방학 때 화려한 인턴십을 하는 건 물론이고, 학기 중에도 학업과 병행해 아르바이트며 연구 보조며 봉사활동 등 무궁무진한 경험들로 삐까번쩍한 이력을 쌓는 아이들이 넘쳐났다.

그 틈바구니에 끼인 나는 더없이 초라해 보였다. 당장 대학을 졸업해도 대학원을 가야 할지 취업을 해야 할지 모르겠고, 취업을 해도 무슨 능력으로 뭘 해 먹고살지 모르겠고. 기억부터 히읗까지 막막했다. 분명 삶을 이다지도 오리무중으로 만든 건 다른 누구도 아닌 나였다. 그래서 가슴속 구덩이가 틈만 나면 나를 비웃고 욕해도 대꾸 하나 할 수 없었다.

너 같은 게 이런 엘리트 사회에서 도태되는 건 시간 문제야. 아, 지금 내가 엘리트 사회라고 했니? 미안, 말 실수. 엘리트가 아니라 그냥 사회. 넌 어디서든 도태될 거니까.

이대로 구덩이에게 계속 시달리다가는 피가 마르겠다는 두려움마저 들었다. 그런 두려움 속에서 가까스로 복귀한 3학년 2학기였다. 이대로 주저앉고 싶지 않았다. 구덩이가 끝내 나를 집어삼키고 의기양양하게 처웃는 꼴을 볼 수 없었다. 그럼 나 자신에게 증명해 보여야 했다.

나도 충분히 능력 있어. 기회만 잘 잡으면, 충분히 그 능력 발휘할 수 있어.

유기화학 I 조교 자리가 바로 그 기회였다. 엄숙한 시험대이자 비장한 도전이었다.

과도한 의미를 부여한 탓이었을까. 조교로 취직된 지 한 주 두 주가 지날수록, 강박적인 사명에 시나브로 매몰되어 갔다.

조교 문제 풀이 수업은 매주 두 시간씩 한 차례 있었는데, 나디아라는 친구와 공동 진행했다. 똑똑하고 착실한 파트너에게 민폐가 되지 않기 위해서라도 수업을 꼼꼼히 준비해 가야 했다. 물론, 유기화학이라는 험난한 항해에 안내받고자 저녁 시간을 쪼개 우리 수업을 찾은 아이들을 절대 실망시키고 싶지 않기도 했다.

딱 1년 전, 잔뜩 긴장했지만 패기만큼은 대강당을 씹어 먹고도 남을 수강생이던 그때의 초심으로 돌아갔다. 노트를 빼곡히 채운 강의 내용을 꼼꼼히 되짚으며 개념 설명을 연습하고 연습 문제를 만들었다. 단 두 시간짜리 수업을 위해 열 시간 스무 시간을 바치기 예사였다. 내가 유기화학 조교이기 전에 대학생 신분이라는 사실은 망각했다. 불과 한 달 전, 공부 기피증이라는 핑계로 엉망진창 성적표와 학사경고까지 받아 들었다는 사실은 안중에도 없었다.

무슨 배짱이었을까. 생전 처음 신경과학과에서 고른 뇌질환 수업은 매 수업마다 참고 논문을 읽어 가지 않으면 따라가기 불가능했는데도 읽어 갈 생각을 안 했다. 주위에서 쉽다고 들은 기초 생리학 수업은 또 쉬우면 쉬운 대로 예습을 빼먹고, 나아가 수업까지 빼먹었다. 무언가에 쫓기듯 살고 있었다. 정신없이 유기화학 연습 문제 모음을 만들고 풀이 과정을 정리하다 보면, 시간이 훌쩍훌쩍 흘러가 있었다.

어느덧 중간 평가 기간이 왔다. 유기화학 I 중간고사가 다가왔기에 조교 업무는 더욱더 늘어났다. 평소에 하던 문제 풀이 수업에 더해 개념 총정리와 모의고사까지 준비해야 했다. 동시에 내가 듣는 수업에서 중간고사와 중간 보고서가 하나둘 쏟아지며 엄청난 중압감이 나를 짓눌렀다. 간신히 조교 역할만 소화할 여유밖에 없었던 나는 정작 내 시험공부는 소홀히 하고 벼락치기로 퉁쳤다. 결과는 당연히 처참했다.

그런데 제일 문제는 비교문학과의 〈광기의 시학〉 수업에서 주어진 중간 보고서였다.

수업은 그리스계 미국인 니코스 파누 교수님이 가르쳤다. '광기'를 키워드로 고대부터 현대에 걸쳐 여러 문학 작품들을 읽는 이 수업은, 각 작품 속에 녹아 있는 광기를 바라보는 작가의 시선과 당대 사회의 시선이 어떻게 변모해 왔는지 살펴보는 시간이었다. 파누 교수님에게 나는 첫 수업 때 이미 반해 버렸다. 그는 경연 무대에서 슬램 시를 낭송하듯 쩌렁쩌렁 은은한 목소리로 고급진 어휘를 구사하며 광기를 둘러싼 문학사를 눈앞에 아름답게 그려 보였다. 그 수업이 학교에서 유일하게 기다려지는 시간이었는데도, 막상 보고서 과제가 닥치자 가장 커다란 골칫덩이로 바뀌어 있었다.

중간 보고서 과제는 강의 필독 도서 중 한 권을 정하고 책에 나오는 한 단락을 골라 심층 독해 원칙에 기반해 문학비평처럼 분석하는 내용이었다. 이상하게 전두엽이 망가졌는지, 여러 작품 중 하나 고르는 일도 쩔쩔매다 어렵사리 《프랑켄슈타인》으로 정했다. 그런데 그다음이 더 문제였다. 책 속에 나오는 단락 하나를 골라야 하는데, 죽어도 고를 수가 없었던 것이다.

정말이지 미칠 노릇이었다. 교과서나 논문을 펼쳐 들 때와 똑같이, 단락을 고르려 책을 휘리릭 넘기면, 공황이 말없이 가슴속에 기어들어 미친 듯이 북을 두드려 댔다. 그럼 북소리를 듣고 몰려온 불길한 먹구름들로 머릿속이 새까매졌다. 그것도 머리라고 붙들고 책을 들여다보면, 책장에 점점이 박힌 활자들이 예의 그 태풍 속 꽃잎처럼 난무했다.

결국 보고서 마감일이 하루 앞으로 다가왔다. 수업을 포기해야 하나 고민했다. 고작 한 단락을 고르지 못해서였다. 카페에서 책을 붙잡고 앉아 있다, 울컥 눈물을 쏟을 뻔했다. 겨우 울음을 참고 이를 악물고 교수님께 이메일을 보냈다. 도저히 글이 써지지 않아 시간을 조금만 더 달라는 간곡한 부탁이었다. 혹시나 하는 마음에 코헨 학장님 찬스까지 썼다. 내가 피치 못할 개인적인 사정으로 지난 몇 주간 심란한 나머지, 학장님께 상담까지 받았다고 덧붙인 것이었다.

덜덜거리는 손가락으로 '보내기'를 누르자 수치심에 얼굴이 새빨갛게 달아올랐다. 금방 답장이 왔다. 마감 시간을 일주일 연장해 주겠다고 했다. 머릿속을 뒤덮은 불길한 먹구름 떼 사이로 한 줄기 빛이 드는 느낌이었다. 고마운 마음에서라도 어떻게든 글을 써 내자고 나를 타일렀다.

그래, 마음을 비우고 느낌 가는 대로 하면 돼.

자기암시에 빠져 책장을 훌훌 넘겼다. 그러자 마법처럼 한 단락에 멈춰 섰다.

— 여정은 몹시 구슬펐다. 처음에는 비통에 잠긴 사랑하는 친구들을 위로하고 공감하고 싶어 서두를 마음이었지만, 고향 가까이 이르자 속도를 늦추었다. 온갖 감정들이 마음을 뒤덮어 감당하기 벅찼다. 어린 시절 낯익은 풍경들을 지나쳤지만, 6년 가까이 보지 못한 것들이었다. … 두려움이 나를 집어삼켰다. 나를 전율케 한 이름 모를 수천 가지 해악들이 겁이 나, 감히 더 나아갈 수 없었다. 비록 그것들의 정체도 몰랐지만.

줄곧 내가 단락을 선택하려 했는데, 결국 단락이 나를 선택하게 했어야 했다. 그렇게 제일 버거웠던 첫걸음을 떼고 나니, 글이 술술 써졌다.

얼마 후, 보고서 성적이 나왔다. B+에 조교가 남긴 짤막한 평이 딸려 있었다. 알파벳으로 환산된 성적 자체가 실망스럽기도 했지만, 그의 평이 특히나 떠꺼웠다. 내 감상적인 표현력과 철학적인 주제 의식은 전혀 주목하지 않고, 기술적인 면만 대강 훑어 놓은 평이었다. 차라리 원래 마감보다 늦게 내서 감점을 받은 거라면 납득이라도 했을 텐데. 영 찝찝하고 불쾌했다.

급기야 파누 교수님께 찾아갔다. 어차피 마감 연장까지 받은 마당에 성적으로 왈가왈부할 생각은 없었다. 다만 과연 교수님은 내 글을 어떻게 봤는지 궁금했다.

— 이번에 읽은 것 중에 가장 인상적인 글 중 하나였어.

교수님이 눈을 반짝였다. 가까이서 보니 눈에 담긴 별빛들이 더욱 맑게 빛났다. 별들이 날아와 박혔는지, 가슴이 새하얗게 뛰었다.

— 아주 예민한 감각과 깊은 통찰이 돋보이는 글이었어. 조교가 준 성적은 신경 쓰지 마. 이 정도 수준으로 기말 보고서를 써내면, 좋은 성적은 보장이니까.

별들이 얼굴에도 내려앉았는지, 안면 근육이 파르르 떨렸다. 상상도 못 했다. 다른 누구도 아니고 파누 교수님에게 이런 무지막지한 칭찬을 들으리라고는. 너무 들뜬 나머지, 얼마 전 무심결에 지나가던 생각을 입 밖으로 꺼냈다.

— 사실 교수님 수업 들으면서 제가 잊고 있던 문학에 대한 열정이 되살아났어요. 전 지금 생물학 전공인데, 지금이라도 문학을 복수 전공하고 진로도 그쪽으로 하면 어떨까 고민돼요.

— 멋진 생각이야. 그럼 문학과 입장에서는 인재를 수확하는 셈이지. 이 정도 실력이면, 넌 훌륭한 문학비평가가 되고도 남을 거야. 난 여

러 대학에서 가르쳐 봤는데, 브라운만큼 지적이고 호기심 많고 창의적인 아이들이 많은 곳이 없었던 거 같아. 여기서 너희들을 가르쳐서 참 복에 겹고 행복하단다.

고풍스런 문학과 건물을 나서는 발걸음이 깃털처럼 가벼웠다.

맞아. 비록 내가 무능한 문제투성이 인간이긴 해도, 나도 뭔가 대단한 잠재력이 있는지 몰라. 그게 교수님 말대로 문학적 감수성일 수도 있고. 작년부터 내 감수성이 거짓이라고 의심했는데, 바보 같은 짓이었어. 내 감수성은 분명 엄연한 실체야.

교수님과 나눈 대화에서 영감을 받아 문학 복수 전공을 한번 알아보았다. 그런데 이제 와서 그걸 하려면, 1년 이상 학교를 더 다녀야 했고, 나머지 모든 학기를 생물학과 문학 전공 수업들로 꽉꽉 채워야 했다. 문득 지난 대학 세월이 허망하게 느껴졌다. 낙랑공주가 자명고에 부욱 그은 금처럼.

1학년은 방황한답시고 아무것도 이루지 못한 채 어영부영 보냈고, 2학년은 철학과 심리학 공부에 심취하긴 했지만 전공이나 진로와는 아무 상관이 없었다. 3학년이 되어서는 다시 1학년 때 치른 방황을 그대로 되풀이하고 있었다. 조교 업무 말고는 온통 허송세월이었다.

내 안 어딘가에서 희미한 목소리가 들렸다.

어쩌면 공부에 집중이 안 되는 이유가 내가 진정으로 원하는 공부를 못하고 있어서일까?

순간, 정신을 둘러싼 벽이 와르르 무너졌다.

대학 생활 완전히 헛살았어. 인간관계는 말할 것도 없고, 학업마저 헛된 모래성만 쌓았어. 곧 파도가 몰려오면, 모든 게 물거품이야. 이제 와서 다른 길을 가기도 너무 늦었어. 다 끝났어.

눈물이 앞을 가렸다. 희뿌연 물안개 사이로 부모님 얼굴이 아른거렸다. 내가 훗날 한의학을 연구하겠다고 되도 않는 소리를 지껄이다 결국 브라운 합격증까지 받아 들었을 때, 수화기 너머에서 흐뭇해하던 엄마 목소리가 귓가에 맴돌았다.

내 안 깊은 곳에서 구덩이가 낄낄거렸다.

네 부모 기대를 이렇게 저버리려고?

이 막돼먹은 불효자식 새끼.

#33 나 ×같은 심리치료사 행세 때려치울 거야!

음, 엄마는 아들이 그렇게 마음고생하는 줄 전혀 몰랐네. 엄마가 나쁜 엄마야. 그래도 아들이 이렇게 힘든 게 있으면 있다고 얘기해 줘서 너무 다행이야. 엄마도 우리 아들 어떻게 도울 수 있을지 열심히 고민해 볼게.

— 엄마, 만약 내가 정신병이 있으면 어떨 거 같애?

그동안 가슴을 짓눌러 온 돌덩이를 덜컥 입 밖으로 꺼냈다. 바싹 마른 입 안에 침도 고이지 않았다. 나도 몰래 숨죽인 채 수화기 너머 엄마의 대답을 기다렸다.

— 음, 무슨 문제인진 모르겠지만, 엄만 그게 뭐든 최선을 다해 도와주려 노력할 거야. 엄마한텐 너랑 우리 가족이 전부니까.

눈물을 삼키며 속내를 털어놓았다.

— 지난 학기부터 공부에 집중을 못 하고 있어. 어쩌면 진로 계획이 틀어져서 생긴 문제일지도 몰라. 한의학 연구하겠답시고 생물학 공부하는 일이 사실 나랑 안 맞는 거 같거든. 지금은 문학이나 심리학 쪽 길이 더 끌려.

— 엄마는 예전이랑 달라서 네가 뭘 하고 싶어 하든 전혀 상관없단

다. 문학이든 심리학이든 네가 하고 싶은 거 해. 네 인생 엄마가 대신 사는 거 아니잖아. 우리 아들 몸 건강하면 그걸로 엄마는 충분해.

취객처럼 비틀거리는 목소리를 애써 붙들며 담담히 말을 이었다. 속에서는 울음이 멈추지 않았다.

— 응… 엄마, 사실 생각보다 내 상태가 심각한 거 같애. 마음 같아선 휴학하고 무슨 산속의 절로 도망가고 싶다는 생각까지 들어. 그게 아니면 정신병원에 들어가서 치료나 요양을 하든지. 근데 예전에 말했지만, 내가 이번 학기에 유기화학 조교를 하잖아. 그게 책임이 막중한 일이라서 죽기 살기로 버티는 중이야. 도중에 관두는 건 상상할 수 없어서.

— 음, 엄마는 아들이 그렇게 마음고생하는 줄 전혀 몰랐네. 엄마가 나쁜 엄마야. 엄마는 그래도 아들이 이렇게 힘든 게 있으면 있다고 얘기해 줘서 너무 다행이야. 혼자 가슴에 담아 두면 너무너무 크고 심각하게 느껴지는 일도 남한테 얘기하면 조금 가벼워지기도 하잖아. 엄마도 우리 아들 어떻게 도울 수 있을지 열심히 고민해 볼게.

핸드폰을 내려놓고 눈물을 와락 쏟았다.

가슴속이 난장판이었다. 무엇 하나 나무랄 것 없이 순수하고 자애롭기만 한 엄마의 대답에 뒤틀린 영혼이 어루만져진 기분이었다. 하지만 동시에 내가 엄마의 기대를 저버린 못난 아들인 게 끝내 까발려져 영혼이 쪼그라드는 기분이었다. 고마움, 미안함, 창피함으로 뒤범벅된 속이 말도 못하게 어지러웠다.

오늘 엄마에게 그동안의 속앓이를 털어놓은 일은 엄청난 도약이었다. 평소 일주일에 한 번꼴로 엄마와 통화하면서도 나는 주로 엄마 얘기를 듣기만 하는 입장이었다. 주로 엄마가 운영하는 인산죽염 사업이나 인산한의원에 관한 일들이었고, 이따금 다른 가족에 관한 일들이었다. 이상하게 내 얘기는 잘 안 나왔다. 기껏해야 올 학기 초에 "유기화학과 성격심리학이라는 수업에서 조교를 하게 됐다" 정도로 짤막한 소식을 전한 게 다였다. 그러다 오늘 크게 한번 사고 친 셈이었다.

사실 나는 오늘의 대(大)고백을 알게 모르게 준비해 오고 있었다. 학기 시작 직전, 한국에서 브라운으로 돌아오는 길에 있었던 모종의 사건이 그 시발점이었다.

프로비던스행 비행기가 도중에 기착해 공항에서 시간을 때우던 중이었다. 고등학교 친구 수진이에게서 전화가 왔다.

— 야, 내 얘기 좀 들어 봐. 아니, 내 남친은 미국에서 살았으면서 왜 그렇게 다른 한국 남자들 같을까? 내가 페미니즘이나 여성 인권 같은 걸 얘기하면 이해 못하는 거까진 알겠는데, 왤케 관심 없어 하냐고. 날 좋아하면 나한테 중요한 것들도 좀 관심 가져 줘야 되는 거 아냐? 그냥 우리가 안 맞는 거야?

수화기 너머에서 짜증으로 끈적거리는 목소리가 들려 왔다. 얘기를 차분히 듣다 동일시라는 심리치료학 개념이 떠올랐다. 그 개념이 수진이 상황에 잘 들어맞겠다는 생각이 들었다.

그렇다. 우리는 자기 의견이나 관심사를 자기 자신과 동일시하는 경우가 있다. 때로 그 의견이나 관심사를 자존감과 직결시켜 자기 존재 가치처럼 여기기도 한다. 그러면 자기 의견에 반하거나 관심사가 갈리는 사람에게 적대적이거나 실망하게 되기 쉽다. 이때, 자기 통제권 밖에 있는 타인이 바뀌기를 기대하는 것보다, 자기가 그 동일시에서 벗어나는 게 정신 건강에 더 이로울 수도 있다. 그건 자기 의견이나 관심사를 인정받는 일에 더 이상 목말라하지 않는다는 뜻이기도 하다.

내가 입을 뗐다.

— 음, 근데 심리치료학에서 이런 얘길 하는데…

수화기를 뚫고 짜증의 포화가 쏟아졌다.

— 아니, 심리치료인지 뭔지 관심 없고, 그냥 내 얘기 좀 들어 주면 안 돼? 예전의 넌 어디 가고 왜 날 분석하려 드니?

뻥. 축구공에 머리를 얻어맞은 기분이었다. 친구에게 도움이 되고 싶어 꺼내려던 얘기였는데.

근데,

내가 왜 이런 짜증까지 들어가면서 고민을 들어 주고 도와야 되지?

환멸감에 휩싸여 정신이 번쩍 뜨였다. 내가 그동안 되도 않는 심리치료사 역할에 매몰되어 있었다. 정작 자기는 곰팡이가 잔뜩 핀 것 같은 고민들에 찌들어 살았으면서. 그 역할에 취해 남 얘기만 경청하느라 자기 목소리를 내는 법마저 잊어버렸다.

그러니까 네가 지금처럼 화냈겠지. 늘 하던 대로 얌전히 입 다물고 고민을 들어 주는 대신, 내가 하고 싶은 말 한마디 했다고.

홧김에 전화를 끊었다. 빈속에 싸늘한 분노가 타올랐다. 분노는 친구만이 아니라 나 자신에게도 향해 있었다. 그동안 내가 남긴 행적이 줄줄이 뇌리를 스치고 지나갔다.

먼저 페이가 떠올랐다. 방학이 되기 전까지 그녀와 그녀의 장거리 연애 상대인 남자친구에 대한 고민을 수차례 논한 적이 있었다. 그가 극심한 우울증, 자존감 부족, 질투심 등을 겪는데, 자기가 멀리서 어떻게 도와줘야 할지 막막하다는 고민이었다. 내가 내놓은 해답은 이랬다.

— 네가 남자친구를 아끼는 마음에 그의 부정적인 에너지까지 흡수해 버리면, 그게 서로에게, 또 서로의 관계에 독이 될 거야. 그러니까 힘

들더라도 이성적으로 남자친구와 너 사이의 심리적인 경계를 명확히 하는 게 중요해. 그래야 오히려 그에게 힘이 돼 주고 도와주기 쉬울 테니까. 그리고 평소에도 남자친구의 고민들을 네 일처럼 마음에 담아 두고 지내지 말고, 네 삶을 즐기고 가꾸어야 해. 그래야 그와 함께할 때 긍정적인 기운을 전해 줄 수 있으니까.

페이는 내 설명을 듣고 환하게 웃었다.

— 너 정말 심리치료사 해도 되겠다!

친구가 해 준 칭찬보다 친구가 밝아진 모습에 내가 다 기뻤다. 하지만 돌이켜 보니 그 광경은 우습기 짝이 없었다. 그녀의 남자친구만큼이나 나 역시도 우울증과 자존감 부족에 시달리고 있었는데, 나는 멀쩡한 척 무슨 대단한 심리치료사라도 납신 것처럼 조언을 늘어놓았으니까.

로난과도 비슷했다. 우리는 그가 약물중독이나 불안장애와 오래 씨름한 일을 종종 화제로 삼았다. 그럴 때마다 함께 그의 시시콜콜한 가정사와 학창 시절까지 거슬러 올라가, 어떻게 문제들이 파생되었는지 정신분석 비스무리한 짓거리를 했다.

웃긴 일이었다. 자기 치부를 숨김없이 드러내는 그의 앞에서도 어쩐지 나는 내 안의 어둠을 꺼내 보일 수 없었다. '난 인간관계를 파탄 내길 일삼는 경계선 성격장애야. 내가 어쩌다 이런 괴물이 되었는지 나랑 같이 내 성장 과정을 살펴보지 않을래?' 이런 말들은 차마 목구멍을 넘기지 못하고 혼자 삼켜야 했다.

크렉과도 그랬고, 메리와도 그랬고, 유빈이와도 그랬고, 엄마와도 그랬다. 아까 수진이와 통화하다 머리를 한 대 맞고 나니, 그동안 그들에게 보인 내 모습이 완전히 거짓이라는 걸 깨달았다.

나는 선의의 가식쟁이이자 친절한 겁쟁이였다. 자기는 문제투성이에 자기 문제를 직면하지도 못하는 주제에, 남들에게 거드름 피우며 고민 해결사를 자처해 왔다. 그런 식으로 남들에게 도움이 되는 것에서 유일한 존재 가치를 찾으며 모종의 희열을 느꼈다. 역겨운 변태였다.

그건 자존감의 거짓되고 불건전한 원천이었다. 내가 궁핍한 자존감을 살찌우려 짝퉁 심리치료사 역할에 매몰될수록, 나 자신의 문제는 점점 더 곪아 자존감을 갉아먹었다. 그럴수록 나는 더욱더 그 역할에 매달렸다. 전형적인 악순환이었다.

다시 비행기에 올랐다. 몸이 붕 뜨는 동안 등받이에 몸을 기대고 사색에 잠겼다. 이륙을 마치고 고도가 안정되자 바로 노트를 꺼냈다. 홀린 듯 펜을 놀려 섬뜩하도록 새로운 자각들을 정리해 나갔다.

학교로 돌아온 다음, 모두에게 당당히 선언했다.

— 나 ×같은 심리치료사 행세 때려치울 거야!

이제 내 목소리를 되찾을 시간이었다. 심리치료사 가면을 눌러쓰고 그 이면에 꾹꾹 억눌러 놓았던 내면의 목소리를 드디어 밖으로 끄집어낼 시간이었다.

그러려면 우선, 내 습관적인 화법을 뜯어고쳐야 했다. 그도 그럴 것이, 나는 친구들뿐만 아니라 새로 만나는 사람들에게도 자기 얘기를 하도록 유도하는 의사소통 습관이 있었다. 특히 이들이 고민이나 속내를 털어놓을 때는 나도 모르게 얼굴이 공감과 궁금증으로 반짝반짝 빛났다.

이제부터 누가 자기 얘기를 늘어놓으면, 결코 예전처럼 대하지 않기로 했다. "어 그래? 완전 흥미롭네!" 하고 추임새를 넣는 대신 "아, 그렇구나" 하고 일부러라도 심드렁하게 반응하려 애썼다. '나는 너의 개인 심리치료사가 될 의향이 없어'라고 전하기 위해서였다.

의식적인 노력은 조금씩 내게 변화를 안겨 주었다. 그 변화란 얼마 만에 느껴 보는지 모르는 해방감이었다. 더 이상 누군가의 가짜 심리치료사가 아니라, 내가 진짜 나로서 존재한다는 느낌. 그렇게 엄마에게도 본모습을 내보이고 말았다.

엄마 얘기를 고분고분 들어 주는 아들이 아니라, 속에 쌓인 고민의 무게를 끝내 이기지 못하고 몰락하는 인간의 모습을.

#34 Fu*k That Shit

— 네가 피드백을 솔직하게 잘 줘서 덕분에 나도 어떻게
더 좋은 심리치료사가 될 수 있을지 고민하고 배울 수 있었어. 그리고
지금처럼 쉽게 꺼내기 힘든 얘기도 나한테 이렇게 마음 열고 해 줘서 고마워.
나는 눈가에 고이는 눈물을 말없이 소매로 훔쳤다.

유사 심리치료사 행세를 하던 내 앞에 진짜 심리치료사 브레넌 씨가 앉아 있었다. 온화한 염려가 깃든 그의 눈길에 슬며시 깨달았다.

주위 사람들 고민을 들어준답시고 정작 나 자신의 고민은 입 밖에 내길 꺼린 태도가 여기서도 이어졌다. 비록 브레넌 씨에게는 감히 심리치료사 흉내를 내지는 않았지만 말이다. 공통 키워드는 회피였다. 그러니까, 내가 주야장천 심리치료 관계가 거짓이라느니 어쨌다느니 징징댐으로써, 그에게 마음을 열고 내 문제를 진솔하게 의논하길 회피해 온 것이었다.

서서히 실마리가 보였다. 그동안 브레넌 씨에게 그토록 바랐던 것과 그를 원망했던 이유가 무엇인지. 어떻게 그가 구세주이자 동시에 원수여야 했는지. 무의식 뒷산에 매장된 그을린 송장 같은 옛 기억이 떠올랐다.

중학교 1학년 입학을 앞둔 때였다. 그전까지만 해도 컴퓨터 게임에 빠져 살던 내가 우연히 친구가 보여 준 민사고 홈페이지를 보고 당차게 다짐했었다.

중학교 들어가면 공부만 해야지. 그래서 꼭 민사고에 들어가야지.

한복을 폼 나게 빼입고 민족정신으로 무장해 세계를 품에 안겠다는 포부를 읊는 형, 누나들의 모습에 충격적으로 반한 까닭이었다. 그리고 다짐대로 중학교에 들어가자마자 못 말리는 책벌레 모범생이 되었다. 쉬는 시간 점심시간 할 것 없이 늘 손에서 책을 놓지 않았다.

그런 내가 꼴보기 싫었는지 양아치 몇 명이 툭툭 시비 걸기 시작했다. 얌전히 읽고 있던 책을 덮어 버리기도 하고, "야 공부 좀 그만해, 재수 없어" 하고 조롱하기도 하며, 심심할 때마다 옆에 와서 나를 못살게 굴었다. 특히 내가 반장으로 뽑히고 나서 괴롭힘은 더욱 심해졌다.

어느 날 개중 하나가 우리 부모님이 죽염 사업 한다는 건 또 어떻게 알고, 어디선가 죽염이 담긴 병을 구해 와 이른 아침에 느닷없이 머리 위에 뿌렸다. 그러고는 재밌는 구경거리가 생겨 좋아 죽겠다는 듯 트롤 페이스(troll face)처럼 낄낄거렸다. 나는 수치심에 고개도 들지 못하고 하지 말라고 무력하게 저항만 할 뿐이었다.

피해자들은 더 있었다. 한 아이는 집안 사정도 좋지 않은 데다 왜소하고 힘이 없다고 양아치 무리가 동네북 다루듯 했다. 하루는 점심시간에 아무 이유 없이 바닥에 밀쳐져 발로 차이는 일도 있었다. 그 광경을 차마 지켜보지는 못하고 바득바득 이만 갈았다. 반장 따위가 돼서 할 수 있는 게 아무것도 없다는 무력감에 디멘터* 의 키스처럼 영혼이 빨

---

* Dementors, 소설 《해리 포터》 시리즈에 등장하는 끔찍한 귀신으로 우울증을 형상화했다고 한다.

려 나갔다.

무엇보다 잊을 수 없는 건, 그 쓰레기들이 우리를 괴롭힐 때 이따금씩이지만 선생들이 분명 복도를 지나다녔다는 사실이었다. 그런데 그들은 교실에 무슨 일이 있든 아무 관심 없다는 눈치였다. 왠지 귀찮아서 그냥 외면하고 있다는 직감이 들었다. 그럴 때면 속에는 더욱더 분노와 허탈감이 잿더미처럼 쌓여 갔다.

하루는 양아치 하나가 자전거를 잠깐 빌려 타겠다며 나를 협박하다시피 열쇠를 빼앗아 들고 내뺐다. 멀어지는 그의 뒷모습을 보며 살 떨리는 살의를 느꼈다. 부들부들 치를 떨며 집에 돌아와 엄마를 찾았다. 그동안 당한 일들이 주는 모멸감과 혹여 일이 더 커질까 하는 조바심이 뒤엉켜 속은 어지럽기만 했다. 결국 상세한 내막은 숨긴 채, 핵심만 간결하게 하소연했다.

— 학교에서 양아치들이 괴롭혀서 못 살겠어.

엄마는 그들이 어떻게 괴롭히냐고 물었다. 그 걱정 가득한 말투에 나도 모르게 사태를 축소시켜 버렸다. 얼마 전 학교에서 단체로 야영장에서 외박했을 때, 그것들이 나를 이불로 묶어 두고 흠씬 발길질했다는 사실은 입 밖에 낼 엄두조차 안 났다.

— 그냥 내가 공부만 한다고 재수 없다며 놀리고, 오늘은 자전거도 빼앗아 갔어.

엄마가 한숨 지으며 부드러운 목소리로 나를 달랬다.

— 엄마가 학교 가서 걔네들 보고 너랑 잘 지내라고 얘기할까? 맛있는 거 사 먹으라고 용돈도 주고 달래면, 괜찮지 않을까?

엄마도 참 순진했다. 그 대답에 조금이나마 해결책을 기대한 처음의 마음은 차바퀴가 밟고 지나간 깡통처럼 찌그러졌다. 내가 전우치같이 도술이라도 익혔다면 한달음에 죽여 버렸을 새끼들한테, 뭐? 용돈?

그 잡것들 모습이 눈앞에 훤히 그려졌다. 엄마한테 용돈을 받아 들고 더욱 기고만장하여 날뛰고 나를 비웃으며 괴롭힐 모습이. 분노와 허탈감으로 몸이 쇠꼬챙이처럼 달아올랐다.

주위 친구들도 엄마만큼 답이 없기는 마찬가지였다. 나처럼 힘이 없어 내가 당하고 있을 때 나서서 도와주지는 못했으니까. 하지만 그 괴물들이 자리를 뜨면 내게 다가와 토닥여 주고 곁을 지켜 주었다. 그들이 할 수 있는 최선을 다했다. 그래서 원망이 없었다.

그런데 학교 선생들과 부모님은 도움은커녕 관심조차 없었다. 그들은 어른이었는데, 어른이라면 달라야 했는데, 차라리 아이들만도 못했다. 장난감 병정 같은 어른들로 가득한 이 세상에 끝 모를 환멸과 구토가 나왔다. 그렇게 내 내면세계에는 어떤 어두운 믿음이 코로나처럼 걷잡을 수 없게 퍼져 자리 잡았다. 바로 인간 사회는 힘의 논리로 움직이며, 정의 따위는 개나 줘도 되는 곳이라는 믿음이었다.

그때의 사건과 경험을 까맣게 잊고 지내다, 최근 들어 희미한 기억의 파편들이 부지불식간에 뇌리를 스치기 시작했다. 비로소 오늘, 브레넌 씨를 앞에 두고 진실에 눈떴다.

그동안 나는 어린 시절 불의를 해결하는 데 아무짝에도 쓸모없던 부모님이나 선생들처럼 그를 대해 왔던 것이다. 당시의 학교 폭력처럼 이 고독한 방황도 알아서 종식시켜 주길 바라며 그에게 기대고 있었다. 그리고 기대에 못 미칠 때마다, 달리 말하면 언제나, 지독한 원망을 퍼부었다. 어쩌면 지금 내 문제를 해결해 주지 않아 원망하는 것 이상이었다. 무의식에 쌓아 둔 어른들을 향한 원망을 대표 격으로 죄 없는 그에게 쏟아부어 왔는지도 몰랐다. 정신분석학에서 밝힌 핵심 방어기제인

'전치'였다.

— 제가 왜 이렇게 망가졌을까 생각하다가 갑자기 떠오른 기억이 있어요.

브레넌 씨가 눈가를 살며시 찡그렸다. 흥미진진하고도 비극적인 영화의 결말이라도 앞둔 표정이었다.

— 제가 혹시 어렸을 때 학교에서 괴롭힘을 당했다고 말한 적 있나요? 별거 아니에요. 중학생 때였는데, 그 일이 제 세계관 형성에 영향을 끼치지 않았나 싶어요. 양아치들 몇몇이 저한테 괜히 시비 걸고 모욕을 줬거든요. 근데 제가 괴롭힘을 당해도 선생이나 부모나 신경도 써 주지 않고, 도움도 안 됐어요. 그래서 세상은 그냥 힘의 논리로 움직이는 곳이고, 어른들한테 뭘 바랄 필요가 없다고 믿게 된 거 같아요.

브레넌 씨가 심각한 얼굴로 신음했다.

— 네 말을 들어 보면 중요한 경험이었던 거 같은데….

— 뭐, 그럴 수도 있고요. 제가 그냥 중요하게 생각하고 싶지 않은 거겠죠.

— 음… 그 일이 생각난 계기가 있니?

— 잘 모르겠어요. 그냥 제가 왜 그동안 브레넌 씨에게 계속 마음을 닫고 불만만 터뜨리고 있었나 궁금해하다 떠오른 거 같아요. 그 일로 좀 설명이 되니까요.

이상했다. 웬일로 내가 그의 말에 쓸데없이 꼬투리를 잡지 않고 있었다.

— 음, 나는 네가 나한테 마음을 닫았거나 불만만 터뜨렸다고 생각하지 않아. 나도 사람이니까 당연히 부족한 점이 있을 텐데, 네가 피드백을 솔직하게 잘 줘서 덕분에 나도 어떻게 더 좋은 심리치료사가 될

수 있을지 고민하고 배울 수 있었어. 그리고 지금처럼 쉽게 꺼내기 힘든 얘기도 나한테 이렇게 마음 열고 해 줘서 고마워.

나는 눈가에 고이는 눈물을 말없이 소매로 훔쳤다.

브레넌 씨가 인자한 얼굴로 나를 바라보았다. 눈길만으로 눈물을 닦아 줄 수 있는 사람처럼. 가슴 깊이 고마움을 느꼈지만, 어쩐지 그걸 말로 표현할 수 없었다. 하지만 그도 이미 그 마음을 알아채고 품에 따스히 받아 준 것 같았다.

• • ● • •

심리치료에서 일군 진전과 상관없이, 학기는 여전히 비탈길을 거꾸로 미끄러지는 버스같이 위태로웠다. 공부는 여전히 손에 안 잡히고, 조교 일에 여전히 치이고, 썩은 동아줄 같은 정신줄만 애써 붙들며 꾸역꾸역 학기를 치러 내고 있었다. 심지어 그토록 열정적으로 참여했던 버틀러 병원에도 언제부터인가 흐지부지 발길을 끊었다.

병원 출근을 앞둔 어느 날 아침이었다. 앞에 놓인 과제물과 시험 공부량과 조교 업무에 소리 없이 비명을 질렀다. 스타벅스 앞 버스 정거장까지 가서 더는 발길이 떨어지지 않아 눈을 질끈 감았다. 그대로 병원행 버스를 떠나보냈다.

괜찮아. 이따 비알바 박사님과 코리에게 뭔가 그럴듯한 사정을 지어내 이메일로 양해를 구하면 돼.

하지만 거짓말도 진실도 말할 수 없었던 나는 계획이 물거품이 되는 과정을 가만 지켜만 보았다. 그들을 볼 낯이 없어 발만 동동 구르다 하루가 이틀이 되고 이틀이 사흘이 되었다. 늦을 대로 늦어 수습이 불가능한 지경에 이르자, 버틀러 병원을 한여름 밤의 꿈처럼 머릿속에서 지워 버렸다.

끔찍한 아이러니였다. 무단결근을 하기 얼마 전 코리에게 엄청난 말을 들었기 때문이었다.

— 조만간 네가 공동진행자로 집단심리치료를 하나 맡도록 해 줄 생각이야. 그동안 충분히 그럴 능력을 보여 줬다고 판단되거든.

설령 실현되지 않더라도 상관없을 만큼 가슴 벅찬 제안이었다. 내 재능과 잠재력을 인정하는 말이었다. 잔뜩 상기된 얼굴로 제대로 들었는지 되묻기까지 했다. 그런데 나는 그들을 철저히 저버렸다.

내 막돼먹은 꼴에 헛구역질이 났다. 그러면서도 이미 예견된 일이었다는 생각이 들었다. 언제부터인가 버틀러 병원에서 집단심리치료를 참관하는 자리에 앉아 지독한 회의로 가슴이 철렁한 게 한두 번이 아니었기 때문이었다.

내가 있어야 할 자린 여기가 아니라 저기 아닐까?

나 같은 의지박약아가 주제넘게 심리치료를 참관하고 심리치료사들 회의에 낀다는 사실이 거대한 사기극 같았다. 차라리 누군가 내 가면을 벗겨 정신병자의 몰골을 들추어내 주길 바랐다. 하지만 끝내 그 누군가가 나타나지 않은 바람에 어쩔 수 없이 내 손으로 잘라야 했다. 버틀러 병원과 나 사이를 잇는 인연의 끈을.

버틀러 병원 인턴십과 마찬가지로 학업도 이미 회생 불능이었다. 뇌질환 수업은 고민할 것도 없이 포기했다. 생리학 수업은 시험 준비를 도저히 하지 못해 재시험까지 치렀지만, 재시험 도중 머릿속이 엉망이 돼 눈물을 쏟으며 교실을 뛰쳐나왔다. 시험 감독이던 부교수님이 따라 나와 안쓰러움 가득한 얼굴로 물었다.

— 학교 상담소에 전화해 줄까?

— 괜찮아요. 이미 심리치료사가 있어요. 안녕히 계세요.

대충 둘러대고 도망치듯 자리를 빠져나왔다.

그리고 그날 꿈을 꿨다. 유기화학인지 생화학인지 낯익은 시험지를 앞에 둔 시험장이었다. 아까 낮에서처럼 머릿속이 새하얘져 어쩔 줄 몰라 하다 보니 땡 하고 시간이 끝나 있었다. 0점이었다. 당연히 과목을 낙제했다는 생각에 목이 조였다. 숨이 막혀 오다 덜컥 꿈에서 깼다. 눈가에는 고통으로 눈물이 그렁그렁했다.

유기화학이든 생화학이든, 작년에 내가 피나는 노력으로 A를 거머쥔 과목이었다. 꿈에게 농락당한 기분이었다. A를 빼앗기지 않았다는 사실에 안도하면서도, 어떤 불쾌한 예감이 벌레처럼 기어들었다. 어쩌면 내가 이루어 놓은 성취들이 앞으로 없어지다시피 하게 될 거라는 징조일까?

다시 목이 조여 왔다.

이번에는 꿈이 아니라 벗어날 수 없었다.

• • ● • •

오랜만에 프레드 잭슨 교수님을 찾아뵈었다. 1학년 때 〈식물의 2차 대사 산물 추출〉 수업을 지도했던 교수님으로, 어쩌다 생각나면 편하게 인사드리러 가곤 했다. 낮에는 정원 가꾸기가 취미고 밤이 되면 레게 음악을 즐겨 연주하는 그는 보기 드문 자유로운 영혼이었다. 녹음이 우거진 온실을 지나 사무실 문을 똑똑 두드렸다. 예고도 없이 나타난 나를 보며 그가 놀랍다는 표정으로 껄껄 웃었다.

내가 다 죽어 가는 목소리로 속사정을 털어놓았다. 요약하자면, 생물학 전공을 택해 여기까지 온 걸 후회하고, 지난 학기부터 공부에 집중이 안 돼 여러 과목을 낙제했고, 또래들에 비해 무능하고 뒤처지는 데다 성격까지 못나 사람들과 잘 어울리지 못하는 내가 혐오스럽다는 얘기였다.

산타클로스처럼 털털한 표정으로 내 얘기를 듣던 그가 나를 뚫어져라 쳐다보더니 호탕하게 툭 던졌다.

— JK, 네가 뭘 해야 되는지 아니? 지금 네 고민들한테 이렇게 말하는 거야. 좆까(Fuck that shit)!

눈을 동그랗게 뜨고 그를 쳐다보았다. 얼떨결에 찌푸린 인상을 펴고 한바탕 웃음을 터뜨렸다.

— 프레드, 너무 웃겨요! 뭔 소리예요 그게?

— 알아, 나도 내가 웃긴 거. 근데 지금 그게 중요한 게 아니고, 네가 너무 네 머릿속에 갇혀 있어서 거기서 빠져나오는 게 중요한 거야. 그래서 말해 주잖아. 이제 네가 아까같이 머릿속에서 너 자신을 윽박지를 때마다, 그 목소리한테 이렇게 한마디 하라고. 좆까! 널 깎아내리는 생각들은 네가 진지하게 들을 필요도, 받아들일 필요도 없다니까. 그럼 장담컨대, 인생이 훨씬 쉬워질 거라고.

다시 심각한 얼굴이 되어 그의 말을 곱씹으려는 찰나 프레드에게서 경쾌한 일격이 날아들었다.

— 봐, 지금 넌 또 심각한 얼굴이잖아. 좆까라니까? 널 그렇게 심각하게 만드는 것들에 좆까라 그러고 마음을 가볍게 가져 보라고.

나도 모르게 고개를 끄덕였다. 그의 조언을 논리적으로 이해할 겨를도, 그럴 필요도 없었다. 마법처럼 홀리는 한마디였다. 좆까. 머리가 희끗희끗한 교수님 입에서 나오리라고는 상상도 못 할 우습고도 심오한 한마디였다.

이어 프레드가 자기 얘기를 들려주었다. 현재 건강 문제부터, 지금껏 겪어 온 산전수전에 대한 얘기였다. 그 모든 일들에도 불구하고 그가 낙천주의를 잃지 않고 아이 같은 영혼으로 살아왔다는 사실이 새삼 경이로웠다. 그 경이로운 과정의 밑바탕에 어쩌면 그의 '좆까!' 하는 태도가 있었을까. 충분히 그럴 만했다. 그 태도는 말하자면 모든 것에도 불구하고 자신의 인간성과 존엄성을 최우선으로 지켜 나가겠다는 의지였다.

남의 조언은 여간해서는 귓등으로 흘리는 나도 프레드의 '좆까!'라는 인생철학에 완전히 설득당해 있었다. 온실을 나서 기숙사로 돌아오는 길 내내 그 한마디가 암자의 풍경 소리처럼 귓가에 맴돌았다.

그 후 기회가 닿는 대로 프레드의 마법 주문을 외웠다.

하루는 유기화학 조교 수업을 준비하려 도서관에 처박혀 문제 모음을 만들 때였다. 이번 학기 들어 뇌 질환과 생리학, 두 과목이나 포기했다는 사실이 불쑥 떠올랐다. 그때를 놓치지 않고 가슴속 구덩이가 살살 약 올렸다.

정작 제일 중요한 네 공부는 엉망으로 하고 계속 조교 놀이나 하려고?

입술을 꽉 깨물었다. 가슴을 옥죄는 구덩이의 목소리에 시원하게 한마디 날렸다.

좆까.

그러자 희한하게 구덩이가 잠잠해졌다.

하루는 여름방학을 앞두고 주위가 방학 계획을 떠드는 소리로 왕왕 시끄러울 때였다. 나 혼자만 아무 계획도 없고, 4학년 때 학교에 복귀할 수 있을지도 몰랐고, 진로도 마냥 막막했다. 그 사실들을 구덩이가 나한테 하나하나 친절히 상기시키며 깔깔거렸다. 역시 한마디 했다.

좆까.

마치 두더지 잡기 게임에서 뿅망치로 두더지 머리빡을 날릴 때와 같은 쾌감이 밀려왔다.

그래. 저 구덩이도 감히 고개를 못 쳐들게 뿅망치로 때려잡으면 그만이야.

결국, 반토막 난 학업으로 학기를 마무리했다. 조교 업무에 치이느라 〈광기의 시학〉과 〈에세이〉, 단 두 과목만 건졌다. 다시금 만신창이가 되어 집으로 돌아간다는 생각에 턱밑까지 비명이 차올랐다. 구덩이가 숨넘어가게 웃는 소리가 들렸다.

무심결에 야릇한 미소가 지어졌다.

좆까.

#35 숨통 트이던 여름

사실 브레넌 씨가 보고 싶은 것 같아요.
특별한 마음에서가 아니라, 그냥요. 이런 시 구절이 있어요.
"바로 앞에 있을 때는 멀리 있는 것처럼 보려 하고,
멀리 있을 때는 바로 앞에 있는 것처럼 보려 하라."

브레넌 씨에게,

어떻게 지내세요? 오랜만이에요. 저는 오늘 아침에 좀 막막한 기분이에요. 몇 가지 일로 머릿속이 어수선하고요(새로울 것 없죠, 하하). 그리고 최근 들어, 특히 오늘, 브레넌 씨 생각이 많이 나네요.

제 근황은 좋은 일도 있고 나쁜 일도 있어요. 그리고 네, 브레넌 씨가 계속 얘기한 것처럼, 좋은 일 나쁜 일 둘 다 함께 받아들이려고 노력해요. 그런데 오늘 같은 날에는 그냥 힘드네요.

저는 한국 남쪽에 있는 부산에서 실험실 연구 인턴십을 하고 있어요. 부산은 제법 큰 도시인데, 수도인 서울만큼 재밌지는 않아요. 그래도 여기 와서 수영 교실을 시작했는데, 강사님도 그렇고 같이 배우는 형, 누나들도 다 재밌고 친절해서 좋아요. 벌써 친해져서 같이 고깃집에서 밥도 먹고 포장마차에서 술도 마셨어요. (포장마차는 한국에서 인기 있는,

텐트 친 야외 술집이에요.)

이메일을 명랑한 어조로 끝내면 좋겠지만, 제 골칫거리도 좀 얘기해도 될까요? 저는 어느 때보다 더 제 몸에 자신이 없고, 그래서 가끔 절망에 빠져요. 그나마 다행인 건, 헬스장에 등록해서 처음 PT를 시작했다는 거예요. 근데 몸을 키울 수 있을 거라는 미래는 안 보여요. 실험실 일을 6시, 7시쯤까지 하고 나면, 다음 날 너무 피곤해서 종종 아침 식사를 못 준비해요. 그러면 오늘 아침같이 기분이 엉망이 돼요.

또 어떤 날은 정말 밥을 개같이 많이 먹는데도 아무 효과가 안 보여요(하루를 예로 들면, 아침으로 달걀 12개에 쌀밥 적당량, 간식으로 단백질 셰이크, 점심으로 아이스크림 와플 반 개, 간식으로 단백질 셰이크, 저녁으로 소고기 반 근 좀 넘게와 쌀밥 적당량, 그리고 후식으로 햄버거). 그래서 제가 이렇게까지 처먹어도 절대 체중이나 근육을 늘릴 수 없을 거라는 기분이 들면, 머리가 새하얘지고 그냥 울고 싶어져요.

또 여기서 비교적, 아니 훨씬, 잘 지내고는 있지만, 제 심리 상태는 여전히 그대로인 것 같아요. 그리고 가을에 학교로 돌아갈 수 있을지 정말 모르겠어요. 그 불확실성 때문에 너무 초조해요. 기대되는 수업들이 있어서 이번 학기만큼은 꼭 하고 싶거든요.

아닌가. 이상하게도 브라운의 매력이 희미해져 버린 거 같아요. 지금 학교에 있다는 생각을 해 봐도 별 감흥이 없거든요. 예전에는 한 번도 못 느껴 본 묘한 느낌이에요.

거기 있을 때의 기억의 파노라마가 전부 아득하게만, 아련하기보다 아프게만 느껴져요. 제가 그곳에서 계속 외부인임을 자각하면서(주로 백인이 많은 뉴잉글랜드에서 국제 학생이고 동양인이다 보니까) 있는 그대로 사랑받는 건 물론이거니와 결코 받아들여지지도 못한다고 느껴서 그런 것 같아요. 제 지각이 왜곡돼서인지 거기 사람들에 대한 제 평가를 투사해서인지 모르겠어요. 둘 다겠죠, 뭐.

하지만 어쨌거나 저는 돌아가야 해요, 잠들기 전까지 더 가야 할 수마일이 남아 있거든요. 제 미래는 어느 때보다 더 흐릿하지만, 저는 대학을 끝내고, 어쩌면 하게 될지 모를 심리학 석사를 위해 기반을 좀 마련하고 싶다는 간절한 마음이에요. 제가 들을 수업들이 심리학과는 동떨어져 있긴 하지만요.

또 제가 만일 돌아가더라도 브레넌 씨를 계속 볼지, 아니면 다른 치료사를 볼지, 마음이 안 서요. 브레넌 씨같이 멋있고 잘난 분이랑 있으면 저 자신이 더 열등하고 한심하게 느껴지는데, 브레넌 씨가 뭘 해도 그 마음이 가시지 않아서 답이 없잖아요.

브레넌 씨는 어떻게 지내는지, 별일 없는지 듣고 싶지만, 어차피 늘 얘기해 주지 않는다는 사실이 문득 떠올랐어요. 일방적으로 제 얘기만 하는 관계가 부질없다는 확신이 더 강하게 드네요.

• • ● • •

안녕, JK.

네 소식 들어서 반가워. 여름을 어떻게 보내고 있는지 궁금해하던 참이었거든. 여기 프로비던스에서는 길거리 축제가 있었는데, 내 사무실 바로 바깥 강변에서였지 뭐야. 날도 좋아서 많이들 모였더라고. 그런데 너 유로비전 대회 우승자인 콘치타 부르스트의 노래 〈불사조처럼 날아올라〉 들어 봤니? 되게 좋은 곡이야.

부산에 있는 것에 대한 네 기분을 이해할 거 같아. 그래도 네가 사회성 있게 사람들도 만나고, 하는 길을 찾은 거 같네. 실험실에서 일한 경험은 대학원 진학할 때 이력서에 쓰면 좋아 보일 거야. 그리고 운동하는 거 말인데, PT를 받기로 한 거 참 괜찮은 거 같아. 근데 참을성을 가지면 좋을 거야. 운동 습관은 새로운 생활 방식을 선택하는 셈이어서 시간이 걸리거든.

난 괜찮게 여름을 보내고 있어. 초여름에는 케이프에서 친구들과 걔네 아이들과 함께 긴 연휴를 보냈어. 해변가 집을 빌려서 말이지. 아주 좋은 주말이었어, 날씨도 완벽했고. 나는 7월 4일 연휴에도 휴가를 떠나고, 8월에도 아마 좀 쉴 거야.

브라운에 돌아오는 것에 대한 네 기분을 이해할 거 같아. 그런데 졸업을 굳이 왜 미루려 하니? 졸업하면 석사로 나아갈 수 있잖아. 그리고 심리치료 말인데, 내가 아는 사람 중에 못난 찌질이 치료사가 있는지 알아볼게. 그런 사람한테도 네가 열등감을 느낀다면, 그게 얼마나 부질없는 일인지 깨달을 테니까.

남은 여름 어떻게 흘러가는지 알려 줘. 네가 막막함을 좀 덜 느끼길 바라고, 이메일 잘 전달됐길 바랄게.

• • ● • •

음 브레넌 씨, 물어 보고 싶은 게 있어요. 시간이 나서 답해 주시면 감사하겠어요.

첫 번째는, 제가 양극성 증상이 있다고 생각하세요? 두 번째 유형인 경조증과 우울 상태같이요. 전혀 생각해 보지 않다가(그게 경계성과 자주 동반된다는 건 알고 있었지만요), 최근 들어 이 감정 기복이 어디서 올까 궁금해하다 든 생각이에요. 또, 제가 특정 증상들이 있다고 해도 상관없을까요? 만약 첫 번째 질문의 답이 그렇다라면 약물치료를 진지하게 고민해 봐야 할 텐데, 전 극구 반대라서 그럼 괜히 불안해질 거 같아요.

다른 질문은, 요즘 심리학 석사나 박사 과정에 대해 열심히 알아보고 있는데, 혹시 저한테 추천 같은 걸 해 주실 수 있을까 해서요. 특정 프로그램도 좋고, 아니면 어떤 식으로 준비해야 되는지 팁도 좋고요. 혹시 이 중에 아는 기관 있으세요?[CIIS(California Institute of Integral Studies), 시애틀대, 매사추세츠대].

너무 과한 부탁 같은데, 저한테 잘해 주려고 괜히 시간 내야 된다는 부담은 갖지 마세요, 알겠죠? 바쁘시거나 해도 제가 상처받지는 않을 거예요. 멀리 떨어져 있다 보니, 또 앞으로 아마 더 이상 심리치료를 함께하지 않을 것 같다는 느낌이 드니(지금껏 저를 얼마나 깊게 도와줬는지와 상관없이), 이제 브레넌 씨한테 별 기대나 애착이 안 들어요. 그리고 기대나 애착이 덜하니까 브레넌 씨를 더 존중하고 인간답게 대할 수 있게 된 거 같아요, 다행스럽게도.

아 또 지금 〈불사조처럼 날아올라〉 듣고 있는데, 뮤지컬 넘버로 무척 잘 어울리겠다는 느낌이에요. 제가 최애하는 뮤지컬인 《아이다》나 《몽테크리스토 백작》의 장면들이 스쳐 지나가요.

그런데 진짜 크게 웃었어요. 브레넌 씨가 얼마나 진지하게 그 말을 했는지는 모르겠지만, 못난 찌질이 치료사도 은근히 괜찮겠다는 생각이 들어요. 또 운동이 생활 방식이라는 말도 너무 마음에 들고요. 네, 제가 명심해야 할 마음가짐 같아요.

또, 저는 다른 두 가지 생활 방식을 새롭게 가지려고 해요. 봉사활동이랑 치유요(제 자신과 타인에게 자비를 베푸는 연습을 한다는 차원에서의 치유), 그런데 아직 연습이 잘 안 돼요.

사실 브레넌 씨가 보고 싶은 것 같아요. 특별한 마음에서가 아니라, 그냥요. 이런 시 구절이 있어요. "바로 앞에 있을 때는 멀리 있는 것처럼 보려 하고, 멀리 있을 때는 바로 앞에 있는 것처럼 보려 하라." 지금 그런 마음인 거 같아요.

브레넌 씨 사무실에 있을 때의 기분 좋은 추억이 떠올라요. 맞아요. 사무실 밖에서도 브레넌 씨에게 받은 기운을 느낄 수 있어요. 그런 기운을 주셔서 감사해요.

안녕 JK.

편지 고마워- 시도 되게 좋았어.

네 질문들에 대해 답하자면, 네 감정 기복은 두 번째 유형의 양극성에서 나타나는 화학물질 불균형이나 생리학적 병인보다는, 자존감과 거절에 대한 민감성과 더 관련되어 있는 거 같아. 네가 들떠 있고 기분 좋을 때는 네가 창조적이고 행복하고 활기로 가득할 때 같거든. 그리고 우울증이라는 괴물은 부정적인 상호작용이나 실망감, 거절당한 느낌 같은 게 촉발할 때 나타나는 것 같아. 양극성이라는 병명이 감정 기복을 잘 설명해 준다고 해서, 자존감 기복을 겪는 사람들이 종종 자기를 양극성이라 여기곤 해. 그런데 약물치료는 자존감이나 자기인식(sense of self)을 강화하는 데 도움이 안 되지.

석사랑 박사 과정에 관해서는 많은 고려 사항이 있을 것 같아.

1. 끝나고 뭘 하고 싶은데? 교육, 치료, 학술, 연구, 기타 등등(어떤 과정들은 학위 수료 후 자격증을 받을 수 있게끔 학사과정이 짜여 있거든). 어떤 과정들은 APA(American Psychological Association, 미국심리협회) 인가가 없기도 하고.
2. 어떤 석사 과정들은 심리학 박사 과정으로 잘 이어지고, 다른 석사 과정들은 그렇지 않기도 해서 고려할 사항이야.
3. 한국이나 미국, 다른 곳 중에서 네가 장기적으로 어디에 있고 싶은지 대충 알겠니?

나는 시애틀에 있는 안티오크 대학을 다녔어(로스앤젤레스랑 뉴햄프셔주의 킨에도 캠퍼스가 있어). 당시에는 석사밖에 없었는데 지금은 심리 박사 과정도 있어. 나는 치료사로 일할 마음이었고, 임상적인 지향성이 강한 과정을 원해서 거길 택한 거야. 또 나는 이미 석사학위가 있는 데다 병원/호스피스에서 일해 봤고, 내 최종 목표도 알고 있었어.

안티오크는 심리학 전문대랑 비슷해서 연구나 학술적인 심리학보다는 임상치료사들을 양성하는 데 중점을 둔 곳이야. 다양한 전공 과목이 있는데, 나는 가장 자유롭게 내 관심사를 추구할 수 있을 만한 전공을 택했어. 또 비용도 고려 대상이지. 하지만 나는 언제나 교육은 인간이 할 수 있는 최고의 투자라고 느껴. 아는 것이 힘이고 말야.

이게 좀 도움이 됐길 바라. 나는 네가 이 중 어느 과정에도 입학하는 데 어려움이 없을 것 같아. 사람들이 브라운을 높이 평가할 뿐더러, 네가 지원서를 인상 깊게 잘 쓸 거라 믿거든. 또, 어떤 과정들은 GRE 성적을 요구하기도 해.

• • ● • •

아 제발 브레넌 씨, 그만 좀 잘해 주세요. 다 사려 깊고 도움 되는 얘기들이에요.

브레넌 씨 배경에 대해 얘기가 나온 김에, 혹시 가까운 미래에 진로를 바꿀 계획 있으신가요? (다시 학교로 복귀해서 박사 과정을 밟고 교육이나 연구를 한다든지요). 그냥 궁금해져서요.

그리고 저를 인정해 주고 믿음을 주셔서 감사드려요. 저는 사실 제 경쟁력에 대해 불안하거든요. 작년에 방황하며 시간을 날린 데다, 제가 미래에 안정을 유지하면서 뭔가를 이루는 게 가능할까 의심스러워서요.

지금으로서는 그래도 실존치료 관련 공부를 열심히 해서 저만의 틈새 경쟁력을 확보할 계획이에요. 아, 별 상관은 없는 얘기인데, 혹시 켄 윌버의 《무경계》라는 책 들어 보셨어요? 불교에 대해 잘은 모르지만, 불교를 정신분석학적으로 해석한 책이라는 인상을 받았어요. 어찌 됐든 아주 흥미로운 시각이죠.

브레넌 씨는 한 번도 저를 보고 싶다고 하지 않네요(당연히 보고 싶지 않으니까 그럴 테지만). 뭐 상관없어요. 어쨌건 저쨌건, 안녕히 계세요. 말했듯이 도움이 아주 많이 됐어요, 감사해요.

• • ● • •

안녕 JK.

답장 고마워. 프로비던스는 지금 아주 습해서 여름이 온 느낌이야.

내 얘기가 도움 됐다니 기쁘네. 미국에 너무 많은 과정들이 있어서 고르는 게 막막할 수도 있어. 나는 박사 과정을 하러 학교에 돌아갈 생각은 없어. 지금도 가르치는 일이나 글을 학술지에 싣고 학회에 발표하는 일은 충분히 할 수 있고, 내가 받은 정신분석 수련 과정을 박사 과정급으로 쳐 주는 사람들이 많거든. 그래도 배우는 것 자체를 사랑하는 사람으로서, 나는 내 관심사를 스스로 계속해서 잘 탐구하는 중이야. 내가 받은 교육 덕에 그걸 혼자서 잘할 수 있는 수단을 갖춘 느낌이야.

켄 윌버를 들어 봤는데, 그 책은 잘 모르겠어. 《무경계》라고? 제목을 더 분석하지는 않을게. 너도 알다시피 난 "울타리가 좋아야 이웃 관계도 좋다"라는 속담을 믿잖니!

네 이메일 마지막 부분에 미소가 지어졌어. 내가 말하지 않는다고 그걸 느끼지 않는다는 뜻은 아니지. 우리가 그렇게 많은 일들을 함께했는데도 네가 보고 싶지 않을 거라고 여긴다니, 너도 참 재밌구나.

#36 영원한 숙제

넌 뭐가 가장 두려워?
죽음요.
왜 죽음이 두려운데?
모든 게 끝나니까요.

중학교 1학년 때였다. 중간고사가 끝난 직후라 다른 아이들은 자체 휴가를 낸 모양이었다. 시골 영어 학원의 조그만 교실에서 캐나다 원어민 교사 매튜만 덩그러니 나를 기다리고 있었다.

오늘따라 컨테이너박스 같은 창문 없는 방이 더 갑갑하게 느껴졌다. 우리는 살짝 어색한 미소와 안부를 교환했다. 그런 다음 곧바로 회화 교재를 펼쳐 들었다. 일대일 수업이었다. 그의 푸르스름한 눈빛이 다음 질문을 훑고는 나를 향했다. 깊은 숲속 개울처럼 나지막한 목소리가 물었다.

— 넌 뭐가 가장 두려워?

퍼뜩 대답을 내놔야 할 때 으레 그러듯, 눈가를 가늘게 찡그렸다. 순간 목에 걸린 생선 가시를 토하듯 대답이 튀어나왔다.

— 죽음요.

무궁화꽃이 핀 듯, 매튜가 그대로 자리에 정지했다. 예상치 못한 답에 놀랐을까. 그가 굳은 표정을 풀고 짐짓 태연하게 이어 물었다.

— 왜 죽음이 두려운데?

그의 질문을 받자 머릿속에 새까만 어둠이 들어찼다. 우주를 집어삼킬 만큼 무한히 뻗어 나가는 어둠이었다. 희멀건한 벽을 뚫고 아무 제약 없이 무수한 보이지 않는 손을 쭉쭉 뻗쳐 나갔다. 누구도 그 손아귀에서 자유롭지 않았다. 잘못 걸리는 순간 끝장이었다. 의식의 빛은 하루살이처럼 태워지고, 이내 무한한 어둠의 일부가 되었다. 그게 죽음의 위용이었다.

매튜가 막대사탕을 입에 문 아이처럼 말똥말똥 나를 바라보았다. 그런 그에게 어쩐지 설명할 수가 없었다. 잠깐 뜸 들이다 대충 얼버무렸다.

— 모든 게 끝나니까요.

우리는 기꺼이 다음 질문으로 넘어갔다.

돌이켜 보면, 우스운 장면이었다. 한낱 중학생과 함께한 영어 회화 시간. 무엇이 두렵냐는 일상적인 질문에 죽음같이 묵직한 대답이 나올 거라 결코 기대하지 않았을 게 분명했다. 그 대답이 마치 거대한 생선 뼈처럼 내 입에서 튀어나와 허공을 갈랐을 때, 나 역시 매튜만큼 당황했다.

그때 기억이 10년이 지난 지금까지도 생생했다. 그 질문 앞에 나는 변함없이 열네 살 소년이었다. 블랙홀처럼 머릿속을 빨아들이는 죽음, 그 무한한 칠흑. 왜 두렵냐는 질문 앞에 어쩐지 설명할 수 없어 난처한 처지 역시 그대로였다.

4학년 1학기를 시작한 지 얼마 안 된 어느 오후였다. 수업을 마치고 중세 유럽 저택 같은 철학과 건물을 나서며 습관처럼 휴대폰을 열고 이메일을 확인했다.

난데없는 부고가 와 있었다. 생물학과의 딘티(톰슨 학장님의 애칭)가 돌아가셨단다. 말도 안 되었다. 그녀와 이메일을 주고받은 게 불과 한 달 전 여름이었다. 졸업을 미루고 생물학 전공과목을 한 학기 더 듣는 방안을 고려하다 학장님께 도움의 손길을 내민 것이었다. 그녀는 내 처지를 이해하고 조언과 격려를 아끼지 않았다. 추가 학기 없이 무사히 졸업이 가능하도록 학과 계획을 짤 수 있던 것도 순전히 그녀 덕이었다. 학장님이 학기 직전에 휴직계를 냈다는 단체 메일을 돌렸을 때만 해도 나는 아무것도 눈치채지 못하고 해맑은 답장까지 했었다.

— 진심으로 그리울 거예요. 내년 봄에 곧 봐요!

한동안 그녀 소식이 생물학과의 화젯거리였다. 호스피스에서 암 투병 끝에 돌아가셨다고.

간만에 연락해 지난 학기 내게 좆까의 미학을 전수한 프레드 잭슨 교수님을 찾아뵈었다. 가습기가 붕붕 내는 희뿌연 소음과 천하태평한 녹음으로 뒤덮인 식물원을 가로질러 사무실에 다다랐다. 교수님은 물론 여전했다. 나를 보더니 굵직한 손으로 대뜸 가리키며 칭찬으로 말문을 열었다.

— 야, 얘 봐라. 너 좀 멋있어졌다.

내가 유쾌하게 웃었다.

— 프레드도 언제나처럼 멋진데요 뭘. 방학 잘 보냈어요?

그가 기다렸다는 듯 몸을 틀어 마우스를 놀리더니, 들뜬 외판원처럼 싱싱한 사진들을 스크린에 띄워 보였다. 첫 사진 속에서 그는 손수 지었다는 오두막 앞에서 삽을 들고 활짝 웃고 있었다. 주위에 평화롭게 뛰노는 손자 손녀의 모습이 보였다. 그가 한 장 한 장 사진을 넘기며 벌컥벌컥 웃음을 터뜨렸다. 그 쾌활한 분위기에 감화된 나도 기분 좋게 따라 웃었다.

그러다 말고 프레드가 심각한 표정이 되었다.

— 근데 너 딘티 소식 들었지? 죽음이 남 일 같지가 않아.

장난기 가득하던 그의 두 눈에 시든 잎사귀 같은 눈빛이 아른거렸다. 가슴이 뭉클했다. 그 눈빛에 어쩐지 우리를 구분 짓는 나이의 장벽이 허물어진 느낌이었다. 세월이 깊게 팬 그의 얼굴에서 나와 꼭 같은 한 인간이 보였다. 연민이라기보다 동질감이었다.

그의 쾌활함이 내 안에 되살아났는지, 내가 익살꾼처럼 농을 던졌다.

— 근데 프레드가 교수님이라는 게 지금도 신기해요. 그러니까, 저보다 나이가 많다는 게요. 그냥 옷차림이나 분위기를 보면 제 또래 같고 늘 젊음의 기운이 넘치잖아요.

그가 한결 밝은 표정이 되어 맞장구쳤다.

— 그래? 사실 나도 교수라는 직함이 아직도 좀 웃겨. 교수님 소리 들으려고 쫙 빼입고 거드름 피우면서 똑똑한 소리 하는 건 내 체질에 안 맞거든. 내가 너희들보다 더 잘난 것도 아니고 말야.

이윽고 사무실 문을 나섰다. 꼭대기 층 엘리베이터를 타고 다시 지상으로 돌아왔다. 새삼 희한했다. 한창이라 부를 만한 젊은 나이인데, 난 왜 늘 죽음의 존재를 의식할까? 흡사 뼈에 새긴 그 어떤 경고처럼.

프레드는 죽음이 남 일 같지 않다고 했다. 이하동문이었다. 죽음 앞에 우리는 똑같았다. 교수님만큼이나 내게도 죽음은 마치 눈앞에 시체를 볼 때처럼 소름 끼치도록 엄연하고도 육감적인 실체였다. 10년 전 매튜의 질문을 받았을 때와 달라진 게 없었다.

그런데 또래들은 열이면 열 모두 나와 달랐다. 죽음이라는 주제 앞에서 나는 그들과 동떨어진 무인도에 있는 것 같았다.

중학교 때, 고속버스 안에서 또래 아이와 문자를 주고받던 중 대뜸 물었다.

— 혹시 너도 가끔 버스 타다가 사고 나서 죽을 수도 있겠다는 생각 들어?

— 갑자기 무섭게 무슨 소리야?

그녀는 후다닥 화제를 돌렸다.

고등학교 때, 나란히 걷고 있던 친구 녀석에게 불쑥 물었다.

— 넌 죽는 거에 대해 어떻게 생각해?

그가 잠깐 생각하더니 손쉽게 답을 내놓았다.

— 음, 지금 당장 죽으면 당연히 아쉬울 거 같아. 죽기 전에 해 보고 싶은 게 너무 많으니까. 근데 이룰 거 다 이루고 늙어서 죽으면, 그땐 평화롭게 잠들 거 같은데?

그리고 대학교 때, 교내 식당에서 친구와 같이 저녁 식사 중이었다. 그녀가 별똥별처럼 눈을 반짝이며 부조리하게 명랑한 목소리로 말했다.

— 이거 좀 이상한 소리라서 딴 사람들은 이해 못할 거 같은데, 너한텐 왠지 얘기해 보고 싶어서. 있잖아, 난 마흔이 되는 날 자살할 생각이야. 젊음을 실컷 누리고 아직 예쁠 때 그 모습을 영원히 간직하고 싶어. 뭔가 낭만적이지 않아?

엉겁결에 웃음을 터뜨렸다. 이해하지 못할 것도, 그렇다고 이해할 것도 없는 소리였다. 단지 그녀가 품은 엉뚱한 계획이 정말 진지한지 짚고 넘어갔을 뿐이다.

— 죽으면 다 끝나는데, 그게 두렵진 않아?

그녀가 고개를 갸우뚱했다.

— 죽으면 아무 생각도 느낌도 없을 텐데, 두려울 게 뭐 있어?

물론 틀린 말은 아니었다. 하지만 내가 생각하는 두려움의 본질을 놓친 대답이었다. 차근차근 내 입장을 분명히 해 보였다.

— 그래, 죽고 나면 더 이상 두렵고 말고 할 게 없지. 근데 내가 말하는 건, 아직 난 살아 있으니까 지금 내가 죽는다는 걸 상상하면 두려움을 느낀다는 얘기야.

그녀가 입술을 오므리더니 곧바로 반박했다.

— 하지만 두려워한다고 달라지는 게 없잖아. 그럼 아무 의미 없는 일 아냐?

어찌 보면 맞는 말이었다. 말문이 막힌 내가 대충 얼버무렸다.

이렇듯 나는 또래 아이들과 죽음을 논하면서 단 한 번도 공감하는 지점을 찾지 못했다. 먼 미래에 일어날 죽음조차 내게는 당장 혈관을 타고 흐르며 존재 깊숙이 도사리는 절대적인 가능성인데. 압도적인 공포의 대상인데.

저들 앞에 나는 한없이 홀로 괴짜였다.

• • ● • •

얼마 후, 딘티의 장례식이 있었다. 유대교 전통에 따라 시바(shiva)로 불리는 7일간의 복상(服喪)이 뒤따랐다. 페달을 힘껏 밟아 꽃집에 들러 마음에 드는 꽃꽂이 화분을 골랐다. 방에 돌아와 종이 카드에 유치한 자작 헌시 한 편을 정성껏 옮겨 적었다.

사랑이 시작이라면, 죽음이 끝이 아니에요.

화분에 카드를 꽂은 뒤 가벼운 정장 차림으로 갈아입고 다시 길을 나섰다. 곧이어 새하얗게 빛나는 아담한 집에 다다랐다. 조심스레 현관으로 이어지는 층계를 밟는데, 때마침 누군가 현관문을 열고 나왔다. 메리였다.

— JK! 여기서 보게 되다니, 정말 반가워!

메리가 담배를 꺼내 든 손을 올리다 말고, 특유의 함박웃음을 지어 보였다. 그런데 얼핏 서운한 빛이 어린 표정이었다. 나 역시 묘한 반가움과 어색함이 서로 교차했다. 그 이유는 작년부터 꼭 일부러라기보다는 어쩌다 슬금슬금 그녀를 피했기 때문이었다.

3학년 들어 정신이 무너지면서 절박한 마음으로 여기저기 SOS를 쳤다. 그중에는 메리도 있었다. 그녀는 내 처지를 공감해 준답시고 기꺼이 학창 시절 방황담을 나누었다. 당시 그녀는 아침에 침대에서 일어나기도 힘든 지경이라 항우울제에 의존하며 근근이 일상생활을 이어 나갔다고 했다. 그러던 중 어머니 인맥으로 톰슨 학장님을 소개받고, 그녀의 격려에 힘입어 브라운에서 학사를 무사히 마칠 수 있었다. 그 후 여기서 보조 강사 제의를 받고 지금껏 그 자리를 지켜 온 것이었다.

장황한 개인사를 듣는 내내, 가슴이 터질 듯 답답했다.

그래서 항우울제를 써 보란 얘기에요? 대충 살다 보면 제 인생도 어찌어찌 풀릴 거란 얘긴가요?

성마른 물음들은 가슴에 묻고, 겉으로는 태연하게 고개만 끄덕였다. 그리고 발길을 끊었다.

내가 사과랍시고 비겁하게 둘러댔다.

— 요즘 찾아뵙지 않아서 죄송해요.

그녀도 애써 담담한 척 손사래 쳤다.

— 아냐, 이해해. 네가 힘든 시간 보내고 있는 거 알아. 하지만 알아서 잘 헤쳐 나가리라 믿어.

그 말에 지난날의 온정이 새싹처럼 되살아났다. 하지만 다 부질없는 일이었다.

집 안은 소소하게 떠들썩했다. 여기저기 와인 잔을 손에 든 이들이 유쾌한 이야기꽃을 피웠다. 하얀 식탁보가 깔린 다담상에는 각종 다과가 담겨 있었다. 메리가 나를 덥석 잡아끌고 딘티의 사부님 되는 분에게 소개해 주었다. 엉겁결에 인사를 나누다 말고, 퍼뜩 손에 뭔가를 들고 있다는 걸 깨닫고 서둘러 화분을 건넸다.

잠깐 머물다 그곳을 나서 자전거에 올라 페달을 밟았다. 탁 트인 아스팔트 도로 양옆으로 새파란 잔디가 깔린 앞마당을 뽐내는 아담한 집들을 지나쳤다. 한국에서 자란 내게 아까 경험은 문화 충격이었다. 지금까지 장례나 죽음이라고 하면 침울하고 무거운 분위기만 떠올랐다. 그런데 시바는 그저 평범한 사교 모임에 가까워 보였다.

내 장례식도 저런 분위기면 어떨까?

#37 만고의 근원은 애착이라

오히려 반대로, 그 순간 들었던 감정과 생각을 있는 그대로 인정했다.
그러자 놀랍게도 그것들에 끌려가는 대신, 그것들이 알아서
내 안에서 밖으로 흘러가는 마법을 경험했다.
그 마법의 이름은 자기해방이었다.

넌 낙오자가 아니야. 넌 낙오자가 아니야.

핏속을 질주하는 아드레날린이 온몸 구석구석에서 속닥거렸다. 그 짜릿한 맛에 오늘도 헬스장을 찾아 역기와 씨름하고 있었다. 여름방학 동안 다져 놓은 습관 덕이었다. 이제 격일로 운동하는 건 예배만큼 신성한 일과가 되어 있었다.

운동만 있으면, 브레넌 씨도 필요 없었다. 학기 초에 그를 찾아가 당분간 심리치료를 중단하겠다고 선언했다. 그와 함께한 시간 동안 나에 대해 셀 수 없이 많은 것들을 배웠지만, 결정적으로 마음이 안정되고 공부에 집중하는 데는 별 소용이 없다고 판단해서였다. 그 대안으로 택한 게 운동이었다.

그렇게 운동이 끝나면 기숙사로 돌아와 온몸에 더운물을 끼얹었다. 물을 세게 틀어 놓고 나도 몰래 콧노래를 흥얼거렸다. 이 순간만큼은

물과 내가 한 몸인 듯싶었다. 구덩이의 무게를 잊을 만큼 마음도 가벼웠다. 짜릿한 해방감에 나도 모르게 실소를 터뜨리며 내게 물었다.

이렇게 자유로워도 돼? 그래도 돼?

그럴 때면 마치 그래도 된다는 대답처럼, 마음속에 눌어붙어 있던 망령들이 하나둘 땀방울을 따라 흐늘흐늘 배수구로 떠내려갔다.

그렇게 하루하루 평온한 일상이 반복되던 중, 핼러윈을 전후로 몸살에 단단히 걸렸다. 눈을 뜨니 방 안이 몽롱한 안개에 휩싸여 있었다. 으슬으슬 한기가 온몸을 휘돌아, 이불을 생명줄처럼 붙들었다. 이불을 뒤집어쓴 채 가까스로 짐가방을 뒤져 집에서 챙겨 온 한약, 사리장을 들이켰다. 지독하게 짜고 쓴 것이 따끔한 꾸중처럼 목구멍으로 넘어갔다.

오늘 있을 고급 면역학 수업과 통계학 수업은 물 건너갔다. 창밖에 비친 푸른 하늘이 영영 닿지 못할 풍경화처럼 느껴졌다. 좁은 침대는 어느새 후덥지근한 늪이 되어 있었다. 몽롱한 채로 잠들었다 깼다를 되풀이했다. 이때다 싶어 한동안 잠잠했던 구덩이가 속에 쌓아 둔 막말을 설사처럼 쏟아 냈다.

그거 알아? 네가 이대로 죽어도 알아챌 사람은 아무도 없어. 넌 친구 하나 없는 찌질이니까. 그리고 잊지 마. 넌 완전한 낙오자니까. 그동안 운동 좀 한다고 널 속이려 들더라?

구덩이는 그야말로 악마였다. 이불을 뒤집어쓰고 귀를 틀어막아도 소용없었다. 악마는 내 안에서 속삭였으므로. 비명 같은 시간이 흘러 창밖에는 어느덧 땅거미가 졌다. 타들어 가는 빈속에도 허기가 졌다. 역겨운 육신을 가누어 시체처럼 기숙사를 나섰다.

한국 음식점에 들러 순두부찌개를 포장해 왔다. 뜨겁고 얼큰한 것이 위로처럼 내 안으로 흘러들어 가슴을 덥혔다. 하루종일 인간과 마주한 시간이라고는 식당에서 주문할 때뿐이었다. 연락 하나 없는 친구들이 죽도록 원망스러웠다.

네가 그만큼 무가치한 인간이니까.

비꼬는 목소리가 구덩이인지 나인지 알 수 없었다.

그런데 입안에 물컹한 순두부를 힘없이 씹다 엄청난 사실을 깨달았다.

오늘은 운동을 쉴 수밖에 없잖아?

그동안 신성한 예배를 올리듯 꼬박꼬박 지켜 온 일과였다. 내게 전례 없는 해방감을 안겨 준 습관이자 눈물겹도록 공들인 탑이었다. 소리 없는 비명을 질렀다. 그러다 이내 지쳐 잠들었다.

수업을 한두 번 빠져도 몸이 회복하고 나면 따라갈 수 있을 거라는 낙관적인 계산을 했다. 그러나 1주일 2주일이 가도록 뚜렷한 회복세가 보이지 않았다. 학교 보건소를 찾아가 봤지만, 그들이라고 뾰족한 수는 없었다.

더 심각한 문제는 몸이 아니라 마음이었다. 하루가 멀다 하고 구덩이가 그 깊은 심연 속에서 새까만 손을 뻗어 나를 끌어당겼다. 안간힘을 썼지만, 언제까지 버틸지 몰라 머릿속이 새하얗게 질렸다. 누군가에게 도움을 요청해야 했다. 하지만 누구?

얼핏 스쳐 지나간 얼굴들은 있었다. 첫 번째는 심리치료사 브레넌 씨였다. 그런데 그를 떠올리자 묘한 원망이 들었다. 내가 심리치료를 관둔다고 말했을 때, 그는 너무나도 미련 없이 나를 놓아주었다. 책장 위 하얗게 내려앉은 먼지를 한 손으로 툭 털듯.

— 내 문은 언제나 열려 있어.

그가 뱉은 뻔한 멘트도 영혼 없는 인사치레에 불과하게 느껴졌다. 이제 와서 그를 찾은들, 어차피 달라질 것도 없었다.

다음으로 코헨 학장님 얼굴이 가물거렸다. 그녀 역시 이제 찾아가기 힘들었다. 작년에 내 학업이 엉망진창으로 굴러가는 걸 목격하고 휴학을 강력히 권고했었기 때문이었다. 심사숙고 끝에 결국 사양하고 여기 내 자리로 돌아왔다. 잠깐 솔깃했지만, 휴학을 한다고 정신 상태가 나아진다는 보장도 없었고, 여름방학 동안 충분히 안정을 취했다고 판단했다. 하지만 내 판단이 틀렸다고 판명 난 마당에 그녀를 볼 면목이 없었다.

한 명 한 명 얼굴이 떠올랐다 흩어졌다. 도와 달라고 손 내밀 만한 사람은 아무도 없었다. 서서히 찾아온 깨달음에 내 육신은 그레고르 잠자*처럼 무지막지한 풍뎅이로 변해 있었다. 좁은 침대에서 역겨운 벌레는 입도 없이 울부짖으며 한참을 흐느적거렸다.

한 달쯤 지나자 몸이 나아 운동을 갈 정도가 되었다. 다만 정신 상태는 망가질 대로 망가져 여전히 회복할 기미가 없었다. 책상에 앉아 공부를 시작하려 하면, 지난 학기처럼 숨이 턱턱 막혀 왔다. 낫겠지 낫겠지 하다 세월만 보낸 통에 해야 할 과제와 공부가 쓰레기 매립지처럼 쌓여 있었다.

달리 방법이 없어 면역학과 통계학, 두 수업은 중도 하차했다. 그나마 수습이 가능한 나머지 세 과목에 전력을 쏟기로 했다. 〈줄기세포 생물학〉, 〈쇼펜하우어의 윤리적 사유〉, 〈죽음과 죽어감에 대한 비교문화적 접근〉, 이 셋이었다.

---

* 카프카의 소설 《변신》에서 하루아침에 벌레로 변하는 주인공.

다행히도 〈죽음과 죽어감〉 수업은 평가 비중이 상당한 학기 말 과제가 남아 있었다. 과제는 자유롭게 주제를 선정해 문헌을 참고하고 전문가나 관련인들과 면담한 뒤, 보고서를 완성하고 프레젠테이션을 발표하는 일이었다.

내가 내놓은 주제는 현대인들, 특히 브라운 대학 공동체의 일원들이 죽음을 어떻게 의식하는지 조사하고 '죽음 의식 워크숍'을 기획한다는 내용이었다. 마침 근래에 죽음을 대하는 우리 자세에 대해 심도 있게 성찰하게 해 준 책이 있었다. 바로 철학자 데이비드 로이가 지은 저서 《Lack and Transcendence(결여와 초월)》였다.

국내에 소개되지 않은 이 책은 로이가 동서고금의 철학적 뼈대인 실존철학, 정신분석학, 불교철학을 비교분석적으로 접근해, 이들이 각각 죽음과 삶의 문제를 어떻게 다루는지 분석하고, 그 분석을 토대로 통합적인 혜안을 제시하는 위대한 철학서였다. 여름학기 때 룸메이트를 하면서 친해진 숀이 졸업하면서 내게 선물한 책이었다.

또 다른 계기로 죽음을 다루는 현대인의 태도에 대해 사색한 적이 있었다. 지난 학기, 리즈디 미대 건축학과에 다니던 자크라는 친구와 친하게 지내던 중이었다. 하루는 함께 다운타운 바에서 와인을 홀짝거리며 회포를 풀다, 그가 졸업논문의 일환으로 진행하는 프로젝트에 대해 들려주었다. 그에 따르면, 서양의 고대사회에서는 죽음이 삶과 밀착되어 긴밀하게 인식되었다. 그도 그럴 것이, 당시에는 전쟁, 사고, 질병, 굶주림이 잦아서 주위에 사람들이 죽어 나가는 모습을 쉽게 볼 수 있었고, 또 보아야 했기 때문이었다.

이렇듯 죽음은 결코 외면하거나 연기할 수 없는 생생한 현실이자 엄연한 실체였다. 그래서 고대인들은 죽음을 늘 의식하면서 그 의식을 삶을 인도하는 나침반으로 삼을 수 있었다. '메멘토 모리', 죽음을 기억하라는 말처럼 말이다.

단적인 예로 당대 지역사회에서는 공동묘지가 중심부에 자리해 공동묘지 주위로 번화가가 형성되었다. 그렇다 보니 묘지의 존재가 친숙하게 고대인의 일상에 안착하고, 묘지가 상징하는 죽음 역시 의식에 자연스레 녹아들 수 있었다.

반면 현대사회는 어떤가? 고대에서 현대로 올수록, 공동묘지는 점점 애물단지 취급받으며 도시의 외곽으로 밀려났다. 흥미로운 사실은, 이와 맞물려 우리 의식 속에서도 죽음이 중심부에서 한쪽 구석으로 추방당했다는 점이었다. 그건 죽음에 대한 불안을 무의식 속에 억압해 죽음이 우리에게 줄 수 있는 교훈을 깡그리 무시하겠다는 태도였다.

자크가 나누는 역사학적 관찰에 절로 감탄이 나왔다. 그가 수줍은 미소로 답했다.

— 난 의식에서 밀려나 무의식 밑바닥으로 쫓겨난 죽음을 다시 의식의 표면에 데려오고 싶어. 난 건축학도잖아. 그래서 내가 잘할 수 있는 게 뭘까 고민하다가, 새로운 형태의 공동묘지를 설계하는 일이 좋겠다는 생각이 들었어. 공원처럼 대중적인 휴양지 느낌이 들면서 지역사회와 조화롭게 어우러지는 공동묘지 말야. 얼마 전에 설계도 청사진을 들고 프로비던스 시장을 찾아간 적이 있는데, 반응이 나쁘지 않았어. 긍정적으로 검토하겠다고 하더라고.

지금 이 순간도 우리는 죽음을 향해 치닫고 있습니다.

죽음 의식 워크숍을 기획하면서 그런 생각이 들었다.

육신의 생이 다하는 것만이 죽음이 아닐지 모른다.

브라운 예비의대생 프로그램을 지도하는 교무처장인 린 학장님과 면담하는 중이었다. 그녀가 햇살 같은 눈물을 글썽이며 몇 년 전 자기 동생이 겪은 일을 들려주었다. 학장님의 동생은 끔찍한 교통사고로 한쪽 팔을 잃었는데, 사고 이후 오히려 낙관적으로 변했다고 했다. 자기가 학교 일에 치여 힘들 때면, 동생이 귀신같이 알고 전화해 밝고 기운 넘치는 목소리로 자기를 달랜다고.

학장님의 동생이 워크숍 취지에 어울리는 훌륭한 예시라는 생각이 들었다. 사고 자체는 불행했지만, 사고를 계기로 죽음에 대한 귀중한 의식을 얻었으니까. 그녀는 자신이 언제 죽을지 모른다는 사실을 체화해 삶을 보다 진취적인 자세로 살게 된 게 틀림없었다.

린 학장님이 소매로 눈물을 훔치더니, 엷은 미소를 지으며 나지막이 푸념했다.

— 난 걔에 비해 아픈 데도 없는데, 왜 이리 작은 일에도 전전긍긍하는지…. 그럴 때마다 내가 참 한심하게 느껴지지 뭐니.

내가 깊은숨을 들이쉬었다.

— 음, 저한텐 그게 한심하게 느껴지지 않아요. 전 학장님에 비해 나이도 어리고 경험도 적지만, 제 생각에 학장님이 스스로에게 더 관대하시면 어떨까 해요. 학장님이 동생 분이나 학생들을 아끼는 그 예쁜 마음처럼요.

린 학장님의 눈이 눈물 어린 미소로 반짝였다.

— 나도 뭐 좀 물어봐도 될까? 네가 어쩌다 이런 주제로 워크숍을 기획하게 됐는지 궁금해서. 네가 정리해 온 질문이나 생각들을 보면, 너도 어떤 우여곡절을 겪어서 죽음에 대해 이렇게 깊이 생각하는 게 아닐

까 싶어.

내가 희미한 미소를 곁들였다.

— 전 가까운 사람의 죽음을 겪어 본 적이 아직 한 번도 없어요. 그렇지만 희한하게도 죽음을 어릴 때부터 줄곧 피부로 느껴 왔어요. 그 이유는 어쩌면 가까웠던 사람과 관계가 끊어질 때, 그걸 죽음처럼 받아들이기 때문인 거 같아요. 제 안의 일부가 뜯겨 나가는 기분요. 그런데 그게 단순히 기분이 아니라, 정말 그런 것 같아요. 아주 가까웠던 사람이 제 삶에서 떠나면, 제 일부가 죽어 버린다는 사실요. 그래서 죽음을 늘 가깝게 느끼나 봐요.

학장님이 고개를 지그시 끄덕였다. 그녀의 눈에 공감인지 존중인지 알 수 없는 따스한 빛이 넘실거렸다.

그랬다. 비록 죽음을 문자 그대로 겪어 본 적은 없었지만, 나는 어쩌면 죽음과 초면이 아니었다. 깊이 애착이 가는 대상과 관계가 절단되는 일은 일종의 소(小)죽음이다. 그 대상은 친구일 수도, 연인일 수도, 가족일 수도, 때로는 실제로 만난 적도 없는 어떤 우상일 수도 있다. 사람이 아니라 꿈, 믿음, 혹은 세계관일 수도 있다.

애착의 대상이 어떠한 이유로든 우리 곁을 떠날 때, 우리는 자기 일부가 죽어 없어지는 느낌을 받는다. 감수성이 예민할수록 더욱 그렇다. 비통, 원망, 절망이 마음에 지워지지 않는 상처로 남기도 한다. 때로 소죽음들이 모여 우리를 실제 죽음으로 내몬다.

그렇다면 내가 사람이 오고 가는 일에, 인간관계가 피고 지는 일에 그토록 민감한 까닭을 알 것 같았다. 내가 한평생 죽음이 몰고 오는 불안에 떨며 살아온 일과 같은 맥락이었다. 애착이라는 말로 간단명료하게 이어졌다.

부처가 그랬던가. 만고의 근원은 애착이라. 생에, 또 인간관계에 그토록 격렬한 애착을 보이는 모습의 이면에는 바로 자신에 대한 애착이 있었다. 한마디로 '나'를 내려놓기 싫어서였다. 이 깨어 있는, 살아 숨 쉬는, 터질 듯 역동적인 자의식을. 나를 내려놓기 싫어서 나를 이루는 '너' 하나하나도 내려놓지 않으려 필사적으로 발버둥쳤다. 너들이 나를 떠날 때 내가 맞는 죽음이 끔찍하도록 싫어서.

이제야 알 것 같았다. 왜 유독 내가 가는 길에만 나를 떠난 이들의 모습이 끈질긴 환영이 되어 맴돌고 있었는지. 어쩌면 이들이 떠난 후에도 이들을 결코 놓아 주기 싫었던 내 무의식이 이들을 붙잡아 두고 있었는지도 몰랐다. 그게 실체가 아니라 단지 허상뿐이라 해도. 더 이상 온기가 아니라 공허만 전해 준다 해도.

서서히 자각의 불꽃이 타오르는 듯했다. 이제 나를 내려놓을 시간이었다. 나와 나를 잇는 끈질긴 애착의 끈을 느슨히 할 시간이었다. 그럴 수만 있다면, 그토록 생과 인간관계를 물고 늘어지는 집착도 덜어질 게 분명했다. 그토록 나를 못살게 굴며 내 안에 도사리는 망령들도 떠나갈 게 분명했다.

나를 내려놓는다는 것…. 그건 '내' 생각과 감정에 달라붙어 있으려는 마음에 저항한다는 뜻이었다. 나라는 자의식을 이루는 가장 끈적거리는 요소들은 단연 생각과 감정이었다. 머릿속에 생각이 떠오르고 마음속에 감정이 떠오를 때, 그걸 내 생각, 내 감정이라고 규정하고 붙들려는 것은 나에 대한 애착을 굳히는 짓이었다. 그것들을 내 것이라고 연연하는 대신 그냥 그러려니 받아들이고 내버려 두면, 생각도 감정도 그리고 더 이상 그것들에 매달리지 않는 나도 놓아줄 수 있었다.

오래전 기억이 떠올랐다. 보스턴 자전거 마라톤 행사에서 루카스가 나를 버리고 자기 친구들과 저 멀리 달아났을 때 마음 깊이 휘몰아치던 배신감과 괘씸함. 하지만 그때 나는 마음을 고쳐먹었다. 억지로 다르게 생각하려 애썼다는 뜻이 아니다. 오히려 반대로, 그 순간 들었던 감정과 생각을 있는 그대로 인정했다. 그러자 놀랍게도 그것들에 끌려가는 대신, 그것들이 알아서 내 안에서 밖으로 흘러가는 마법을 경험했다.

그 마법의 이름은 자기해방이었다.

#38 너의 거울이 되어 줄게

모든 게 명확해졌다.
브레넌 씨가 정확히 어떻게 날 치유해 주었는지.
심리치료사의 역할은 바로 거울이 되어 주는 것이었다.
자비심으로 가득한 흔들림 없는 진실한 거울이.

4학년 2학기, 졸업을 앞둔 최종 학기였다. 결국 브레넌 씨와 함께하는 심리치료에 복귀했다. 반년 채 안 남은 시간. 그를 볼 마지막 기회를 놓아 버린다면, 훗날 후회할 게 틀림없었다.

겨울방학 동안 집에서 재충전하며 마음을 비운 상태였다. 이번 학기만큼은 학업 목표도 홀가분하게 잡았다. 그냥 할 수 있는 선에서 최선을 다하자. 아니, 최선도 말고 적당히 대충 하자. 그래서 남은 학점을 챙기고 졸업장만 받자.

물론 언제나처럼 가슴속 구덩이가 시시각각 내 앞길을 훼방 놓을 게 뻔했다. 벌써부터 그가 가슴 철렁해지는 공허를 안기고 입에 담기도 싫은 막말을 쏟아내는 모습이 그려졌다. 하지만 그럴 때 무너지지만 않는다면 그걸로 족하다는 생각이 들었다. 더 잘했어야지 다그치며 스스로를 구덩이 속 자괴감의 심연으로 내몰 필요가 없었다. 구덩이에 빠지지만 않는다면, 브레넌 씨든 누구든 남에게 구해 달라고 필사적으로 매달릴 일도 없었다.

다시 오지 않을 시간이었다. 더 볼 일도, 더 바랄 것도 없는 사람과. 그저 작별을 나눈다는 마음으로 모든 걸 내려놓고 바람과 강물처럼 만나면 되었다.

동시에 브레넌 씨와 함께하는 마지막 심리치료를 값진 배움의 기회로 삼을 생각이었다. 장차 심리치료사가 될 가능성에 대비해서였다. 단순히 고객이 아니라 예비 치료사로 만남에 임해, 심리치료의 구체적인 과정을 체험하고 분석하고 싶었다. 브레넌 씨가 어떤 방식으로 치료를 진행하고, 나를 대하고, 우리 관계를 다루는지. 그리고 그런 방식이 내게 어떤 작용을 일으키고, 어떤 치료 효과로 이어지는지.

이번 기회에 몸소 느끼면서 배운 바를 틈틈이 글로 써 내려간다면, 미래에 좋은 심리치료사가 되는 데 밑거름이 될 거라고 확신했다.

— 어떻게 지내?

브레넌 씨의 음성이 익숙한 선율처럼 귓가에 내려앉았다. 며칠째 성가시게 구는 자의식의 모기가 머릿속에 윙윙거리고 있었다. 윙윙거리다 말고 그의 말소리에 꾀여 입 밖으로 빠져나왔다.

— 좀 별로예요. 지난주에 매년 있는 학교 갈라 파티에 갔거든요. 거기서 친구들이랑 폴라로이드 즉석 사진을 몇 장 찍었는데, 사진 속 제 얼굴이 너무 초췌한 거예요. 광대뼈가 다 보일 정도로요. 파티장에서만큼은 그 생각을 겨우 꾹꾹 억눌렀는데, 돌아오는 버스 안에서 죽고 싶

었어요. 제가 자살을 해도 이상하지 않을 정도로 말랐다는 생각에요.

잔뜩 울상이 되어 조곤조곤 답했다. 가슴이 여전히 메었지만, 고민을 털어놓자 속에 얹힌 응어리가 조금이나마 가셨다.

브레넌 씨가 눈가를 살짝 찌푸렸다가 온화한 목소리를 곁들여 물었다.

— 음, 난 잘 모르겠는데. 최근에 살이 좀 빠졌니?

— 아뇨. 음, 잘 모르겠어요.

그가 잠시 뜸 들이고는 여전히 울상인 나를 달랬다.

— 아니면 혹시 운동을 많이 해서 칼로리 소모가 많아졌으려나? 보건소 영양사한테 식단 관리 상담을 받아 보거나 단백질 보충제를 사 마시는 방법도 있을 거 같아. 내가 평소랑 달리 직접적인 조언을 해 주는 이유는, 문제가 있을 때 뭔가 행동을 취하면 마음이 안정되는 데 도움이 되기도 해서야.

심각한 얼굴로 잠자코 고개를 끄덕였다. 나와 다르게 바오바브나무 같이 다부진 그의 몸집이 멍하니 눈에 들어왔다. 그런데 이상하게 예전처럼 열등감에 사로잡히지 않았다. 뭐랄까, 그는 그대로, 나는 나대로 따로 놓고 볼 수 있었다. 그가 멋있어 보인다고 굳이 나를 비교해 깎아내리고 싶은 마음도, 그를 시샘하며 시샘하는 한심한 나를 난도질하고 싶은 마음도 들지 않았다. 묘한 변화였다.

— 브레넌 씨 얘길 들으니 뭔가 방법이 있을 거 같아서 마음이 좀 놓여요.

잠시 뜸 들이고 무겁게 말을 이었다.

— 사실 더 심각한 문제는 제가 학업에 치이고 있다는 거예요. 퀴즈며, 숙제며, 보고서며, 일을 하나 처리하면 다른 일이 또 생겨서 도저히

쉴 틈이 없어요. 전부 제시간에 처리하는 게 너무 힘든데, 제가 집중이 잘 안 돼서 능률이 떨어져 그런 거 같아요. 마음이 공허할 때 집중이 안 되거든요. 옆에 누가 있든 없든 해소가 안 돼요. 그래서 가끔 출구 없는 방에 갇힌 것처럼 숨 막혀요.

브레넌 씨가 끄응 하고 공감하더니, 곰돌이 푸 같은 푸근한 표정으로 물었다.

— 네가 지금까지 잘해 와서 이번 학기를 그만큼 잘 해내지 못한다고 느낄 때 괴로워하는 거 같은데, 그 마음 충분히 이해가 돼. 마음이 공허하다고 느끼는 건… 음, 특별히 그럴 때가 있니?

햇살처럼 반짝이는 목소리가 방 안 가득 아늑했다. 외롭고 공허한 느낌도 지금 이 순간만큼은 눈 녹듯 사라져 있었다. 하지만 당장 그저께 저녁만 해도 도서관에서 혼자 공부하다 난데없이 울컥했다는 사실이 떠올랐다. 가슴이 철렁하면서 가슴속 구덩이에서 섬뜩하도록 휑한 바람이 불어오는 느낌. 지난 몇 년 동안 나를 피 말리게 괴롭혀 온 그 느낌이었다. 그때 구덩이가 소름 끼치도록 비웃던 소리가 지금도 선명했다.

넌 혼자야. 지금까지 그래 왔듯, 앞으로도 영원히.

그때도, 줄곧 그랬듯, 어떨 때 구덩이에서 공허의 바람이 불어닥치는지 골똘히 고민했다. 당장 옆에 친구들이 없을 때라고 하기에는 혼자 있어도 아무렇지 않을 때도 분명 많았다. 아무리 생각해도 그 지독한 공허감은 예측불허의 시간에 불쑥불쑥 찾아들었다. 그렇다면 정말 조울증처럼 신경계 화학물질이 균형을 이루지 못할 때 찾아오는 걸까?

아니면…

특별히 그럴 때가 있니?

브레넌 씨의 말소리가 언제나처럼 가슴을 녹였다. 그러고 보니, 언제부터였을까. 구덩이 속에 살고 있던 황소가 통 모습을 드러내지 않았다. 끊임없이 마음에 불어온 봄바람 때문에 끝내 눈사람처럼 흔적도 없이 녹아 없어졌나.

— 특별히 그럴 때가 있는진 모르겠어요. 안 그래도 계속 열심히 고민해 온 질문이거든요….

말꼬리를 흐렸다. 잠시 후 천천히 다시 입을 열었다.

— 근데 지금 갑자기 드는 생각은, 어쩌면 제가 느끼는 공허가 사실 온전히 제 것이 아닐지도 모른다는 생각이에요. 이 우주에 도사리는 공허나 결함(brokenness)이 어떤 에너지처럼 세상을 맴돌고 있는데, 그게 가끔 제 육체와 정신에 깃드는 것뿐이고, 그때마다 그런 기분을 겪는지도 모른다는 거죠. 그렇다면 제 역할은 그 공허와 결함을 있는 그대로 받아들이고 감싸 안아 주는 것 같아요. 마치 부처님 같은 자비심으로요. 물론 바로 되진 않겠지만요. 하지만 제가 느끼는 공허의 본질을 인식하면, 할 수 있을 것 같아요. 그럼 더 이상 세상을 맴도는 공허가 제게 찾아드는 일이 그렇게 두렵고 괴롭지 않고, 오히려 뭉클한 마음이 들 것 같아요.

• • ● • •

그날 심리치료 시간에 나눈 대화는 깊은 산속 솔 향기처럼 진한 여운을 남겼다. 그동안 그토록 끈질기게 매달린 내 공허의 수수께끼에 대해 굉장한 해답을 발견했다는 걸 직감했다.

그래. 어쩌면 그건 어떤 의미에서 정말 내 것이 아닌지 몰라. 내가 타인과 사회와 자연과 우주 전체와 어떤 불가사의한 방식으로 불가분하게 연결되어 있다면, 우주에 떠도는 공허하고 부서진 에너지가 단지 이따금 내게 찾아드는 것뿐인지도 몰라.

신비로운 영감에 이끌려 오랜만에 시 한 편을 끄적거렸다. 그건 내게 명상이자 기도이자 주문이었다.

평정

불안감이 들 때, 불안감에
그대 그런 기분 드네요,
뭔가 잘못되고 있어.
뭔가 끔찍이 잘못되고 있을 때
불안감,
더욱더 많은 불안감이네요.
그럼 불안감이, 제 알아서, 들게 놔둬요,
그저 바라보며 편안함으로 대해 줘요.
그대와 이 세상의
부서진 영혼을
편히 달래 줄 수 있게.
불안감에 더 이상 불안해하지 않을 때까지.
그럼 그대 조용히 편히 앉아 있네요.
불안감의 한가운데서
부서진 영혼의 한가운데서
부서진 영혼이 더 이상 부서져 있지 않고,
온전해져 있을 때까지, 편히 쉬면서

평화 속에서
그대와 이 세상의 참모습인 바로 그 평화,
그대와 이 세상과 영혼이 언제나 하나 된 그 평화 속에서.

완성된 시를 앞에 두고 탄성을 질렀다. 흡사 앤트워프 대성당 벽에 걸린 루벤스의 그림을 마주한 네로의 심정이었다. 잔잔하고도 경건한 빛이 나를 감싸는 듯했다. 믿기지 않았다.

나 같은 부서진 영혼이 이렇게나 먼 길을 올 수 있었다니!

이 부서진 영혼은 자기가 부서진 상태라는 자각에 이르렀다. 단지, 부서진 상태는 나만의 것이 아니었다. 도처에 널려 있었다. 지구 구석구석, 우주 구석구석에. 그런데 그 모든 부서진 것들을 어루만져 줄 수 있는 불가사의한 힘이 바로 여기 있었다. 우리 모두의 내면에 참된 본성으로 도사리고 있었다.

긴긴 방황이었다. 그토록 긴 방황을 거쳐 오면서, 아직도 치러 내면서, 어둠의 밑바닥에서 정성스레 건져 올린 보석 같은 통찰이었다. 심리치료학, 실존철학, 불교철학이 내게 준 가르침의 영향이었다. 그러나 나는 알았다. 내가 지금의 내가 되기까지 브레넌 씨의 존재야말로 절대적이었음을. 그의 존재에 깃든 저항할 수 없는 진심이 모든 걸 바꾸었음을.

어느 날, 뮤직 플레이어에서 흘러나오는 미국 록밴드 벨벳 언더그라운드의 곡 〈I'll be your mirror (너의 거울이 되어 줄게)〉를 듣다가 온몸에 전율이 일었다. 의식의 지평 위로 눈부신 여명이 드리우는 듯했다. 모든 게 명확해졌다. 브레넌 씨가 정확히 어떻게 날 치유해 주었는지. 정확히 어떻게 내가 끝 모를 불안감에 떨던 부서진 영혼에서 자신의 불안감을 어루만질 수 있는 부서진 영혼으로 진화하도록 도와주었는지.

심리치료사의 역할은 바로 거울이 되어 주는 것이었다. 자비심으로 가득한 흔들림 없는 진실한 거울이.

네 거울이 되어 줄게
네 모습을 비춰 줄게, 혹시 모를까 봐
바람과 비와 노을이 되어 줄게
네 문을 비추는 빛이 되어 네가 집이라는 걸 알려 줄게
밤에게 네 마음을 들켰다 생각될 때
네가 속이 꼬였고 못됐다 생각될 때
내가 여기서 네 눈이 삐었다는 걸 보여 줄게
부디 그 손 내려 놔
난 네가 보여
네가 모른다니 믿기 힘들어
네가 얼마나 아름다운지
그래도 모른다면 내가 네 눈이 되어 줄게
네 어둠에 손이 되어 네가 안 무섭게 해 줄게
밤에게 네 마음을 들켰다 생각될 때
네가 속이 꼬였고 못됐다 생각될 때
내가 여기서 네 눈이 삐었다는 걸 보여 줄게
부디 그 손 내려놔
난 네가 보여
네 거울이 되어 줄게

네 거울이 되어 줄게
네 거울이 되어 줄게
네 거울이 되어 줄게
네 거울이 되어 줄게

차오르는 눈물을 손등으로 닦으며 노랫말을 곱씹었다. 그동안 브레넌 씨를 막 대한 내 모습이 스쳐 지나갔다. 내 안에 살며 유독 그에게만 덤벼들던 포악한 경계선 성격장애 황소… 그건 속이 꼬이고 못된 데다 어둠 속을 헤매는 나 자신의 역겹고 한심한 모습이었다.

그런 나를 브레넌 씨는 늘 한결같이 대해 주었다. 온정과 이해심 넘치는 눈으로 바라보았다. 겉으로 내보인 내 못난 모습의 이면에 가려진 아름답고 선한 존엄한 인간의 모습을 변함없이 비추어 주었다. 자비심으로 가득한, 흔들림 없는 진실한 거울이 되어 주었다.

오래전 레진스터 교수님과 함께한 실존철학 수업 시간에 배운 내용이 떠올랐다. 무조건적이고 대체불능한 사랑의 기반이 된다는 존엄성. 브레넌 씨는 나조차 내게 있다는 걸 보지도 알지도 못한 그 존엄성을 일깨워 주는 사랑을 베풀었다.

치유는 그 사랑 속에 있었다. 내가 그 어떤 부정적인 모습을 퍼부어도 그는 꿈쩍도 하지 않고 꿋꿋이 그 뒤에 웅크린 내 진실한 본성이자 잠재성을 비추어 주었다. 그 위에 덧입혀진 모난 상처들은 따뜻한 빛으로 보듬고 어루만져 주었다.

처음 나는 거울에 비친 상을 외면하고 부정하고 무시하고 짓밟았다. 그런데 언제부터였을까, 서서히 나도 모르게 내 참모습을 알아보고 인정하기 시작했다. 그렇게 신의 손길에 감싸인 듯 내 뒤틀린 자아상도 어느덧 치유되고 있었다.

모든 인간의 내면에 불성이 있다는 부처의 가르침이 생각났다. 상대의 내면에 자리한, 불성이라 해도 좋고 존엄성이라 해도 좋을 선하고 아름다운 인간 본성을 비추는 거울이 되어 주는 일.

그것이 바로 심리치료사의 진정한 역할이었다.

브레넌 씨가 내게 나눈 선물이었다.

#39 어느 대학원생의 죽음

끝이었다. 모든 해묵은 감정의 찌꺼기일랑 이 땅에 묻어 두고,
나는 그저 훌훌 떠나면 되었다. 분명 어딘가 나를 위해 새로운 불빛이
타오르고 있었다. 연꽃 같은 미소가 홀연 피어났다.
이 순간만큼은 열반에 든 것 같았다.

그날따라 유난히 무르익은 황금벼 같은 햇살에 어렴풋이 눈이 떠졌다. 좁은 침대에서 배부른 고양이처럼 게으른 신음을 내뱉고 아늑함을 만끽했다.

그것도 잠시, 이내 발톱 같은 불안감이 가슴을 쪼아 댔다. 봄방학을 맞아 에라 모르겠다 하고 마이애미에서 놀다 온 지 겨우 이틀밖에 되지 않았다. 이미 마감을 훌쩍 넘긴 미국 현대시 보고서가 머릿속에 묵직이 들어찼다.

샤워를 서둘러 마치고 옷가지로 어수선한 방에 돌아왔다. 내 머릿속에 들어온 것 같아 피식 웃음이 나왔다. 자리에 앉아 윌리엄 카를로스 윌리엄스의 시집을 펼쳐 들고 노트북을 열었다.

〈돛단배가 있는 풍경〉.

철학적인 시였다. 시적 화자는 감각적인 현실 세계를 포기하고 초월

적인 진리를 찾아 나선 어느 고행자의 모습에 혀를 끌끌 찼다. 진리와 신성은 오감으로 체험하는 만물에 깃들어 있을진대….

별안간 좁은 방 안이 침몰하는 배의 선실처럼 느껴져 문을 나섰다. 느긋한 햇살과 분주한 발걸음들로 출렁이는 때여 거리를 걸어 내려가 찻집 티럭스에 들어섰다. 다시 자리를 잡고 키보드를 다닥다닥 두드리는데 힐긋 문자가 왔다.

— 너 그거 들었어? 아침에 싸이라이 옥상에서 누가 떨어져 죽었대. 물리학과 대학원생이라나 봐.

누군가 덜컥 멱살을 움켜쥔 느낌이었다.

물리학과라면 내가 아는 사람이 없다. 남의 나라 대학원생이 한 명 자살했다 한들 내가 느끼는 게 있어야 하나? 불의의 소식은 이내 머릿속에서 흩어졌다.

저녁 6시를 조금 넘긴 시각에 자살한 학생의 신원이 공개됐다. 빗물에 번진 수채화처럼 눈앞이 부옇게 뭉개졌다. 그의 이름은 신건호. 이번 학기 전자기학 실험 수업에서 나를 담당한 조교였다. 분명 만우절까지는 꼬박 하룻밤이 남은 상태였다.

따지고 보면, 실험실에서 몇 차례 도움 받은 일 말고는 그도 잘 모르는 남이었다. 그런데 같은 한국계 유학생이어서였을까. 아니면 함께 시간을 보냈다는 사실만으로 묘한 인연의 정이 싹텄을까. 가슴 깊숙이 뒤범벅된 감정들이 회오리쳤다.

곧 교정의 중앙 잔디밭에서 추모 예배가 열릴 예정이었다. 갈지 말지 잠시 고민했다. 그를 알든 모르든 브라운이라는 이름으로 모이는 자리였다. 번뜩 그런 생각이 들었다.

난 여기 어울리지 않아.

그랬다. 나는 이곳 공동체에 속해 있지 않았다. 너무나도 당연한 사실이 처음으로 눈부시게 선명했다. 그러자 주위 모든 것이 돌연 낯설어졌다. 비좁은 기숙사 방 안이 외딴 무인도처럼 느껴졌다. 아니, 기숙사 방뿐만 아니라 브라운 교정 전체가 그랬다. 이 거대한 무인도에서 지난 4년을 보냈다는 생각에 정신이 아득해졌다.

그 세월 동안 나는 참 격하게도 방황했다. 무얼 찾아 그리도 헤매었나. 신의 품에 안기듯 나로서 온전히 이해받고 싶었다. 감정의 난기류를 벗어나 자유롭게 비상하고 싶었다. 어쩌면 그런 마음의 이면에 슬그머니 웅크린 갈망은 단순히 이를 향한 건 아니었을까?

아늑한 소속감. 여기 내 자리가 있고 내 사람들이 있다는 포근한 안심.

돌이켜 보면, 그건 고요한 밤 별빛 같았다. 늘 가깝고도 멀리 있었고, 내게 머무는 듯 보여도 결코 내가 움켜쥘 수 없었다. 지나온 여정의 장면들이 주마등처럼 스쳤다.

브라운 태권도 팀과 한국인 사물놀이 동아리 한소리. 키니 기숙사 부엌에서 시작된 모로코 티 파티와 한인 공동체의 크고 작은 술자리. 싸이라이 11층과 내 집 안방처럼 드나들던 교수님들의 사무실. 심리치료사 브레넌 씨의 치료실과 사마리탄스 자살예방 긴급전화 안내소. 머지않아 시들 우정과 오래도록 꽃필 우정이 나란히 싹튼 여름 학기의 발달정신병리학 수업. 버틀러 정신병원과 샌프란시스코에서의 심리치료학회. 기타 4년 대학 생활을 수놓은 온갖 파티와 모임들까지.

정말이지, 겉으로 보기에 나라는 인간과 그 인간의 대학 시절은 멀쩡하고도 멀쩡하기만 했다. 그렇다면 왜 나는 늘 뿌리째 뽑혀 바람에 이리저리 떠도는 들풀 같았을까?

정답은 소속감의 부재였다.

인간에게 공동체는 들풀에게 있어 대지와 같다. 뿌리를 내리고 흙의 생기를 마음껏 빨아들이며 쑥쑥 성장하는 터인 셈이다. 우리 들풀들은 하나같이 그런 대지가 절대적으로 필요하다. 그래서 어떤 이들은 사회정의라는 공동 사명 아래 뜻을 같이하는 동지들과 뭉쳐 토론, 운동, 출간 등의 활동을 펼치고, 다른 이들은 자기계발을 목적으로 예술 표현, 심신 연마, 지적 탐구 등을 추구하는 공동체를 이루어 교류한다.

기름진 토양에 쑥쑥 피는 꽃들을 보며 나는 늘 홀로 허공을 부유하는 초라한 들풀이었다. 공동체라는 대지에 선뜻 뿌리내리지 못한 대가였다. 쓰라린 눈물을 흙 과자처럼 삼켰다.

다음 날 아침도 때여 거리는 평소처럼 활기찼다. 8시 반 물리 수업도 평소처럼 몇 분 늦었다. 수업이 끝나자 평소와 다르게 미카엘 강사님이 실험 담당 하인츠 교수님께 자리를 내주었다. 모두 건호를 위해 잠깐 묵념했다.

오늘도 생리학 강의를 대충 빠지고 대신 찻집 티럭스에 죽치고 앉았다. 현대시 리포트를 완성해야 했다. 글을 끄적이다 말고, 의식이 실바람에 실린 듯 어딘가로 떠내려갔다.

건호는 싸이라이 옥상으로 향하는 계단을 밟으며 무슨 심정이었을까? 혹시 가슴에 담기 힘들 만큼 광활하고도 평온한 고요는 아니었을까? 폭풍우가 잦아든 아직 컴컴한 바다에 내리는 고요. 초를 끄려 입김을 분 듯 모든 걸 놓아 버리자 모든 걸 감싸 안는 어둠. 왠지 가슴이 타들어 갔다.

그의 첫인상이 아른거렸다. 노랑 번개 머리 조교는 교포인지 유학생인지 어딘가 헷갈리는 인상을 풍겼다. 수줍지도, 그렇다고 딱히 자신만

만하지도 않은 태도에, 무덤덤한 표정과 달리 꽤 싹싹한 말투. 출석부를 훑던 그가 나를 호명할 차례가 되자 반짝 묘한 호기심이 일었지만, 역시. 내가 실험실에서 유일한 한국인이라는 사실에 눈 하나 깜짝하지 않는 모습이었다.

그래서였을까. 간간이 귀에 들어오는 그의 한국식 영어 억양이 정감이 가기보다 차라리 부조화스럽게 느껴졌다. 하지만 이후 본격적인 실험에 돌입하자 첫 수업의 선입견은 금방 깨졌다. 새침한 표정은 그대로였지만, 도움을 구하면 군말 없이 다가와 설명해 주는 그의 모습은 수수한 인간미가 넘쳤다. 그에게서 인간미만큼 자주 쌉싸름한 담배 냄새가 났다. 그럴 때면 뜬금없는 생각이 스쳤다.

물리학과 대학원생들의 삶이 순탄치 않나 봐.

그래도 그가 실험실에서 풍긴 분위기는 어둔 그늘 한 번 없이 줄곧 평범한 생기를 띠고 있었다. 그런 그가 12층 도서관 옥상에서 뛰어내렸다.

왜?

귀신의 손짓에 이끌린 듯, 멍하니 페이스북에 들어가 그의 담벼락을 훔쳐보았다. 가장 최근 게시물은 그가 올린 한 아름다운 해변가의 풍경 사진이었다.

— 이 아름다운 곳은 어디야?

누군가 댓글에 물었다. 그가 남긴 답도 있었다.

— 보라보라섬이야! 지금은 가난한 대학원생이라 못 가지만, 언젠가 꼭 가 보는 게 내 꿈이야.

가슴이 철렁했다. 그가 죽기 전에 섬에 갔다 왔다면…

그러고 보니, 나는 한 번도 그에게 그 흔한 '잘 지내?'라는 한마디를 한 적이 없었다. 그동안 나는 타인의 마음을 잘 헤아리고 공감한다고 자부했었다. 미처 건네지 못한 안부 인사가 소리 없이 내 안을 파고들어 짓눌렀다. 죄책감을 밀어내고 싶은지, 차가운 이성을 앞세운 물음이 머릿속에 비집고 들었다.

자살의 본질은 무엇일까?

짐작건대, 개인의 죽음은 필연적으로 그가 속한 공동체와 떼려야 뗄 수 없는 관계였다. 몇몇 기사에서 짐작한 것처럼 그가 학업 부담으로 자살을 결심했든 아니든, 한 가지 사실은 틀림없었다. 그는 브라운이라는 공동체에 몸처럼 마음까지 담고 있지는 않았다. 그건 브라운이 그를 온전히 품어 주지 않았다는 뜻이기도 했다. 그랬다면, 그와 생을 이어 주던 끈이 어떤 이유로든 끊어질 만큼 느슨해졌을 때, 적어도 누군가 그걸 알아채고 그를 붙잡아 주었으리라. 모든 공동체는 운명 공동체일 수밖에 없기 때문이었다.

나처럼 그에게도 공동체 따위는 없었을까.

그림의 떡이었을까.

루카스에게서 연락이 왔다.

— 얼굴 좀 보자

답장을 한 지 몇 분도 안 돼, 그가 늘씬한 자전거를 몰며 쏜살같이 나타났다. 막 포효를 마친 사자 같은 그윽하고도 늠름한 풍채였다. 그 흔한 '잘 지내?'라는 안부 인사를 그가 먼저 건넸다. 근황을 주고받다 자연스레 건호의 이야기가 나왔다. 내가 공동체와 소속감에 대한 단상을 나누었다. 루카스가 특유의 여유와 무게가 배어나는 고갯짓으로 내 말을 경청하더니 힘차게 맞장구쳤다.

— 절대적으로 동의해. 내가 공동체에 소속감을 느낄 필요성을 절감한 건 바로 2학년 2학기 때였어. 너도 알다시피, 내가 그때 파이싸이(Phi Psi) 사교회에 속해 있어서 걔네 기숙사에서 지냈잖아. 그런데 사실 나랑 좀 안 맞더라고. 그래서 하루 일과를 끝내고 집에 돌아올 때마다 뭔가 공허하고 세상 혼자인 기분이 들더라. 그렇다고 누구한테 그 기분을 솔직하게 털어놓기도 어렵고 말야.

그토록 사교적이고 언제나 젊음의 활기가 넘치는 루카스도 그런 고립감을 겪었다니. 인간이란 참 알다가도 모를 묘한 존재였다.

문득 그에게 진심 어린 동질감을 느꼈다. 나와는 전혀 다른 인간인 줄 알았는데, 그도 나도 결국 같은 인간이었다. 단지 그와 나 사이에는 결정적인 차이가 있었다. 내가 헛되이 외로움에 허덕일 동안, 그는 부단히 몸을 놀려 기어이 제게 맞는 공동체를 찾아냈고, 그 보상으로 소속감을 얻었다는 점이었다.

루카스는 3학년 때부터 워터민이라는 협동조합의 일원이 되었다. 이들은 브라운 교정에서 몇 구획 떨어진 곳에 있는 4층짜리 주택에 함께 살았다. 예스럽고 아기자기한 건물 입구에는 늠름한 떡갈나무가 서 있었다. 여름날 저녁이면 다들 앞마당에 두런두런 모여 앉아 통기타를 튕기고 술잔을 부딪치며 친목을 다졌다.

워터민은 말하자면 생활공동체였다. 브라운 대학생들뿐 아니라 타 대학교 학생이나 여타 시민들도 어울려 한솥밥을 먹었다. 매주 단체 회의를 소집해 집안일을 나누어 맡고, 같이 장 보고 요리하고 식사하며 정을 쌓았다. 공동체 의식을 중시하되 각자의 개성과 사생활 또한 존중하는 분위기라 루카스가 자기한테 딱이라고 그랬다.

나한테 딱인 곳도 브라운 어딘가에 있었을까?

그가 슬슬 일어섰다. 무슨 지역사회의 자원봉사 사업을 도모하는 모임에 가야 된다나. 야생마의 몸뚱아리만 한 팔뚝을 들더니 나를 부드러이 끌어안았다.

— 나중에 봐.

듬직하게 미소 짓고는 다시 매끈한 자전거에 올라 유유히 사라졌다.

어쩐지 그가 머물다 간 빈자리에서 눈길이 떼지지 않았다. 보고서는 잠시 잊고, 어느새 상념에 잠겼다.

난 정말 공동체가 없었을까?

어쩌면 공동체나 소속감 따위가 반드시 거창한 것일 필요가 없는지도 몰랐다. 의지할 친구 몇 명, 인생 선배 같은 스승 몇 명만 있어도 여기 내 사람들이 있다는 안심을 누릴 수 있을 것 같았다. 갓 지은 밥에서 나는 뽀얀 김처럼, 반가운 얼굴들이 눈앞에 피어났다. 루카스, 페이, 크렉, 로난, 유빈, 조이, 메리, 코헨 학장님….

그럼 나에게도 공동체가 있었을까?

묵묵히 고개를 가로저었다. 유대감은 엄밀히 말해 소속감과 달랐다. 몇몇 사람들과 나를 이어 주던 유대감의 끈도 가슴속 구덩이에서 끔찍한 공허의 바람이 불어올 때면 흔적도 없이 끊어지지 않았던가. 그때마다 나는 세상에서 혼자였다. 죽었는지 살았는지 알 수 없을 만큼 철저하고도 완전하게.

내가 여기서 이대로 증발해 버려도, 브라운이라는 거대한 톱니바퀴는 한 치 오차 없이 잘만 굴러가겠지. 내가 있든 없든 브라운에 아무 의미도 없겠지. 내 존재는 이 거대한 대양 위에 찍힌 한 방울 수증기에 불과하겠지.

참 많이도 허망했었다.

그건 분명 소속감을 느끼지 못해서였다. 내가 브라운 공동체에 속해 있다고 느꼈다면, 그 안에서 나만의 자리를 찾고 내 존재 가치를 일구었다면, 많은 게 달라졌겠다는 생각이 들었다. 그토록 시달리던 공허감도 훨씬 덜했을지 몰랐다.

뭐, 이제 와서 아무래도 상관없었다. 이제 다 내려놓았다. 제 손으로 관 뚜껑을 덮듯, 기꺼이 어둠을 맞았다. 온갖 후회와 원망과 미련은 이제 밀폐 속에 숨소리처럼 멎었다. 기꺼이 받아들이기로 했다.

나는 여기 속해 있지 않다. 더 중요한 사실은, 여기 속할 마음이 더 이상 흙먼지만큼도 없다.

끝이었다. 모든 해묵은 감정의 찌꺼기일랑 이 땅에 묻어 두고, 나는 그저 내 몸뚱이와 정신만 데리고 훌훌 떠나면 되었다. 분명 어딘가 나를 위해 새로운 불빛이 타오르고 있었다. 연꽃 같은 미소가 홀연 피어났다.

이 순간만큼은 열반에 든 것 같았다.

#40 작별

왜 난 바보같이 저 환호 소리처럼 유쾌하게 살지 못했을까?
빙그레 웃음이 나왔다.
눈앞에 브레넌 씨 얼굴이 신기루처럼 스쳐 지나갔다.
그가 지금 나를 보면, 무슨 말을 해 줄지 알 것 같았다.

— 모든 관계의 종말은 죽음을 닮아 있어요.

내가 침묵을 깨고 운을 뗐다. 브레넌 씨가 지그시 고개를 끄덕였다. 야릇하게 찌푸린 미간 사이로 은은한 벽난로 불 같은 미소가 아른거렸다.

앞으로 영영 그를 보지 못할지 모른다.

우리의 관계는 저세상으로 향하는 나룻배 앞에 서 있었다.

— 우리는 항상 작별을, 죽음을 준비해 온 거야.

말도 안 되게 말이 되는 말에 핀에 붙박인 나비처럼 몸서리쳤다. 벌써 4년이라는 세월이 흘러 이곳 프로비던스 땅을 떠나야 한다는 사실도 말도 안 되게 말이 되는 말이 되어 있었다.

울음을 참느라 입술을 깨물며 잠자코 앉아 있었다. 조급한 마음에 겨우 다시 입을 열었다.

— 마음이 바뀌기 전에 말씀드리고 싶어요. 그동안 정말 감사했어요. 제가 미쳐 날뛰고 온갖 악담을 퍼부어 댔는데도 한결같이 저를 대해 주셔서요. 브레넌 씨 덕분에 제가 저도 모르게 변했다는 걸 알고 있어요. 어쩐지 인정하고 싶진 않지만요.

미소를 머금고 경청하는 브레넌 씨 얼굴이 오늘따라 늙어 보였다. 그 얼굴은 금방이라도 달려가 안기고 싶은 신의 품과도 닮아 있었고, 금방이라도 흩어져 사라질 저녁놀과도 닮아 있었다.

— 심리치료사란 고객이 가하는 공격을 다 받아 내는 방탄 갑옷 같은 존재야. 아무리 힘들어도, 그 사람이 왜 그런 행동을 하는지 고민하고 그게 어떤 아픔에서 비롯되었는지 직시하면서 짜증이 아니라 공감을 나누는 역할인 거야.

순간 울컥했다.

당신이 뭔데 제가 어떤 아픔이 있는지 멋대로 단정해요. 제가 한 행동들이 아픔에서 비롯되었다고 왜 멋대로 단정하냐고요.

그동안 잊고 있던 변덕쟁이 황소였을까. 황소가 홧김에 내지른 항변들이 물보라처럼 터져 나오다 순식간에 흩어졌다. 브레넌 씨는 내 내면의 우여곡절을 아는지 모르는지, 변함없는 표정으로 나를 바라보았다. 그의 시선이 밤바다의 조각배를 비추는 별빛처럼 은은히 나를 감쌌다.

이전에도 수십 차례 느꼈지만, 오늘에서야 그 소중함을, 애틋함을 오롯이 체감할 수 있었다. 마지막 날, 떠날 날이 돼서야.

진작 왜 날 있는 그대로 받아 주고 아낌없는 온정으로 대해 준 이 사람에게 부드럽고 따뜻하지 못했을까?

그을음 같은 탄식이 나왔다. 그러다 정신이 번뜩 들었다.

아냐. 어쩌면 내가 그동안 그랬던 것처럼 내 엉망진창인 모습을 남김없이 드러냈어야만 지금 이 순간에 도달할 수 있었는지도 몰라.

심오한 진실이었다. 심리치료가 나같이 막돼먹은 영혼에게도 효과가 있을까 하던 의심이 성문의 빗장처럼 풀리는 순간이었다. 중도 하차하고 싶은 충동을 꾹꾹 눌러 가며 심리치료가 어떤 요술을 부리는지나 한번 보자던 먼 옛날의 심보가 파랑새 같은 답을 찾는 순간이었다. 그렇게 나는 아무 말도 못한 채, 혼자만의 상념에 빠져 있었다.

— 어떤 생각 해?

브레넌 씨가 물었다. 내가 힘겹게 입을 열었다.

— 먼 길을 왔다는 생각요. 브레넌 씨를 다신 볼 수 없을 거란 생각에 아찔하고요.

가만 고개를 끄덕이다 말고 그가 슬며시 입을 뗐다. 입가에는 장난기 가득한 소년의 미소가 감돌았다.

— 혹시 모르잖아. 내가 한국에 가서 치료소를 열지.

뚱딴지 같은 농담에 별안간 멍해졌다. 나도 몰래 그를 한국에서 계속 볼 수 있었으면 하는 헛된 환상을 품은 걸까? 나도 몰랐던 내 무의식의 환상을 그가 알아차리고 진실을 머금은 농담 한마디로 그걸 일깨워 준 걸까? 허탈한 한숨인지 웃음인지가 나왔다.

— 내가 없더라도 우리가 함께한 기억은 없어지지 않을 거야. 혹시라도 내가 필요할 때가 오면, 기억 속에서 날 찾을 수 있을 거야.

브레넌 씨의 입에서 예고도 없이 연막탄 같은 말이 흘러나왔다. 애틋함과 안도감이 어지러이 뒤섞인 연기 속에 눈앞이 희뿌애졌다. 인정하기 싫었지만, 그가 옳았다. 그래서 더욱 격렬히 내 안에 살고 있는 경계선 성격장애 황소가 나를 대신해 울부짖었다.

아냐. 지금처럼 널 눈앞에서 직접 보며 얘기할 수 없다면, 넌 영영 존재하지 않는 거나 마찬가지야. 기억 속에서 널 찾는 일 따위는 절대 가능하지도 않고 아무 의미도 없어. 아니, 지금까지 우리의 만남까지도 전부 남김없이 없던 일이나 마찬가지야. 이렇게 작별하게 될 바에 처음부터 평생 만나지 말았어야 해. 영영 모르는 사람이었어야 해.

그가 잠깐 소동을 일으키고는 이내 잠잠해졌다. 가슴속에 대신 두려울 정도로 낯선 고요가 새하얀 벚꽃 잎처럼 흩날렸다. 내 것인지 분간이 안 가는 차분한 목소리가 고요의 품에서 새어 나왔다.

아니. 작별이 고통스럽다고 해서 만남이 헛되어지는 게 아냐. 브레넌 씨 말대로 비록 그의 얼굴과 육성을 더 보고 들을 순 없어도 그의 온기와 인정은 사라지지 않을 거야. 내가 어딜 가든 오래도록 가슴을 덥혀 줄 거야. 그걸로 충분해. 그럼 그저 감사해하면 돼.

우리는 몇 마디 말을 더 나누었다. "잘 있어"를 끝으로 말없이 미소 짓는 브레넌 씨의 마지막 모습을 보았다. 치료실 문을 나서자마자 눈물이 은하수처럼 차올랐다.

지금 타자를 치는 두 손 위로 그 눈물이 떨어진다.

졸업을 몇 주 앞두고 예비 졸업생들을 위한 가장무도회가 열렸다. 학교 셔틀버스가 교정에서 30분가량 떨어진 인적 드문 동네에 우리를 내려다 주었다. 눈앞에 우뚝 선 건물은 잠자는 숲속의 대성당 같았다. 문을 열자 무도회장의 들뜬 열기가 우리를 맞아 주었다. 우리는 입구 탁자 위에 놓인 형형색색 반가면들 중에 하나씩 골라 쓰고, 간이 포토존에서 폴라로이드 기념사진을 남겼다.

이따금 낯익은 얼굴을 마주치면, 여러 가지 감정이 물에 푼 수채화 물감처럼 번졌다. 4년 전과 달라진 게 있다면, 그건 내 태도였다. 죽음만 같은 어쩌면 영원한 작별을 눈앞에 두고도 명랑하기만 한 저들의 모습에 나는 더 이상 피상적이라느니 둔감하다느니 하는 오만한 임의의 잣대를 들이대지 않았다. 모두가 치를 작별의 무게를 도맡아 짊어진 양 휘청거리는 나 자신에게도 더 이상 한심하다느니 저주받았다느니 하는 따가운 눈총을 보내지 않았다.

우리는 그냥 다를 뿐이었다. 누가 옳은 것도 틀린 것도 없이. 잘난 것도 못난 것도 없이. 지구 종말을 앞두고 마지막으로 열린 연회 같은 밤이 그렇게 저물고 있었다.

졸업식 날 아침이 밝았다. 함께 졸업 행진 출발점으로 걸어가던 길에 페이가 느닷없이 울상이 되어 내게 소리쳤다.

— 잠깐 기숙사 갔다 올게.

괜찮냐 물을 새도 없이 그녀가 사라져 있었다. 30분쯤 있다 돌아온 그녀는 어머니가 저만치서 카메라를 놀리는 틈을 타 자초지종을 털어놓았다.

— 아까 엄마가 화장이 잘못됐다고 고치고 오라고 했거든. 내가 괜찮대도 계속 우기는 거 있지?

내가 혀를 내두르며 너털웃음을 터뜨렸다.

— 어릴 때 살찐 적이 있어서 엄마가 내 외모에 엄청 신경 써.

— 에이, 네가 쪘으면 얼마나 쪘다고.

가벼이 웃어넘기는 내게 페이가 자못 재미있다는 표정을 지어 보였다. 잠시 폰을 뒤적이는가 싶더니, 금방 어린 시절 사진을 들추어내 코앞에 가져다 댔다. 사진 속 친구의 모습은 지금과 달라도 너무 달랐다. 누가 말릴 새도 없이 탄성 섞인 농담이 튀어나왔다.

— 어머니가 걱정할 만했네!

— 뭐? 너무 못됐어.

나무라듯 웃는 그녀의 얼굴에 더 이상 아까의 울상은 보이지 않았다. 잠깐의 소동이 그친 뒤로 평화롭기만 한 아침이 이어졌다. 곧이어 우리는 브라운의 오랜 전통대로 밴 위클 정문을 통과했다.

총장의 인사말과 대표 졸업생 둘의 연설과 명예졸업장 수여 등, 특별할 것 없는 식이 끝났다. 나는 페이와 다른 친구들과 흩어져 홀로 생물학과 졸업장 수여식에 갔다. 그곳에서 오랜만에 메리와 마주쳤다. 그녀가 얼굴 가득 함박웃음을 지으며 나를 힘껏 포옹해 주었다.

— 네가 자랑스러워.

그녀의 진심 어린 한마디에 깊은숨을 들이마시고 뭉클한 고마움을 전했다.

오랜 기다림 끝에 겨우 졸업장을 받아 들었다. 이제 영문학과 졸업장 수여식으로 향할 차례였다. 4년 동안 한 번도 마주치지 않은, 전설 속 유니콘 같은 나의 동문이자 우리의 영원한 헤르미온느, 엠마 왓슨을 볼 마지막 기회를 놓치지 않기 위해서였다.

아직 식이 시작되지 않은 모양이었다. 얼마나 기다렸을까. 그녀의 이름이 호명되자 기대했던 대로 강당은 폭죽놀이와 같은 환호 소리로 연신 떠나갈 듯했다. 단상 위로 성큼성큼 올라가는 그녀의 모습을 나는 멀찍이 구경했다. 구경하다 문득, 생뚱맞은 후회가 들었다.

왜 난 바보같이 저 환호 소리처럼 유쾌하게 살지 못했을까?

빙그레 웃음이 나왔다. 눈앞에 브레넌 씨 얼굴이 신기루처럼 스쳐 지나갔다.

그가 지금 나를 보면, 무슨 말을 해 줄지 알 것 같았다.

에필로그 선인장도 꽃이 핍니다

고마워. 여기까지 와 줘서.

어제 자비에가 그만두었다. 이미 2주 전부터 예고되어 있었지만, 아직 실감 나지 않았다. 하필 자비에라니. 여기서 가장 긍정적인 기운이 넘치고 같이 있으면 괜히 든든한 동료였는데. 한 달 전쯤 그와 나눈 대화가 아직도 귓가에 맴돌았다.

이곳 보스턴 헤로인 중독 치료센터에서 근무한 지도 겨우 세 달째로 접어들 때였다. 벌써 번아웃이 찾아왔는지, 나는 사무실 책상 위에 고개를 누이고 퍼질러 있었다. 잠깐 상담 일정이 비는 막간에 누리는 달콤한 휴식이었달까.

— JK, 괜찮아?

빼꼼 열린 문틈 사이로 누군가 고개를 살짝 집어넣으며 물었다. 자비에였다. 그가 특유의 듬직한 얼굴로 걱정 어린 눈길을 보냈다. 반가운 마음에 상체를 지그시 일으켜 세우며 답했다.

— 아, 응. 나 괜찮나? 하하. 너도 알잖아, 요즘 담당 사례 건수가 지옥인 거.

자비에가 웃으며 힘차게 고개를 끄떡했다.

— 맞아, 미쳤지. 넌 몇이라 했지?

— 지금 80인가 그래. 음, 잠깐 들어올래?

그가 씩씩하게 들어오더니, 문을 닫고 환자석에 앉았다. 문득 그와 자리를 바꿔 앉고 싶다는 강한 충동이 들었다. 내 마음을 읽었는지, 자비에가 내 얼굴을 들여다보며 힘주어 말했다.

— 일은 일이고, 너 몸부터 잘 챙겨야 돼. 난 지금 100 남짓 되는데, 나도 언제까지 버틸 수 있을지 모르겠다야.

내가 눈이 휘둥그레졌다. 공포와 연민과 동경이 뒤섞인 목소리로 물었다.

— 우와, 그게 말이 돼? 회사가 너무 심하네. 근데 의외다. 넌 다 잘 감당하는 것처럼 보여서 힘든 줄도 몰랐는데.

— 아냐, 날 믿어. 내가 힘든 티를 내면 나한테 의지하는 환자들이 기운 빠질까 봐 긍정적인 모습만 내려는 거지, 속은 나도 똑같아. 저번 주에 내가 몸 아프다고 빠진 날 있잖아. 그때 사실 출근 중이었어. 근데 다리를 건너다가 갑자기 차 안에서 이런 생각이 드는 거야. 실수로 핸들을 꺾어서 강에 빠져도 나쁘지 않겠다. 그때 너무 무서워서 캐롤리나한테 문자 하고 그대로 차 돌려서 집에 갔어. 나도 업무량 때문에 숨 막혀서 그랬던 거 같아.

나는 잠자코 미간을 찌푸린 채 깊은 한숨만 내쉬었다. 마음 같아서는 자리에서 벌떡 일어나 그에게 진한 포옹이라도 해 주고 싶었지만, 남세스러워 가만 있었다. 역시 사람은 겉모습만으로 그 깊은 내면을 알 수 없었다. 그 역시 말도 안 되는 업무량을 그토록 버거워한다는 사실을, 어찌 보면 너무나 당연한데도, 겉만 보아서는 아무도 예상 못할 게 분명했다.

그날 대화는 비극의 복선이었다. 자비에가 퇴사하자 이제 그렇지 않아도 일손이 부족한 우리 진료소에 상담사 품귀 현상이 더욱 심화되었다. 그가 남기고 간 100여 명의 환자들이 남은 이들에게 분배되어 업무량도 가차 없이 가중되었다. 물론 그렇다고 누구도 떠난 동료를 원망하지 않았다. 그건 제깍제깍 상담사를 채용해 공석을 메우지 못한 윗선 책임이었으니까.

잠시 후면 자비에가 맡았던 9시 집단 상담에 들어갈 시간이었다. 이곳에 처음 입사했을 때도 똑같이 이전 상담사가 이끌던 집단을 넘겨받았던 터라 이미 단련되어(?) 있었지만, 하필 동료들은 물론이고 환자들 사이에서도 핵인싸였던 자비에가 맡았던 그룹이었기에 전혀 걱정되지 않았다면 거짓말이었다.

그도 그럴 것이, 환자들은 새로운 상담사를 맞이하는 일을 전혀 달가워하지 않았다. 누구나 마찬가지겠지만 특히 이들은 마약중독 회복이라는 험난한 여정에 오른 상태라 특히나 안정을 갈구했기 때문이었다. 그래서 자신의 담당 상담사가 교체되면, 여러 가지 이별 감정에 더해 안정에 대한 위협을 느끼고 그걸 새로운 상담사에게 공격적으로 표출했다.

— 당신도 우리 과야?

섀넌이 나를 노려보며 물었다. 마치 내가 자기들의 영역에 함부로 들어온 수상한 침입자라도 되는 양 의심 가득한 목소리였다. 짐짓 순진한 눈초리로 내가 반문했다.

— 당신 과요?

— 중독과 싸운 배경이 있냐고. 당신이 직접 그랬든, 가족 중 누가 그랬든.

그녀가 눈 한 번 깜빡하지 않고 대꾸했다. 이 사람과 눈싸움하면 절대 이길 수 없겠다는 생각이 들었다.

— 음, 무슨 이유로 궁금해하세요?

— 비슷한 경험이 있어야 우릴 제대로 이해하고 도와줄 수 있으니까. 자비에도 가족에 중독자가 있었고.

처음 듣는 사실이었다. 더구나 센터 정책상 권장되지 않는 일이었다. 자기나 가족의 중독 병력을 환자들에게 공개하는 일 말이다. 상담사와 환자 사이의 경계선을 모호하게 만들어 객관성이 요구되는 사례 관리 업무에 방해될 수 있기 때문이었다. 나는 생각을 가다듬을 새도 없이 임기응변으로 대꾸했다.

— 전 그렇게 생각해요. 제가 여러분을 돕는 게 아니라 여러분이 스스로를 돕는 거고 전 그 과정을 함께하는 것이라고요.

내 말이 끝나기가 무섭게, 섀넌이 옆 사람을 향해 고개를 돌리더니 모두 들으라는 듯 크게 수군거렸다.

— 봐, 쟤는 자비에처럼 우리한테 관심 있지 않아.

순간, 가벼운 손길로 따귀를 한 대 맞은 기분이었다. 동시에 어떤 묵직한 손이 가슴을 짓누르는 느낌이 들었다. 그 묵직한 손의 정체를 어렴풋이 알 것 같았다. 어쩌면 그 똑같은 손이 섀넌의 가슴을 짓누르고 있지 않을까. 나도 모르게 미간을 찌푸리고 무거운 얼굴이 되어 입을 열었다.

— 자비에가 떠나서 섀넌이 마음 아픈 거 같아요. 믿음을 준 누군가가 우리 곁을 떠나면 새로 믿음을 주기가 너무 힘들어요. 저도 알아요.

예상치 못한 답변에 당혹감의 빛이 그녀의 얼굴에 스쳤다. 그녀가 시선을 떨구더니 답이 없었다. 건너편 자리에서 제이크가 외쳤다.

— 바로 그거야. 우리 같은 중독자들은 믿음을 주는 게 진짜 힘들다고. 배신당하고 배신하고를 한두 번 겪어 봤어야지. 가족도 친구도 믿기 힘든데, 아무리 상담사라도 처음 보는 사람인데 어떻게 믿냐 이거지.

믿음… 빛 바랜 시간이 기억 저편에서 가물거렸다. 나도 언젠가 이 환자들처럼 그토록 믿음을 갈구한 적이 있었다. 그 사실이 마치 전생의 기억처럼 까마득하게 느껴졌다.

— 솔직하게 말해 줘서 고마워요, 제이크. 저는 저를 믿어 달라고 하지 않을게요. 그게 얼마나 힘든 일인지 상상할 수 있으니까요. 그냥 여기서 제 역할대로 여러분의 회복 과정을 함께하는 일에 최선을 다할게요.

그리고 섀넌. 음, 제가 느끼기에… 제가 섀넌이라면 스스로한테 이렇게 말해 줄 거 같아요. 섀넌, 고마워. 여기까지 와 줘서. 포기하지 않고 이곳 치료에 믿음을 주고 내 회복에 희망을 걸어 줘서.

누가 알았을까. 그건 나한테 한 말이기도 했다는 사실을. 나 역시 그들과 비슷한 자리에 앉아 심리치료사와 신뢰 관계를 쌓는 일을 그토록 어려워했다. 내 안에 고인 어둠을 몰아내려 지독히도 애썼다. 이제 더는 곁에 심리치료사가 없었지만, 어둠과 내가 벌이는 애증의 줄다리기는 여전히 현재진행형이었다.

아까 일 때문이었는지, 퇴근하고 집에 돌아오는 전철 안에서 간만에 브레넌 씨 생각이 났다. 안부 인사라도 보낼까 하고 메일함을 열자, 그와 마지막으로 주고받은 연락이 눈에 들어왔다. 무려 2년도 넘어 있었다.

안녕, JK.

근황 알려 줘서 정말 고마워. 안 그래도 몇 주 전에 네가 준 선인장이 꽃을 피워서 네 생각이 났어. 이 선인장은 1년에 딱 한 번, 그것도 하루 이틀밖에 꽃이 피지 않아서, 꽃을 피우는 건 아주 특별한 일이야.

좀 유치하지만, 너도 꽃을 피우고 있는 거 같아. 좋은 인턴십 경험을 하고 있다니 기쁘네. 네 고객들이 네가 경청해 주고, 신경 써 주고, 지지해 줘서 정말 고맙게 여길 거라 확신해. 나도 인턴십이 정말 좋았어. 그리고 졸업하고 나서 지역 정신건강 진료소에서 일했어. 자책하는 목소리가 잦아들어 일을 즐겁게 할 수 있다니 기쁘네.

2017년 7월 24일,

빌리가.

브레넌 씨가 보낸 선인장 꽃 사진을 물끄러미 들여다보았다. 한참 그러다 휴대폰을 도로 주머니에 집어넣었다. 전생은 전생으로 남겨 놓아야 아름다운 법이었다.

너의 거울이 되어 줄게

초판1쇄 발행　2023년 4월 21일

지은이　김정근

펴낸이　고용석
펴낸곳　다우출판
책임편집　이홍림
편집　고민주
디자인　임경선

출판등록　제2022-000009호(2022년 10월 21일)
주 소　경기도 과천시 별양상가로2 14 3층 307호
전 화　02-701-3443
이메일　onbooker@gmail.com

ISBN　978-89-88964-61-3 (03810)